GÖTTLICHER & WALTER

BARCELONA

EISKALT

KALTES KATALONIEN Barcelona gleicht einem Hexenkessel. Vor der Volksabstimmung über die Unabhängigkeit Kataloniens prägen Demonstrationen, Gewalt und politische Intrigen die Stimmung auf den Straßen. In der aufgeheizten Lage jagt die katalanische Polizei um Inspektor Ortega einen Serienmörder. Die eiskalte Präzision, mit der der Täter zuschlägt, schockiert die ehemalige Top-Ermittlerin Lucia Costa. Sein Vorgehen ähnelt dem Täter, wegen dem sie vor Jahren traumatisiert aus dem Polizeidienst ausgeschieden war. Hat der Eismann wieder zugeschlagen? Zeitgleich ermittelt Kommissar Josef Hadersucht in Berlin den Mordfall der jungen spanischen Prostituierten Marisol Hernández. Als herauskommt, dass Hadersucht eine Liebesbeziehung mit der Ermordeten hatte, wird er vom Fall abgezogen. Der Kommissar fährt nach Barcelona und beginnt, auf eigene Faust zu ermitteln. Schon bald drängt sich der Verdacht auf, dass es sich bei dem Täter in Barcelona und Berlin um den gleichen Mann handeln könnte. Für Lucia Costa und Josef Hadersucht beginnt ein Wettlauf um Leben und Tod.

© Sonja Waglechner

Guido Walter lebt in Berlin und arbeitet als Journalist und Autor. Seine Artikel wurden in »Der Spiegel«, in der »FAZ« und anderen deutschen Tageszeitungen und Magazinen veröffentlicht. Sein Buch über die Architektur in der Fernsehserie »Tatort« schrieb er gemeinsam mit Alexander Gutzmer, Oliver Elser und dem Tatort-Darsteller Udo Wachtveitl.

© privat

Der Fotograf und Autor Björn Göttlicher lebte 25 Jahre lang in Katalonien. Seine Bilder wurden in deutschen und internationalen Magazinen veröffentlicht, darunter »Der Spiegel«, »Stern«, »Merian« und »GEO«. Er schreibt beim mit dem Grimme-Preis ausgezeichneten Portal Riffreporter als »Fotograf mit Fragen«. Nach mehreren Büchern über das Fotografieren ist »Barcelona Eiskalt« sein erster Thriller. Er lebt derzeit in Bamberg.

GÖTTLICHER & WALTER

BARCELONA
EISKALT

WIE LANGE

HÄLTST DU

DURCH?

THRILLER

Immer informiert

Spannung pur – mit unserem Newsletter informieren wir Sie regelmäßig über Wissenswertes aus unserer Bücherwelt.

Gefällt mir!

Facebook: @Gmeiner.Verlag
Instagram: @gmeinerverlag

Besuchen Sie uns im Internet:
www.gmeiner-verlag.de

© 2024 – Gmeiner-Verlag GmbH
Im Ehnried 5, 88605 Meßkirch
Telefon 0 75 75 / 20 95 - 0
info@gmeiner-verlag.de
Alle Rechte vorbehalten
1. Auflage 2024

Herstellung: Mirjam Hecht
Umschlaggestaltung: U.O.R.G. Lutz Eberle, Stuttgart
unter Verwendung eines Fotos von: © Björn Göttlicher
Druck: GGP Media GmbH, Pößneck
Printed in Germany
ISBN 978-3-8392-0672-0

19.30 UHR. CLUB OOOPS!. BERLIN

Marisol begann, vor der Webcam zu posieren. Im lila Negligé, auf ihrem privaten Frotteehandtuch, jede Bewegung nach Kundenwunsch, im Studiolicht. Komplimente fürs glatte schwarze Haar und die eintätowierte Schlange nahm sie mit geübtem Lächeln hin. Sie sah über die Tatsache hinweg, in welch schäbigem Raum sie sich befand.

Mit diesem fensterlosen Kellerraum von zehn Quadratmetern machten die Betreiber des Clubs auf Studenten-WG, mit Postern angesagter Influencer und Eichhörnchen im Regal, die das Wort »LOVE« festhielten. Wie sie die Viecher hasste. Und dann die Kerzen. Im silbernen Kerzenhalter. Für jeden Kunden eine frische Funzel, vorgespielte Romantik. Dabei war der Typ am Ende der Leitung pervers. Marisol tröstete sich mit dem Gedanken, dass ihn der halbstündige Live-Chat sechzig Ooops!-Coins kostete, eine Fantasiewährung des Bordellbetreibers, ein Coin ein Euro. Mit dem Webcam-Job kam Marisol auf hundertfünfzig Euro am Tag. Wenig Geld für eine Stadt, die so teuer geworden war wie Berlin. Deswegen hatte sie mit der anderen Sache angefangen. Was sie besser gelassen hätte.

Als der Kunde weg und die Webcam aus war, dimmte Marisol das grelle Licht. Es wich dem Schimmer der Neonlampe, der ihren Rollkoffer grün statt grau erscheinen ließ. Ihr ganzer Besitz lag verstreut darauf, Smartphone und Ladekabel, Kosmetiksachen. Eine Stunde Ruhe vor den Männern. Rein in Jeans, Shirt und Fellweste. Lohnte sich zwar von der Zeit her kaum, fühlte sich aber nach Freizeit an. Die junge Spanierin schwitzte, denn es war brüllend heiß, der Club drehte die Heizung auf, damit sie und die anderen Mädels halb nackt herumlaufen konnten. Marisol kratzte sich an der Hüfte, an der das Etikett immer scheuerte, irgendwann würde sie das Scheißteil abschneiden. Jemand klopfte. Bescheuert, dachte Marisol, da kommt wieder einer aus der Tiefgarage hoch und hat sich in der Tür geirrt. »Die Treppe ist auf der anderen Seite.« Ihr Deutsch war so mittel, aber den Satz konnte sie inzwischen auswendig.

»Marisol? Ich bin's!« Mit der Stimme waren schlagartig Erinnerungen da. An eine Zeit, in der man sie herumgestoßen hatte. Marisol lauschte angestrengt. Nichts. Langsam näherte sie sich der Tür, barfuß. Alles Einbildung. Oder war es Wirklichkeit? Sie drehte den Schlüssel, drückte die Klinke herunter und spähte hinaus. Ein Stoß kalter Luft glitt in den Raum. Das gelbe Licht der Garage wirkte trostlos. Ihr Nissan stand dort, wo er immer stand. Beruhigend. Sie machte einen Schritt zurück, und in der Sekunde, als sie die Tür zuziehen wollte, sprang jemand aus dem Halbdunkel und drückte ihr den Mund fest zu. Er war mittelgroß und kräftig, mit Leichtigkeit stieß er sie in den Raum zurück, sie fiel aufs Bett. Zwischen Wut und Zorn schwankend, konnte sie nicht fassen, dass er sie hier gefunden hatte. Sein Blick glitt über die Kameras auf den Stativen, dann wandte er sich Marisol zu, die ihn mit schreckgeweiteten Augen ansah.

»Du?«

»Du freust dich nicht.« Es klang enttäuscht. »Das hier hast du doch nicht nötig.«

»Ich schreie, wenn du nicht sofort verschwindest. Keinen Schritt näher.« Sofort bereute sie ihre Worte. Zurückweisung mochte er nicht. Er wollte immer alles für sich.

Der Mann trat langsam auf sie zu, zog einen Seidenschal

aus der Lederjacke und stellte eine Leinentasche neben sie auf den Boden. »Für dich. Kleines Geschenk.«

»Behalt deinen Scheiß.« Worte, aus denen Ekel sprach.

Er bewegte sich wie in Zeitlupe, sie robbte auf dem Bett zurück, von Angst ergriffen, bis ihr Hinterkopf die Wand berührte.

»Leg den Schal um.«

Sie schüttelte panisch den Kopf. Sie hatte Angst. Das schien ihm zu gefallen, er grinste. Plötzlich war er über ihr, sprang auf ihren Bauch, sodass sie aufschrie. Er wickelte ihr den Schal um den schlanken Hals. Als labte er sich daran, zog er ihn an beiden Enden stramm und würgte sie, bis ihr die Zunge aus dem Mund trat. Und alles im wilden Schmerz versank.

18.30 UHR. BERLIN

Eine Stunde bevor Marisol starb, hielt der Mann, mit dem sie eine flüchtige Affäre hatte, vor seiner Wohnungstür inne. Josef Hadersucht, achtundvierzig, Polizeibeamter mit gesichertem Einkommen und einer bemerkenswerten Quote aufgeklärter Fälle, litt unter Einsamkeit. Die Schuld daran gab er seiner Ex-Frau Gabriele, oder vielmehr dem Moment, der sie zur Ex-Frau gemacht hatte. Bei der Trennung, die so unerwartet wie traumatisch über ihn hereingebrochen war. Um dem zermürbenden Gefühl des Alleinseins zu entgehen, nahm er die Nähe von Menschenansammlungen in Kauf, die er vor ihrem Weggang gemieden hatte. Selbst an einem kalten, regnerischen Abend wie diesem war ihm die eigene Wohnung ein Graus. Die Ödnis seines Daseins drängte ihn auf die Straße. Draußen im Humboldthain ging die Straßenbeleuchtung an. Hadersucht band sich den Kaschmirschal um und tigerte zur S-Bahn-Station, fuhr einsam und verlassen Richtung Alexanderplatz. Dort wartete das Oktoberfest, drei Wochen Dauerbespaßung nach Vorbild der Münchener Wiesn. Bier, Grillfleisch, Humtata. Das grauschwarze Haar klatschnass vom Regen, tauchte Josef Hadersucht um Viertel nach sieben im Gewühl des Alexanderplatzes unter. Von den Buden zog der Geruch nach Kandis und gebrannten Mandeln herüber. In Holzblockhütten verkauften Kunsthandwerker ihren Kram, nebenan wurde Bier ausgeschenkt. Das Gefühl der Verlassenheit wich in der Menschenmenge keinen Schritt. Josef wischte sich Regenwasser vom grauen Mantel, den ihm Gabriele geschenkt hatte. War es zum Geburtstag gewesen oder zu Weihnachten? Er hatte es vergessen. Mehr als ein Jahr war das mit der Trennung jetzt her, doch es kam ihm vor wie gestern. Alles in ihm weigerte sich zu akzeptieren, dass sie nicht wieder zu ihm zurückkehren würde. Das Klärungsgespräch hatte er verpatzt, wer sonst? Es war die reine Qual gewesen. Nichts als eine Auflistung seiner Fehler, für die er selbst blind war. Gabriele hatte die Scheidungspapiere daraufhin mit derart ausdrucksloser Miene unterschrieben, als wäre jedes Gefühl in ihr abgestorben. Und das nach siebzehn Jahren Ehe. Die meisten davon glücklich, wie er fand. Gabriele behandelte ihn wie Luft, meldete sich höchstens, wenn sie etwas haben wollte, das sie in der ehelichen Wohnung vergessen hatte. Sie war nun schon lange ausgezogen, und Josef hauste allein. Er ließ die Heizung in jedem Zimmer laufen, als könnte ihm dies die Wärme zurückbringen, die mit Gabriele gegangen war. »Du haust hier wie ein Penner, der es warm hat«, hatte seine Tochter Annika einmal zu ihm gesagt. Woraufhin er sie mit Leidensmiene ansah, nach Verständnis heischend. Zu viel verlangt von einer neunzehnjährigen Rebellin.

Ein kalter, klarer Wind wehte Sprühregen durch die Buden. Vor ihm naschte ein Bengel an einem Paradiesapfel, sein Gesicht vom Zuckerguss rot verschmiert. Josef feixte belustigt, der Junge grinste zurück, die Mutter bemerkte es und zog den Kleinen fort. Josef verbarg sein Gesicht im Mantelkragen, als sei an den Verdächtigungen der Helikoptermutter etwas dran. Er kam sich vor wie ein alter Strolch. Dachte an das Bild, das er abgab, und dann an seine volljährige Tochter. Er war untröstlich. Sie fehlte ihm ebenso wie Gabriele. Sein Sozialleben war in sich zusammengestürzt, als sie sich eine eigene Wohnung gesucht hatte. Josef begann nur widerwillig, mit sich selbst über sein Leben ins Gericht zu gehen. Lieber lenkte er sich ab. War er all die Jahre zu eigensinnig gewesen? Hatte er zu wenig zugehört? War er zu weich? Aus seiner Sicht hatte er alles gegeben. Für die Familie. Für den Job. Hatte Extrastunden gemacht, die von Gabriele angestrebte Beförderung bekommen, hatte auf Fußball und Bowling verzichtet. Beschlichen ihn nächtens solche Gedanken, haderte er mit sich selbst und fühlte sich hilflos wie ein Neugeborenes. Das musste sich ändern. Nur wie?

Vorerst ließ er sich buchstäblich durch die Menschen treiben, verschaffte sich durch seine Größe Platz, erntete bei Körperkontakt strafende Blicke. Ein Quarkbällchen bei der Weltzeituhr linderte den Hunger, der ihn im Gegensatz zu seinen Frauen nie verließ. Bei den Fahrgeschäften fiel ihm auf, wie sorglos die Menschen waren. Gaben sich dem schlichten Kirmesvergnügen ohne nachzudenken hin. Fanfarenhaftes Aufjaulen aus Richtung Autoscooter, grelle Lichter, regennasse Aufbauten. Für einen Moment glaubte er, im Gedrängel Gabriele zu sehen. Jede Geste eine Provokation, jedes Wort Grund für einen Streit. Das Ende der Beziehung war Schock und Erleichterung zugleich. Er war nicht tot, auch wenn es sich so anfühlte. Sinnlose Gedanken voller Schmerz. Die Frau im Mantel sah ihr nur ähnlich. Sich den Gefühlen zu stellen, die auf ihn einhämmerten, erschien ihm ein Ding der Unmöglichkeit. Er schnäuzte sich kräftig und steuerte den Losverkäufer an, der ihm einen zugedeckten Eimer hinhielt. Der hat doch nicht wirklich was gelernt, hätte Gabriele gesagt. Der Wind wehte dem Budenbesitzer Regen ins Gesicht, was dieser stoisch zur Kenntnis nahm. Hadersucht zog drei Nieten und wäre deswegen am liebsten in Rage geraten. Doch er erntete nur bedauerndes Schulterzucken sowie im Hintergrund die mikrofonverstärkte Ansage »Gewinne, Gewinne, Gewinne«.

Das Motodrom verhieß eine Viertelstunde Ablenkung. Ohrenbetäubender Lärm, Benzingeruch. Dicht an dicht rollten vier Motorradakrobaten durch den hölzernen Kessel. Freihändig, mit verdeckten Augen, zu dritt an der Steilwand. Dröhnender Applaus der Umstehenden und draußen eine Art Interview durch den Chef. Ob man zufrieden sei. Wenn ja, dann wäre ein Like auf Facebook nett. So was in echt und für Autos, das würde mir besser gefallen, dachte er deprimiert. Ein Autodrom, das hätte was.

Ein Blick auf die Armbanduhr. Viertel nach acht. Hadersucht steuerte die U-Bahn-Station Alexanderplatz an. Stand an der U8 eingekeilt zwischen einer parfümierten Frau und einem bärtigen Jüngling mit Trolley und dicken Kopfhörern. Etwa eine halbe Stunde später verließ er an der Station Osloer Straße die U-Bahn. Es goss wie aus Eimern. Im Laufschritt durch den Regen, und zwei Straßenecken weiter kam er atemlos an. Ooops! – der Genießerclub. Der Wolkenbruch war vorbei, in den Pfützen vor dem dreistöckigen Gebäude spiegelte sich der Schriftzug. Das Etablissement lag hinter einer schmutzigen Fassade am Ende einer Sackgasse. Im Haus daneben alles dunkel, abendlich verwaiste Büros. Rechts weitläufig der Abstellplatz eines Autohändlers. Im ersten Monat der Trennung war es ihm gelungen, den Drang nach schnellem Sex zu unterdrücken. Dann lief alles auf Befehl von ganz unten. One-Night-Stands, flüchtige Affären mit bitterem Ausgang, danach erstmals käuflicher Sex. Um zu vergessen. Um sich nicht einsam zu fühlen, wenn auch nur für ein paar Minuten.

Hadersucht trat durch milchige Plastikvorhänge und war in einer anderen Welt. Eine übertrieben geschminkte Mittvierzigerin mit violettem Lidschatten und blondem, an den Spitzen lila auslaufendem Haar winkte von der Bar. Jackie Scholl, die Wirtschafterin des Ooops!. Hadersucht warf einen letzten Blick auf die Armbanduhr, es war Viertel vor neun. Dann reichte er Jackie die Uhr samt anderen Wertgegenständen über den Bartresen, nahm den Spindschlüssel in Empfang.

»Das ist der letzte, Josef.«

»Gutes Omen«, brummte er. Die Umkleide war unisex. Logisch. Warum getrennt umziehen, wenn man nebenan übereinander herfiel? Um die Ecke drehte sich eine Frau vorm Spind Zöpfe und hob das fleischfarbene Strumpfhosenknäuel auf, das ihr runtergefallen war.

»Bin gleich für dich da, Schatz.« Es klang teilnahmslos mit einer Prise Bitternis, denn das hier war Arbeit, kein Vergnügen.

Josef entkleidete sich, hing die vom Regen feuchten Klamotten auf Bügel und schloss den Spind ab. Dann band er sich ein Handtuch um, schlüpfte in die bereitstehenden Badeschuhe, duschte und ging aufs Klo. Im Badezimmer leuchtete eine Kerze, ein gescheiterter Versuch, so etwas wie Hygge zu erzeugen, wie es in der skandinavischen Variante der Gemütlichkeit ja neuerdings hieß. Die Waschmaschine rumpelte nebenan. Durch einen zur Vagina ausgemalten Durchgang kam er zur Bar. Am Tresen saß Alfred auf einem Hocker, ein weißhäutiger Hüne mit Pferdeschädel und schlechten Zähnen, der jede vorbeikommende Frau mit dem Spruch »Darf ich zum Tanz bitten?« ansprach. Josef grüßte kurz, lugte dann in den Aufenthaltsraum, in dem sich ein Dutzend Männer auf abgewetzten Sofas drängte. Handtuch um die Hüften gewickelt, starrten sie zu einer Wand hin, auf die ein Beamer FKK-Urlaubsbilder mit heißen Girls projizierte, von denen sich hier keine blicken ließ. Ein voller Aufenthaltsraum bedeutete, dass im Partyraum was nicht stimmte, das wusste Josef längst. Vor der Spielwiese, wie sie im Ooops! das Trumm von einem Bett nannten, sahen Männer einem jungen Paar beim Sex zu, das so mit sich selbst beschäftigt war, dass den Anstehenden die Hoffnung schwand, irgendwann mitmachen zu dürfen.

»Ich habe Jackie gefragt, ob ich die Hälfte vom Eintritt wiederkriege, wenn ich jetzt gehe. Rate mal, was die geantwortet hat.« Liam wartete Josefs Antwort nicht ab. »Die meinte, wenn du ins Kino gehst und dir der Film nicht gefällt, fragste ja auch nicht danach, ob du die Hälfte wiederkriegst.« Liam war ein rotgesichtiger Typ um die fünfzig, ein netter Kerl aus London, der als Autor eines längst eingestellten Rockmagazins in Berlin hängen geblieben war und sich als Stammgast, als sogenannter Stammi, ungern verarschen ließ. Liam machte den Mund auf, wenn ihm etwas nicht passte, im Gegensatz zu den älteren Deutschen wie Alfred, die auf keinen Fall auffallen wollten an einem Ort, der nicht den landläufigen Moralvorstellungen entsprach.

»Ich würde dir das Geld auch nicht wiedergeben.« Zu Josefs Worten seufzte die Frau auf der Matte, als wolle sie was beisteuern.

»Das kann man ja wohl nicht vergleichen«, entgegnete Liam scharf. Alfred, der Mann mit dem Pferdekopf, ging dazwischen. »Der Typ da auf der Matte, das ist kein Gast. Das ist ein Mitarbeiter des Clubs. Das hat Methode. Der nimmt die ewig in Beschlag, und wir sollen nebenan Urlaubsdias gucken. Alles abgekartet.«

Liam nickte zögerlich, ein Hauch Enttäuschung huschte über sein Gesicht, als wäre ihm erst jetzt klar geworden, dass er einem Nepp aufgesessen war. Alfred versetzte ihm einen Stich.

»Gibt hier durchaus private Frauen, die nach Feierabend in den Club kommen, aber sobald eine von denen auftaucht, zieht Jackie ein professionelles Mädel ab.« Josef reichte es. »Anstatt hier rumzumeckern, solltet ihr mal anfangen, mit den Frauen zu reden. Kleiner Tipp: Die meisten rauchen und treffen sich im Raucherzimmer, da kommt man sich schnell menschlich näher.«

Liam winkte ab. »Sprichst wohl aus Erfahrung.«

»Ich hab da jemanden kennengelernt.«

Liam sah ihn rätselnd an. »Wen denn?«

»Marisol.«

»Die kenn ich«, sagte Alfred. »Die läuft immer nackt rum, tolle Figur, aber bei der läuft nichts.«

»Mach einen eigenen Laden auf und mach alles besser«, sagte Josef brüsk. Das mit Marisol hätte er nicht erzählen sollen. Wo steckte sie bloß? Er ließ die beiden stehen und schlappte mit Badeschuhen durch den Laden, fand die Spanierin aber nicht. War er verknallt? Bestimmt. Marisol war eine iberische Schönheit, die ihre Herkunft zur Marke gemacht hatte. Lange schwarze Haare, dunkler Teint. Im schulterfreien Top wirkte sie wie aus einem Film von Pedro Almodóvar entsprungen. Sich außerhalb der Normalität zu bewegen, war ihr Normalzustand. Doch das Gefühl, ausgenutzt zu werden, nagte die ganze Zeit an Josef. Hier im Ooops! war die junge Spanierin stets nett zu ihm gewesen, wollte ihn aber nie zu Hause besuchen, sondern ausschließlich in Hotels treffen, vier Sterne aufwärts. Marisol liebte Candle-Light-Dinner, bei denen er immer zahlte und sich in der Selbstverständlichkeit, mit der die dunkeläugige Frau das hinnahm, ausgenutzt fühlte. Am Buffet traf er Liam wieder. Das Angebot an Speisen war schlicht, aber von der Bulette bis zur Weintraube für jeden was dabei. »Sorry für eben«, sagte der Brite. »Schon krossen Schweinebraten probiert?«

Ein Ventilator brummte, um die Monotonie lautmalerisch zu unterstreichen. Zwei nackte Männer, belangloses Gelaber. Josef belegte sich ein Brötchen mit dem angepriesenen Schweinebraten, als an der Bar ein Riesengeschrei losbrach. Alles voll Blut. Jemand ist tot. Unten in der Tiefgarage. Ruft die Polizei. Schnell. Polizei war schon da, dachte Josef Hadersucht. Und wusste eines genau. Er war zu hundert Prozent zur falschen Zeit am falschen Ort.

09.00 UHR. BARCELONA

Kein Ort auf der Welt roch wie das Raval. Ein Gemisch aus Kanalisation, feuchter Wäsche und dem Salz des Meeres. Dieser Duft war Heimat. Als der Polizeihubschrauber übers Haus flog, spürte Lucia Costa den Boden unter ihren nackten Füßen vibrieren. Rotorblätter peitschten die Luft, brachten die Milchglasscheiben im Badezimmer zum Erzittern. Für einen Augenblick hielt die Katalanin inne. Nationalfeiertag. Eine Million Menschen wurden auf den Straßen Barcelonas erwartet. Fahnenträger, Gesänge, Proteste. Für die Unabhängigkeit Kataloniens. Freiheit und Demokratie. Sie war besorgt ob der in der Luft liegenden Gewalt. Die Vorahnung kommenden Unheils machte sich in ihr breit, ließ sie innerlich beben. Sie spürte Kälte in sich aufziehen. Der Helikopter der spanischen Polizei flog über dem Häusermeer der Altstadt eine Ellipse. Die Bordkamera seines fliegenden Auges scannte jede Bewegung am Boden. Das Knattern klang in der Ferne nach. Lucia zog sich das T-Shirt hoch und betrachtete sich im Spiegel. Ihre Brustwarzen und die Bauchdecke. Fünf Wunden waren verheilt. Alle, bis auf die mit dem tiefen Schnitt. Die der Arzt in der Notaufnahme hatte klammern müssen. Sie fuhr mit dem Finger sanft über die blutverkrustete Wunde. Die Stelle brannte. Lucia setzte die Rasierklinge auf die linke, kleinere Brust und schnitt sich ins Fleisch. Langsam und gleichmäßig, nicht zu tief. Das Blut rann den Bauch hinunter. Sie sah dabei zu, ohne eine Miene zu verziehen, wie eine unbeteiligte Person. Das gelang, solange die körpereigenen Opiate eine Weile den ersehnten Schmerz dämpften. Der

dann mit aller Macht kam. Lucia Costa war achtunddreißig Jahre alt und hatte vor zwölf Monaten ihren Job bei den
Mossos d'Esquadra, der katalanischen Regionalpolizei, hin-
geschmissen. Sie brauchte eine Auszeit, eine Veränderung.
Die kam anders als erwartet. Das Leben hatte bittere Pillen
für Menschen bereit, die sich zu sicher wähnten. Lucia hatte
ihr Kind verloren. Eine Totgeburt. Das Schicksal hatte ihr
all das genommen, auf das sie ihr Leben ausgerichtet hatte.
Der Sinn, der alle Rückschläge rechtfertigen sollte. Zu viel
Verlust in so wenig Zeit. Der Job bei der katalanischen Polizei. Das Kind. Und sein Vater, Jordi, der die Trennung nicht
akzeptierte. Lucia wusste, dass sie unfair zu ihm gewesen war.
Aber sie ertrug seine Nähe nicht. Nicht nach alldem. Von
ihren Dämonen ahnte Jordi nichts. Mit denen kam sie allein
besser klar. Der Schmerz zerriss sie, erlöste sie vom Druck
und den Bildern der Nacht. Arme, Beine und Geschlechts-
teile fremder Menschen. Ihr Bauch, der sich im Zeitraffer
aufblähte und das schreiende Neugeborene im weiten Bogen
auf die Straße spie, wo es wie tot liegen blieb. Alles gebannt,
in diesem zur Sucht gewordenen Moment der Hochstimmung. Lucia entfernte das Blut mit einem Taschentuch und
tackerte sich Leukostrip auf die pochende Wunde. Sie kannte
sich damit aus. Ihre Brust pochte vom Ritzen. Der Schmerz
schwand, die Selbstzweifel kamen, wie jedes Mal. Du bist so
ein Wrack, Lucia. Fast vierzig und Endorphinjunkie. Verfallen den Drogen, die der eigene Körper produziert. Genervt
vom Lärm und Gestank des Müllwagens schloss sie das Fenster. Schlurfte ohne Strümpfe über den kalten Boden in der
Küche. Ihre Füße waren wie Eis. Dicke Socken lagen neben
der leeren Flasche Priorat im Staub. So ging es nicht weiter. Im
Morgengeruch des Kaffees zog sie die schweren Gardinen zur
Seite und trat auf den Balkon. Der Heli war meilenweit weg.
Ein seltener Moment der Ruhe im Barrio Chino, dem Raval.

Ein paar Leute gingen ihre Straße, die Carrer del Carme, entlang. Ein Windzug wehte ihr eine Haarsträhne unter die Nase. Lucia trat einen Schritt zurück, schob die Tür zu, schlüpfte in Kaki-Bluse, Jeans und Chucks. Eine Pferdeschwanzfrisur bändigte ihre dunkelblonden krausen Haare. Wer im Raval wohnte, machte sich nicht groß zurecht. Wie die Tussen aus den bergigen Vierteln der Stadt. Lucia hatte keine Probleme damit, Gefühle und Weltschmerz zu zeigen, anstatt diese zu unterdrücken, wie es ihr Beruf als Polizistin erforderte. Ihr Hang zu autoaggressivem Verhalten äußerte sich im Privaten. Sie kippte den Kaffee in drei Schlucken herunter. Lucia war so gut wie pleite. Die unbezahlten Rechnungen auf dem Schreibtisch stapelten sich. »Ich halte Sie für den Dienst als Nachtwächterin für überqualifiziert, würde Sie aber gerne kennenlernen.« Das Schreiben des HR-Managers der Security-Firma. Total vergessen. Warum hatte sie das mit den Mossos erwähnt, tadelte sie sich. Klar, dass der sie für zu gut hielt. Sie nahm ihr iPhone zur Hand, tippte die Nummer ein und ließ sich durchstellen. Eine tiefe, gedehnte Stimme erklang. »Ich erinnere mich an Sie. Die Ex-Polizistin, richtig?«

»Sie sagen es.«

»Sie sehen gut aus auf dem Bewerbungsfoto. Kompliment.«

»Ist es für Sie in Ordnung, wenn wir uns auf meine Bewerbung konzentrieren?«

»Sicher. Der Job ist aber leider bereits vergeben. Werten Sie das bitte nicht als Urteil über Ihre Person und Ihre Eignung für diese Position.«

»Ist schon okay. Ich verzichte gern darauf, von Ihnen bewertet zu werden.«

»Sie sind verärgert, und das verstehe ich gut. So etwas ist schmerzhaft. Könnten Sie sich als kleines Trostpflaster vorstellen, heute Abend mit mir essen zu gehen? Oder morgen? Oder an einem anderen Abend?«

Schweigen. »Aber gern!«

»Wirklich? Das ist fantastisch.«

»Nein.«

»Wie nein?«

»Das war ein Witz.« Lucia lachte schallend, das erste Mal seit langer Zeit. Es wirkte befreiend.

»Was habe ich denn so Lustiges gesagt?«

»Vergessen Sie's! Ich gehe sicher nicht mit Ihnen essen.«

»Und warum nicht?«

»Bezahlen Sie das Essen?«

»Selbstverständlich.«

»Ich kann mich ja dann auf andere Art erkenntlich zeigen.«

»Das wäre bezaubernd.«

»Davon träumst du doch. Cabrón!« Sie drückte das Gespräch weg. Wischte sich eine Lachträne von der Wange. Die Schachtel mit den Rasierklingen blendete sie im Sonnenlicht. Etwas hielt sie zurück. Es war Zeit, zurückzukehren. Elisabeths Wunsch. »Lucia, lass dich nicht hängen«, hatte ihre Mutter gesagt. »Folge deiner Bestimmung.« Als Teenager hatte sie derlei mütterliche Weisheiten ignoriert. Jetzt, da Elisabeth alt war, dachte Lucia mit Wehmut daran zurück. Sie wollte ihre Mutter um nichts in der Welt verlieren, auch wenn die beiden über lange Jahre hinweg ein schwieriges Verhältnis zueinander gehabt hatten. Heute ist der Tag der Entscheidung, Lucia. Heute rufst du ihn an. Trotz der Konsequenzen. Sie zögerte. Die Erinnerung war mit einem Mal wieder da. Das schreckliche Grinsen im Gesicht der erfrorenen Frauen. Das plötzliche Verschwinden des Serienmörders, den die Presse »Señor Fresco« getauft hatte, den Eismann. Lucia atmete tief durch. Und tippte auf die Nummer von Miguel Ortega. Der Inspektor der katalanischen Polizei ging sofort ran. Begierig saugte sie den vertrauten Lärm im Hintergrund auf. Das war das Revier. Ihr Revier. Vor ihrem geistigen Auge tauchte der Ort auf, der vier Jahre ihr Arbeitsplatz gewesen war und den sie vor einem Jahr so abrupt verlassen hatte. Eloy, der junge Ehrgeizling mit seinen mahlenden Kiefern und dem verbissenen Gesicht. Maria, eine Seele von Mensch, aber stets so auf ihre Akten konzentriert, dass die Pflanzen an ihrem Fenster regelmäßig vertrockneten. Und Miguel, der Grandseigneur, ein echter Gentleman und der geborene Anführer. Wenn sie sich auf jemanden freute, dann auf ihn. Sie hörte seine sonore Stimme schon, bevor sie erklang.

»Lucia. Qué tal?«

»Hola Miguel. Gut. Und selbst?«

»Sollte ich dich fragen oder willst du?«

»Du.«

»Okay. Hast du nachgedacht?«

»Ich überlege. Weiß nicht, ob ich dazu schon bereit bin.«

»Ich versinke in Arbeit, muss drei Ermittlungsgruppen zusammenstellen.«

»Was ist mit deinem Assistenten Eloy?«

»Soll zwei von denen leiten. Drei sind zu viel.«

Eine seltsame Aufwallung von Glück. Das willst du doch. Sag ja. »Okay.«

Ein endlos langer Atemzug von Miguel Ortega. »Danke, Lucia. Nur eines vorab, damit es nicht zu Missverständnissen kommt. Ich hab im Moment keine Planstelle, aber das kriegen wir hin. Verspreche ich dir hoch und heilig. Also pro forma nur zur Probe, okay?«

»Das ist doch lächerlich. Jetzt, wo ich will, ist keine Kohle da?«

»Natürlich ist es lausig! Du weißt doch, wie der Laden läuft.«

»Wie immer eben.« Sie resignierte. Fuhr dann fort. »Na, sag es schon.«

Ortega lachte. »Okay. Du bist die beste Ermittlerin, die ich je hatte. Tut das gut? Oder soll ich dich mit weiteren Komplimenten zutexten?«

»Schon okay, hatte heute schon ein paar. Ein Typ, der mit mir essen gehen wollte und vielleicht einen Job für mich hat.« In seinem Bett, ergänzte sie in Gedanken. Gegen Essen.

»Willst deinen Preis hochtreiben? Tut mir leid, aber ich kann nicht einfach für dich eine Planstelle aus dem Boden stampfen, jetzt, wo alle so in Aufregung sind wegen des Referendums.«

»Na gut. Ich bin dabei. Notfalls bezahlst du mich eben mit Gutscheinen für die Kantine. Wann geht's los?«

»Ich mag deinen Humor. Aber es passt gut, dass du jetzt anrufst. Eloy hat ein Telefonat aus Deutschland gekriegt. In Berlin ist eine junge Prostituierte ermordet worden, die aus Barcelona stammt. Wir sollen Amtshilfe leisten. Ausgerechnet jetzt. Ich möchte, dass du die Ermittlungsgruppe im Fall, warte, ich schau nach …« Lucia hörte ihn in Papieren kramen, »Marisol Hernández leitest. Zunächst kümmerst du dich um ihre Mutter, Dolores. Versuch, alles über die Familie rauszukriegen.«

»Okay. Ich kümmer mich darum.«

»Aber sag denen nicht gleich, dass ihre Tochter tot ist.«

»Wie bitte? Das ist gegen die Vorschriften. Das kannst du nicht von mir verlangen.«

Ortega seufzte. »Na gut. Knall es den Leuten vor den Latz. Ganz wie du willst. Ich fürchte nur, dass wir dann keine brauchbaren Aussagen mehr bekommen. Dann wird das mit der Amtshilfe ein Problem und davon haben wir gegenwärtig mehr als genug.«

»Okay. Verstehe.«

»Bist du dir da sicher, Lucia? Ich hol dich gegen einige Widerstände hier wieder rein. Gib denen jetzt bitte keine

Argumente nach dem Motto, sie ist nach der Fresco-Sache psychisch nicht in der Lage, den Job zu machen.«

»Ist gut, Miguel. Ich werde ihr nichts sagen.«

»Gut. Adéu.«

Lucia knallte das Smartphone auf den Küchentisch und hielt inne. Sie hatte es getan. Sie hatte zugesagt. Sie war wieder Teil des Polizeicorps. Und sollte gleich zu Beginn so eine miese Nummer durchziehen. Ein Auftrag, der nach Ärger roch.

22.30 UHR. BERLIN

Männer nur mit Handtüchern bekleidet standen nervös am Bartresen. Josef sah an sich herab. Geschiedene neigten dazu, an Gewicht zuzulegen oder abzunehmen. Drei Kilo in sechs Monaten waren es bei Hadersucht mehr geworden. Nur wegen seiner imposanten Körpergröße von eins vierundneunzig ging er als stattlicher und nicht als dicker Mann durch.

Jackie Scholl verschaffte sich an der Bar Gehör. »Liebe Leute, das ist leider eine ernste Sache. Ich muss euch alle bitten, bis zum Eintreffen der Polizei hierzubleiben. Ich kann verstehen, dass ihr nach dem Vorfall schnell nach Hause möchtet, aber wir sind an die Anweisung der Polizei gebunden.«

Liam war wieder auf hundertachtzig. »Dürfen wir uns wenigstens umziehen?«

»Die Beamten müssen zunächst die Daten aufnehmen. Habt bitte dafür Verständnis.«

»Totaler Nepp hier«, brüllte Liam. »Und jetzt das. Ich Idiot. Ich Arsch. Nie wieder!«

Josef Hadersucht nutzte den Tumult, um schnell seine Sachen aus dem Spind zu klauben und zu türmen. Um zweiundzwanzig Uhr dreißig eilte er zur U-Bahn. Keine Viertelstunde später hechtete er die Treppen zur Wohnung in der Pankstraße hoch. Drei Zimmer, Küche, Bad. Ein großzügig geschnittenes Wohnzimmer mit Bücherregalen bis zur Decke und einem Esstisch aus Vollholz, eine Durchreiche zur winzigen Küche. Er warf sich auf das zweischläfrige Sofa und knipste den Fünfundfünfzig-Zoll-Fernseher an. Seine Verzweiflung war so groß, dass er sich nicht auf die Sitcom mit dem Konservenlachen konzentrieren konnte. Eine halbe Flasche Whiskey half ihm dabei, wegzudämmern. Der erwartete Anruf von Renko Horstmann ereilte ihn um zehn nach sieben. Eine Dreiviertelstunde später stand Hauptkommissar Josef Hadersucht in der Tiefgarage des Sexclubs, den er um halb elf verlassen hatte. Ein irrer, absurder Rollentausch vom Kunden zum Ermittler.

Da lag sie, angestrahlt von künstlichen Lichtquellen. Zusammengesackt auf dem Fahrersitz ihres Nissan. Kollegen in Einwegoveralls, Mundschutz und Handschuhen sicherten Spuren im Schein der Lampen. Das Blitzlicht des Tatortfotografen grellte. Marisols linker Arm hing schlaff aus der Fahrertür, ein Finger berührte den Boden. Eine Blutlache hatte sich darunter gebildet. Hadersucht schnappte nach Luft, drohte zu hyperventilieren. Sie war mehr als hübsch. Übel zugerichtet, bis auf das Gesicht. Als wenn so etwas Schönes nicht zerstört werden dürfte. Aus seiner Gefühlsverwirrung schälte sich die Wahrheit. Er hatte eine Affäre mit einer Prostituierten gehabt. Die jetzt tot vor ihm in der Garage lag. Aus Versehen zerquetschte er mit dem Fuß ein Spurenhütchen. Alle Blicke richteten sich auf ihn.

»Was starrt ihr mich so an? Hängt mein Schwanz raus?«

»Schlecht geschlafen?«, konterte Renko Horstmann.

Josef überging es, das fehlte noch, dass er ausgerechnet diesem Knallkopf etwas über sich verriet. »Hat jemand den Tatzeitpunkt?«

»Die Wirtschafterin Jacqueline Scholl fand die Tote um einundzwanzig Uhr fünfzehn hier in der Garage. Die Tat muss in den drei Stunden davor passiert sein.«

Renko Horstmann war groß wie Josef, aber schlanker und mit gröberen Gesichtszügen. Er trug gern Hawaiihemden, langärmelige sogar, was heute unter der Lederjacke aber nur zu erahnen war. Renko deutete mit dem Kugelschreiber auf

Schnittstellen in der Haut des Mädchens. »Die klaffenden Wunden am Hals und auf der Brust deuten auf einen Angriff mit einer scharfen Waffe hin. Dutzende Einstiche am Körper, mindestens fünf am Hals. Blutspuren an der Längsseite des Autos. Hämatome an beiden Handgelenken. Die Frau trug Bluse, Jeans und Fellweste, alles mit Blut vollgesogen. Die angetrockneten Blutspritzer auf dem Lenkrad und der Frontscheibe lassen den Schluss zu: Fundort gleich Tatort.«

»Fundort gleich Tatort«, echote Josef tonlos. Ihn packte die Wut. »Ist das alles, was dir dazu einfällt? Wir leben hier in einer Stadt, die von blutrünstigen Bestien bevölkert wird, die alles hinschlachten und morden, denen nichts und niemand mehr heilig ist.«

»Ganz ruhig, Josef.«

»Unterbrich mich nicht. Mich kotzt das einfach alles an, dieses ganze sachliche Getue hier. Habt ihr denn keine Gefühle mehr?«

Renko sah ihn rätselnd an. »Sorry, aber du erinnerst mich gerade an den Typen, der letztens in Neukölln über das Sperrband drüber ist und rumbrüllte.«

»Weil jemand seine Frau umgebracht hat. Was würdest du da machen?«

»Und du?«

Josef hielt inne. Dann zuckte er die Schultern, bezähmte sich mühsam. »Was ist mit den Verletzungen am linken Unterarm?«

»Sie wollte ihn wahrscheinlich abwehren, hat den Arm gehoben.«

»Möglich. Wie gehen wir also vor?« Josef blickte apathisch in die Runde, bevor er weitersprach. »Stellt die Personalien der Frau fest, leuchtet ihr Umfeld aus.«

In Renkos Blick wuchs Zweifel. »Und was ist mit den fünfzehn Männern, die im Aufenthaltsraum rumsitzen?«

»Seit gestern Abend?«, platzte es aus Josef heraus. »Nehmt die Personalien auf und lasst sie gehen. Ich mach mich jetzt vom Acker«, fügte er hinzu, bevor jemand nachfragen konnte.

»Das kannst du nicht machen.«

»Wirst du schon sehen.«

Ein herausfordernder Blick von Renko durchbohrte ihn. »Was ist mit dem Meeting um neun?«

»Macht ihr ohne mich. Ich muss mal ausschlafen.«

»Und die Besprechungsrunde um vier?«

»Weiß ich noch nicht.«

Josef wich allen Blicken aus, das Letzte, was er jetzt gebrauchen konnte, war, von Liam oder Alfred erkannt zu werden. Am Ausgang dann der nächste Schock. Die Überwachungskamera. Wie konnte er so blöd sein? Renko war ein fähiger Kriminalist, kein Zweifel, dass er auf einer Auswertung der Bänder bestehen würde. Dass Hadersucht Etablissements besuchte, war ein offenes Geheimnis im Revier. Das Gerücht kam auf, als Josef eines Nachts vor Renkos Augen in eine Straße gelaufen war, in der Männer zu dieser Zeit gewöhnlich nur ein Ziel ansteuerten. Es war gedankenlos von ihm gewesen. Mit der sicheren Gewissheit, dass sich die Dinge für ihn zuspitzten, ging er zu seinem Wagen. Gegen die Ausmusterung des weinroten Ford Granada Baujahr 1982 hatte Josef dreimal erfolgreich interveniert. Eine Weile verharrte er reglos im Wagen, dann betätigte er die Zündung und raste los, Richtung Humboldthain.

Gegen Mittag fiel er in seiner Wohnung auf dem Sofa in einen luziden Schlaf, in dem ihm Bilder der toten Marisol verfolgten. Die echte trat zu diesem Zeitpunkt in einer Zinkwanne ihre letzte Reise an, in die Leichenfächer der Forensik. Während Josef schlief, packten die Kollegen der Spurensicherung ihre Sachen. Horstmann und ein weiterer Kollege blieben als Letzte am Tatort zurück. »Hast du einen Schimmer, was mit Josef los ist? Er sieht schlecht aus.«

Renko blickte in die rehbraunen Augen von Dirk Bassek. Der Kommissaranwärter trug Funktionsjacke und Chinos. »Bei Josef dachte ich immer, das ist der Typ, der den Job im Griff hat.«

»Ab heute denkst du das nicht mehr. Zeig mal. Ist das der Führerschein?«

»Ausgestellt in Spanien. Marisol Hernández. Dreiundzwanzig Jahre alt. Laut Auskunft der Wirtschafterin hat sie oben im Club gearbeitet.«

»Habt ihr die Familie ausfindig gemacht?«

»Sind wir dran. Anfrage an die Kollegen in Katalonien läuft.«

»Hast du da nicht mal einen kennengelernt?«

Bassek nickte. »Eloy irgendwas. Vargas, glaube ich. Nerviger Typ. Morddezernat der Mossos d'Esquadra in Barcelona. Keine Ahnung, ob der sich an mich erinnert. Der Workshop ist ewig her.«

»Der bei Interpol damals?«

Bassek nickte stumm.

Renko knöpfte sich den Mantel zu. »Halt mich auf dem Laufenden. Ich muss jetzt los.«

Renko Horstmann trat aus der Garage und ging zum Wagen. Ließ den Motor des Dienst-BMW im Leerlauf brummen. Er hauchte Wärme in die Hände und tippte ins Smartphone. Doro Schiller, die Psychologin des Landeskriminalamtes, meldete sich. Ihre Stimme klang ernst, leicht quengelig.

»Renko. Alles okay?«

»Nein. Es gibt ein Problem mit Josef.«

Er schilderte ihr kurz die Situation am Tatort und schloss mit dem Verdacht, dass Josef das Opfer womöglich gekannt haben könnte.

»Habt ihr darüber geredet?«, fragte Doro.

»Nein. Es ist nur so ein Gefühl. Ich dachte sofort an diese München-Sache.«

»Ich weiß. Die Polizisten, die sich während der Dienstzeit im Bordell vergnügten, den Besitzer über Razzien informierten und in den Handel mit osteuropäischen Mädchen einstiegen.«

»Genau. Fellner ist deswegen super sensibel. Nicht gut für Josef.« Renko hielt inne. Er wäre im letzten Sommer nach der Pensionierung des alten Köster gern Teamleiter im Morddezernat geworden, aber der Posten war an Josef Hadersucht gegangen. In Renkos Augen eine Fehlentscheidung, die korrigiert werden musste. Aber es durfte nicht so aussehen, als würde er dies aktiv betreiben. Doro Schiller unterbrach seine Gedanken. »Kannst du ihn vorbeischicken?«

»Schwierig. Du kennst ihn.«

»Und du kennst die Vorschriften.«

Renko atmete tief durch. »Wir reden hier über meinen Chef, okay?«

»Warum rufst du mich an, wenn ihr das unter euch regeln wollt?«

Renko Horstmann seufzte. »Weil ich die Vorschriften kenne?«

»Gut«, brach Doro das Schweigen. »Ich werde das klären. Wenn Josef zu Prostituierten geht, sieht das bei einem Polizeibeamten zwar niemand gern, aber letztlich ist es seine Privatsache. Etwas anderes ist, wenn er eine Beziehung zum Mordopfer hatte und dann bei der Ermittlung keine investigative Distanz mehr aufbringen kann. In diesem Fall würde ich Fellner vorschlagen, ihn von der Leitung des Falls zu entbinden.«

Renkos Herz schlug höher, gleichzeitig bekam er etwas Muffensausen. »Das muss vorerst unter uns bleiben, Doro.

Das ist zunächst nur eine Vermutung. Josef und Milieukontakte, das passt nicht.«

»Werden wir dann sehen. Mach's gut.«

Renko steckte das Handy weg und verfluchte sich sogleich. Dass Doro Schiller mal hinter Josef her gewesen war, galt auf dem Revier als offenes Geheimnis. Die Trennung von Gabriele hatte die Psychologin als günstige Gelegenheit erkannt, Josef mit Avancen zu überhäufen, die er charmant, aber deutlich zurückgewiesen hatte. Seitdem sann Doro auf Rache. Die Möglichkeit dazu hatte ihr Renko jetzt verschafft.

10.00 UHR. BARCELONA

Die Seilwinden wimmerten, der Diesel qualmte. Für Jesus Santos hielt der Blick aus dem Fenster an diesem kühlen Morgen Ungemach bereit. Vor der Zentrale der Lokalpolizei Mossos d'Esquadra waren Abschleppwagen im Einsatz, die die von Demonstranten demolierten Einsatzwagen der paramilitärischen Einheit Guardia Civil zur städtischen Vertragswerkstatt brachten. Als Delegierter war Santos der Regierung in Madrid gegenüber dafür verantwortlich, dass es in Barcelona ruhig blieb. Davon konnte derzeit keine Rede sein. Täglich demonstrierten mehr Menschen auf den Straßen, was in den Kreisen der Macht zu wachsendem Unbehagen führte. Mit Wehmut dachte Santos an die Franco-Zeit zurück. Damals hatte man mit den katalanischen Chaoten wenig Federlesen gemacht. Santos riss sich vom Anblick der Fahrzeuge los, setzte sich wieder hinter seinen ausladenden Schreibtisch. Er trug eine elegante schwarze Hose, ein violettes Hemd und eine gepunktete Krawatte. Die Anzugjacke hing über dem Bürostuhl. Er klappte den Anzugschrank auf, drehte sich auf dem Stuhl zum Innenspiegel hin und kämmte sein gegeltes Haar zurück. Dann übte er sein Zahnpastalächeln, was ihm immer gegen Nervosität half. Eine gewisse Anspannung hatte ihm den Morgen vergällt, seit seine Sekretärin ihm den Anruf der Zentrale für halb eins angekündigt hatte. Die Zentrale aus Madrid rief stets anonym an, es bestand die Gefahr, einen Spinner am Apparat zu haben, der irgendeine Beschwerde loswerden wollte. Es kam auf die Absprache eines exakten Zeitpunkts an, an dem Santos bedenkenlos den Hörer abnehmen konnte. Es klingelte auf die Minute genau. Der Anrufer sprach hohl wie durch eine Pipeline, es knackte und hallte. »López hier.«

»Hier Santos. Viva la Patria.«

Einen Moment lang herrschte betretenes Schweigen. Im Hintergrund Getuschel. López sprach schnell, Jesus Santos hörte angestrengt zu, bevor er antwortete: »Gut. Wird erledigt. Noch heute. Sofort.«

López dankte und legte auf. Santos starrte eine Weile aufs Telefon. Dann begann er, seine Stiftebox, den Mini-Ventilator und den Locher auf dem Schreibtisch gerade zu rücken, als ließen sich so die Dinge draußen in Ordnung bringen. Sein Blick fiel auf das Ölgemälde an der Wand. Das Valle de los Caídos. Das Tal der Gefallenen mit dem hoch aufragenden Kreuz. Hier, im tiefsten Inneren einer enormen Krypta, lag Francisco Franco begraben. Der höchste Ausdruck von Patria. Er liebte den Anblick. Diese verdammten Linken. Wollten den Leichnam des Generalissimo exhumieren lassen. Wenn Santos daran dachte, kam ihm die Galle hoch. Seine Sekretärin Cindy steckte ihren Blondschopf in den Türrahmen und kündigte einen uniformierten Besucher an. Santos seufzte. Eloy Vargas. Er hatte seine Karriere bei den Mossos nach Kräften gefördert. Der Mann war auf Linie, keine Frage. Andererseits war Eloy das Musterexemplar eines anstrengenden Menschen. Ein beflissener Kofferträger, der allen auf die Nerven ging. Eloy salutierte, nahm erst nach Aufforderung Platz. Die Gelegenheit, jemanden zusammenzufalten, ließ sich Santos selten entgehen. »Lass mich gleich vorausschicken, Eloy, dass ich unzufrieden bin.«

Der Gast zuckte zusammen. »Ganz gleich, was es ist, ich werde das geraderücken.«

»Ja, das sagen alle. Und bei mir stapeln sich die Rechnungen. Jede weitere Demonstration kostet uns eine fünfstellige Summe.«

»Uns?«

»Ja, uns. Unseren Staat. Das ist es nämlich. Die da draußen wollen einen anderen Staat, eine Republik. Deswegen haben sie keinen Respekt.« Eloy wollte etwas entgegnen, aber Santos schnitt ihm mit einer Geste das Wort ab. »Jetzt komm mir nicht mit Demonstrationsrecht. Ich will dieses Pack nicht auf der Straße sehen. Holt endlich mal die Knüppel raus.«

»Wird erledigt, Commandante.«

»Nenn mich nicht so. Ich bin nicht Tejero.«

»Tejero?«

»Oberstleutnant Antonio Tejero war der Verantwortliche für den Putsch vom 23. Februar 1981. Der letzte Mann, der die Diktatur verteidigt hat. Du Dummkopf!«

»Der ist doch gescheitert, oder?«

»Leider. Ist sonst noch was?«

Eloy begann zaghaft. »Ja. Eine Personalie.«

»Muy bien. Ein Name wäre nützlich.« Santos liebte es, ein Ekel zu sein.

»Lucia Costa.«

»Was ist mit der? Wo wir uns doch alle Mühe gegeben hatten, dieses eigensinnige Weibsstück loszuwerden.«

»Sie fängt wieder bei uns an.«

»Warte mal. War die nicht traumatisiert wegen dieses Serienmörders? Wie hieß der gleich?«

»Fresco!«

»Ich kann mich gut erinnern. Aber ist ja prima, wenn sie wieder mitmacht. Dann können wir uns an ihrer geschmeidigen Art erfreuen und schauen, ob sie sich diesmal wehrt, wenn ihr einer von den Jungs auf die Titten starrt.«

Eloys Mundwinkel zuckten. »Ich verstehe, dass Sie an so was Ihre Freude haben. Aber diese linksgestrickte Lucia sympathisiert doch insgeheim mit den Separatisten und Podemos.«

Santos seufzte. »Wer hat sie denn zurückgeholt? Etwa Ortega?«

Eloy nickte. »Er ist personalverantwortlich. Genauso eigensinnig. Da kann ich nichts machen.«

»Geduld, mein Freund. Schau ihr auf die Finger und liefere mir etwas Handfestes. Mach einen auf Kumpel. Wird dir bei deinem Naturell doch nicht schwerfallen, oder?«

Eloy Vargas versuchte sich an einem Lächeln. Es missriet ihm, es wirkte wie das ertappte Grinsen eines Kindes, das man beim Klauen erwischt hat.

»Dann schauen wir mal, wie lange uns die Kleine mit den großen Gefühlen hier auf die Nerven geht.«

01.15 UHR. BARCELONA

Der war es, dachte Lucia Costa. Verdammt gut gelaunt, seine Unverschämtheit strömte aus allen Poren. Ein Kerl in ärmelloser Lederweste. Seine japanischen Tätowierungen zur Schau stellend sah der Typ von seinem Drink auf. Für einen Moment. Sie erwiderte den Blick ebenso kurz, tanzte weiter zu den Elektrobeats, in die sie eingetaucht war. Sie trug wenig am Leib, kaum mehr als ein wärmendes Jäckchen über dem Top. Die zwei Tequilas, die sie intus hatte, legten ihr einen Kontrollverlust nahe. Es war das erste Mal seit Langem, dass sie Lust verspürt hatte, in Barcelona allein auszugehen. Bis vor nicht allzu langer Zeit lief ihr Körper komplett auf Notstrom. Im Überlebensmodus. Ein vergessen geglaubter Anteil ihrer Persönlichkeit forderte nun sein Recht ein. Alles änderte sich, alles war in Bewegung, dachte sie sich. Ja, das Jamboree war ein wüster Abschleppladen. Hier blieb niemand lange allein. Das galt für beide Geschlechter. Lucia wollte was erleben, deshalb der Mini und die High Heels. Im Alltag war sie eher sportlich dezent gekleidet, aber in Jeans und Converse hätte sie der Türsteher im Tanzclub am Plaza Reial ausgelacht, und sie wollte um keinen Preis riskieren, weggeschickt zu werden. Der Laden machte mit Samtvorhängen, Holztischchen und Kandelabern auf den Chic der Dreißigerjahre. Lucia hatte beim Betreten den Arbeitstag gedanklich passieren lassen, sie war wieder gut in den Job reingekommen. Miguel Ortega, ihr alter und neuer Chef, war froh über ihre Rückkehr. Im Gegensatz zu diesem Emporkömmling Vargas. Bei dem würde sie vorsichtig sein müssen. Entweder er fürchtete um seinen Posten oder er hatte eine Abneigung gegen sie als Frau in leitender Position. Sei's drum. Sie brauchte Party. Beat. Rhythmus.

Sex. Wie ferngesteuert bewegte sie sich auf der Tanzfläche, spürte Berührungen an Hautstellen, die sich nach mehr sehnten als dem glatten Stahl einer Rasierklinge. Sie hätte eine ihrer Freundinnen anrufen können, zum Reden, aber dafür blieb an einem anderen Tag genug Zeit. Nach langer Phase der Trauer um ein Kind, das nie das Licht der Welt erblicken durfte, sehnte sie sich nach dem, was ein Mann ihr geben konnte. Ihr Innerstes wollte Hitze statt Kälte, wünschte sich schmachtende Blicke.

Der Typ an der Bar musterte sie. Er bewegte sich genau richtig. Wenn er jetzt nichts falsch machte, dachte Lucia, dann hatte er sie. Der Gedanke war ihr peinlich, doch der Typ war scharf. Er hatte etwas Überlegenes an sich, sie taufte ihn deshalb den Don. Aber jetzt durfte Don mal in die Gänge kommen. So hoch war die Hürde nicht. Ihre Blicke trafen sich erneut. Zum vierten oder fünften Mal. Sie fühlte sich schön und sicher. Nicht jeder traute sich, eine wie sie anzusprechen. Aber den Anfang musste er schon machen. So wollten es die ungeschriebenen Gesetze der Nacht. Ihre Blicke, im richtige Moment verteilt, würden ausreichen. Lucia tanzte am Rande der Menschentraube in Sichtweite, Don redete mit Kumpels, er war der Lauteste an der Bar, alle schienen ihn zu mögen. Eine Tusse mit wildem Haar und Vuitton-Täschchen näherte sich Lucias Zielobjekt, lachte ihn offensiv an. Das reichte jetzt. So machte der Beat keinen Spaß. Lucia hörte auf zu tanzen und kam zur Bar, stellte sich direkt neben die Konkurrentin und winkte dem Barkeeper. Die Tequilas hatten sie mutig gemacht. Don bemerkte es, und da war sie, die Einladung zum Drink. Das säuerliche Gesicht der anderen war köstlicher als jeder Campari Orange. Lucia hatte ihn an der Angel, diesen Don, der in Wahrheit Ricardo hieß. Keine halbe Stunde später hockte sie hinten auf Ricardos Kawasaki. Das Motorrad parkte er in der Carrer del Carme, direkt vor Lucias Wohnung, es war kurz nach zwei Uhr. Er ging vor ihr Treppe hinauf. Währenddessen starrte sie im Licht der Glühbirnen auf seinen Hintern und kicherte dabei vor Vergnügen. Sie schloss auf, ließ ihn hinein. »Bitte schön!«

»Hast du was zu trinken?«

Es klang grob, Lucia machte der herrische Ton nichts aus. Der Don war durstig. Jetzt legte er los, dachte sie, aber wenn er sich nicht benahm, würde er rausfliegen. »Bist du zum Trinken hergekommen?«

Grinsend entledigte er sich der Lederjacke, packte sie bei den Hüften. Welch kitschiger Machismo, klar, aber neu und aufregend, prickelnd. Das pure Leben. Er schob sie zum Tisch, drehte ihren Körper mit energischer Sanftheit um die Achse, zog ihr das Kleid hoch, die Strumpfhose herab, küsste ihren Nacken. »Genau so«, säuselte sie. Er zog sich sofort die enge Jeans herunter und schnaufend ein Kondom über, dann drang er in sie ein. Lucia konnte sich im großen Wandspiegel dabei zusehen, das turnte sie ein wenig an. Er bugsierte sie zum Bett, ließ sie aus seinen mächtigen Armen hinabgleiten. Lucia übernahm den aktiven Part, setzte sich rittlings auf ihn, bewegte ihre Hüfte, bis sie ihn in sich spürte an der Stelle, die ihr behagte. Sie gab ihm eine Ohrfeige, er riss die Augen verwundert auf, unternahm nichts, selbst als sie heftiger zuschlug. Lucia hatte das lange nicht mehr gemacht, sodass sie glaubte, ihre Unsicherheit durch Ruppigkeit ausgleichen zu müssen. Sie wusste nicht, wie ihr Körper reagieren würde, eine endlos lange Zeit war er nicht mit Lust und Verlangen in Verbindung zu bringen gewesen. Sie hatte mit ihm ein Kind getötet, so fühlte es sich an. Ihr Körper brachte die Erfahrung von Leid mit sich, und deswegen bestrafte sie sich selbst mit der

Klinge. Es verwunderte sie, dass Liebe und Verbundenheit zu einem Partner nicht notwendig waren und sich die heiße Erregung einstellte, als wäre sie aus einem tausendjährigen Schlaf erweckt worden.

Sie kam mit einem lang gezogenen Schrei, hielt seine beiden Arme dabei fest umklammert, sodass er sich nicht bewegen konnte, was ihn wie ein Kind erstaunte. Sie lachte und weinte gleichzeitig, es war eine ungeheure Woge der Erleichterung, die sie umfasst hielt, und es dauerte so lange, dass sie danach nicht wusste, wohin mit ihrer befreiten Energie. Sie hatte sich von ihm genommen, was sie wollte, sah ihn eine Weile von oben an, dann rollte sie sich zur Seite und an ihn heran, bis sie friedlich wurde. Als er das Bett verließ, sich anzog und beim Hinausgehen die Türe leise schloss, tat sie so, als würde sie schon schlafen.

12.30 UHR. BARCELONA

Durch den Vorhang blickte Ulv Moreno in den klaren Vormittagshimmel. Seine Wohnung lag im dritten Stock eines gepflegten Hochhauses in Santa Coloma de Gramenet, einem Stadtteil am Rande Barcelonas. Seine Behausung in der Carrer de Cristòfol Colom thronte auf einem Hügel. Das Interesse des Ingenieurs galt weniger dem Panorama als dem sich anbahnenden Sexleben des jungen Paares von gegenüber. Gleich war es wieder so weit. Er richtete sein Monokular aus, sein rechtes Auge ruhte auf der Linse. Er drehte sie einige Zentimeter rechts vom Balkon weg, den eine katalanische Flagge zierte, hin zum Fernsehzimmer nebenan. Neuer Blickwinkel, neuer Kick. Der Ingenieur wusste von früheren Observationen, dass die beiden Verliebten es am Abend selten bis ins Bett schafften und sich bereits auf einem Sofa aus Kunstleder liebten. Wenn der Wind günstig stand, konnte er die Lustschreie der beiden sogar hören. Der Gedanke daran ließ ihm einen Schauer über den Rücken laufen. Er führte ein seltsames Leben hier, seit er aus Dänemark in dieses Land gekommen war. Jung und heimatlos, allein gelassen in der Fremde.

Das Schrillen der Türglocke riss ihn aus seiner Beobachtung. Über die Gegensprechanlage öffnete er dem Mann vom Lieferdienst. An der Haustür nahm er die Pizza Tonno entgegen, zahlte und machte es sich auf dem Wohnzimmersofa bequem. Wie Hunderte Male zuvor, schob er das Video »Mondo Cane« von Gualtiero Jacopetti in den Rekorder und spulte vor zu seiner Lieblingsszene. Die mit den Haien. In einem fremden, exotischen Land. Ein Junge aus dem Dorf wurde beim Schwimmen im Meer von einem Hai angegriffen und getötet. Die Fischer machten das Boot los und fuhren aufs Meer hinaus. Als sich der Hai in ihren Köder verbiss, zogen sie ihn mit Enterhaken an der Bootswand hoch, sperrten sein Maul auf und stopften ihm Seeigel hinein. Sie ließen den Hai ins Wasser zurück, beobachteten seine verzweifelten Befreiungsversuche, zogen ihn am Haken hoch und fütterten ihn weiter mit Seeigeln, bis zum Tod. Das zufriedene Grinsen der Fischer verfolgte ihn sogar bis in seine Träume.

Ulv hatte sich oft ergötzt an den brutalen Szenen in »Mondo Cane«. Die Snuff-Sachen aus dem Darknet mochte er nicht, er mochte die Klassiker. Zum Beispiel »Gesichter des Todes« von Conan Le Cilaire, der kam seinem Lieblingsfilm gleich, dieser Film war mit seinen Schlachtungen, Kriegsaufnahmen und Hinrichtungsszenen ebenso brutal. Schon als Junge war der Ingenieur von Todesarten fasziniert gewesen, seit er bei seinem Onkel ein Buch dazu gefunden hatte. Von den Persern, die Menschen mit Honig mästeten und in einem Boot gefesselt in einen Sumpf voller Insekten treiben ließen. Oder von den Chinesen, die Menschen einen Bambusspross in den Anus trieben, der im Körper aufblühte. Aber am faszinierendsten war Kälte. Eiseskälte. Ein lebendes Wesen erfrieren zu lassen. Als Junge hatte er einmal ein Kaninchen in einen Käfig gesteckt und beim Verdursten zugesehen. Ein Höhepunkt war, als er eine Katze in einen Eisschrank im Keller seines Onkels gesperrt hatte, sie hatte gezappelt und gekreischt, war gegen den Deckel gesprungen, bevor sie erfroren war.

Doch was war das alles gegen den Tod eines echten Menschen? Seit Jahren suchte ihn dieser Gedanke heim. Wie erregend, wie berauschend war die Erfahrung, einem anderen alles, sein Leben, zu nehmen. Es war vier Jahre her, dass er

Onkel Gilbert getötet hatte. Er hatte ihn in den Keller gelockt unter dem Vorwand, ihm unbedingt etwas zeigen zu wollen. Stattdessen hatte Ulv Moreno seinen Onkel in die Tiefkühltruhe gestoßen. Sie lief auf vollen Touren, während Onkel Gilbert darin strampelte und sich mit aller Kraft wehrte, bis ihm diese ausging. Er trommelte länger als gedacht voller Verzweiflung und Drohungen ausstoßend gegen den Deckel, den Ulv abgeschlossen hatte.

Der Onkel kam aus dieser Truhe niemals mehr heraus. Bis heute lag er darin, Ulv rührte sie nicht mehr an. Er hatte gewusst, dass er es Gilbert nur heimzahlen konnte, wenn er alt und stark genug war. »Entweder ich unterwerfe mich der Angst, oder ich beute diese Angst aus und unterwerfe andere«, war sein Mantra in dieser Zeit gewesen.

Jahrelange Machtdemonstrationen hatten ihren Anfang genommen, als der Onkel sich unbekleidet an den Esstisch gesetzt hatte, an dem nur er, Ulv, saß. Er war damals nur hungrig gewesen und hatte auf seinen Teller gewartet. Erst fand er das Fehlen der Kleidung lustig, den seltsamen Anblick des schlaffen Gliedes, das Onkel Gilbert zwischen den Beinen herabhing. Schnell musste er lernen, dass sein Onkel damit nur ein Ziel verfolgte, ihn an seinen Körper zu gewöhnen. Anfangs hatte er nur nackt dagesessen, mit der Zeit war er immer näher an ihn herangerückt und hatte keine Gelegenheit ausgelassen, ihn anzufassen. Ulv wurde starr vor Ekel. Später war es dabei nicht geblieben, Ulv Moreno erinnerte sich an all das, was sein Onkel ihm angetan hatte. Bei einem der spärlichen Besuche seiner Mutter hatte er sich ihr anvertraut, hatte ihr davon erzählt und geweint, während er sich in ihren Schoß kauerte. Trost hatte er bei ihr keinen erfahren. Sie hatte bloß gesagt, er solle sich nicht so anstellen, der Onkel unterstütze sie finanziell. Sie bräuchten das Geld. Es wäre hilfreich, wenn Ulv kollaboriere. Ein Wort, das er bis heute verabscheute. Ulv wusste, dass sie ihn nur loswerden wollte. Der Onkel hatte sein verdientes Ende gefunden, als Ulv alle Kraft zusammengenommen und sich seiner Angst gestellt hatte, weil er es nicht mehr aushielt. Jetzt war der Onkel übersät mit Eiskristallen. Er würde ihn zersägen müssen.

Bislang war er vor der Konsequenz zurückgeschreckt, seine Erfahrung zu wiederholen, obwohl die Filme als Appetithappen längst schal wurden. Er hatte sich lange vorbereitet. Alles mit Präzision durchdacht. Seit Wochen beobachtete er junge, hübsche Frauen an den Landstraßen in der Umgebung von Barcelona. Professionelle, die niemand vermissen würde. Er wusste, wo sie für gewöhnlich standen, wann sie Besuch von Klienten und ihren Zuhältern bekamen, um welche Uhrzeit sie meistens allein waren. Eine von ihnen würde die Erste sein. Gott, würde sie leiden.

15.45 UHR. BERLIN

Am Nachmittag trieben Wolken wie Keile über den neogotischen Bau des Landeskriminalamts an der Keithstraße in Berlin-Tiergarten. Der Geruch von Reinigungsmitteln durchzog die Gänge. Bürotüren standen offen, der Geräuschpegel war beachtlich. Hadersucht war auf dem Weg ins Büro kurz ins Bad abgebogen, um sich notdürftig herzurichten. Im Spiegel sah ihn ein Typ mit tiefen Augenringen an, der ein zerknittertes Hemd trug. Seine Klamotten rochen nach Tabak, Kaffee und Alkohol. In solchen Momenten brachte er eine Spur Verständnis für Gabriele auf. Es stimmte ja. Der Typ, der fest im Leben stand, der Typ mit dem gesicherten Einkommen, der existierte nicht mehr. Streng genommen war das seit dem Tag von Annikas Geburt so, von da an hatten er und Gabriele begonnen, sich auseinanderzuleben, sich mit elterlichen Pflichten aufzureiben, und hatten darüber hinaus die Liebe vergessen. Das Neun-Uhr-Meeting war ausgefallen, umso wichtiger war das Vier-Uhr-Meeting. Sie hatten ja recht. Er war Leiter der Ermittlungskommission. Er musste performen. Die Blicke der Kollegen sagten: »Wir verlieren den Glauben an dich.« Das durfte nicht geschehen. Es war kurz vor vier. Im Sitzungszimmer des LKA 1 begann die Besprechung pünktlich. Josef Hadersucht setzte sich stumm dazu. An der Wand die mit Nadeln gespickte Berlin-Karte. Jede rote ein Kapitalverbrechen, eine für Marisol Hernández. Die Titelseite der Tageszeitung lag wie ein Menetekel da. *Grausamer Mord an junger Prostituierter. Warum musste sie sterben?*
Josef ließ seine Blicke durch die Runde gleiten.

»Was guckt ihr mich so an? Ich hab das nicht geschrieben.«
Schweigen. »Was ist los, Leute? Kommt schon. Wer was sagt,
kriegt einen Keks.«

Dirk Bassek hob zaghaft den Finger. »Wir machen ein
paar Fortschritte.«

Hadersucht hätte einen solchen Allgemeinplatz gewöhnlich mit Ironie abgekanzelt, aber dafür war er zu froh über
den Eisbrecher. »Gut, Dirk. Soll heißen, ihr verdichtet den
Kreis möglicher Verdächtiger. Was sagt die Auskunftsdatei
für Sex- und Tötungsdelikte? Wie verhält es sich mit Haft-
entlassenen?«

Dirk Bassek hob die Schultern. »Leider kein Treffer.«

Josef fuhr fort. »Hat die Befragung der Ladys aus dem
Laden was gebracht?«

»Werten wir aus«, sagte Renko. »Und die Aussagen der
Freier, die im Club waren.«

Vor Josefs geistigem Auge tauchten nervös trippelnde Männer auf, von denen er selbst einer war. »Irgendeine andere
Idee?«

Renko schob das Wasserglas zur Seite, ließ seine muskulösen Arme auf der Tischplatte ruhen. »Im Prinzip jeder, der zur
Tatzeit im Club war. Folgende hypothetische Situation: Ein
Teilnehmer einer Sexparty hat sich von Marisol Hernández
zurückgewiesen gefühlt und wollte es ihr heimzahlen. Solche
Orgien sind eine klassische Männerfantasie, aber in der Realität herrschen auch hier die rauen Sitten des Milieus. Nicht
jeder kommt damit klar. Wenn Porno Realität wird, kriegen
manche Männer keine Erektion. Wenn jemand einen dum-
men Spruch macht, kann es zu einer Kurzschlussreaktion
kommen. Der Laden macht nicht den seriösesten Eindruck.
Die Gäste wirkten unzufrieden.«

Josef trommelte mit den Fingern auf der Tischplatte.
»Prima, dass du dich dort so gut auskennst. Und woher willst

du wissen, ob Marisol Hernández an diesem Abend teilge-
nommen hat? Ich habe da was anderes gehört.«

Renko lachte überrascht. »Ach ja, von wem denn?«

Josef setzte sein Schauspielergesicht auf. »Die Frau an der
Bar erzählte so was.«

»Wann hast du denn mit ihr gesprochen?«

»Unwichtig. Lass uns über die Partygäste hinausden-
ken, Renko. Für mich scheiden die als Verdächtige aus. Wer
besucht eine Sexparty, richtet in der Garage ein Blutbad an,
um später oben weiterzufeiern?«

»Der Täter kann sich Zugang zur Garage verschafft und
seine Kleidung mit dem Blut drauf später entsorgt haben.«

»In dem Fall war er aber nicht auf der Party, Renko. Also
keiner der Freier.«

»Oder er ist später dazugekommen.«

Hadersucht seufzte. Eine Weile sagte niemand etwas.
Dann machte Eric Haardt den Mund auf. Der Experte für
operative Fallanalyse hatte bislang außer »Guten Tag« nichts
beigetragen. »Wir gehen von einem männlichen Täter aus«,
sagte der Analytiker mit schwerer Stimme. »Zwanzig bis
dreißig Jahre alt. Die Tat wurde kraftvoll ausgeführt, also ist
der Typ körperlich fit. Möglicherweise kannten sich Täter
und Opfer. Der Mörder war besinnungslos vor Wut, wie
ich vermute.«

»Übertöten«, sagte Hadersucht.

»Dazu würde ich den Abschlussbericht abwarten«, sagte
Haardt. »Aber es spricht einiges dafür.«

Hadersucht nickte. »Vielleicht ein Ex-Freund. Oder ein
Verwandter. Wer hat den familiären Hintergrund des Opfers
durchleuchtet?«

»Ich«, meldete sich Bassek. »Die Mossos d'Esquadra in
Barcelona sind dran, haben aber bislang nur einen bruch-
stückhaften Überblick.«

Hadersucht nickte. »Gut, danke. Das übernehme ich ab sofort.«

Renko Horstmann ging dazwischen. »Darf man wissen, warum du?«

»Weil ich es sage. Ich finde, es ist eine gute Idee.«

»Überzeugt mich nicht.«

Josef Hadersucht setzte zu einem Vortrag an, im besten Cervantes-Spanisch. Bassek, Haardt und Horstmann staunten gleichermaßen. Die Demonstration seiner Sprachfertigkeiten hatte sie offenbar überzeugt. Hadersucht, der, ohne dass die anderen es bemerkten, eine fiktive Speisekarte heruntergebetet hatte, wechselte wieder ins Deutsche. »Was gibt es sonst?«

»Wir gehen davon aus, dass der Täter nicht ortskundig war«, antwortete Haardt. »Vom Tatort führt ein beleuchteter Fußweg zu einer Neubausiedlung, auf dem schlammigen Boden konnten wir Schuhabdrücke identifizieren, die möglicherweise dem Täter zuzuordnen sind. Das war Glück, denn eine halbe Stunde später hat da ein Trupp Jogger alles platt getrampelt. Vier Meter abseits verläuft ein anderer Weg, der im Dunkeln liegt. Ein ortskundiger Täter hätte diesen vorgezogen.«

»Was für Schuhe hatte der Verdächtige an?«

»Kräftiges Profil, Stiefel oder Wanderschuhe. Wir hatten die Hoffnung, dass sich in den Brombeerranken am Weg Haare oder Fasern verfangen haben könnten, aber es fand sich nichts.«

»Bleibt da bitte dran«, sagte Hadersucht. »Und überprüft die Flughäfen und redet mit den Kollegen von der Autobahnpolizei.«

Die Tür öffnete sich einen Spalt, und ein Pagenkopf lugte herein.

»Renko, hast du eine Minute?«

Hadersucht ahnte, was kam. »Wir sind ohnehin fertig«, sagte er. Um Zeit zu gewinnen, hatte er die Videoüberwachung des Clubs nicht erwähnt. Denn er ahnte, dass er auf den Bändern zu sehen war.

Doro Schillers Anruf erreichte ihn um Punkt sechs Uhr, als er an der Kaffeemaschine stand. Seine Lust auf das Gespräch ging gegen null. Ärger aus dem Weg zu gehen, war eine seiner liebsten Strategien. Hatte ja auch bei Gabriele jahrelang funktioniert. Diesmal sah es so aus, als hätte er keine Wahl. Er stellte die Tasse beiseite.

»Du weißt, worum es geht.«

In ihrer Stimme lag etwas Bedrohliches, fand Josef. »Hab keinen Schimmer.«

»Ich bin auf deine Kooperation angewiesen«, sagte Schiller.

»Wenn du mir etwas zu sagen hast, dann raus damit«, sagte Josef in der Hoffnung, das der Kelch schnell an ihm vorüberging.

»Jetzt reiß dich bitte mal zusammen«, sagte Schiller. »Sonst muss ich mit Fellner mal ein ernstes Wort über dein Verhalten reden.«

Hadersucht seufzte. »Mach, was du willst, Doro. Hast du doch immer so gemacht. Ich will jetzt darüber nicht reden.«

»Es ist aber wichtig. Geht um dein Verhalten gestern.«

»Gab es Beschwerden?«

»Nein.«

»Wenn jemand ein Problem hat, soll er es mir es ins Gesicht sagen«, brummte Josef. »So machen wir das hier.« Insgeheim musste er grinsen, weil das schlicht nicht der Wahrheit entsprach.

»Du verwechselst Beruf und Privatleben. Es gibt Regeln, an die sich Führungskräfte halten müssen.«

»Ich bin nicht ausgerastet. Was soll der Scheiß?«

Sie seufzte. »Hab dich in Zukunft besser im Griff.«

»Du kannst mich mal, Doro. Du und ich wissen, worum es hier geht.«

»Das hat damit nichts zu tun.«

»Natürlich nicht. Sonst was Neues aus dem Privatleben?«

»Was mal zwischen uns war, hat nichts damit zu tun. Wenn du in den Puff gehen musst, um unter Menschen zu sein, dann mach lieber eine Therapie. Ich kann dir ein paar gute Adressen geben.«

»Schwachsinn«, sagte Hadersucht. »Ich brauch das nicht.«

»Ist Sexsucht dein Problem?«

»Dann hätte ich dein freundliches Angebot bestimmt nicht zurückgewiesen.«

Sie schwieg. Er sah die Zornesfalte auf ihrer Stirn vor seinem geistigen Auge. Sie stand ihr gut, fand er, sagte es aber nicht durchs Telefon.

»Danke für die scheinheilige Predigt. War's das? Mein Kaffee wird kalt.«

»Vorerst ja. Schönen Abend, Josef.« Ihre Stimme zitterte bei diesen Worten.

Mit Wut im Bauch und einem Gefühl des Triumphs kehrte Josef Hadersucht zurück ins Büro am Ende des Korridors, das er sich mit Renko Horstmann teilte. Der Kollege nickte ihm stumm zu. Horstmann trug ein T-Shirt des Modedesigners Ed Hardy. Geflügeltes Herz mit Auge. Finger, die das Victory-Zeichen machten. Darüber ein Leopardenkopf. Horstmann schrieb den Bericht zur Tatnacht. Er tippte im rasenden Tempo.

»Die Tastatur kann nichts dafür, Renko«, kommentierte Josef. »Bist du sauer? Ich sollte sauer auf dich sein.«

»Weswegen?«

»Weil du mich bei Doro Schiller verpetzt hast.«

»Hab ich nicht.«

»Warum rufst du die Psychotante überhaupt an?«

Renko verschränkte die Arme. »Wie lange arbeiten wir zusammen? Fünf Jahre?«

»Sechs.«

»Gut, sechs«, sagte Renko. »Eine lange Zeit. Da lernt man jemanden kennen. Und man weiß, wann dieser Mensch anfängt, einem etwas zu verheimlichen.«

»Komm, es geht doch um was ganz anderes.«

Hadersucht verschränkte die Arme und schwieg. Renko Horstmann hatte nie verwunden, dass er nicht Leiter der Kommission geworden war, dachte Hadersucht. Und jetzt setzte er alle Hebel in Bewegung, um ihn auf dem Posten abzulösen.

Den Rest des Abends saßen sie sich schweigend gegenüber. Gegen halb acht Uhr verließ Hadersucht das Büro. Nach einer Currywurst mit Pommes am Savignyplatz in Charlottenburg spülte er den Ärger mit einem Portwein an der Bar des nahen Hotels Savoy herunter. Es half nicht. Zigarrenrauch waberte vor holzvertäfelten Wänden, an denen Schwarz-Weiß-Fotografien von prominenten Besuchern der Bar hingen, seine Laune war hinüber. Es war einer der raren Plätze in Berlin, an denen Leute alten Schlages dem Rauchvergnügen frönen konnten. Hadersucht versank buchstäblich im Ledersessel. Aus dem begehbaren Humidor ließ er sich missmutig eine kräftige Partagas kommen, die er am Tisch mit einem Zündholz entflammte. Nach einigen Zügen, die ihm wie ein schaler Genuss vorkamen, kroch Unruhe in ihm hoch.

Welche Optionen hatte er? Er schnippte die Asche weg, ließ die Zigarre ausglimmen und legte einen Zwanziger auf den Mahagonitisch.

Minuten später saß er im Wagen, steuerte den Ford Granada 2,3 GL auf schnellstem Wege nach Moabit.

Jackie Scholl begrüßte ihn mit einem misstrauischen Blick. Er bat sie freundlich um eine Viertelstunde ihrer wertvollen Zeit. Die Wirtschafterin des Ooops! blickte nervös auf ihre

Armbanduhr. Viertel nach neun. Sie kippte den Kopf leicht zur Seite, um ihm den Weg zu zeigen. Sie stöckelte voraus. Er folgte. Sie nahmen unter einem Ölgemälde mit Kamasutra-Szenen Platz. Schummerlicht fiel auf den Ecktisch.

»Was kann ich für dich tun?«

»Du kannst mir das Leben retten.« Sie sah erschrocken auf. Hadersucht fuhr fort: »Irgendwer hat geredet. Und ich bin im Arsch. Es sei denn …«

»Ich weiß nicht, was du meinst.«

Die Überwachungskamera, dachte Hadersucht. Die Kollegen hatten bestimmt die Aufnahmen gleich am Tatabend gesichert, denn viele Kameras speicherten diese auf Datenträgern, die sich nach einer gewissen Zeit überschrieben. Hadersucht hatte eine winzige Hoffnung. Die Hoffnung, dass sie es vergessen hatten.

»Also was?«, fragte Jackie.

»Die Überwachungskamera. Ich brauche die Aufnahmen von dem Abend.«

Sie schüttelte mit ernster Miene den Kopf. »Das kannst du nicht von mir verlangen. Das gibt richtig Ärger.«

Er holte tief Luft. »Ich meine, die Bänder könnten schwer zu finden sein.«

»Du spinnst völlig, Josef. Das sagst du mir als Cop? Ich glaub's einfach nicht.«

Er brauchte das Band. Wenn Renko sah, wie er hier am Abend der Tat als Kunde reinspaziert war, war es aus. »Ich kann dir richtig Ärger machen.«

Sie lachte. »Den hab ich auch ohne dich. Schau dich mal um. Nichts los.«

»Was zeichnet das Band auf?«

»Alles, was reinkommt. Und wieder geht.«

»Gesichter?«

»Das ist der Zweck der Übung.«

»Und warum?«

»Wenn einer sich danebenbenimmt, haben wir ein Foto fürs Poesiealbum.«

Josef bereute, dass er sich zu dieser Verzweiflungstat hatte hinreißen lassen. »Gut. Sorry, dass ich eben die Nerven verloren hab.«

»Au Mann, du kommst mir vor wie diese Typen, die ihre Frauen schlagen. Hinterher tut es ihnen immer leid und sie wollen es ungeschehen machen. Zum Glück weiß ich, dass du nicht so einer bist.« Jackie seufzte. »Vielleicht hab ich was für dich. Marisol. Die Webcam für ihre Netzkunden hat ein Gespräch mit ihr und einer Freundin aufgenommen. Vorgestern. Sie hatte wohl vergessen, sie auszumachen. Warte mal.«

Fünf Minuten später klappte Josef den Laptop auf und spielte das aufgezeichnete Video ab. Den Raum kannte er nicht, es musste einer von denen sein, in denen ausschließlich Videos für Internetkunden produziert wurden. Marisol befand sich in einem Raum, der eine Studentenbude darstellen sollte. Die Girlfriend-Illusion. Eine Matratze auf dem Boden. Im Regal darüber hielten drei Eichhörnchen eine Lichterkette mit dem Wort »LOVE« fest. Marisol saß auf ihrem privaten Frotteehandtuch, im lila Negligé. Josef seufzte. Sie war buchstäblich das Klischee einer iberischen Schönheit, mit tiefschwarzem Haar, dunkelbraunen Augen und dunklem Teint. Ihre Hüftknochen, die sich beim Reinschlüpfen in die Jeans deutlich abzeichneten, machten ihn an. Irgendwoher dudelte Musik. »Sun is up«. Vocal House im Ibiza-Stil. Marisol drehte die Musik leise und sprach über Skype mit einer anderen Frau. Wie sie aussah, vermochte Josef in dem Video nicht zu sehen, er hörte aber, was gesagt wurde. »Endlich! Dios mío! Du lebst. Ich bin fast gestorben vor Sorge um dich.«

»Chill mal, Baby.«

»Ich soll chillen? Und der Typ?«

»Der macht nichts.«

Marisol und ihre Freundin sprachen Spanisch miteinander, in jugendlichem Slang, den er nur einigermaßen verstand. Er konzentrierte sich.

»Hast du ihm gesagt, dass er sich verpissen soll?«

»Er will ein abschließendes Gespräch.«

»Lass dich da bloß nicht drauf ein«, sagte die Frau. »Mach klar, dass du keinen Kontakt willst. Jetzt nicht und später auch nicht.«

»Er sagt, er will nur eine Sache klären. Dann lässt er mich in Ruhe.«

»Dios mío! Und das glaubst du?«

»Was bleibt mir denn anderes übrig?«

»Hol dir Hilfe. Informier dein Umfeld. Weiß außer mir jemand Bescheid?«

»Kein Mensch.«

»Nicht mal deine Eltern?«

»Du hast sie nicht alle. Ich darf nicht mal hier sein.«

»Wissen die überhaupt, was du in Berlin machst?«

»Warte mal. Ich ruf sie gleich an. Hey Mama, weißt du, was ich so mache? Ich wohne in einer WG mit Mädels, die auf LSD Yoga machen. Ich turne nackt vor einer Webcam und rede versautes Zeug, weil die Typen auf meinen Akzent stehen. Ach so, ganz vergessen. Ab und zu lass ich mich für Geld flachlegen.«

»Shit. Ich hatte gedacht, dass du damit aufgehört hast. Hast du keinen Freund?«

»Doch. So was in der Art. Hab ich hier kennengelernt. Weißt du, was am lustigsten ist? Der Typ ist Polizist.«

An dieser Stelle stockte Josef das Herz.

»Ein Bulle? Kriegt der kein Problem?«

»Er sagt Nein. Er sagt, das ist Berlin. Er ist ganz süß. Er will mir Paris zeigen.«

»Paris? Wie geil. Hab ich dir erzählt, wen ich getroffen hab? Martí. Kam mir letztens im Barrio Gotico entgegen. Vor dieser alten baskischen Tapasbar.«

Josef erkannte, wie sich Marisols Stirn bei der Erwähnung von Martí ein klein wenig in Falten zog.

»Hat Martí was gesagt?«

»Er schien ganz fröhlich. Aber man merkte, dass du ihm fehlst. Er hat schnell nach dir gefragt. Ich hab nur Deutschland gesagt. Nicht die Stadt.«

»Gut gemacht.«

»Sag mal, kann es sein, dass …«

»Nein. Martí ist das nicht. Jemand anderes.«

»Und wer?«

»Darüber möchte ich nicht sprechen.«

»Verstehe. Aber du solltest dich bei deinen Eltern melden. Denk drüber nach. Und wenn dich der Typ weiter belästigt, ruf die Polizei.«

»Im Notfall bin ich schnell weg wie der Blitz. Mein Auto steht unten in der Garage.«

»Dann bin ich ja beruhigt. Mach's gut.«

»Du auch, Baby.«

Josef klappte den Laptop zu, tauschte einen Blick mit Jackie Scholl.

»Du bist ja kreidebleich im Gesicht.«

»Geht schon.«

»Hilft dir das?«

»Werden wir sehen. Ich danke dir.«

»Willst du schon gehen?«

Die Frage kam unerwartet, bewirkte aber, dass es in ihm zu pulsieren begann. Er fand, es war durchaus an der Zeit, sich abzulenken. Wenn sie ihn schon grillen würden, dann musste es sich wenigstens lohnen. »Ist der Ruf erst ruiniert«, ging es ihm durch den Kopf. »Lebt es sich immer noch am besten im Bordell«, beendete er den Satz für sich selbst.

»Hey Leute, ich brauch mal Luft«, rief aus dem Partyraum eine junge Frau. Hadersucht stand auf und ging mit Jackie Scholl zu den Gästen. Sechs Männer drängten in ihre Nähe, energisch, aber nicht aggressiv. Der Club, der einst viel auf Reinlichkeit gehalten hatte, machte einen verkommenen Eindruck. Aufgerissene Kondomhüllen im Staub, das WC ein stinkender Albtraum. Die Uhr tickte gegen den Laden. Dass die Betreiber ihn nach dem Ereignis offen hielten, sprach nicht für Pietät oder Taktgefühl. Die Hoffnung, dass Gras über den Garagenmord wachsen würde, trog. Am Tag des ersten Presseberichts über den Mord ließen sich nur Abgebrühte anlocken. Doch die wollten es krachen lassen. Hadersucht setzte sich auf einen Stoffwürfel in der Ecke und beobachtete das wüste Treiben.

21.30 UHR. OOOPS!

Ein melodisches Klingeln verhieß einen neuen Gast. Jackie Scholl strebte Richtung Eingang, während Josef sich wegdrehte. »Halloooo. Du warst schon mal hier?«

»Nein. Erstes Mal.« Renko Horstmann sah, wie die Dame ihm zuzwinkerte.

»Dann komm rein, Schatzi.«

Freunde unter sich, dachte sich der Beamte. Renko wies sich als Polizeibeamter aus. Das Gesicht der Dame fiel zusammen wie ein misslungenes Soufflé. »Sind Sie Frau Jackie Scholl, die Wirtschafterin?«, fragte Horstmann.

Sie nickte. »Das bin ich. In meiner ganzen Pracht. Darf ich Ihnen einen Kaffee anbieten?«

»Gern. Gibt es einen Raum, in dem wir uns ungestört unterhalten können?«

»Der Eckplatz an der Bar. Ist wenig los im Moment. Traurig.«

Renkos Trauer hielt sich in Grenzen. Von außerhalb seines Sichtbereiches dröhnte Stöhnen an sein Ohr. Doch die Dame redete einfach weiter.

»Seit der Angelegenheit kommen viel weniger Gäste. Schade, denn wir waren für viele eine Art zweite Heimat. Manche müssen sich ja erst überwinden, bevor sie in einen Sexclub gehen.«

Manche nicht, dachte Renko und hatte jemanden Bestimmtes im Sinn.

»Kann ich mir kaum vorstellen«, sagte er. »Das Verbrechen ist ja nicht lange her. Und Sie klagen jetzt schon darüber, dass der Laden schlecht läuft? Da kann man wohl nicht von angemessener Trauerzeit reden.«

Jackie lächelte gezwungen. Irgendwie schien ihr Make-up verrutscht zu sein. »Das ist eine Ausnahmesituation. Die Presse hat sich auf uns als Ort schrecklicher Dinge eingeschossen. Die meisten trauen sich nicht mehr her.«

»Die kommen schon wieder«, sagte Horstmann. »Die Ratten kommen aus ihrem Bau, wenn sie Hunger haben«, fügte er hinzu und beobachtete dabei ihr Gesicht. Das blieb seltsam ungerührt.

»Mut zu fassen dauert Zeit. Zu uns kommen ganz viele nette, tolerante deutsche Paare. Wer weiß, wann die sich hier wieder blicken lassen.«

»Ach ja?«

»Nichts gegen Mitbürger mit Migrationshintergrund. Aber die Clubleitung ist der Meinung, dass es auch Rückzugsorte für ein gepflegtes Zusammensein der Deutschen geben muss.«

Renko feixte sarkastisch. »Aber bei den Professionellen greifen Sie dann doch auf Frauen aus Rumänien und anderen EU-Staaten zurück.«

»Professionelle gibt's hier nicht.«

»Erzählen Sie mir bitte keinen Unsinn, Frau Scholl.«

Sie sah ihn herausfordernd an. »Hellsehen kann ich leider nicht. Stellen Sie sich vor, ein nettes Paar kommt reinspaziert und möchte bei unseren Partys mitmachen. Woran erkennen Sie, ob der Typ ihr Zuhälter ist?«

»Was sexuelle Dienstleistungen gegen Bezahlung sind, wissen Sie? Wir versuchen, den Abend vom 23. auf den 24. zu rekonstruieren. Sie hatten Dienst.«

»Dienst ist gut. Ich bin immer hier. Außerdem habe ich mit Ihrem Kollegen bereits gesprochen. Was wollen Sie also noch?« Sie legte sich murmelnd Worte zurecht.

»Fassen Sie für mich doch noch einmal Ihren Arbeitstag zusammen«, bat Horstmann.

»Ich war um neunzehn Uhr da. Hab mich umgezogen und bin an die Bar. Gegen acht kommen die ersten Gäste. Ich lasse sie rein, führe sie in den Umkleideraum. Die ziehen sich zuerst um, schließen den Spind ab und geben mir dann an der Bar den Schlüssel. Also mir oder meiner Kollegin Nancy. Es kommen mehr Single-Damen, als man denkt. Da wir nur zwei Herren pro Dame in den Club lassen, brauchen die Frauen auch keine Angst vor dummer Anmache zu haben. Klar gehen manche Herren leer aus, die sagen sich dann, ich hatte zwar heute keinen Sex, habe aber trotzdem einen netten, ungezwungenen Abend verbracht.«

Renko Horstmann schüttelte den Kopf. Eine Reinigungsfrau kam mit einem Stapel Handtücher vorbei und zog den Geruch frischer Wäsche hinter sich her. »Man könnte wirklich denken, es wäre nichts passiert. The show must go on.«

Sie protestierte. »Wollen Sie mich mit Absicht falsch verstehen? Jeder hier hat Marisol gemocht. Sie war ein ganz tolles Mädchen. Als sie hier anfing, war sie etwas schüchtern. Die Vorstellung, ständig mit Nacktheit und Sex zu tun zu haben, war ihr total fremd. Sie kam aus einer katholischen Gegend. Aus Aragonien oder so. Weiß der Himmel, wo das ist. Mit der Zeit hat sie sich daran gewöhnt. Hat nicht lange gedauert, da hatte sie Stammgäste.« Die Bardame servierte Kaffee.

»Eben sagten Sie, es gebe hier keine Professionellen. Da haben Sie sich wohl versprochen, was?«

»Alles eine Frage der Definition«, entgegnete Jackie Scholl gereizt. Sie knetete sich die langen Finger. Ein Nagel war eingerissen. »Die Mädchen mieten unsere Räume und gehen ihren Geschäften nach. Wir vermitteln nur.«

Horstmann hatte das Gefühl, sie würde ihn am liebsten anspucken. Er nahm sich eine Tasse Kaffee, bevor er die Befragung fortsetzte. »Von den Damen, die hier bei Ihnen Mieter sind, hätte ich gern eine komplette Liste.«

»Darf ich das denn? Ich meine, ich hätte Ihrem Kollegen die schon gegeben.«

»Das haben Sie nicht gemacht. Ich habe Ihre Aussage im Protokoll. Sie müssen das sogar. Es sei denn, Sie wollen die Ermittlung in einem Mordfall behindern. Also. Auch die Liste der Gäste, soweit namentlich bekannt. Ganz oben die Namen der Stammfreier, die am dreiundzwanzigsten da waren. Gibt's hier Kameras?«

»Im Eingangsbereich. Aus Sicherheitsgründen. Wir nehmen den Schutz der Privatsphäre der Kunden ernst, müssen unsere Damen aber auch schützen. Wir weisen extra auf die Kamera hin. Steht da auf dem Schild.« Jackie Scholl zeigte mit der Hand auf ein Hinweisschild, das hinter einer Palme kaum zu erkennen war.

»Keine Kamera in der Garage?«

»Doch, normalerweise ja, aber die geht seit Wochen nicht. Sie wissen ja gar nicht, wie schwer es ist, einen Techniker aufzutreiben.«

»Kann ich die Videos einsehen?«

Sie nickte zögerlich.

»Gut«, sagte Renko. »Dann wollen wir mal.«

Die nächste Stunde verbrachte Renko Horstmann damit, die Bilder der Mordnacht zu sichten. Er spulte mit zweifacher Geschwindigkeit vor. Bassek und die Kollegen würden später abwechselnd das Video in Echtzeit sichten, dabei eine Gesichtserkennungssoftware durchlaufen lassen. Um den Tatzeitpunkt herum hatten fünf männliche Personen den Club verlassen. Das Video endete dem Timecode zufolge um fünf Uhr fünfzehn.

Jemand klopfte. Jackie Scholl lugte herein. »Ich wollte sagen, dass gleich offizieller Partybeginn ist. Brauchen Sie noch lange?«

»Das dürfen Sie gern mir überlassen.« Renko Horstmann schloss die erste Sichtung der Datei ab, zog sich eine Kopie auf einen Datenstick und ging zur Bar, um sich von Jackie Scholl zu verabschieden. Misstrauische Blicke der Gäste begleiteten den bekleideten Eindringling auf dem Weg zum Ausgang. Die Tür zur Umkleide mit den Spinden stand offen. Renko lugte hinein. Josef stand in Unterhose vor ihm.

»Das glaube ich ja nicht. Hast du sie noch alle?«

»Ich bin das nicht.«

17.00 UHR. CASTELLDEFELS

Einen Atemzug lang herrschte Stille. Dann fegte der Nord-
wind Tramuntana mit seiner für die Jahreszeit typischen
Unnachgiebigkeit über Barcelona hinweg. Als Lucia Costa
die Balkontür schließen wollte, dröhnte eine Stimme her-
auf. Sie gehörte Pedro, dem Fremdenführer, der den Touristen das Raval zeigte. Mit dramatischer Stimme erzählte er
unter ihrem Balkon die Geschichte von der Prostituierten
und dem verliebten Dieb. Pedro und Touristen zogen nach
wenigen Minuten weiter, verfolgt von Händlern aus Pakis-
tan, die Krimskrams aus Pappkartons feilboten. Lucia Costa
schaltete das Radio ein. Cadena SER brachte ein Interview mit
Carles Puigdemont, dem neuen Ministerpräsidenten. Was er
sagte, verstand Lucia wegen der Abrollgeräusche der Skate-
boarder vor ihrem Fenster nicht.

Um Licht in die Straßen zu bringen, hatte die Stadtver-
waltung viele der alten Häuser im Raval abreißen lassen und
damit das Angebot an Wohnraum weiter verknappt. Neu-
bauten entstanden an palmengesäumten Alleen, aber die
Wohnungen darin waren für Normalverdiener unbezahlbar.

Lucia ließ den Gasofen ausgehen, der auf Rädern ruhte
und sich in jeden Raum schieben ließ, in dem Wärme benö-
tigt wurde. Die Eigentümer rüsteten die alten Wohnungen
ungern mit Zentralheizungen nach, dachte Lucia, denn dann
würden sich die Mieter ja wohlfühlen und womöglich nie
ausziehen. Die Mieten wurden trotzdem erhöht, und inso-
fern war es gut, dass Lucia wieder ihren Job hatte.

Mossos d'Esquadra. Geschwaderjungs. Allein der Name

sagte bereits aus, wie schwer man es dort als Frau hatte. Alles andere als Musterknaben, aber eben die katalanische Polizei.

Lucia war nach Beendigung der Schule voller Elan in die Fußstapfen ihres Vaters getreten. Er war hochrangiger spanischer Polizist, bis heute. Als Kind hatten sie oft zusammen Räuber und Gendarm gespielt. Später sogar manchmal Guardia Civil und Katalane, ein Spiel, bei dem sie immer schreiend davonlaufen musste, während er sie mit seinem Dreispitz verfolgte, als wäre er ein wilder Stier. War Lucia als Katalanin erzogen worden, so verkörperte ihr Vater die Ordnung des Staates. Bei den Kinderspielen, die lange zurücklagen, bedeutete es ihr nichts. Allein der Umstand, einen Vater zu haben, der mit ihr spielte, zählte. Später, in der Jugend, brachten unterschiedliche politische Ansichten die Gräben mit sich, die unüberwindlich schienen und durch die Trennung ihres Vaters von ihrer Mutter Elisabeth nur tiefer wurden. Jetzt, mit achtunddreißig, war es ihr egal. Sie hatte die Aufnahme in das Corps der katalanischen Polizei mit Bravour bestanden und war schneller als alle Teilnehmer ihres Jahrgangs befördert worden, bis Miguel Ortega sich ihrer annahm und sie zur leitenden Ermittlerin erhob. Er war ein zweiter Vater für sie geworden. Wie sich die Geschichte wiederholte. Ihr Familienleben war zum Scheitern verurteilt gewesen. Was blieb, war, weiter im Dreck zu wühlen.

Mit einem Blick in den Spiegel schloss Lucia das enge Lederhalsband mit den kleinen spitzen Nieten, das sie in den vergangenen Monaten so gern getragen hatte, um andere auf Distanz zu halten. Wenn sie wieder ein Teil des Corps war, musste sie darauf verzichten, dachte sie beiläufig. Sie zog sich die Allwetterjacke über und verließ die Wohnung.

Zwei Straßenecken weiter stand ihr Wagen in einer Garage, ein weißer Fiat 500 mit Sportlackierung. Wenigstens durfte sie den Sprit in Rechnung stellen. Der konnte beim Stop-and-go im dichten Stadtverkehr von Barcelona ins Geld gehen.

Gegen halb sechs Uhr erreichte Lucia Castelldefels. Der einst mondäne Badeort war aus der Mode gekommen. In den Chiringuitos, den Strandbars, verloren sich einzelne Senioren, die bei den vorbeifahrenden Fahrzeugen von ihren Eisbechern aufschauten. Die besseren Viertel lagen auf einem bewaldeten Hügel rund um den Parc del Castell. Lucia stoppte in der Avinguda vierhunderteinunddreißig und wartete. Sie wollte eine ganz bestimmte Frau treffen. Sie vorher etwas beobachten und dann befragen.

Etwa eine halbe Stunde später trat eine rundliche Frau aus dem Haus, schob sich eine insektenartige Sonnenbrille auf die Nase und schloss einen Kia Picanto auf, der im Schatten einer Palme stand. Lucia prüfte das Foto in der E-Mail von Miguel Ortega. Dolores Hernández, kein Zweifel. Die Frau, die sie suchte. Die Dame erinnerte Lucia an ihre eigene Mutter, auch wenn sie deutlich jünger war. Elisabeth Costa war schwer erkrankt. Lucias rechte Faust verkrampfte sich bei dem Gedanken. Sie und Elisabeth hatten sich in den letzten Jahren selten gesehen. Was Lucia wie eine späte Rache für die emotionale Leere ihrer Kindheit vorkam.

Sie wischte den Gedanken beiseite, als Dolores losfuhr. Lucia setzte ihr nach, ließ zwei Fahrzeuge zwischen ihnen. Sie durfte nicht allzu nah hinter ihr herfahren, was bei einer längeren Fahrt zu auffällig gewesen wäre. Einmal hätte sie Dolores fast verloren, als eine Ampel auf Rot schaltete und sie im letzten Augenblick Gas gab. Eine Dreiviertelstunde später stoppte Dolores auf dem Parkplatz am von Antoni Gaudí gebauten Parc Güell. In unmittelbarer Nähe, aber abseits der Touristenpfade lag das La Paloma Blanca, ein bei Angestellten internationaler Firmen beliebtes Bordell.

Dolores nahm den Trampelpfad der Freier, Lucia blieb in

sicherer Entfernung. Wenig später gellte eine Frauenstimme aus einem Fenster. Lucia schlich zur Längsseite des Gebäudes. Am Eingang stand ein Türsteher im billigen Anzug. Sein Haar war so kurz geschoren, dass die Kopfhaut durchschimmerte. Das Gesicht des Mannes war mit Akne übersät. Steroidmissbrauch, schlussfolgerte Lucia. Wer zu faul oder dafür nicht geschaffen war, viel Muskelmasse aufzubauen, griff zu dem unberechenbaren Zeug. Der Typ starrte geradezu auf sein Handy, sodass sie unbemerkt ins Gebäude schlüpfen konnte. Im Treppenhaus roch es nach Desinfektionsmittel und billigem Parfum. Die Tür eines Lofts mit fuchsiafarbenen Wänden stand offen. Lucia lugte hinein. Zwei Mädchen, beide knapp volljährig, hielten sich auf dem Sofa fest umklammert. Vor dem Tresen Glasscherben, auf dem Fußboden die traurigen Reste eines Cocktails. Nur die Bierflaschen auf der Bar hatten den Zorn von Dolores heil überstanden.

»Wo ist sie?

»Wer ist wo?«, antwortete der mittelgroße Mann im bronzefarbenen Anzug.

»Marisol«, sagte Dolores. »Meine Tochter.«

»Ich kenne keine Marisol.«

»Ich weiß aber, dass sie hier war.«

»Wer sagt das?«

»Martí. Ihr Chulo. Er hat sie euch gebracht.«

Der Türsteher von unten trat atemlos hinzu. »Alles okay, Tobi?«

»Schön dich zu sehen, Hector. Weißt du, was ein Chulo ist?«

Hector hob die Schultern und grinste. »Ich hab keine Ahnung.«

Tobi wandte sich erneut an Dolores. »Ein Chulo ist ein Zuhälter. So etwas gibt es bei uns nicht. Wir sind ein seriöser Club. Aus welchem Land stammt deine Tochter?«

»Sie ist eine waschechte Spanierin«, sagte Dolores.

»Ah, ein Barcelona-Girl? Haben wir hier nicht.« Um Bestätigung heischend, ließ er seinen Blick zu den Mädchen auf dem Sofa schweifen. »Wo kommt ihr beiden her?«

»Targoviste«, rief die Ältere. Tobi nickte ihr zu und ergriff das Wort. »Das liegt in Rumänien, bei Bukarest. Sie sind einer Fehlinformation aufgesessen. Am besten gehen Sie jetzt und suchen woanders.«

»Das könnte euch so passen. Ich schicke euch die Polizei auf den Hals.«

Tobi lachte schallend. »Pure Zeitverschwendung. Alle Frauen sind freiwillig hier, ihre Papiere sind in Ordnung. Wir sind ein europäisches Wachstumsunternehmen mit Schwerpunkt Osteuropa. Aber wir nehmen gerne Bewerbungen entgegen. Es gibt durchaus Nachfrage nach gepflegten älteren Damen.«

Hector prustete ob dieser Provokation.

»Unverschämter Dreckskerl.«

»Hector, darf ich dich bitten, die Dame zum Ausgang zu begleiten?«

Lucia versteckte sich ein Stockwerk höher und sah hinunter. Hector schleifte die wild um sich schlagende Dolores an der Hüfte gepackt hinter sich her. Lucia folgte ihnen. Schlaff wie ein Sack hing Dolores in Hectors kräftigen Armen, als er sie aus dem Gebäude zog und am Haupttor des Lieferanteneingangs ablegte. Er sah nicht, wie sich Lucia näherte. Sie packte ihn am linken Ohr, an dem er einen goldenen Ring trug. Er schrie auf, und sie trat ihm in die Kniekehle. Hector knallte mit rudernden Armen auf den Asphalt. Lucia schnallte ihr Nietenhalsband los, knipste den Ohrring von Hector damit ans Metalltor und verschloss das Lederband, als würde sie ein geparktes Fahrrad absperren. Dolores sah Lucia ungläubig an. Als Lucia ihr aufhalf, glomm Dankbarkeit in ihren Augen. Sie ließen Hector fluchen und eilten weiter. »Komm, wir nehmen meinen Wagen«, sagte Lucia.

Zehn Minuten später parkte Lucia an einem Café. Ein paar Mönchssittige flatterten vorbei. Sie bestellten Kaffee.

»Wieso kannst du so gut kämpfen?«, fragte Dolores zwischen zwei Schlucken.

»Das ist Teil der Ausbildung bei den Mossos.«

»Du bist Polizistin?«

Lucia nickte. »Das war heftig gerade, oder?«

»Allerdings«, sagte Dolores und schob die Tasse weg.

»Fühlst du dich trotzdem in der Lage, ein paar Fragen zu beantworten?«

Dolores nickte stumm.

»Dann erzähl mir etwas über Marisol.«

Dolores begann zaghaft, aber dann erzählte sie, dass sie von Marisol seit Monaten nichts gehört hatte, und das war nicht ihr einziger Kummer. Ihr Mann hatte sich als Säufer erwiesen, sein Bruder als drogenabhängig. Lucia hörte alles mit an und machte sich Notizen. Es fiel ihr schwer, Dolores in die Augen zu sehen. Denn Marisol lebte nicht mehr. Und das durfte Lucia Dolores nicht verraten. Aus ermittlungstaktischen Gründen. Aber es brach ihr Herz.

Lucia verschwand im Waschraum. Als sie einige Minuten später zurückkehrte, hielt Dolores einen Pedro III in den Händen. »Trinkst du einen Cognac mit, Schätzchen?«

»Bloß nicht«, sagte Lucia. »Ich sollte bei der Arbeit nicht trinken.«

»Komm schon. Das war richtig gut, wie du diesen Arsch abserviert hast.«

»Danke«, sagte Lucia. »Aber noch mal zu dem Bordell eben. Auch wenn Tobi und Hector das bestreiten, bin ich sicher, dass Marisol dort eine Zeit lang gearbeitet hat. Kannst du genauer sagen, wie lange sie fort ist?«

»Fünf, sechs Monate.« Dolores stiegen Tränen in die Augen.

»Habt ihr denn keine Vermisstenanzeige aufgegeben?«

»Nein.«

»Warum nicht?«, wollte Lucia wissen.

»Manuel war dagegen.«

»Wer ist das?«

»Mein Mann«, sagte Dolores. »Er meinte, Marisol wird sich sicher bald melden. Hat sie aber nicht. Und weil Manuel nichts tut, musste ich es tun.« Dolores schluchzte wieder. Lucia strich über ihren Arm.

»Ich bringe dich jetzt besser nach Hause. In deinem Zustand solltest du nicht mehr fahren, Dolores. Den Wagen musst du dann ein anderes Mal abholen.«

Im Fiat schlief Dolores auf dem Beifahrersitz ein. Sie fuhren bergab in Richtung Stadt gen Süden, auf die Stadtautobahn. Zur Rushhour herrschte dichter Verkehr auf der Ronda de Dalt. Im Autoradio schimpfte jemand, Lucia erkannte die Stimme, sie gehörte Generalstaatsanwalt José Manuel Maza, der gegen alle Bürgermeister wetterte, die das Referendum über die Unabhängigkeit in ihren Gemeinden erlauben wollten. Der Jurist ließ den Reporter nicht zu Wort kommen. »Missachtung des Gerichts!« »Rechtsbeugung!« »Berufsverbot!« Als sei es eine Antwort, hupte ein Wagen. Es galt Lucia, die sich energisch in eine Lücke zwischen einem Mercedes und einem Seat gezwängt hatte.

Blut sickerte Lucia durch eine aufgeplatzte Narbe im Hemd. Musste während der Attacke auf den Wachmann passiert sein, fürchtete sie. Lucia zog den Reißverschluss der Windjacke hoch. Ihre Wunden gingen Dolores nichts an. Aber die schlief ohnehin.

In Castelldefels fand sie das Haus auf Anhieb. Vor der Haustür stand ein untersetzter Mann in Trainingshose und Pantoffeln. Er hielt eine Lesebrille in der Hand. Manuel

Lobrega lief zum Wagen, riss die Beifahrertür auf und umarmte seine Frau, die sich schlaftrunken aus dem Beifahrersitz erhob. Lucia stellte sich vor, und er bedankte sich gestenreich.

Sein Lächeln gefror, als er sich an Dolores wandte. »Wo hast du denn gesteckt? Ich hab mir Sorgen gemacht. Beim Friseur hab ich nachgefragt, keine Spur von dir.«

»Ich war nicht dort«, sagte seine Frau. »Ich hab keine Ruhe, bevor wir nicht Marisol wiederhaben.«

»Denkst du, ich? Wir waren viel zu lange untätig. Glaubst du, ich sitze hier nur rum? Ich hab versucht, diesen Martí anzurufen, diese Ratte.«

Lucia hielt ihre Arme zwischen das streitende Paar. »Es reicht jetzt, Herr Lobrega. Die Nachforschungen können Sie getrost mir überlassen, das ist nämlich mein Job.«

»Dann erledigen Sie das. Sehen Sie nicht, dass meine Frau mit den Kräften am Ende ist?«

Er klatschte ihr mehrfach leicht auf die Wangen wie bei einem störrischen Esel. Dolores stöhnte nur. Sie stützten die Frau, führten sie ins Haus und legten sie im Wohnzimmer aufs Sofa. Manuel nahm auf der Sofalehne neben seiner Frau Platz.

»Entschuldigung für eben. Ich habe die Beherrschung verloren. Kaffee?«

Sie ließen Dolores in Ruhe und setzten sich an den Esstisch. Fotos von Familienangehörigen hingen an der Wand darüber. Manuel stellte sie der Reihe nach vor, als er Lucias neugierige Blicke bemerkte.

»Das da oben ist Onkel Santiago, er besitzt eine Rennstrecke in Sitges. Er hat Marisol im Arm, da war sie gerade zwei.«

Lucia schluckte, Manuel sprach im Erzählton weiter, sie unterbrach seinen Redefluss. »Wer ist der gut aussehende Mann dort?«

Manuel errötete leicht. »Das bin ich. Hab ich mich so sehr verändert? Das neben mir ist mein Bruder Antonio.«

Beim Kaffee gab ihr Manuel einen Grundriss der Familiengeschichte, verschwieg nicht, dass der eine oder andere Hernández mit dem Gesetz in Konflikt geraten war. Lucia hakte genau dort ein, erklärte, wo sie Dolores gefunden hatte. »Wussten Sie, dass Marisol in dem Bordell gearbeitet hat?«

»Ich hatte davon gehört«, sagte Manuel.

»Was wissen Sie über ihr Verschwinden?«

»Marisol? Sie hat sich kurz verabschiedet und war weg. Sie hat nie angerufen. Dass sie in Berlin ist, weiß ich von einer ihrer Freundinnen. Musste sie förmlich anbetteln, um das zu erfahren.«

»Sie wissen es und haben es Ihrer Frau nicht erzählt? Stattdessen erlauben Sie, dass sie auf eigene Rechnung Nachforschungen anstellt. Was für eine Ehe führen Sie denn?«

»Das ist nicht Ihre Angelegenheit.«

»Verstehe.« Im Innersten spürte Lucia, dass das sehr wohl zu ihrer Angelegenheit werden konnte. Wenn sie es nicht längst war.

»Hatten Sie Streit mit Marisol?«

Er sah gedankenverloren umher. »Es gab immer Streit mit ihr. Haben Sie Kinder? Nein? Dann wissen Sie nicht, wie das ist. Eines Tages stand dieser Typ mit seinem Motorrad vor der Tür. Bezahlt vom Hurenlohn meiner Tochter. Können Sie sich vorstellen, wie sich so was anfühlt? Mal abgesehen von der Schande.«

Lucia horchte auf. Dem Menschen schien sein Ruf mehr zu bedeuten als das Wohlergehen seiner Frau und ihrer Tochter.

»Sie meinen, wegen der Nachbarn?«

»Wir waren das Gespött der ganzen Straße«, sagte Manuel. »Die haben sich hübsch das Maul über uns zerrissen. Der Sohn von den Sainz gegenüber war schockiert. Er war ein bisschen verliebt in Marisol und wollte nicht glauben, dass sie auf den Strich geht.«

Lucia ließ sich die Kontaktdaten des jungen Mannes geben und verabschiedete sich.

Was sie brauchte, war kein Kaffee, sondern mindestens ein Bier. In Rekordzeit erreichte sie über die Landstraße die Vororte von Barcelona, quälte sich eine halbe Stunde durch den Stadtverkehr, bis sie den Fiat am angestammten Garagenplatz in der Carrer de l'Hospital abstellte. Lucia befühlte ihre Brust. Die Wunde schmerzte. Mit Glück fand sich im Handschuhfach ein frisches Leukostrip-Pflaster und Capsaicin-Creme mit Chili als lokalem Anästhetikum. Danach unter die Leute gehen? Als sei es eine Antwort, bimmelte das Telefon. Lucia ging ran. »Mama! Wie geht's dir? Schön, dass du anrufst!«

»Hallo, Lucia, meine Liebe. Wo steckst du?«

»In Barcelona. Ich sitze im Auto.«

»Oh Gott, ich ruf später an.«

Lucia lachte. »Brauchst du nicht. Ich bin in der Garage. Fast zu Hause.«

»Ich wollte dich nicht stören.«

»Du störst mich nicht.« Der traurige Klang in Elisabets Stimme irritierte Lucia.

»Aber Kind, du hast doch dein eigenes Leben. Da darf ich dir nicht reinreden.«

»Ach Mama. Du weißt, dass das nicht stimmt.«

»Wichtig ist, dass du auf eigenen Beinen stehst. Das ist entscheidend.«

»Entscheidend ist was anderes. Was hat der Arzt gesagt?«

Ihre Mutter antwortete nicht. Dann folgte ein tiefes Luftholen. Lucias Magen verkrampfte. »Der Arzt war nett. Sehr freundlich. Er hat es mir schonend beigebracht. So wie ich es bei dir versuche.«

Lucia schwieg.

»Er hat gesagt, mir bleiben ein paar Wochen«, sagte Elisabeth. »Der Krebs ist weit fortgeschritten. Da kann man nichts machen.«

Lucia blieb nach dem Telefonat fast eine halbe Stunde im Wagen sitzen, unfähig, sich zu rühren. Sie konnte sich ein Leben ohne ihre Mutter nicht vorstellen. Es machte ihr große Angst. Aber sie fühlte gleichzeitig etwas Überraschendes, eine Art vorausschauende Erleichterung. Würde dieses tiefe Gefühl von Einsamkeit enden, wenn ihre Mutter nicht mehr da war? Tiefe Hoffnungslosigkeit hielt ihr Herz umklammert. Sie musste sich ablenken, dachte an die nächsten Schritte, die zu tun waren. Sie zog das Notizbuch hervor, indem sie die Ergebnisse der Ermittlungen notierte. Marisol war verschwunden, im Gegensatz zu ihren Eltern wusste Lucia von ihrem Tod. Sie fühlte sich schäbig bei dem Gedanken, Dolores und Manuel im Unklaren gelassen zu haben. Sie wusste, dass sie noch lange nicht die Alte war.

Die Seite mit den Namen der Verdächtigen war fast weiß. Daneben ein Diagramm, das die Beziehungen der Menschen in ihrem Umfeld visualisieren sollte. Vater, Mutter, Verwandte, Freunde. Jetzt trug sie die ersten zwei Namen ein:

Manuel Lobrega, Vater.

Martí X., Zuhälter.

12.00 UHR. VALLE DE LOS CAÍDOS

Inmitten des Tempels stand ein Sarg mit offenem Deckel. Ilian Bulgur konnte den Blick nicht davon abwenden, obwohl ihn der Anblick erschaudern ließ. Erst vor wenigen Minuten hatten sie ihn aus dem Sarg geholt, vor lauter Panik mehr tot als lebendig. In der mit Samt ausgeschlagenen Kiste hatte er die Nacht verbringen müssen, als letzte einer Reihe von Prüfungen. Bulgurs Anzug war zerknittert, das Hemd war speckig. Er roch nach Schweiß, Todesangst hatte ihn zittern lassen. Er saß so da, an einer festlich mit Kandelabern geschmückten Tafel, wobei er sich mühte, langsam und stetig zu atmen, um seinen Pulsschlag zu regulieren. Er spürte die Blicke der Anwesenden, wollte sich keine Blöße geben. Nicht jetzt, wo es überstanden war. Doch seine Tischnachbarn nahmen Bulgurs durchdringenden Geruch offenbar teilnahmslos hin. Sie waren eine Bruderschaft, und alle hatten einst dasselbe durchgemacht. So erklärte sich Bulgur das. Aber sicher war er sich nicht. Vielleicht waren sie nur geschickt darin, ihren Ekel zu unterdrücken. Sein Tischnachbar hatte einmal, als sich ihre Blicke trafen, die Nase hochgezogen. Die kleine Falte zwischen Nasenflügeln und Mundwinkeln war Bulgur nicht verborgen geblieben.

»¡Viene el maestro!«, brüllte jemand und riss Bulgur aus seinen Gedanken. Alle am Tisch erhoben sich. Ein riesenhafter Mann in einer purpurnen Robe betrat den Saal, er lüftete den Dreispitz zum Gruß und strich sich durchs graue Haar. Mit der Linken hielt er eine Dogge an einer kurzen Leine.

Weihrauch lag in der Luft, mischte sich mit dem Geruch von Essen.

»Al suelo! Auf den Boden!«, rief der Alte. Sie gruppierten sich um den Sarg, gingen in die Knie und legten sich hin, einer neben den anderen. Bulgur verglich sich mit dem frisch rasierten Mann neben ihm, das war ihm unangenehm, er sah stattdessen zur Kassettendecke hoch, um den Blicken zu entgehen. Auf das Handzeichen des Alten erhoben sich die Anwesenden. »Zu Tisch«, befahl er, den alle den Galizier nannten, wie Ilian Bulgur wusste. Seine Stimme war scharf wie bei einem Offizier, der im Kommisston seine Gebrechlichkeit überspielte. Mit den anderen nahm Bulgur wieder auf den Wappenstühlen Platz. Er war erleichtert, die Sargprobe bestanden zu haben, doch dass ihn niemand ansprach und danach fragte, ärgerte ihn. Er fühlte sich wie ein Penner, den reiche Leute zu ihrem Amüsement an ihre Tafel gebeten hatten. Es wurde aufgedeckt, silbernes Besteck auf das Tischzeug aus Damast gelegt. Der fein geschnittene Pata-Negra-Schinken verströmte einen Nussgeruch, den Bulgur unwiderstehlich fand. Hinter dem Samtvorhang kamen Diener hervor, um zeitgleich die Servietten aus den Weingläsern zu ziehen. Der Galizier erhob sich und mit ihm die ganze Tischgesellschaft. »Meine Brüder. Die Marcha de Oriamendi.«

Sogleich dröhnte die alte Hymne, in der es um Gott, den König und das Vaterland ging. Sie sangen stehend mit, verharrten zum Ausklang einen Moment im Gebet, bevor sie sich den Speisen widmeten. Der Galizier trat an Bulgur heran, legte seine altersfleckige rechte Hand auf dessen Schulter und wies auf das in Öl gemalte Porträt. Bulgur drehte sich um und musterte die Figur, die darauf abgebildet war. Sie trug die grüne Uniform der Guardia Civil, mit Abzeichen und Orden. Auf dem Kopf des Mannes ein Dreispitz, sein rechter Arm war emporgereckt, und in der Faust hielt er eine Pistole. Bedächtig ruhte die Hand des Galiziers auf Bulgurs Schulter.

»Du weißt, wer das ist.«

»Antonio Tejero«, sagte Bulgur schnell. »Der Commandante.«

»Jawohl!«, bellte der Greis. »Ein Mann, wie er nur einmal im Jahrhundert geboren wird. Ich stand an seiner Seite, als wir ins Parlament eindrangen, um die alte Ordnung wiederherzustellen. Er gab Warnschüsse in die Luft ab und er rief ...«

»Al suelo!«, ergänzte Bulgur. »Auf den Boden!« Im selben Moment schämte er sich, senkte den Kopf und entwich so dem Blick des Galiziers.

»Richtig«, sagte der Greis.

Das klang kühler als eben, dachte Bulgur. Innerlich ging er mit sich ins Gericht, wie konnte er dem Meister ins Wort fallen? Der Alte nahm die Hand von Bulgurs Schulter und ballte sie zur Faust, als er zur Tischgesellschaft sprach. »Und wie sie auf den Boden sanken. Diese Demokraten. Wie sie zitterten vor den Söhnen des Cid!« Er zeigte auf ein weiteres riesenhaftes Gemälde an der Wand, das einen christlichen Ritter mit erhobenem Schwert im Kampf gegen Ungläubige darstellte.

»Al suelo!«, riefen die Brüder. Die Dogge kläffte.

Mehr als das Hauptgericht aus gebratenem Wildschwein, Pimientos de Padrón und Schmorkartoffeln genoss Ilian Bulgur die Anwesenheit der Brüder, die ihm zwar weiter keine Aufmerksamkeit schenkten, aber nun saß er hier bei ihnen. Er war jetzt ein Sohn des Cid. Welch Ehre für einen Rumänen, einen Nichtspanier. Als Bulgur die Hand auf dem Hosenbein ruhen ließ, spürte er etwas Warmes – die Dogge, wie er feststellte. Er streichelte den Hund, der ihn anknurrte. Bulgurs Tischnachbar flüsterte dem nächsten Bruder ins Ohr, Bulgur ließ die Hand dort, wo sie war, alles schien eine Mutprobe an diesem Abend. Die Dogge umstreifte Bulgurs Beine, bevor sie weiterzog. Bei der Securitate hatten sie ihm beigebracht, auf kleinste Hinweise zu achten. Ausbildung und Erfahrung hatten seine Sinne geschärft, lange bevor er nach Spanien gekommen war. Er hatte früh gelernt, seine Angst zu unterdrücken, das hatte ihm in den letzten Monaten geholfen, bei der militärischen Ausbildung an der Costa del Sol und am meisten während der Nacht, als er im Sarg gelegen hatte. Bulgur ließ den Blick über die Tafel schweifen. Alles Söldner und Legionäre, Kämpfertypen ohne Skrupel, für die Zivilgesellschaft nicht zu gebrauchen. Aber dafür kannten sie, das hatte Bulgur während der Ausbildung erfahren, viele Würgegriffe und die Bauteile aller erdenklichen Waffen. Eine Hand streckte sich ihm entgegen. »Du bist Ilian.«

»Der bin ich«, sagte Bulgur erfreut, »und wie heißt du?«

»Mortadelo.« Seine Haut war pockennarbig und im Haar glänzte eine ölige Pomade.

»Du musst mehr trinken, Bruder«, sagte Mortadelo und schenkte Bulgur ungefragt schweren Rotwein nach.

»Später gehen wir zu den härteren Sachen über. Hast du dir schon überlegt, wie wir dich nennen sollen?«

»Nennt mich doch Ilian.«

Mortadelo lachte. »Das ist nicht Brauch bei uns. Schau dort, das ist Carrero Blanco, und der Bruder gegenüber heißt Primo de Riviera.«

»Das waren alles große Männer«, sagte Bulgur.

»So ist es«, sagte Mortadelo, »verdiente Mitstreiter unseres Caudillos.«

»Francisco Franco«, sagte Bulgur und Mortadelos Pupillen weiteten sich.

»Wir ehren sein Andenken. Wie alt bist du?«

»Einundfünfzig«, sagte Bulgur. »Und du?«

»Zweiundsechzig«, sagte Mortadelo und sah an sich herab. »Schon halb tot.«

»Hast dich aber gut gehalten.«

Mortadelo nahm die Schmeichelei teilnahmslos hin. »Wo hast du gedient?«

»Rumänien. Und selbst?«

Mortadelo schenkte auch sich selbst Wein nach. »Kongo, Sahara, Irak.«

Die Dogge bekam einen Silbernapf hingestellt und leckte das Wasser darin gierig auf.

Der Galizier stand auf. Das war das Zeichen, dass die Tafel aufgehoben war. Bulgur ergatterte ein letztes Stück Schinken und folgte den Brüdern in weihevollem Schritt, den man von Prozessionen kennt. Vor der Teakholztür an der Stirnseite des Saals wurden viele Hände geschüttelt.

Der Galizier nahm einen schlanken, großen Bruder zur Seite. »Ich danke dir für die Empfehlung, López. Der Rumäne hat sich gut gehalten.«

Der Jüngere errötete. Der Galizier war bekannt dafür, dass er Gesprächspartnern nichts schenkte, selten einmal ein Lächeln. Sein Lob war Gold wert.

»Und das, obwohl er nicht von hispanischer Rasse ist.«

»Diese Kerle bewähren sich bei Tätigkeiten, für die unsere Brüder zu feinfühlig geworden sind. Und wenn, nehmen wir Rumänen. Sie sind Lateiner.«

»Gewiss, Meister.«

»Fahre mit der Suche fort.«

»Gewiss«, sagte López und nickte eifrig, »es gibt weitere vielversprechende Kandidaten.«

Der Galizier gab ihm einen freundschaftlichen Klaps auf die Schulter. Dann ließ er die Dogge durch den Türspalt laufen und schloss die Polstertür sorgfältig ab. Künstliches Licht fiel auf Bulgur und die Brüder. Sie standen im Vorraum des Laboratoriums für Gravimetrie und terrestrische Gezeiten, das ihrer Organisation zur Tarnung diente und in dem es wegen der defekten Klimaanlage latent nach Angstschweiß roch. Laborkräfte in Overalls eilten umher, es waren Wachleute, die sich wie Wissenschaftler kleideten. Hier, in der Zentrale der Söhne des Cid. Gelegen in der Sierra de Guadarrama, fünfundvierzig Kilometer nordwestlich des Stadtzentrums von Madrid, in einem Gewölbe unterhalb des Bergkreuzes, das die Öffentlichkeit als Valle de los Caídos kannte. Das Tal der Gefallenen. Die Bruderschaft bewahrte das Geheimnis gewissenhaft. Verrätern drohte ein qualvoller Tod auf der Garrotte, dem Hinrichtungswerkzeug der Diktatur Francos. Eine Handvoll Abtrünniger überlebte, aber denen schenkte niemand Glauben. Dafür sorgten die Chefredakteure der Zeitungen, die Mitglieder ihres Zirkels waren. Dennoch ließ sich das Gerede über einen Estado Profundo, einen Staat im Staat, deren Mitstreiter in Spanien im Hintergrund die Fäden zogen, nicht unterdrücken. Die zaghafteren unter den Brüdern raunten, es sei nur eine Frage der Zeit, bis jemand die Zentrale im Valle de los Caídos entdeckte. Das durfte niemals geschehen. Es galt, vorher loszuschlagen. Die Zeit war längst reif, die Zügel im Land strammer zu ziehen. Frech forderten einzelne Regionen Spaniens ihre Selbstständigkeit, die Jugend verweichlichte in den Großstädten, und die Zinnsoldaten in den Streitkräften Ihrer Majestät wichen vor lauten Geräuschen ängstlich zurück. Es musste etwas passieren. Bald. Die Welt würde staunen, wenn die Söhne des Cid erwachten.

10.00 UHR. BERLIN

Grauer Herbstmorgen. Zentimeterdick lag das Laub auf dem Bürgersteig, Josef schlurfte zum Dezernat, gönnte sich unterwegs einen Espresso, setzte sich vor das Café und trank langsam. Das Meeting um neun durfte er nicht verpassen, obwohl es ihn davor grauste.

Als er in der U-Bahn saß, erinnerte er sich an die unangenehme Szene mit Renko im Club. Peinlich, dass er ihn in der Umkleide erwischt hatte. Das Video von Marisol enthielt abgesehen vom Hinweis auf Martí wenig Greifbares, aber einen Erfolg hatte er zu verzeichnen. Es war ihm gelungen, Jackie Scholl zu überreden, ihm Marisols Notizbuch zu überlassen. Sie wusste ja um die Affäre der beiden.

Indem er das Notizbuch bei sich behielt, hatte Josef sich auf die Ebene einer privaten Ermittlung begeben. Er wusste, dass er sich damit nicht korrekt verhielt, aber er hatte eine Vorahnung, dass bald gegen ihn selbst ermittelt werden würde.

Dazu passte sein Einfall, sich als Kontaktmann zu den Katalanen zu installieren, damit würde er die Fäden in der Hand halten. Dort würde er jemanden finden müssen, der ihm half, die auf Katalanisch verfassten Eintragungen zu verstehen. Das Gefühl, dass ohne ihn nichts lief, war aber eine Illusion, wie er insgeheim wusste.

Vor dem Gebäude des Landeskriminalamts an der Keithstraße warf er einen Blick auf die Uhr, halb neun. Er hatte eine halbe Stunde. Das Sitzungszimmer war leer, er rief eine Nummer in Barcelona an.

»Mossos d'Esquadra, Eloy Vargas am Apparat.«

»Guten Tag, Herr Vargas, mein Name ist Josef Hadersucht. Ich bin leitender Ermittler im Mordfall Marisol Hernández. Ich würde gern das weitere Vorgehen für unsere Zusammenarbeit besprechen.«

»Ihr Spanisch ist ausgezeichnet«, lobte Vargas.

»Danke«, sagte Josef. »Ich hab als Student eine Zeit lang in Barcelona gelebt.«

»Ach ja? Wo denn genau?«

»Verzeihen Sie bitte, Herr Vargas, aber die Zeit drängt etwas. Darf ich nochmals zu meiner Frage zurückkommen?« Josef hörte ein schweres Atmen.

»Gern. Ich hatte bislang mit Herrn Vassek zu tun.«

»Bassek.«

»Bassek, richtig. Ist er nicht mehr zuständig?«

»Nein. Das ist Chefsache.«

»Bei uns gab es auch eine Änderung, meine Kollegin Lucia Costa kümmert sich um Ihre Anfrage.« Er betonte den Namen geringschätzig, fand Josef. So, als sei der Fall bei ihr in schlechten Händen. »Ist Frau Costa Ihre Vorgesetzte?«

»Um Gottes willen«, rief Vargas. »Frau Costa arbeitet seit Kurzem wieder für uns.«

Die nahmen die Angelegenheit nicht ernst, dachte Hadersucht. Setzten jemand Unerfahrenes daran. Er ließ sich zu ihr durchstellen. Es dauerte eine Weile.

»Lucia Costa.« Ihre Stimme gefiel ihm auf Anhieb. Melodiös, eine Spur herb. Er schätzte sie auf Mitte dreißig.

»Ich muss mich für Eloy entschuldigen«, sagte Lucia. »Er hätte Sie gleich durchstellen sollen.«

»Das macht nichts.«

»Schön, wie war Ihr Name gleich?«

»Hadersucht.«

»Bien«, sagte Lucia. »Also, Herr Hadersucht. Ich freue mich, dass wir zusammen etwas Licht in die Sache bringen können.«

»Das hoffe ich.«

»Ich bin nicht glücklich mit dem Stand der Ermittlungen«, sagte Lucia. »Zuerst im familiären Umfeld von Marisol zu suchen, ergibt Sinn. Immerhin finden sich bei Kapitaldelikten achtzig Prozent der Täter im Familien- und Bekanntenkreis, das ist mit wenigen Abweichungen in allen europäischen Ländern so.«

»Richtig.«

»Bien«, sagte Lucia. »Ich habe bereits mit Marisols Eltern gesprochen.«

»Wie war Ihr Eindruck von der Familie?«

»Bei denen rumort es, war mein erster Gedanke. Manuel Lobrega, Marisols Stiefvater, sorgt sich vor allem um den Tratsch. Es hat sich in der Nachbarschaft herumgesprochen, dass die Tochter auf den Strich geht.«

»Darf ich einhaken?«, fragte Josef und dachte an das Tagebuch. »Wir haben rausgefunden, dass Marisols Zuhälter Martí hieß.«

»Das wissen wir schon«, sagte Lucia. »Aber danke für den Hinweis. Die Mutter sorgt sich, wirkt dabei glaubhaft. Im Gegensatz zu ihrem gefühlskalten Mann.«

»Kommt er für Sie als Täter infrage?«

»Schwierige Frage«, sagte Lucia. »Ich glaube nicht, dass er selbst Hand an die Tochter seiner Frau gelegt hat. Er könnte den Mord in Auftrag gegeben haben. Aber wahrscheinlich fehlt es ihm am nötigen Kleingeld.«

»Gut«, sagte Josef. »Das war es für den Moment. Vielen Dank, Lucia. Telefonieren wir morgen wieder?«

»Sehr gerne. Adéu, Commissario.«

Er legte auf, keine Sekunde zu spät, denn schon strömten

die Kollegen in den Sitzungsraum. Josef blickte in die Runde. »Also gut. Wie weit sind wir?«

»Wir rekonstruieren weiterhin den Tatabend«, sagte Renko Horstmann. »Die Auswertung der Überwachungskamera hat vier Personen im Bild eingefangen, die im relevanten Zeitraum von achtzehn bis zweiundzwanzig Uhr dreißig den Club verlassen haben.«

»Alles Männer?«

Renko nickte. Er ließ sich wegen gestern nichts anmerken. »Ja, obwohl die Sexpartys auch von Paaren besucht werden, was der Club mit ermäßigtem Eintritt sogar fördert. Wahrscheinlich, weil es die selbst erschaffene Illusion bestätigt, dass es nicht um käuflichen Sex gehe.«

»Wer sind die vier?«

Eine gefährliche Frage, dachte Josef. Jetzt war er dran. Aber der Knall blieb erst mal aus, Renko Horstmann setzte seine Ausführungen mit unerschütterlicher Sachlichkeit fort. »Unser Hauptaugenmerk liegt auf einem Mann, der den Club als Einziger mit einer größeren Tasche verlassen hat. Da wir am Tatort erstaunlicherweise keine DNA-Spuren entdeckt haben, gehen wir davon aus, dass der Täter Schutzkleidung getragen haben muss.«

»Die müsste dann aber voller DNA sein«, wandte Josef ein.

Horstmann nickte. »Aber dafür müssten wir sie erst mal finden.«

Hadersucht nickte beipflichtend. »Danke für die Analyse, Renko. Ich würde den Mann mit der Tasche gern umgehend verhören. Wer sind die anderen drei?«

»Darum kümmert sich Dirk Bassek gerade.«

»Ausgezeichnet. Das war's fürs Erste. Wir treffen uns um sechzehn Uhr wieder. Ich berichte euch dann über die Fortschritte in Barcelona.«

Die Beamten strömten aus dem Sitzungszimmer. Als alle außer Sichtweite waren, tippte Josef Hadersucht Renko am Ärmel. »Auf ein Wort.«

Der Kollege sah ihn erwartungsvoll an.

»Vielen Dank, Renko.«

»Wofür?«

»Dass du mich nicht in die Pfanne gehauen hast.«

Renko sah sich nach ungebetenen Zuhörern um. Josef wusste, dass sein Kollege sich dienstrechtlich angreifbar gemacht hatte, um ihn zu schützen. Er hätte erwähnen müssen, dass Josef auf dem Video zu sehen war, und hatte es nicht getan. Dafür war Hadersucht ihm dankbar. »Darf ich dich zum Essen einladen? Passt halb eins?«

»Na gerne doch.«

Sie hatten sich für ein Restaurant im Europa Center entschieden, das Kartoffelkiste hieß. Während des Essens war die Stimmung gedämpft, Josef war angespannt, er war froh, als es zu Ende war und Renko das Thema mit dem Video nicht angesprochen hatte. Das Essen war fertig, und Josef zahlte. Renko blieb sitzen.

»Ist noch was?«

»Setz dich bitte, Josef. Ich will nur sichergehen, dass du die Sache im Griff hast.«

»Welche Sache?«

»Dein Privatleben.«

»Spiel nicht den Moralapostel«, knurrte Josef. »Was ich in meiner Freizeit mache, ist mein Ding. Du lässt auch nichts anbrennen. Oder wie war das im Liberty, als du keine Freundin hattest? Du bist ein Heuchler, Renko.«

»Um mich geht es doch nicht. Außerdem war das eine einmalige Sache.«

»Ja klar, sicher.«

Renko sah ihn ernst an. »Und an dem Abend wurde auch niemand ermordet.«

»Spinnst du? Ich hatte die Kleine gern.«

»Dann schieß mal los.«

»Nicht jetzt. Ein anderes Mal. Die Sache geht mir sehr nah.«

20.00 UHR. BARCELONA.
EINE WOCHE VORHER

Das erste Laub lag auf dem Bürgersteig der Via de Bàrcino in Barcelona. Mit der Eleganz einer Tänzerin stieg Anna Rivera die Treppen zu ihrer Wohnung hoch. Die achtzehnjährige Anna kam aus der Hotelfachschule. Eine Stunde Zeit blieb ihr bis Trainingsbeginn. Die wollte sie nutzen, um den Laptop im Rucksack mit den Sportklamotten zu tauschen und ein wenig aufzuräumen. Ihr gewohntes Mittwochsritual. Die dreihundert Meter von der Metrostation Trinitat Vella bis zur Wohnung in der Via de Bàrcino war sie schneller gelaufen als sonst. Anna hatte das Dauerrauschen der Stadtautobahn ebenso ignoriert wie die Pfiffe der Nachbarjungen. Bei ihren Profilfotos auf der Website von Meetic würden die Typen austicken. Volle Lippen, zum Kussmund gespitzt. Vergoldete Ohrringe, dazu blond gefärbte Haare. Stylische Klamotten mit andalusischer Raffinesse. Eine Mixtur, die Typen anlockte wie ein offenes Marmeladenglas die Wespen. Typen mit Geld. Und solche, die so taten, als hätten sie welches. Carmen war am Handy.

»Hi Süße. Hast nicht auf meine letzte Sprachnachricht geantwortet.«

Anna murmelte eine Entschuldigung.

»Hammer mit Marisol«, sagte Carmen.

»Find ich auch«, sagte Anna. »Ich mach mir langsam Sorgen.«

»Langsam? Ich dreh durch, seit sie mit Martí abhängt.«

»Schafft sie etwa für den an?«

»Irgendwie so was«, sagte Carmen. »Aber ich bin sicher, dass die Idee von ihm kam.«

»Welche Idee?«

Carmen seufzte. »Sich für Geld flachlegen zu lassen. Der Typ hatte Schulden. Wie blöde kann man sein?«

»Die Suzuki hat er garantiert von ihrer Kohle bezahlt.«

»Hundertprozentig«, sagte Carmen.

»Ich mach mir Vorwürfe.«

»Zu Unrecht. Wenn jemand für sie da war, dann du.«

»Kann sein«, sagte Anna. »Erreicht hab ich nichts. Nicht mal mit Kim. Wollte Marisol nicht hören, was der Job aus einem macht. Das mit den Schmerzen beim Sex und den Schwächeanfällen. Sie war nicht imstande, einer Frau zu glauben, die das jahrelang gemacht hat.«

Carmen seufzte. »Was geht sonst?«

»Das Übliche. Modern Dance. Wir üben 'ne neue Choreo.«

»Mach Selfies für Meetic. Du siehst megahot aus in den Tanzklamotten.«

»Kann mich auch so nicht über Zuspruch beklagen.«

Anna war an der Haustüre angelangt. Die war nicht verschlossen. Stockfinster lag das Treppenhaus vor ihr. »Das Licht geht nicht«, sagte sie, während sie vergeblich den Schalter betätigte.

»Birnen durchgebrannt?«

»Eher Stromausfall. Typisch für das Barrio. Okay, bin eh gleich oben. Adéu.«

Anna schloss auf, schlich durch den Flur zur Küche. Sie ließ den Blick durch die menschenleere Wohnung schweifen. Spärliches Restlicht fiel durchs abgedunkelte Flurfenster. Vor ihr war es so finster, dass sie sich an den Wänden entlangtasten musste. Ihre Mutter hatte im Wohnzimmer die Rollos hochgezogen. Jetzt waren sie unten.

Plötzlich stoppte sie. In der Ecke links vor ihr war jemand.

Die Umrisse eines Unbekannten zeichneten sich vor dem Fenster schattenhaft ab. Anna blieb stehen. Ihre Muskeln spannten sich. Sie lauschte. Leises Atmen vom Lehnstuhl. »Wer ist da? Das ist nicht lustig.«

»Hallo Nachbarin.« Er hatte eine hohe, weibische Stimme. Aber war dennoch ein Mann.

»Pepe? Du kannst was erleben.«

»Wir kennen uns nicht.«

Sie glaubte es auf Anhieb. »Wer bist du?«

»Ich hab dich beobachtet. Du gehst mittwochabends nach Hause und kommst nach zwanzig Minuten aus dem Haus. Machst du Sport?«

»Das geht dich nichts an.« Sie zitterte.

»Du hast einen schönen federnden Gang, elegant. Gefällt mir.«

»Was willst du von mir?« Sie sprach jedes Wort betont aus.

»Nichts weiter. Nur reden.«

»Über was?«

»Über deine Freundin Marisol.«

Es traf Anna wie ein Schlag. Nun wusste sie, wen sie vor sich hatte. »Was willst du von ihr?«

»Mit ihr reden. So wie mit dir.«

»Eine letzte Sache klären?«

»Richtig. Du weißt Bescheid. Finde ich gut. Schön, wie Mädchen sich austauschen.«

Anna richtete sich auf. »Du verschwindest jetzt. Sofort. Ich rufe die Polizei.«

»Bedauerlich.«

Die Angst kam in Wellen. Perverses Schwein. »Okay«, sagte sie, »ich gebe dir, was du willst. Bitte lass mich in Frieden.«

»Klug von dir. Ich bin ganz Ohr. Als Erstes hätte ich gern Marisols Telefonnummer.«

Sie sagte ihm eine Nummer vor. Die ersten Ziffern wie bei den meisten Nummern, die sie kannte, die letzten waren erfunden. Nichts geschah. Idiotin, tadelte sie sich. Er fiel nicht darauf herein. Sie musste nachdenken.

»Moment, ich versuch's noch mal. Okay? Warte.«

Die Tür zum Gang kam ihr in den Sinn. Von da aus ins Klo rennen und absperren. Der Schlüssel steckte. Aus dem Fenster konnte sie um Hilfe schreien. Sie riss sich mit einem Ruck aus der Erstarrung. Schnellte nach rechts. Eine fließende Bewegung. Die Sporttasche hatte sie übersehen. Anna stolperte darüber und stürzte der Länge nach hin. Keine Sekunde später spürte sie ihn über sich. Er drückte sie fest auf den Boden. Packte ihre Kehle. Augenblicklich rang sie nach Luft. Spürte Gummihandschuhe und den kalten Stahl einer Klinge am Hals. Sie schluchzte los. »Ich geb sie dir ja.«

Er antwortete nicht. Sie spürte den Atem des Mannes an ihrem Hals. Und dann das Messer, das ihr über die Kehle fuhr.

16.00 UHR. BARCELONA

Drei Tage ohne Ritzen. Arbeit war die beste Therapie. Was für andere Normalität war, versetzte Lucia in Hochstimmung. Konnte es Zufall sein, dass die Sonne im richtigen Winkel einfiel, um ihre tollen Munichs XPE anzustrahlen? Das mit den Sneakers war ein Tick von Lucia. Je seltener sie waren, desto besser. Nachts mit anderen Leuten vor den schicken Turnschuhläden am Passeig de Gràcia zu campieren, wollte Lucia nicht. Sie erhielt die limitierten Stücke wegen der Bekanntschaft zu einem Verkäufer. Als Freundin des Hauses. Der Preis war enorm, das war okay. Jetzt kam wieder regelmäßig Geld rein, und bis es bei den Mossos mit der Festanstellung klappte, war nur eine Frage der Zeit. Endlich konnte sie allen auf dem Kommissariat zeigen, was in ihr steckte.

Nach einem schnellen Ermittlungserfolg sah es im Fall Marisol Hernández leider nicht aus. Eher nach einer Sackgasse. Die deutschen Kollegen hatten die Besucher des Bordells verhört, dennoch keinen Tatverdächtigen identifiziert.

Lucia musste ein Telefonat führen. Sie gab ihrem Vorgesetzten Miguel Ortega einen kurzen Bericht über die Ereignisse des Tages. Ortega hatte auch etwas Neues für sie. Ein psychologisches Team war bei der Familie Hernández gewesen und hatte die Nachricht vom Tod ihrer Tochter überbracht. Leider hatten sie nur den Stiefvater angetroffen. Lucia war froh, dass dieser Kelch an ihr vorübergegangen war, nahm sich dann aber doch vor, noch einmal hinzufahren, um Dolores beizustehen.

Sie stapelte die Unterlagen zum Fall auf dem Arbeitstisch. Sie liebte den Holztisch mit den eingetrockneten Farbklecksen. Solide, rechteckig, an den Kanten gebogen. Auf der Tischplatte lagen die Fotos der Familienangehörigen von Marisol. Als Manuel Lobrega kurz rausgegangen war, hatte Lucia sie heimlich mit dem iPhone geschossen, Dolores hatte es nicht mitbekommen. Teilweise zeigten die Bilder zu viele Personen, sie würde die Köpfe ausschneiden und an die Wand pinnen.

Der Hunger meldete sich. Lucia schlüpfte in ihre Allwetterjacke, steckte Telefon und Schlüssel ein. Vom Halbdunkel des Treppenhauses aus trat sie ins Licht der Mittagssonne auf die Carrer del Carme. Im marokkanischen Gemüseladen von Miriam und Omar roch es nach Zimt und Vanille. Ein Poster in arabischen Schriftzeichen warb für Rasta-Frisuren. Das war nichts für Lucias dünne Haare. Sie bahnte sich ihren Weg vorbei an vollgestopften Regalen hin zu einem Ecktisch. Im Fernseher an der Decke stritten zwei Experten darüber, ob die Polizei Urnen, Stimmzettelumschläge und andere Abstimmungsmaterialien beschlagnahmen dürfe. Ob die Vorbereitung einer Abstimmung für ein Referendum eine strafbare Handlung sei oder nicht. Absurdes Theater.

»Hallo Miriam.«

Die Frau des Ladenbesitzers grüßte zurück. »Warte mal, gestern war Bocadillo dran. Süßer Tag heute?«

Lucia lächelte. »Richtig geraten.«

»Also Panellets?«

»Unbedingt«, sagte Lucia.

»Ich muss dich einladen, oder?«, fragte Miriam. »Sonst verlier ich meine Lizenz.«

»Ich bin nicht von der Lebensmittelkontrolle.«

»Aber du bist wieder bei den Mossos.«

»Interessant, wie schnell sich so was rumspricht.«

»Die Mossos sind genau dein Ding«, sagte die Marokkanerin. »Ich freu mich so für dich. Passt einfach zu dir, das sind nette Polizisten.«

Miriam brachte die Panellets. Lucia fand schon den ersten Biss traumhaft. Lecker wie die Trinkschokolade in der »Granja Viader«, aber kaum gesünder.

»Wo ich es so wahnsinnig mit Recht und Ordnung habe. Leute haben oft komische Vorstellungen von einer Mordkommission. Manchmal ist es das reinste Chaos. Das Schlimmste ist, wenn du monatelang ermittelst, und es kommt nichts dabei heraus.«

Miriam nickte. »Bist wohl gerade an so was dran.«

Kurz angebunden berichtete Lucia, was sie über den Fall sagen durfte.

Miriam schien zu verstehen. »Musst du noch ins Büro?«

»Heute nicht. Ich will nachher noch ins Almirall.«

Am Abend setzte Lucia den Plan um. Wie automatisch zog es sie in die Bar an der Carrer de Joaquín Costa. Für sie war es ein besonderer Ort, denn Lucias Mutter hatte das Almirall über viele Jahre bewirtschaftet. Als Kind hatte Lucia nach der Schule an den kreisrunden Tischen ihre Hausaufgaben gemacht. Dort, wo Lucia mit Jungs Fußball gespielt hatte, parkten heute Autos. Wer die alte Wohnung der Costas über der Bar sehen wollte, musste das mit dem Wohnungsvermittler Airbnb klären. Als Lucia um die Ecke bog, rempelten drei junge Typen in Alpha-Industries-T-Shirts einen Asiaten mit Rollkoffer an und feixten. Vor der Bar musterte ein kräftiger Mann mit fleischigem Gesicht den endlosen Strom vorbeiziehender Touristen. Seine rechte Hand ruhte auf dem Griff eines Baseballschlägers. Beim Anblick von Lucia entspannten sich seine Züge. »Hast du die Typen gesehen? Ich hasse diese Fuckboys.«

Lucia grinste. »Hola, Burkhardt. Nennt sich deren Gang so?«

»Ich nenn die so. Wegen der Frisur. Haare an den Seiten kurz geschoren, vorn hochgeföhnt. Fuckboy-Haarschnitt.«

»Gab's Ärger?«

»Ach wo. Ich musste ihnen nur erklären, dass das hier ein Nachbarschaftslokal ist. Und dass sie ihr Speed woanders verticken sollen.«

Lucia fixierte den Baseballschläger. »Hast du …?«

Burkhardt lachte. »Manchmal reicht schon der Anblick. Der Typ meinte, er scheißt auf meinen Laden. Beruht auf Gegenseitigkeit. Jetzt komm schon rein.«

Lucia folgte ihm und nahm am Tresen auf einem Holzhocker Platz. Beleuchtete Flaschen mit Spirituosen standen im Regal. Burkhardt, der als Student viele Stunden im Almirall verbracht hatte, hatte sich nach der Pensionierung einen Traum erfüllt und die Bar gekauft. Im Almirall war er Kellner und Türsteher in Personalunion, wusste aus seiner Zeit als Hauptschullehrer im Ruhrgebiet, wie man renitenten Jugendlichen beikam. Lucia fand, er passte hundertprozentig hier rein. Die Bar war ein Kleinod, seit Jahrzehnten unverändert. Unter die Gäste mischten sich gelegentlich Touristen. Und doch hatte sich das Almirall den Ruf eines Jugendstillokals bewahrt.

Aus dem Radio tönte die Stimme von Mariano Rajoy, Ministerpräsident von Spanien. Flehentlich bat er die Bürgerinnen und Bürger Kataloniens, nicht an der illegalen Wahl teilzunehmen. Gelächter an den Tischen. Burkhardt machte sich und ihr ein San Miguel auf. Lucia setzte sich zu ihm an die Bar. »Gratulation zum neuen Job.«

Sie sah ihn staunend an. »Gibt es jemanden im Raval, der es noch nicht weiß?« Sie nahm einen Schluck Bier aus der eiskalten Flasche und erzählte ihm die Geschichte mit dem Wachmann Hector und wie sie ihre stachlige Halskette eingebüßt hatte.

Burkhardt lachte schallend. »Du bist ein nettes Mädchen. Mit einem gewissen Hang zur Gewalt.«

»Ich weiß. Das liegt daran, dass ich als Kind so nett zu allen war. Deshalb hat mich Papa zum Judo geschickt.«

Ein Gast winkte. Lucia nutzte die Unterbrechung, um das Bier auszutrinken. Burkhardt zapfte ein paar Estrella Damm und brachte sie an den Tisch. Danach wandte er sich Lucia zu, die in sich gekehrt am Etikett ihrer Flasche zupfte.

»Hast du was?«, fragte Burkhardt.

»Mama hat angerufen«, sagte Lucia. »Ihr Arzttermin ist nicht gut gelaufen.«

Burkhardt kannte die Krebsgeschichte von Elisabeth Costa, die damit begonnen hatte, dass ihre Ärzte die Notwendigkeit einer Gewebeentnahme andeuteten. Betretenes Schweigen.

»Und sonst?«, fragte Burkhardt. »Nichts Positives?«

»Nee. Das mit Jordi ist gelaufen. Endgültig vorbei.«

»Na also«, sagte Burkhardt. »Das ist doch mal was. Hast du schon jemand Neues?«

Sie tippte sich an die Stirn. »Dafür war das zu hart mit dem Kind.«

Burkhardt holte ihr ein neues Bier aus dem Kühlschuber und spendierte ihr einen Teller Paella. »Schau mal, Lucia. Hab ich extra für dich aufgehoben.«

16.00 UHR. BERLIN

Vor der Ampel an der Turmstraße in Moabit vergällten Auto-
abgase den Passanten das Einkaufsvergnügen. Als Josef aus
dem Parkhaus trottete, stach ihn die Herbstsonne. Sie riss
ihn aus seinen Gedanken, die sich ums Ooops! drehten und
darum, dass er durch die Kamera am Eingang als Verdächtiger zu gelten hatte. Er machte am Stehtisch eines Bäckers Halt,
bestellte ein Stück Plundergebäck mit Rosinen. Die Sonne
spiegelte sich in seiner Pilotenbrille.

Er konnte sich des Gedankens nicht erwehren, dass er mit
dem Versuch, seine Anwesenheit im Club zu verschweigen, zu
weit gegangen war. Gegenüber, am Kleinen Tiergarten, standen einige frierend für ihre Registrierung in der Zentralen Auf-
nahmestelle an. Die letzten sechshundertfünfzig Meter legte
Hadersucht zu Fuß zurück. Wie verabredet, wartete er vor dem
Haus des Verdächtigen. Peter Wilkenberg, so war der Name
des Mannes mit der Tasche, den ihnen die Wirtschafterin des
Clubs verraten hatte. Wilkenberg war ebenfalls auf dem Video
zu sehen gewesen. Er wohnte im dritten Stock eines Altbaus aus
der Gründerzeit. Ahornbäume beschatteten die Straße. An der
Parkbucht nebenan half ein Mann in Steppjacke einem Labrador
aus dem Heck eines Porsche Cayenne. Josef taxierte die Uhr.
Wo blieb Renko bloß? Bei solchen Terminen war es zu zweit
sicherer. Auch wenn das Gespräch ungefährlich blieb, kam es
vor, dass ein Zeuge behauptete, der Polizist hätte etwas gestohlen oder sich unsittlich verhalten. In so einem Fall war es besser,
jemanden dabeizuhaben, der das Gegenteil bezeugen konnte.
Hadersucht wartete zehn Minuten. Dann ging er allein los.

Er klingelte, drückte auf den Summer hin die Tür auf. Im Treppenhaus roch es nach asiatischen Wellnessdüften.

Wilkenberg empfing ihn in weißer Kleidung. Die Farbe der Unschuld, dachte Hadersucht. Der Zeuge bat ihn freundlich hinein, nachdem Hadersucht sich als Beamter der Mordkommission vorgestellt und sich mit seiner Dienstmarke ausgewiesen hatte.

Wilkenbergs großzügig geschnittene Wohnung war mit weißen Möbeln ausgestattet. Einzig die mit farbigen Schleifen verzierten Palmen boten einen farblichen Kontrast. Im Wohnzimmer standen Vitra-Stühle.

»Freut mich, Sie zu sehen. Nehmen Sie doch Platz. Ich mache uns einen Jasmintee.« Kurz darauf war Wilkenberg zurück, schenkte Josef mit zitternder Hand aus einer Kyusu-Tonteekanne ein. »Diese Gusskannen sind klein, aber schwer.«

»Ich hatte auch so eine«, sagte Hadersucht. »Die mit Seitengriff sind besser.«

Wilkenberg servierte mit frostiger Höflichkeit.

Hadersucht trank. »Ihr Tee ist ausgezeichnet. Darjeeling?«

Wilkenbergs freundliche Miene wurde ernst. »Ich bin ziemlich durcheinander wegen der Sache.«

Josef holte ein Diktiergerät hervor und stellte es auf den Tisch. »Ist das okay?«

Wilkenberg nickte teilnahmslos. Der Designerstuhl ächzte unter seinen Bewegungen.

»Sie müssen die Wahrheit sagen und dürfen nichts weglassen«, sagte Josef. »Aber ich befrage Sie lediglich als Zeugen, nicht aber als Verdächtigen. Sie sind nicht verpflichtet, sich selbst zu belasten.«

»Dazu möchte ich gleich was richtigstellen«, sagte Wilkenberg und hob den Zeigefinger. »Ich habe Ihrem Kollegen gestern nicht ganz die Wahrheit gesagt.«

Um sich zu schützen, durfte man auch lügen. Aber das

wusste der Mann offenbar nicht. Hadersucht ließ ihn fort-
fahren.

»Ich kannte Marisol Hernández flüchtig«, sagte Wilkenberg. »Wir sind uns in der Tiefgarage schon mal über den Weg
gelaufen.« Er ließ den Blick zum Fenster schweifen.

Josef stellte sich vor, dass er was mit Marisol hatte und
jetzt auf harmlos machte. »Könnten Sie ›flüchtig‹ genauer
beschreiben?«

»Wir haben uns gegrüßt«, sagte Wilkenberg. »Oder mal
ein paar Sätze zum Wetter ausgetauscht, Small Talk eben.
Sie sprach ja nur gebrochen Deutsch, aber wollte gern was
dazulernen.«

»Wussten Sie, dass sie einen Nissan fuhr?«

»Ja klar.«

»Und wussten Sie, dass sie einen direkten Zugang zu ihrem
Zimmer hatte?«

»Nein.«

»Was fahren Sie für ein Auto?«

»Einen Z3«, sagte Wilkenberg. »BMW.«

»In Weiß, nehme ich an.«

Wilkenberg nickte, ohne den Spott gewahr zu werden.

»Bitte verraten Sie mir, warum Ihr weißer BMW Z3 am
Samstagabend in der Tiefgarage stand. Zwischen zwanzig bis
vierundzwanzig Uhr.«

Wilkenberg zögerte kurz. »An dem Abend war ich auf
einem Konzert. Mit einer Patientin. Kenny G. Sagt Ihnen
der Künstler was?«

Hadersucht hatte dessen »Songbird« im Ohr. »Und da
sind Sie sicher?«

»Warten Sie, nein, das war der Sonntag«, sagte Wilkenberg.
»Am Samstag war ich im Ooops!.«

»Okay«, sagte Hadersucht. »Auf dem Video waren Sie mit
einer Tasche zu sehen. Was war dadrin?«

»Mein Tenniszeug«, sagte der Zeuge. »Ich bin vom Sport aus gleich in den Club gegangen.«

»Um Marisol zu sehen?«

»Ich glaube, sie war an dem Abend gar nicht da.«

Hadersucht wischte die Teekanne vom Tisch. Dann packte er ihn, eine Tasse fiel herunter und zerbrach mit einem Klirren. »Du verdammter Lügner«, brüllte Hadersucht. »Erzähl's mir doch. Du warst hinter ihr her. Und weil sie nichts von dir wissen wollte, hast du sie umgebracht. Gib es zu!«

»Ich hab nichts gemacht! Ich schwöre es.«

Hadersucht lockerte seinen Griff, Wilkenberg war davon offenbar so überrascht, dass er auf den Fußboden purzelte und panisch zu ihm aufsah, dann hob er die Reste der Tasse auf und tastete sich zum Stuhl zurück. Hadersucht bot ihm die Hand an, um ihm aufzuhelfen. Wilkenberg sah sie verdutzt an, nahm sie aber nicht.

»Tut mir leid«, sagte Hadersucht. »Das wollte ich nicht.«

Wilkenberg sah ihn wütend an. »Das hat ein Nachspiel, das garantiere ich Ihnen.«

Das Vier-Uhr-Meeting hatte er verpasst. Auf dem Gang des Präsidiums kam Dirk Bassek auf ihn zugestürmt.

»Es hat eine Frau Scholl für dich angerufen, Josef. Sie haben sich im Club über den Mord unterhalten und eine der Reinigungskräfte hat ihr erzählt, dass sie an dem Abend einen Streit belauscht hätte.«

»Und wo genau?«

»In der Tiefgarage. Ein Mann und eine Frau haben gestritten. Auf Spanisch.«

Josef seufzte. »Und warum wurde die Putzfrau nicht schon verhört?«

»Sie ist von der Garage aus nach Hause gefahren. Da du nicht da warst, hat Renko sich darum gekümmert. Doch mehr, als dass die Dame Stimmen gehört haben will, ist nicht bei der Befragung herausgekommen.«

»Woher wusste die Putzfrau, dass auf Spanisch gestritten wurde?«, fragte Hadersucht.

»Sie sagte wohl, es hätte sich angehört wie beim letzten Mallorca-Urlaub«, antwortete Bassek, »kannst gerne Renko fragen.«

»Mach ich«, sagte Josef und verzichtete darauf, Bassek von seinem Ausrutscher mit Peter Wilkenberg zu berichten.

09.30 UHR. BERLIN

Ein Mann und eine Frau, die sich zur Tatzeit auf Spanisch gestritten haben. Hadersucht dachte im Wagen lange über diese Information von Jackie Scholl nach. Sie konnte der Ermittlung eine neue Richtung geben. Aber es gab noch eine andere Sache, die er dringend erledigen musste. Und die hatte mit seiner Tochter zu tun.

Annika wohnte in einer Eineinhalbzimmerwohnung am Helmholtzplatz, einer beliebten Wohngegend für Leute mit geringem Raumbedarf. Prenzlauer Berg war längst nicht mehr der hippste Stadtteil Berlins, dieser vergängliche Titel gehörte jetzt Friedrichshain. Für eine Studentin wie Annika war die Eineinhalbzimmerbude gerade noch bezahlbar. Über zwei Hinterhöfe gelangte Hadersucht, der sie bei der Miete unterstützte, zu einem fünfstöckigen Rückgebäude. Die Tür unten stand offen, im Haus zog jemand um. Hadersucht ächzte das Treppenhaus hinauf. Atemlos kam er oben an. Seine Vorfreude, sie zu sehen, war riesig. Sie war das, was von seiner Familie übrig war. Doch nach allem, was in der Zeit der Trennung vorgefallen war, brauchte auch sie Distanz zu ihm. Da es ihm schwerfiel, das zu akzeptieren, hatte sich ihr Verhältnis nicht zum Positiven gewandelt. Annika öffnete nach einer gefühlten Ewigkeit. Sie hatte knallblaue Augen, metallicgrün gefärbtes Haar, trug eine hochgekrempelte Latzhose aus Jeansstoff mit Farbflecken und war barfuß. Miese Laune stand ihr ins Gesicht geschrieben. Annika war zwar neunzehn, steckte ihrem Verhalten nach allerdings in der Pubertät.

Sie zog eine Schnute. »Komm rein. Aber pass auf, alles ist abgeklebt.«

Im Wohnzimmer stand ein Farbeimer. Der Boden war mit Zeitungen, die Möbel mit Folie abgedeckt. Hadersucht nahm auf der Sofaecke Platz.

Annika verschwand in der Küche, kam mit zwei Tassen Tee zurück. Sie stellte sich auf die Fußspitzen und umarmte ihren Vater. Küsschen.

Josef, der sich träge erhoben hatte, setzte sich wieder auf seine Ecke. Er ließ seinen Blick schweifen. »Hast du was von Gabriele gehört?«

Annika nickte. »Die hat einen Neuen.«

Josef hasste den Kerl augenblicklich und fragte: »Ist er nett?«

»Keine Ahnung.«

»Nicht kennengelernt?«

Sie sah ihn bedauernd an. »Mama war hier und hat mit ihm telefoniert. Sie sah glücklich aus dabei.«

Josef atmete schwer. »Ich hab das Gefühl, ich brauch mal Urlaub.«

»Echt? Cool. Und was hast du vor?«

»Am liebsten in den Süden. Irgendwo, wo es schön warm ist.«

»Mit der alten Karre. Als ob.«

»Wirst schon sehen.«

Die Fahrt vom Prenzlauer Berg nach Schöneberg ins Dezernat nahm zwanzig Minuten in Anspruch. Hadersucht hängte seinen Mantel an die Garderobe im Büro und fuhr mit dem Aufzug in den fünften Stock. Als er an der Tür klopfte, hatte er schweißnasse Hände und fühlte sich, als hätte er Fieber. Kriminalrat Fellner ließ ihn eintreten. Hadersucht musterte seinen Vorgesetzten mit einem Tunnelblick. Fellner trug über die Glatze gekämmtes Seitenhaar, sogenannte Fangdrähte. Seine weiß besockten Füße steckten in Schlüpfschuhen mit Bommeln, er trug unter dem Jackett ein blaues Hemd mit weißem Kragen. Fellner frühstückte aus Gewohnheit nicht, er trank morgens nur einen schwarzen Kaffee und verströmte das ganze Gift eines schlecht gelaunten Menschen. »Setz dich, Josef.«

Der Hauptkommissar nahm Platz und wusste: Das war's.

»Wie weit soll ich ins Detail gehen?«

»Ich bin im Bilde und du gewiss auch«, sagte Josef lässig. »Dafür haben meine lieben Kollegen zweifellos gesorgt.«

»Wen meinst du?«

»Doro Schiller und Renko Horstmann.«

Fellner seufzte, mehr Bestätigung brauchte Hadersucht nicht. »Reden wir mal Tacheles. Es ist nicht akzeptabel, dass ein leitender Ermittler sich in einem Etablissement aufhält, in dem es zu einem Kapitalverbrechen gekommen ist, und sogar am Abend der Tat dort verkehrt.«

Hadersucht machte eine entschuldigende Geste. Fellner wehrte das ab und setzte seine Ausführungen fort. »Wir werden auch gegen dich ermitteln müssen, pro forma. Ich kann mir beim besten Willen nicht vorstellen, dass du mit der Sache etwas zu tun hast, aber ich kann es nicht einfach damit bewenden lassen.«

»Das verstehe ich«, sagte Hadersucht. »Ich werde mich schriftlich äußern.«

»Gut«, sagte Fellner. »Dann reden wir mal darüber, wie es für dich weitergeht. Für die Dauer der Ermittlung würde ich dich gern mit einer Recherchearbeit in einem anderen Fall beauftragen.«

»Schreibtischarbeit?«, fuhr Josef hoch. »Dann stell mich lieber frei.«

»Wenn das dein Wunsch ist, stehe ich dem nicht im Weg«, sagte Fellner sachlich. »Die Leitung übernimmt Renko.«

»Gratuliere.«

»Spar dir die Häme, Josef, ich wäre in einem umgekehrten Fall mit Renko genauso verfahren.«

Hadersucht schüttelte den Kopf, Fellner schürzte die Lippen.

»Mach mal Urlaub, Josef. Krieg dein Problem in den Griff, und wenn Gras über die Sache gewachsen ist, sprechen wir uns wieder. Niemand bestreitet, was du geleistet hast. Ich denke aber, es ist besser so.«

Josef schluckte. Das war hart. Aber wenigstens würden seine Bezüge weiterfließen, wozu war er Beamter? Ein paar Rücklagen hatte er auch. Ein kühler Abschied, und dann war er draußen, auf dem Gang.

Sie hatten ihn rausgekehrt. Das Gebäude, in dem er seit fünf Jahren gearbeitet hatte, fühlte sich mit einem Mal unbehaglich an. Er musste raus, dringend. Unter den stummen Blicken von Renko Horstmann räumte er sein Büro leer. Renko wollte ihm mit den Kartons helfen, Josef lehnte dankend ab. Seine persönlichen Sachen trug er allein runter und verstaute sie im Kofferraum. In seiner Wohnung am Humboldthain angekommen, erledigte er ein paar Anrufe.

Zuerst sagte er der Berliner Agentur zu. Co-Living würde die Wohnung während seiner Abwesenheit in eine WG umwandeln, in die drei Personen einziehen konnten. Programmierer, nerdige Typen, die in der Regel keinen Ärger machten. Und wenn doch, war er über die Agentur gegen Schäden versichert. Hadersucht wusste um die angespannte Lage auf dem Berliner Wohnungsmarkt und um die Attraktivität der Stadt für Mitarbeiter junger Start-up-Unternehmen, die für die Illusion des Hipstertums zwar niedrige Löhne akzeptierten, aber dafür in einem der zentralen Viertel wohnen wollten. Hadersucht bekam fast ein Drittel mehr, als er selbst an Miete zahlte – ein guter Deal. Vier Stunden später hatte er alles gepackt und machte sich auf den Weg. Sein Ziel war eine Stadt in Katalonien, die sich großer Beliebtheit erfreute. Bei der Vorstellung musste er grinsen.

08.00 UHR. BARCELONA

Inspektor Miguel Ortega sah man die zweiundsechzig Jahre nicht an. Er war ein jung gebliebener Typ, hätte jederzeit in einem Werbespot als sportlicher Opa auftreten können. Ortega, Leiter der Divisió Investigació Criminal des Kommissariats der katalanischen Polizei Mossos d'Esquadra, federte den Passeig de Gràcia entlang, ohne den Auslagen der Luxusgeschäfte Beachtung zu schenken. Ortega trug zum Strickhemd von Purificación Garcia ein Leinensakko mit Lederaufsätzen am Ellenbogen, er passte bestens in diese exklusive Umgebung. Der äußere Schein trog, denn Ortega hatte schlecht geschlafen, sich die ganze Nacht von einer Seite auf die andere gewälzt und sich über die Ermittlung im Mordfall Anna Rivera gegrämt, obgleich der schon einige Tage zurücklag. Die Mossos d'Esquadra hatten am Tatort weder relevante Fingerabdrücke noch DNA-Spuren gefunden. Der Abrieb am Hals des Opfers ließ erkennen, dass der Täter Gummihandschuhe getragen hatte. Der Anblick des toten Mädchens verfolgte ihn über die Nacht hinaus beim Spaziergang in der Morgensonne. Der Kiosk von Jaume Llorens war ein Überbleibsel aus den Tagen, an denen die Bewohner Barcelonas Zeitung lasen. Er hielt eine unzeitgemäß stattliche Auswahl gedruckter Medien bereit, das Spektrum reichte von Tageszeitungen bis zum Reisemagazin Rutas del Mundo oder der Semana de pesca, einer Zeitschrift für Hobbyangler. Ortega stellte sich geduldig hinter zwei Engländerinnen an und musterte Jaume, den er seit ewigen Zeiten kannte. Früher war sein Haar voll und gewellt gewesen, heute war es schlohweiß. Jaume reichte ihm El Periódico und Marca, als die Touristen ihre Postkarten bezahlt hatten.

»Die Jungen kaufen keine Zeitungen mehr, die machen den hier«, begann Jaume das Gespräch mit seiner üblichen Klage. Er tat so, als hielte er ein Smartphone in der Hand, um damit ein Foto zu machen. »Und die Alten, die gucken in den Himmel. Ich sage dir, im Dezember schließe ich den Laden. Und das nach fünfundzwanzig Jahren.«

»Du könntest Gaudí-Bücher an Touristen verkaufen«, sagte Ortega. »Oder Selfie-Stangen.«

»Für so einen Mist bin ich mir zu schade.«

Ortega freute sich insgeheim über den Protest. Denn Jaume hing letztlich zu sehr am Laden, um ihn dichtzumachen. Er wechselte das Thema.

»Wie geht's deiner Frau?«

»Besser. Sie war gestern beim Zahnarzt, meinte, dass sie den Mund in ihrem Leben nie so lange hat halten müssen.«

»Die Ärmste«, sagte Ortega. »Aber du bist ja unverwüstlich.«

»Mit geht's bestens«, sagte Jaume. »Ein paar Boquerones?« Er stocherte mit der Gabel in einer Dose herum, die er auf ein Exemplar der Zeitung La Razón gelegt hatte. »Dieser Schund da wird gekauft. Tratsch übers Königshaus.«

»Königin Letizia soll sich einer Schönheitsoperation unterzogen haben.«

»Genau. Solche Sachen. Wusstest du, dass ein Bild von dir in der Zeitung war?«

Ortega sah ihn rätselnd an. »Von mir?«

Jaume hielt ihm lächelnd den Lokalteil der El Periódico hin. »Na hier, über dem Bruch. Bist gut getroffen. Ich hab sie extra für dich aufgehoben.«

Der Pressefotograf musste ihn mit dem Teleobjektiv erwischt haben. Gute Arbeit, zollte Ortega dem Fotografen insgeheim Lob. Ortega las laut vor:

Maskenmann ermordet Hotelfachschülerin – Polizei ratlos
Die Polizei ermittelt im Fall eines monströsen Verbrechens,
das ganz Katalonien vor zwei Wochen erschüttert hat. Warum
musste die hübsche Hotelfachschülerin Anna Rivera sterben?
Das Warten auf die Antwort quält nicht nur die Angehöri-
gen des Opfers, sondern versetzt eine ganze Nachbarschaft in
Angst und Schrecken. Doch von jenen, von denen wir uns an
erster Stelle Hinweise erhofft hatten, hört man nichts, dabei
wird auf Hochtouren ermittelt. Kein Tatverdächtiger, keine
Spuren. Müssen wir von Polizeiversagen sprechen?

Ortega schüttelte den Kopf. »Du hättest die arme Frau sehen müssen, Jaume. Das Mädchen war beliebt, vor dem Haus gab es eine Zusammenrottung, und die Leute aus der Nachbarschaft behaupten, wir würden sie nicht genügend schützen.«

»Hab ich gehört«, sagte Jaume und legte die Stirn in Falten. »Weniger Polizeistreifen wegen des Referendums.«

»Dafür ist eine andere Abteilung zuständig«, sagte Ortega. »Aber so kann die Presse ihr politisches Süppchen daraus kochen. So was wie: Die Beamtengewerkschaft fordert den Abbruch des Referendums.« Jaume zuckte die Achseln. In Barcelona braute sich etwas zusammen. Und niemand ahnte, welches Beben das Land bald erschüttern würde.

Migueal Ortega winkte Jaume zum Abschied zu, dann ging er ein Stück den Passeig de Gràcia herunter. Er hielt an einer ruhigen Ecke inne und wählte Lucias Nummer.

»Kann mir schon denken, warum du anrufst.« Ihre Stimme klang wenig aufmunternd.

»Wir lassen uns davon nicht verrückt machen«, sagte Ortega. »Sag mir bitte, dass du was Neues hast. Habt ihr die Daten der Fluglinien gegengecheckt?«

»Haben wir, aber bislang kein Ergebnis«, sagte Lucia. »In den letzten Monaten hat sich keiner von der Familie Hernández in Deutschland aufgehalten. Abgesehen vom Opfer.«

Ortega seufzte. »Bei mir ist Flaute. Die Spurensicherung sagt, so was wie bei Anna Rivera haben sie noch nicht erlebt. Jede Menge Haare und andere Spuren, aber alle stammen von Anna und den Familienangehörigen. Der Typ muss einen undurchlässigen Overall getragen haben. Selbst bei Tätern mit Gummihandschuhen finden wir normalerweise DNA-Spuren. Ich vermute, der Typ hatte welche mit Raulederfütterung an.«

»Was ist mit Fußabdrücken, Speichel?«

»Nichts. Er könnte einen Mundschutz getragen haben.«

»Er hat immerhin kein Feuer gelegt.«

Ortega lächelte versonnen. Lucias Talent, in aussichtslosen Situationen Positives zu finden, war bemerkenswert.

»Ich würde dir gern was liefern, Miguel, ich weiß, dass du mich mit großen Erwartungen angeheuert hast, aber möglicherweise bin ich an anderer Stelle hilfreicher.«

»Streng dich weiter an, Lucia. Bleib dran, durchforste noch mal die Verwandtschaft, Freunde, Bekannte, alles. Verstanden?«

»Okay, Boss.«

10.15 UHR. BARCELONA

Über Ampel und Zebrastreifen strebten die Fußgänger an der Diagonal am Vormittag der schattigen Straßenseite entgegen. Der Ingenieur betrat an der Ecke zur Via Augusta ein unscheinbares Bürogebäude, fuhr mit dem Fahrstuhl in den fünften Stock und stieg aus. Er fand sich vor einem Büro mit Milchglasscheibe, drückte die Ruftaste der Agentur und erhielt nach langen drei Minuten Einlass. Eine schmucklose Rezeption, darüber ein Foto des in Rente gegangenen spanischen Königs auf Elefantenjagd. Hinter dem Tresen erhob sich eine junge Dame. Sie trug ein zeitloses Kostüm und ein teures Tuch von Hermès um den Hals. Sie bat ihn in einen Raum, in dem sich ein hoch aufgeschossener Mann vom Stuhl erhob. Sein glatter Anzug passte zum öligen Seitenscheitel im Haar.

»Und Sie müssen der Herr Ingenieur sein«, sagte der Mann. Seine Stimme war schneidend, sein Handschlag kräftig. »Ernesto López, Inhaber dieser Agentur. Wenn Sie mir folgen würden?«

Sie betraten einen mit sterilen Funktionsmöbeln ausgestatteten Raum und nahmen an einem ovalen Tisch Platz. Der Verkehrslärm der Via Augusta mischte sich dumpf mit dem Rauschen der Klimaanlage. López öffnete eine Flasche Mineralwasser und schob sie zusammen mit einem Glas seinem Gast zu. »Wir haben nur mit Kohlensäure, ich hoffe, das ist in Ordnung.«

»Kein Problem«, sagte der Ingenieur. »Vielen Dank.«

López verschränkte die Arme und sah ihn an. Sein Blick war stechend, das spürte sein Besucher sogar durch die verzerrte Perspektive des Wasserglases. Der Agenturchef wartete höflich ab, bis er einen Schluck getrunken hatte. Dann ergriff er das Wort. »Sie haben sich auf unsere Anzeige in der ABC gemeldet. Ich habe um dieses Treffen gebeten, um die Möglichkeit einer Zusammenarbeit auszuloten. Ist es richtig, dass Sie derzeit ohne Stellung sind?«

Der Ingenieur rutschte auf dem Stuhl hin und her. Dieser López drückte sich ebenso schwammig aus, wie seine seltsame Annonce formuliert war. Diese führte zu einem Link einer anderen Webseite, die sich okdiario nannte und deren Landingpage wie eine schlecht gemachte Werbeanzeige aussah. Auf rot-gelbem Grund hatte sich der Ingenieur durch eine Bleiwüste gescrollt, um endlich die Stellenausschreibung zu sehen. Begriffe wie »Vaterland«, »Kreuzzug« und »Ausnahmezustand« waren ihm im Gedächtnis haften geblieben. Die Kirchenmusik, auf die die von Kindern gesungene Faschistenhymne »Cara al Sol« gefolgt war, hatte er stumm geschaltet, das Gedudel nervte.

»Ich suche nach neuen Herausforderungen, denn meine bisherige Tätigkeit hat mich nicht mehr ausgefüllt.«

López sah ihm direkt in die Augen. »Wie ich Ihrem Lebenslauf entnehme, waren Sie zuletzt Hausmeister in einem Stimmungslokal.«

Der Ingenieur antwortete freundlich. »Ich übe diesen Job nicht mehr aus«, sagte er. »Ich würde gern in meinem erlernten Beruf als Vermesser arbeiten. Ich bin vielseitig talentiert, müssen Sie wissen. Das ist auch der Grund, warum ich mich auf Ihre Annonce gemeldet habe. Es war dort von ›Mitarbeiter für eine Wahlkampagne‹ die Rede, was mit Verlaub nicht viel Information ist.«

»Das ist richtig«, sagte López. »Der Grund dafür ist, dass wir uns für Menschen interessieren. Wenn uns ein Bewerber überzeugt, dann kommt er für verschiedene Tätigkeiten infrage. Bitte verzeihen Sie mir, dass wir erst ins Detail gehen, wenn wir uns entschieden haben.«

Seltsam, dachte der Mann, der sich »Ingenieur« nannte. Aber er brauchte dringend Geld. Sein Hobby war kostspielig. »Also schön«, sagte er freundlich. »Fragen Sie, was Sie wollen.«

López richtete sich auf, seine Augen hafteten auf seinem Gegenüber.

»Fassen Sie bitte Ihre politischen Überzeugungen in drei Worten zusammen.«

Der Ingenieur unterdrückte ein Schmunzeln. Die Stellenanzeige war nicht ohne Grund in der rechtsgerichteten ABC abgedruckt. Das Blatt hatte in Katalonien wenig Leser. »Ich bin ein eher konservativer Mensch. Für mich ist Familie alles.«

»Gehen Sie regelmäßig in die Kirche?«

»Wenn ich die Gelegenheit habe«, log der Ingenieur. »Ich lege auch regelmäßig die Beichte ab.«

López nickte zu diesen Worten, sein Gesicht blieb ausdruckslos. »Welche Einstellung haben Sie zur Unabhängigkeit Kataloniens?«

»Gegenfrage: Wann war Katalonien jemals unabhängig? Am besten bleiben die Dinge, wie sie sind.«

López schürzte die Lippen. »Gut. Unsere Vorstellungen decken sich in wesentlichen Punkten. Nun, Sie sind Halbspanier, Sohn eines spanischen Gastarbeiters und einer dänischen Mutter. Welches Land würden Sie als Ihre Heimat bezeichnen?«

Der verarschte ihn, dachte der Ingenieur. Aber er ließ sich nichts anmerken. »Spanien.«

»Und warum?«

Er holte Luft. Jetzt kam die große Show. »Ich muss da ausholen. Ich war zwölf Jahre alt, als sich meine Eltern trennten und damit gegen das Sakrament unserer heiligen Kirche verstießen. Ich kam zu einem entfernten Verwandten nach Barcelona, einem Mann namens Gilbert. Er war Vermessungstechniker und legte großen Wert auf Präzision und Disziplin. Er hat mich dann in seiner Firma untergebracht. Gilbert wollte so sein wie die Dänen, deshalb habe ich mich damals als Däne gefühlt. Doch es gab diese tiefe Sehnsucht nach meinem wahren Vaterland Spanien.«

»Diese Sehnsucht fühlen wir alle«, sagte López weihevoll. »Das ist der Grund dafür, dass wir die VOTO gegründet haben.«

»Die VOTO?«

»VOTO Popular«, sagte López. »Spaniens Wirtschaftswunder der Sechzigerjahre, sagt Ihnen das was?«

»Sicher. Mein Vater ist im Zuge dieses Wirtschaftswunders ausgewandert.«

»Sehen Sie! Das Ausbleiben von Agrarreformen unter Franco führte dazu, dass sich im Land viele Menschen dahin bewegten, wo es Arbeit gab. Die gab es im Baskenland und in Katalonien, dort, wo später der Tourismus blühte. All inclusive. Es war nicht für alle genug Arbeit vorhanden, sodass viele traurigerweise das Land verlassen mussten.« López schien nachzudenken. Er zeigte mit dem Finger auf den Ingenieur. »Tausende gingen nach Belgien, in die Schweiz oder nach Deutschland. In die Fremde. In die Kälte.«

Der Ingenieur nickte. Er wusste nicht, worauf der Mann hinauswollte. Gern hätte er das Gespräch abgekürzt.

»Erst als der Neoliberalismus hier Einzug hielt, kamen viele zurück. Da lag der Generalissimo längst begraben im Valle de los Caídos. Eine Frage: Was wären Sie bereit, für Spanien zu tun? Wären Sie bereit, Ihr Leben für das Vaterland zu geben?«

»Ohne Zögern, denn wir alle müssen Opfer bringen«, sagte der Ingenieur schnell, innerlich begeistert vom Schauspiel, das er hier bot. Dass die ihm ein Angebot machen würden, war sicher. Die Lügen gingen ihm aalglatt über die Lippen. Eine Frage rumorte in ihm: Was hatte dieser seltsame Typ mit ihm vor?

Die Antwort bekam er drei Stunden später. Im Seminarraum wartete der Ingenieur mit zwölf weiteren Anwärtern, die das Auswahlverfahren bis zu diesem Punkt bestanden hatten. Belastbare junge Männer mit Anzügen in gedeckten Farben und Zuversicht im Blick.

»Zunächst möchte ich Ihnen gratulieren, meine Herren«, sagte López. »Sie haben alle unsere Erwartungen erfüllt und werden in unser Programm aufgenommen. Viva la Patria!«

Die dreizehn echoten den Ausruf.

López nickte. »Gut. Ich teile Ihnen jeweils einen Mentor zu, der Sie in Ihre Aufgaben einweiht. Bitte begeben Sie sich nun zum Ausgang, Sie werden dort erwartet.«

Stühlequietschen im Raum. An der Rezeption lehnte lässig ein großer, schlanker Mann mit Raubvogelgesicht. Sein Händedruck war der eines Schraubstocks.

»Ich bin Antonio Lobrega. Dein Mentor.«

Der Mann trug ein Kurzarmhemd, unter dem zur Überraschung des Ingenieurs am Ärmel eine Tätowierung hervorlugte. Ein Köcher mit Pfeilen darin, die nach oben zeigten. Das Symbol der Falange, der spanischen Faschisten.

»Wollen wir runter ins Café? Da geht es nicht so förmlich zu wie hier oben.«

Der Ingenieur stimmte freudig zu, er kehrte dem muffigen Seminarraum gern den Rücken. Das Café im Erdgeschoss verströmte zweckmäßigen Neubau-Charme, aber der Automatenkaffee schmeckte passabel. Antonio plauderte munter drauflos, erzählte von seinem Leben im Seebad Sitges, bisherigen beruflichen Stationen und dann, wie er zu VOTO gekommen war. Der Ingenieur nickte und sagte wenig, ihm war der lockere Grundton des Gesprächs angenehm. Von den ebenso vollmundigen wie aufgesetzt wirkenden patriotischen Bekundungen seiner Mitstreiter hatte er fürs Erste genug.

Nach einer Weile schlug Antonio einen Tapetenwechsel vor, und sie landeten in der Bar Scorpio in der Carrer de Muntaner. Ein düsterer Laden, in dem sie die einzigen Gäste waren. Der Mann am Tresen grüßte Antonio wie einen alten Bekannten. Der Mentor steuerte gezielt einen Platz in der Ecke an. Bald standen zwei Gläser Bier vor ihnen.

»Entschuldigung, ich hab nicht gefragt, ob du was anderes trinken möchtest als Bier.«

»Das passt.«

Antonio lächelte. »Du musst nicht so förmlich sein. Wir sind hier unter uns. Ich bin zwar dein Mentor, aber auch dein Freund. Kannst mich alles fragen.«

Der Ingenieur trank. »Gut, ich würde gern wissen, worin meine Aufgaben bestehen. Ich bin Vermesser und brenne darauf, meine Kenntnisse für die Kampagne einzubringen.«

Antonio nickte gedankenverloren. »Mach dir keinen Kopf. Du hast die richtige Einstellung. So was brauchen wir.«

Er trank schnell einen Schluck, damit Antonio ihm seine Verlegenheit nicht allzu sehr ansah. Komischer Verein. Warum machten die aus allem so ein Geheimnis?

»Aber du musst Geduld haben«, sagte Antonio. »Du erfährst alles nach und nach. Vertrauen muss man sich verdienen. Hast du 'ne Freundin?«

Der Ingenieur schüttelte den Kopf. »Ich hab mich mit dem Alleinsein abgefunden. Ich weiß selbst, dass ich kein begehrenswerter Mann bin.«

»Ach komm«, sagte Antonio. »Du bist okay. Hast du dich nie gefragt, ob dich eine lieben kann?«

»Das frag ich mich täglich«, sagte der Ingenieur. »Es gab Mira. Ich hab bei einem Fest rübergeguckt und sie hat meinen Blick erwidert. Ich habe mich lange nicht getraut, obwohl ich wusste, wo sie wohnt. Ich hab sie im Supermarkt angesprochen und zu mir eingeladen. Das bekam ein Typ mit. Der stand eines Tages vor der Tür und sagte, es wäre alles geklärt. Mira wolle nichts von mir wissen. An dem Tag, an dem ich sie eingeladen hatte, kam sie nicht. Ich saß allein dort. Ich wollte mit ihr sprechen. Aber ich bekam sie nicht mehr zu sehen, und wenn, nur mit dem Typen als Begleiter. Am Ende bin ich in einem Restaurant unter ihren Tisch gekrochen, damit der Typ mich nicht sieht. Da hab ich ihr von unten einen Zettel zugesteckt. Sie flüsterte nur, ich müsse das mit dem Typen klären. An dem Abend hat er mich verprügelt.«

»Die Vergangenheit ist ein Rudel wilder Hunde, das dir auf den Fersen bleibt. Aber jetzt kann dir nichts mehr passieren. Jetzt sind wir an deiner Seite. Wenn du Ärger mit Bekannten oder der Polizei hast, sag Bescheid. Ich kümmere mich darum. Wir haben überall Leute sitzen. Wenn was verschwinden soll, was dich belastet, kriegen wir das hin. Null Problem.«

»Und wenn ich jemanden kaltgemacht hätte?«

In Antonios Lache schepperte der Raucherhusten. »Wenn er's verdient hat? Mach dir keine Gedanken.«

Der Ingenieur loderte innerlich. Als hätte ihm jemand den Blankoscheck ausgestellt, alles tun zu können, was ihm sein Trieb befahl.

14.00 UHR. BERLIN

Die neue Gerichtsmedizin lag im Souterrain eines Seiten-flügels des LKA. Über den Hof gelangte Renko Horstmann dorthin. Er empfand Genugtuung über den Rauswurf von Josef, ihn plagte nicht die Spur von schlechtem Gewissen. Er war gut gelaunt und mit sich im Reinen. Renko hatte sich zum Handeln gezwungen gesehen, als Josef in seinen Augen den Bogen völlig überspannt hatte. Sein Chef mit heruntergelassenen Hosen in der Umkleide des Ooops! zu sehen, das war einfach zu viel gewesen. Es war nicht schwer gewesen, Fellner von der Angelegenheit zu über-zeugen. Erfreulicherweise hatte der ihn gleich zum Nach-folger ernannt.

Horstmann zog die Magnetkarte durch den Scanner. Auf den Summton drückte er die Tür auf. Im Flur hingen Kat-zenbilder, mit dünnen Nägeln an die Wand gepinnt.

Die Rezeptionistin sah von ihren Unterlagen auf. »Ach, Sie sind es.«

»Tag, Rita. Ist Sigrid unten?«

Die Frau mit Pony und dicker schwarzer Brille nickte und wandte sich wieder ihren Unterlagen zu.

Er stieg in das grell ausgeleuchtete Kellergeschoss hinab. Im funktional ausgestatteten Raum erhob sich eine kleine, drahtige Frau von einem Drehstuhl. Sie war gefühlt zehn Jahre jünger als Renko, musterte ihn mit wenig mehr als beruflicher Neugier. Sigrid Zambrowsky wurde unter Kol-legen die »Sigi mit dem Klemmbrett und der kalten Hand« genannt, was sich darauf bezog, dass sie es tagtäglich mit Leichen zu tun hatte. In Wahrheit war ihr Händedruck warm und angenehm. Fand zumindest Renko.

»Grüß dich, Sigrid.«

»Nanu, du kommst allein? Wie geht's denn dem Kumpan?«

»Hör bloß auf«, sagte Renko.

»Ihr seid sonst unzertrennlich.«

»Komm schon«, sagte Renko, »als wenn du nicht Bescheid wüsstest.«

Ein feines Lächeln lag auf Sigrids Gesicht. »Dann stimmt das mit dem Sabbatical.«

»Nennen wir es längeren Urlaub.«

»Könnte ich auch mal gebrauchen«, sagte sie. »Aber immer nur Urlaub, das ist ja auch nichts.«

»Da hast du auch wieder recht.«

»Also gut«, sagte Sigrid. »Ich bring ich dich mal auf den letzten Stand.«

Renko ließ seinen Blick über Mikroskope, Flaschen, Tiegel und Vakuumröhrchen schweifen. Die reinste Hexenküche, dachte er. Doch Sigrid Zambrowskys Wissen hatte schon bei vielen Fällen für Verblüffung gesorgt. Renko Horstmann hoffte, dass ihm ein weiterer Blick auf Marisols Leiche erspart blieb. Keine Chance bei Sigrid. Als er sich nach rechts wandte, um Sigrid zu folgen, die die Metalltür in den Obduktionsraum öffnete, sah er Marisols Leiche auf einem Seziertisch liegen. Eine der Neonröhren über ihnen stotterte. Im Raum war es so kalt wie im Kühlraum eines Fleischereigroßhandels.

»Da ist die junge Dame«, sagte Sigrid. »Soll ich dich mit ihr allein lassen?«

»Musst du nicht«, sagte Renko. »In dem Zustand ist sie nicht ganz mein Typ.«

»Wir sind jetzt fertig mit ihr«, sagte Sigrid. »Hast du übrigens das schon gesehen?«

Sie schob ihm den Ausdruck eines Online-Artikels auf dem Tisch zu.

Grausamer Mord in Weddinger Puff – Polizei ratlos

»Steht nicht viel Wahres drin«, sagte Renko. »Aber die Tintenkleckser bleiben da bestimmt dran. Sex, Mord und perverse Wünsche, genau das, was ihre Leser wollen.«

Renko musterte die Leiche von Marisol Hernández. Die Stellen am Oberkörper, die Sigrid aufgeschnitten hatte, waren mit Klammern zugetackert. »Ich hab mir als Erstes Hals, Gesicht und Hände angesehen«, sagte Sigrid. »Also die Stellen mit der größten Chance auf Täter-DNA. Die Metallbedampfung brachte leider kein Ergebnis. Das passt zu dem Fund der Schutzkleidung in der Mülltonne.«

Renko nickte. In der Umgebung des Ooops! hatten sie in einem öffentlichen Mülleimer nahe einer Kleingartenkolonie die Schutzkleidung entdeckt, die augenscheinlich beim Mord an Marisol getragen worden war.

»Es gab eine große Menge Blut am Tatort«, sagte Horstmann, der mit der Autorität des leitenden Ermittlers sprach. »Leider stammt das Blut vom Opfer und wir haben keinerlei andere Blutspuren gefunden. Da ruhen unsere Hoffnungen auf dir, Sigrid. Du findest doch immer was.«

»Da muss ich dich enttäuschen«, sagte sie. »Aber ich schaue gern noch mal nach.« Sigrid umrundete den Tisch und deutete mit einem Marker auf den Hals. »Das Mädchen ist erst gedrosselt worden. Die Hämatome stammen von einer Schlinge oder einer Schnur, die der Täter ihr um den Hals legte. Nicht letal. An den Fingerkuppen hat sie das eine oder andere kleine Hämatom. Sie hat sich dagegen heftig gewehrt. Jemand hat ihr zuerst die Kehle zugedrückt und sie dann erstochen.«

»Wir fanden am Tatort einen Seidenschal«, sagte Renko. »Kann der das verursacht haben?«

»Möglich«, sagte Sigrid. »Sie hat viele Stichverletzungen

auf der linken Körperseite. Am Arm, am Hals und in der Brust. Ein und dieselbe Waffe. Einen Abdruck der Messerklinge haben wir gemacht, liegt im Dossier.«

»Sie hätte es beinahe geschafft, die Wagentür rechtzeitig zu schließen«, sagte Renko. »Sie muss also die Flucht ergriffen haben, nachdem sie gewürgt wurde.«

»Sie wäre ihm fast entwischt«, sagte Sigrid. »Ansonsten hättet ihr sie tot auf der Matratze gefunden.«

»Eine Sache frage ich mich«, sagte Renko. »Trug der Täter diesen Schutzanzug, als er Marisol tötete? Er wird damit vorher kaum durch die Straßen gelaufen sein. Der zeitliche Ablauf muss so gewesen sein: Er hat sich Zugang zur Garage verschafft, ist in den Schutzanzug geschlüpft, ist dann rein zu ihr und hat sie gewürgt, aber sie konnte sich befreien und kam irgendwie noch zum Auto.«

»Deutet alles darauf hin«, sagte Sigrid. »Die Verletzungen liegen auf der Innenseite des Unterarms. Sie hat sich die Hände reflexhaft vors Gesicht gehalten. So traf die Hauptwucht die Elle, was tiefe Schnitte und einen typischen keilförmigen Bruch verursacht hat.«

»Die gute alte Abwehrfraktur«, sagte Renko.

»Ganz genau«, sagte Sigrid. »Ich tippe beim Täter auf einen Rechtshänder. Die Wunden unterscheiden sich und die Einstichwinkel auch. Er hat das Messer von rechts nach links gewechselt, um sie effektiver zu treffen.« Sigrid ging auf Renko Horstmann zu. »Setz dich auf den Hocker da!«

Renko gehorchte dem Befehl. Über ihn gebeugt führte sie mit einem Bleistift ein paar Stichbewegungen gegen ihn aus, die Renko sogleich den linken Arm heben ließen. »Siehst du? Mit rechts konnte er sie nicht töten, denn da war der Türrahmen des Autos.« Sigrid nahm den Stift in die linke Hand und stach erneut zu. »Mit links kann er nicht so kräftig zustechen, aber er kommt an ihren Hals. Damit hat er sie gekriegt.«

Renko zog die Brauen zusammen. »Und was ist dein Fazit?«

»Der Täter konnte gut mit einem Messer umgehen«, sagte Sigrid. »Er war auf Mord aus, und er war Rechtshänder.«

»Das klingt glaubhaft«, sagte Renko. »Und es spricht eher für einen Racheakt oder eine länger geplante Tat. Hast du sonst noch was gefunden?«

»Frag mich lieber, was ich nicht gefunden hab«, sagte Sigrid. »Keine Sperma- oder Drogenspuren. Die Frau war kerngesund. Im Magen hatte sie nur Müsli.«

Gegen vier saß Renko Horstmann am Schreibtisch. Der Druck der Ermittlungen lastete jetzt auf ihm, das machte ihn etwas nervös. Zweiundsiebzig Stunden waren seit der Tat vergangen. Und kein Verdächtiger war in Sicht. Das sollte sich bald ändern.

18.00 UHR. SÜDFRANKREICH

Der Motor schnurrte wie ein Kätzchen und Hadersucht staunte, wie sich sein alter Ford Granada auf der kurvenreichen Strecke durch die Pyrenäen schlug. Als kleines Abschiedsgeschenk hatte ihm Fellner erlaubt, den Dienstwagen privat zu kaufen, wenn er Blaulicht und Funkgerät aus dem Wagen entfernte. Josef Hadersucht beschloss, auf der spanischen Seite der Grenze in La Jonquera eine Rast einzulegen, was angesichts der Bordelle dort eine gewisse Prüfung für seine Selbstbeherrschung darstellte.

Er liebte es, sich herauszufordern. Würde er dem verlockenden Angebot widerstehen können?

La Jonquera bestand aus einer endlosen Reihe von Outlet-Centern, Getränkemärkten und Tankstellen. Lastwagen ächzten um die zahlreichen Kreisverkehre, viele hatten französische Kennzeichen. In Frankreich gab es seit einem Jahr ein Gesetz, das Freier mit hohen Geldstrafen drohte, wenn man sie mit einer Prostituierten erwischte. Viele Franzosen gingen der Strafverfolgung aus dem Weg, indem sie bezahlten Sex in Spanien suchten. Hadersucht stellte den Ford in der Nähe des Bordells »Paradise« ab. Ein mannshoher Sichtschutz aus Kunstrasen erschwerte den Blick auf das Gebäude. Er ging auf den Eingang zu, drehte auf der Treppe um und bog nebenan in die »Bar Rompetrol« ein. Drei Spielautomaten wetteiferten mit einem Flachbildfernseher um den Preis des größten Lärms. Männer dösten am Tresen über ihren Bieren. Sie trugen T-Shirt und Trainingshose, die Berufskleidung der Fernfahrer. Sie musterten ihn kurz, dann erlosch ihr Interesse. Ein weiterer notgeiler Franzose, sagten die Blicke. Hadersucht orderte das Tagesmenü. Die Kellnerin, eine Frau in den Vierzigern mit heruntergezogenen Mundwinkeln, nahm die Bestellung mit ausdrucksloser Miene entgegen. Er trank eine Cola Zero und stopfte die geschmacksfreien Kroketten und das fade Huhn in sich hinein. Im Fernsehen unterhielten sich drei Studiogäste einer TV-Show über eine andere TV-Show, bei der die Teilnehmer nackt auf einer Trauminsel herumliefen. Hadersucht gähnte. Er trank ein gezapftes Bier und kaufte eine Bierdose für unterwegs. Ein letzter Blick über den Sichtschutz aus Kunstrasen, eine letzte Aufwallung der Lust, doch er ließ es bleiben.

Um halb elf saß er wieder im Wagen. Auf dem letzten Teilstück seiner Reise begleiteten ihn die Bilder von in durchsichtigen Boxen tanzenden Frauen, die auf einem Plakat Reklame für ein Bordell machten. Seine Reise hatte ein Ziel, das am Mittelmeer lag, an der Costa del Garraf, Castelldefels. Marisol hatte ihm davon erzählt. Morgen früh würde er dort ankommen. Er stellte es sich romantisch vor. Und dazu hätte das »Paradise« nicht gepasst. Josef fühlte sich wie ein Asket. Manchmal fühlte sich Verzicht auch gut an.

17.00 UHR. BARCELONA

»Lasst unsere Politiker frei!« Hundertfach gellte der Ruf über die Gran Via de les Corts Catalanes und brach sich an der Häuserfassade der Generalitat de Catalunya. Das Gelb-Rot der Katalanen auf der einen, das Grün der VOTO auf der anderen Seite.

Antonio Lobrega führte mit erhobenen Armen den Pulk der VOTO an. Er pumpte sich in seiner Lederkluft auf, spürte das Adrenalin. Dann sprang er brutal einen älteren Mann an, der erschrocken mit den Armen um Halt ruderte. Lobrega riss ihm mühelos das Plakat mit den Politikerköpfen aus den Händen, warf es zu Boden und rieb seine Fußsohlen darauf ab. »Schau genau hin, Alter. So ergeht es allen Verrätern.«

Bei diesem Anblick lösten sich zwei junge Männer aus dem Pulk der Katalanen und packten sich Lobrega, der wild um sich schlug. Ein paar Hiebe bekam er ab, bevor eine drahtige Frau vor ihm auftauchte. Ihr Drehtritt traf Antonio Lobrega voll am Kinn, er sank schmachvoll zu Boden. Dann bahnte sich wie ein Keil eine Truppe der VOTO tretend und schlagend den Weg zu ihm. Lobrega erkannte seinen Freund, griff dessen Unterarm und ließ sich hochziehen. Minutenlang tobte eine wilde Schlägerei, bis eine Brigade der Mossos sich eine Gasse erkämpfte und mit ihren Schlagstöcken die Kämpfenden trennte. Dem Ingenieur gelang es, Antonio aus der Kampfzone in eine dunkle Gasse zu ziehen, sein Mentor kam auf die Beine und stolperte an seiner Seite in ein Lokal, welches von einem Sympathisanten der VOTO geführt wurde.

Antonio Lobrega wischte sich den Straßenstaub aus dem

Gesicht und strahlte. »Das war krass. Schade, dass die Polizei dazwischengegangen ist.«

»Die nächste Gelegenheit kommt«, sagte der Ingenieur, »die Guardia Civil macht jetzt Ernst mit den Hausdurchsuchungen und buchtet in ganz Katalonien das Pack ein.«

»Wird auch Zeit.«

Antonio orderte zwei Bier, die hier für alle Kämpfer der VOTO aufs Haus gingen.

»Hast du gesehen?«, sagte Antonio. »Da waren Frauen dabei. Ganz hübsche.«

»Die wollten uns vermöbeln«, antwortete der Ingenieur. »Lächerlich.«

»Natürlich«, sagte Antonio. »Diese Schlampen. Scheißseparatisten. Die eine hat mich mit einem Karatekick voll erwischt. Diese Hure.«

Das Bier kam, sie tranken hastig. »Wenn du eine von denen zu packen bekämst – was würdest du mit ihr machen. Ich meine, wenn keiner zusieht?«

Der Ingenieur überlegte. »Ich würde sie umbringen. Aber ganz langsam. Und du?«

Antonio sah ihn lächelnd an. »Kopfüber aufhängen. Ich könnte mich dazusetzen und eine Weile ihrem Gejammer lauschen. Die würde beim Flehen rot anlaufen.«

»Nicht schlecht. Ich habe da eine konkrete Idee. Ich würde sie bei lebendigem Leibe erfrieren lassen.«

In Antonios Augen glomm erst Erstaunen, dann wachsendes Interesse. »Warum das? Ist das qualvoll?«

Moreno knetete seine Finger. »Tut höllisch weh. Kälte ist brutal. Sie zerstört jede Zelle. Zuerst an Zehen, Ohren und der Nasenspitze. Weißt du, wie lange ein Mensch in eiskaltem Wasser überleben kann? Fünfzehn Minuten. Wenn die Kälte in Herz, Lunge und Gehirn kriecht. Ziemlich qualvoll. Hab ich oft an Tieren ausprobiert.«

Antonio starrte ihn fasziniert an. »Du hast Tiere lebendig eingefroren? Wie krass ist das denn?«

»Keine Ahnung. Es hat mir gefallen. Als Kind. Tiere sind das eine. Aber Menschen …« Er sprach den Satz nicht zu Ende.

»Du solltest dich mit Señor Fresco zusammentun. Der Typ, der die Huren von der Landstraße schockgefrostet hat.«

»Wer ist das?«

»Irgendein Typ. Weiß ich nur aus der Zeitung.«

»Und, haben sie den erwischt?«

»Soweit ich weiß, nicht. Er hat irgendwann einfach damit aufgehört.«

»Kein dummer Gedanke.«

17.00 UHR. CASTELLDEFELS.
COSTA DEL GARRAF

Lucia parkte hundert Meter entfernt vom Haus der Lobregas in Castelldefels. Für den Nachmittag war es recht warm, sie hatte im ihrem Fiat 500 die Fenster heruntergelassen. Daran, dass sie von der Familie bemerkt worden war, bestand kein Zweifel. Gut so. Aus Erfahrung wusste Lucia, dass Druck dazu führte, dass ein Verdächtiger Fehler machte. Sie konnte nicht ausschließen, dass doch jemand aus der Familie mit dem Mord in Verbindung stand, vielleicht ein Freund der Familie, von dem sie nichts ahnten. Langwierige Observationen waren öde, aber Teil des Jobs. Das Handy vibrierte. Jordi. Drei Jahre hatte sie mit ihm Tisch und Bett geteilt. »Ich bin's.«

»Ruf nicht an, okay?«, sagte Lucia.

»Ich will reden«, sagte Jordi. In seiner Stimme lag etwas Flehendes. Das machte Lucia fuchsig.

»Ich aber nicht mit dir.«

»Bitte, Lucia, nur kurz!«

»Also gut«, sagte sie. »Aber nur fünf Minuten. Und danach rufst du nicht mehr an. Versprochen?«

»Okay«, sagte Jordi matt.

»Also?«

Er atmete schwer. »Ich bin verrückt nach dir. Würde alles für dich tun.«

»Das sagst du die ganze Zeit.«

»Als ich letztens gegangen bin«, fuhr er fort, »da hast du auf dem Balkon gestanden und mir nachgesehen.«

»Na und?«

»Bedeute ich dir nichts?«

Sie hasste Jordis vorwurfsvollen Tonfall. »Ich war sehr eingespannt«, fügte Lucia hinzu.

»*War* im Sinne von ›jetzt nicht mehr‹?«, fragte Jordi. »Wann können wir uns sehen?«

»*War* im Sinne von jetzt«, sagte Lucia. »Ich stecke in einer komplizierten Ermittlung und hab gerade superwenig Zeit.«

»Ich möchte, dass wir uns mal wieder in Ruhe unterhalten«, sagte Jordi. »Nicht am Telefon.«

Ihre Alarmglocken schrillten. Offenbar hatte Jordi seinen Traum von einer gemeinsamen Zukunft nicht aufgegeben. Aber Lucia brauchte alle Aufmerksamkeit für den Job und die Familie. Zumindest für das, was davon noch übrig war.

»Meiner Mutter geht es sehr schlecht. Die Ärzte sagen, sie hat nicht mehr lange zu leben. Ich muss mich um sie kümmern. Es könnte die letzte Gelegenheit sein, ihr alles zu sagen.«

Jordi ging nicht darauf ein. »Ich verstehe, dass du Zeit brauchst, um alles zu verarbeiten. Aber was du jetzt brauchst, ist, unter Menschen zu gehen, das Leben anzunehmen, deine Fröhlichkeit zu finden, dein strahlendes Lachen …«

Alle Erinnerungen an die Schwangerschaft und ihr Kind würden wieder stärker werden. Für einen Moment hatte sie das Gefühl zu fiebern. Lucia wurde übel. Deswegen hatte sie überhaupt keine Lust auf körperliche Nähe mit ihm. War das so schwer zu verstehen? Sie biss sich auf die Lippen.

»Ich sehe, es hat keinen Sinn, mit dir zu reden«, sagte Jordi. »Ich bitte dich nur um eins, und das ist mir wichtig: Gib mir die Chance, dir zu beweisen, wie sehr ich dich liebe. Du bist die Frau meines Lebens, und ich will dich nicht verlieren.«

»Abgesehen von der Blonden«, sagte Lucia.

»Deswegen bist du sauer?« Jordi klang überrascht. »Das ist doch nun wirklich lange vorbei. Es war ein Ausrutscher. Das hat mir nichts, wirklich gar nichts bedeutet.«

»Jaja. Wir reden demnächst«, sagte Lucia. »Jetzt ist total der falsche Augenblick. Ich melde mich. Wann ich will. Einverstanden?«

»Okay. Und danke, dass du mir wenigstens zugehört hast. Ich liebe dich.«

Sie legte auf und ließ den Blick zum Haus schweifen. Es tat sich etwas. Ein Mann war aus dem Vorgarten der Lobregas getreten, sah sich suchend auf der Straße um und lief erst ein Stück in die eine Richtung, dann in die andere. Der Mann war stattlich, trug einen dunkelgrauen Anzug und eine weinrote Krawatte. Er suchte offensichtlich etwas.

17.30 UHR. CASTELLDEFELS.
COSTA DEL GARRAF

Vom Wind bewegte Palmen ragten über die Zäune der Grundstücke bis auf den Fußweg. Sie spendeten den Passanten wohltuenden Schatten. Es war um die fünfundzwanzig Grad, angenehm also. Hadersucht schloss nach einigen Metern zu einem untersetzten Mann mit Rollkragenpullover auf und räusperte sich vernehmlich. Der Alte wippte auf den Füßen und sah sich um.

»Darf ich Ihnen eine Frage stellen, Señor?«

Der Mann musterte ihn neugierig. Hadersucht hatte davon gehört, dass ältere Katalanen allergisch reagierten, wenn Fremde sie auf Spanisch ansprachen. Das bedeutete in ihrer Wahrnehmung oftmals, dass man sie nicht als Angehörige einer eigenständigen Nation mit eigener Sprache und Kultur ansah. Dieser Herr schien sich nicht im Geringsten an Hadersuchts Form der Anrede zu stören. »Gewiss, mein Herr.« Der freundliche, zackig klingende Tonfall eines Veteranen.

»Ich habe hier meinen Wagen abgestellt und kann ihn nicht mehr finden«, sagte Hadersucht. »Ein älteres Fabrikat, ein Ford Granada.«

»Ein Freund von mir hatte in den Siebzigerjahren so einen«, antwortete der Mann. »Wir haben uns den Wagen später geteilt, sind gemeinsam für den Sprit und die Versicherung aufgekommen und durften beide damit fahren. Es gab aber immer Streit, wer den Wagen am Wochenende nutzen durfte.«

Das half ihm bei seinem Problem nicht weiter, dachte Hadersucht. Er wollte nicht unhöflich erscheinen. »Deswegen heißt es auch Individualverkehr.«

»Richtig. Ein Auto kann man nicht teilen. Da hat man ein Rendezvous und keinen Wagen, das geht nicht. In der Großstadt kann ich mit der Metro fahren, hier auf dem Land ist das unmöglich. Hier bei uns in Castelldefels haben die jungen Damen früher genau hingesehen, wer motorisiert war und wer nicht.«

Hadersucht seufzte. Der alte Mann war offenbar eine Plaudertasche. »Also ich wäre auch gern motorisiert«, nahm er den Faden auf. »Wenn ich nur meinen Wagen finden könnte.«

Der Alte sah ihn fest an. »Ich kann das gut verstehen. Allerdings kenne ich Sie nicht. Ich sage es Ihnen ganz unverblümt: Wir mögen hier keine Fremden. Unsere Nachbarschaft hat damit schlechte Erfahrungen gemacht. Das hat dazu geführt, dass wir ein ausgeprägtes Gespür für Gefahren entwickelt haben. Wenn Sie denken, hier würden Autos gestohlen, dann beleidigen Sie uns.«

»Das habe ich nicht gesagt.«

»Gedacht haben Sie es. Dem Akzent entnehme ich, dass Sie Deutscher sind. Es gibt bei Ihnen doch diese neue rechte Partei …«

»Die wählt niemand, der halbwegs bei Verstand ist.«

»Sehen Sie«, triumphierte der Alte. »Ich habe mich nicht in Ihnen getäuscht. Sie sind ein mieser linker Vogel. Viel Erfolg bei der Suche.« Er machte eine Halsabschneider-Geste und schritt von dannen. Hadersucht stand da wie ein begossener Pudel.

»Kann ich Ihnen helfen?«

Hadersucht drehte sich ruckartig um. Die Stimme hatte er schon einmal gehört. Lucia Costa war einen Kopf kleiner als der Kommissar und trug die lockigen Haare zu einem Zopf gebunden. Mit neugierigen braunen Augen blickte sie ihn an, sie schien mehr zu wissen als er. Den Kopf hielt sie ein wenig schief. Ihre Hände steckten in den Taschen der eng anliegenden Jeans. Hadersucht musterte ihre Figur. Unter dem eleganten weißen Hemd bildeten sich ihre Brüste deutlich ab. Seine Augen glitten darüber und er hoffte sogleich, dass sie es nicht bemerkte. Sie musste Mitte bis Ende dreißig sein. In ihrem Blick lagen Intelligenz und Neugier, einige schwach ausgeprägte Lachfältchen umrahmten die Augenpartie ihres jugendlichen Gesichtes.

Es war ihre Stimme gewesen, die ihm bekannt vorkam, sodass er sich traute, es zu riskieren. »Sind Sie Polizistin?«

»Lucia Costa. Mossos d'Esquadra. In Zivil, wie Sie sehen. Ihre Stimme kommt mir auf gewisse Weise bekannt vor. Haben wir mal miteinander telefoniert?«

»Bingo!« Hadersucht machte einen Daumen nach oben. »Wie ich mich freue«, sagte er. »Mein Name ist Josef Hadersucht. Wir haben tatsächlich miteinander telefoniert.« Er reichte ihr die rechte Hand, die sie annahm. »Ach, warum so förmlich?«, entfuhr es ihm und er umarmte sie kurz. Machte man ja hier so, das wusste er noch aus dem Studium. Das zeigte ihm mal wieder, dass er in südlichen Gefilden schnell auftaute.

»Den Mann da eben dürfen Sie nicht ernst nehmen«, sagte Lucia. »Der bildet sich ein, hier alles überwachen zu müssen.« Sie gestikulierte beim Sprechen in der Luft herum, auch um sich Raum zu verschaffen.

»Den Mann?«, fragte Hadersucht.

»Der, mit dem Sie eben sprachen«, sagte Lucia. »Wissen Sie, was der in der Franco-Zeit gemacht hat?« Nach einem Moment des Schweigens gab sie die Antwort selbst: »Er war Aufpasser in einem Tanzlokal. Hat einen Stock dazwischengehalten, wenn junge Paare zu eng getanzt haben. Das weiß ich, weil ich hier ein paar Leute kenne.«

»Als guter Polizist sollte man immer die Augen offen halten«, sagte Hadersucht. »Und übrigens: Du kannst mich gerne duzen. Ich bin der Josef.«

»Und ich bin Lucia. Dein Spanisch ist ausgezeichnet. Wir können allerdings auch auf Deutsch reden, das ist eine gute Auffrischung für mich.«

»Hast du etwa deutsche Wurzeln?« Josef war ehrlich erstaunt.

»Meine Mutter stammt aus Bonn«, sagte sie und wechselte ins Deutsche. »Sie ist schon seit vierzig Jahren hier im Land. Aber Deutsch hat sie mir beigebracht.«

Josef war hingerissen. Der Klang ihrer Stimme gefiel ihm auf Anhieb. Auch das, was er sah. »Du kannst wirklich toll Deutsch«, sagte er.

»Na ja, so gut auch wieder nicht. Du hast bestimmt so eine Angeberkarre wie die meisten Deutschen«, sagte sie, um abzulenken. »Zeig mal her, das gute Stück.«

»Muss ich leider passen. Ich kann den Wagen nicht finden. Ich bin nur kurz in dieses Haus gegangen, als ich zurückkam, war er weg.«

Lucia sah ihn sanft an. »Ohne Auto bist du aufgeschmissen, oder?«

»So was ist mir noch nie passiert.« Er zog Autoschlüssel und Geld aus der Tasche. »Was meinst du? Wie weit komme ich in Spanien mit fünfundzwanzig Euro?«

»Mehr hast du nicht dabei?«

»Doch«, sagte Hadersucht. »Aber mein Portemonnaie ist im Auto. In der Hosentasche hab ich exakt diese Summe.«

Lucia lachte. »Damit kommst du heutzutage nicht weit. Wohin willst du denn?«

»Nach Barcelona«, sagte Hadersucht. »Zurück ins Hotel.«

»Okay«, sagte Lucia. »Ich hatte so eine Ahnung, als du aus dem Haus stolziert bist. Du bist gegangen wie ein Polizist. Da dachte ich bereits, könnte das nicht Hadersucht sein?«

Er nickte. »Streng genommen bin ich im Urlaub. Die haben mich suspendiert.« Sie sah ihn gelassen an, die Nachricht schien sie nicht zu erschrecken.

»Und was hast du vor?«

»Als Erstes hätte ich gern meinen Wagen zurück.«

»Kennzeichen?«

Er sagte es ihr. Gemeinsam schlenderten sie zu der Stelle, an der der Ford Granada Hadersuchts Angaben zufolge hätte stehen sollen. Lucia deutete mit dem Zeigefinger auf einen dreieckigen Aufkleber auf dem Boden.

»Siehst du?« Sie zog ihr Smartphone aus der Hosentasche, erledigte einen Anruf. »Dein Auto wurde abgeschleppt. Keine große Sache, wir lösen den aus.«

Sie nahmen ihren weißen Fiat. Hadersucht passte gerade so auf den Beifahrersitz. Lucia fuhr auf die dreispurige Schnellstraße T-115 von Castelldefels in Richtung Barcelona. Das Autoradio brachte eine Talkrunde. Alle Beteiligten redeten gleichzeitig, fielen sich gegenseitig ins Wort.

»Worüber reden die?«

»Nur Blödsinn. Politik.«

»Und worum geht es?«, fragte Hadersucht.

»Beamte der Guardia Civil haben bei einer Razzia in einer Fabrik Kisten mit Umschlägen und Briefbögen beschlagnahmt, die von der katalanischen Regierung bestellt wurden. Die Sachen werden fürs Referendum gebraucht.«

»Zur Unabhängigkeit Kataloniens von Spanien.«

»Richtig«, sagte Lucia. »Madrid will das verhindern.«

»Keine Einigung in Sicht?«

Lucia lachte spöttisch. »Und zur gleichen Zeit zieht man eine Razzia nach der anderen durch und droht mit Anklagen wegen Landesverrat und Rebellion? Vergiss es.«

»Geht es nicht in Wahrheit um was ganz anderes?«

Lucia runzelte die Stirn. »Was meinst du damit?«

»Ich meine Geld. Ihr wollt die Unabhängigkeit doch nur, damit ihr den armen Regionen kein Geld mehr abgeben müsst.«

Lucias Antwort war ein beherzter Tritt aufs Gaspedal. Damit entging sie dem Schicksal, zwischen zwei Lastern eingeklemmt zu werden. Hadersucht krallte sich an den Haltegriff. Der gewöhnliche Nachmittagsverkehr von Barcelona. »Entschuldigung! Bevor ich es vergesse: Du hast leider keine Ahnung.«

Hadersucht sagte nichts dazu. Stattdessen zuckte er mit den Schultern und musterte ihr Profil. Das zum Zopf gebundene Haar betonte ihren schönen Kopf, ihre Lippen waren voll und herzförmig. Lippenstift trug sie nicht. Er war in der Stimmung für ein Kompliment, verkniff es sich. Zum Flirten war es zu früh, dachte er. Sie hatten sich ja eben erst kennengelernt.

Sie brachte den Wagen vor einem mannshoch umzäunten Parkplatz zum Stehen, den ein gelbes Schild als Deposito Municipal auswies. Hadersucht fuhr freudig hoch.

»Da drüben steht mein Ford. Da ist er!« Lucia ging an die Rezeption und wurde eingelassen, nachdem sie sich ausgewiesen hatte. Kurz darauf war sie wieder am Fiat, in dem der Deutsche wartete.

»Warum grinst du so?«, fragte Hadersucht.

»Kommt nicht alle Tage vor, dass uns der Wagen eines deutschen Polizisten ins Netz geht«, sagte Lucia. »Keine Sorge. Ich hab mit ein paar Leuten gesprochen. Du kannst ihn stehen lassen und musst auch nichts zahlen. In Barcelona bist du ohne Ortskenntnis ohnehin aufgeschmissen. Hol ihn einfach ab, wenn du magst.«

»Notfalls bezahle ich«, gab Hadersucht zurück. Er dachte nach. »Also gut, lassen wir ihn hier. Ich schnappe mir nur schnell meinen Koffer aus dem Wagen, ich muss nämlich noch im Hotel einchecken.«

»In welchem bist du denn?«

»Im Barceló.«

Lucia verdrehte die Augen. »Die Glasröhre mit den vielen Stockwerken? Die verschandelt die ganze Gegend. Na gut, dann bring ich dich mal dahin. Liegt bei mir ganz in der Nähe.«

Als Hadersucht mit seinem Koffer zurückkam, verstaute sie ihn im Wagen und sie machten sich auf den Weg. Das Radio verkündete, dass der FC Barcelona »tres a uno« gewonnen hatte. Dank Messi. Hadersucht presste die Knie gegen die Plastikverschalung am Handschuhfach. Er hatte das Hotel Barceló wegen der Kingsize-Boxspringbetten gewählt. In Gedanken streckte er sich dort bereits aus, den Inhalt der Minibar vor sich.

»Pssst«, zischte Lucia und fuhr rechts ran. »Das ist Ortega.« Sie zückte ihr Mobiltelefon und lauschte schweigend ihrem Chef. Sie zog die Stirn in Falten, was Hadersucht als Besorgnis interpretierte. Erst als Lucia die Trenntaste gedrückt hatte, traute sich Hadersucht, sie zu fragen. »Was ist los? Hast du einen Geist gesehen?«

»Nein«, sagte sie. »Señor Fresco.« Ihre Stimme nahm eine kalte Sachlichkeit an, die Hadersucht weniger gut gefiel.

»Wer ist das?«

»Ein Serienkiller. Hat vier Prostituierte auf dem Gewissen, die man in Kühlkammern eines Schlachthofs gefunden hat. Er hat sie quasi schockgefrostet.«

»Habt ihr ihn gekriegt? Von dem Fall habe ich noch nie etwas gehört.«

»Leider nein«, sagte Lucia. »Aber vor zwei Jahren brach die Serie ab. Ortega hat mir gerade mitgeteilt, dass heute wieder eine Frau tot aufgefunden wurde. Keine zwanzig Kilometer von hier entfernt.«

Hadersucht sah vor seinem geistigen Auge die Minibar verschwinden.

»Und was bedeutet das?«

»Das wir sofort da hinmüssen. Sorry, aber ich kann dich leider nicht vorher ins Hotel bringen.«

Zwanzig Minuten später bog Lucia mit dem Wagen bei Sitges in einen Feldweg ein. Sie stellte den Fiat hinter den Einsatzfahrzeugen der Kollegen und den Krankenwagen ab, die sich am Rand eines abgeernteten Weinfeldes reihten. Als sie losgingen, dämmerte es. Gelbes Absperrband versperrte den Zugang. Lucia hielt auf einen jungen Beamten in Blau zu. »Polizeilich abgesperrtes Gelände. Bitte gehen Sie hinter die Absperrung.«

Lucia zeigte ihren alten Dienstausweis. Den hatte sie trotz ihrer Freistellung vom Polizeidienst behalten und alle Mails, in denen sie zur Abgabe aufgefordert wurde, ignoriert. »Okay. Und wer ist das da?«

»Ein Kollege von der Mordkommission aus Deutschland.« Hadersucht bestätigte das mit kurzem Nicken.

»Auf Ihre Verantwortung, Señora«, sagte der Beamte. »Die Überzieher sind in der Kiste da. Viel Erfolg.«

Beide schlüpften vorschriftsgemäß in Einweg-Überschuhe. Hadersucht blinzelte gegen die Abendsonne an. Ein Generator brummte. Die Forensiker hatten ihn vorsorglich hergebracht, um die Stromversorgung der Scheinwerfer sicherzustellen. Noch war der Himmel wolkenlos und klar, das Licht strahlte durch die Bäume am Feldrand. Die Frau lag bäuchlings da, ein Bein ragte auf den Weg, der Kopf war etwas versteckt im Gestrüpp. Sie war halb mit Plastikfolie bedeckt, die im Wind flatterte. Daneben erkannte Hadersucht einen roten Damenschuh. Aus dem Pulk der Polizisten löste sich ein grauhaariger Beamter in Zivil.

Lucia stellte ihn vor. »Miguel Ortega von den Mossos d'Esquadra, mein Chef.«

»Angenehm. Josef Hadersucht. Polizeibeamter aus Deutschland. Aus Berlin, um genau zu sein.«

Ortegas hochgezogene Augenbrauen signalisierten Erstaunen. »Und was haben Sie an meinem Tatort zu suchen?«

»Das geht auf meine Kappe«, sagte Lucia.

Ortega nickte kurz und musterte ihn. »Berlin sagten Sie? Muy bien. Hat Lucia Ihnen von Señor Fresco erzählt?«

»Bruchstückhaft.«

»Hat sie Ihnen auch erzählt, dass die Ermittlungen eingestellt wurden?«, sagte Ortega. »Übrigens gegen den Widerstand der Angehörigen. Die Mütter der Opfer sind aus Rumänien und Bulgarien angereist, um für ihre toten Töchter Gerechtigkeit zu fordern. Was die nicht geschafft haben, schafft diese Leiche hier.«

»Ich kann Sie beruhigen, Herr Ortega«, brummte Hadersucht. »Bei uns halten sich Mörder auch nicht an die Dienstzeiten der Polizei.«

Ein hochgewachsener, junger Beamter in blauer Uniform trat hinzu. Er wich ein Stück zurück, offenbar von Lucias Präsenz aus dem Gleichgewicht gebracht.

»Vorsicht, Vorsicht!«, sagte Lucia und lachte.

Hadersucht meinte, die frostige Stimmung zwischen seiner neuen Kollegin und dem Uniformierten mit Händen greifen zu können.

»Josef, das ist mein Kollege Eloy Vargas«, sagte Lucia emotionslos.

Der junge Mosso war schlank, trug die Haare millimeterkurz gestutzt. Hadersucht überlegte, ob er in seinem lang gezogenen Gesicht mit der kleinen Nase und dem ausgeprägten Kinn Schlauheit oder Naivität herauslas. Die grauen Augen wirkten auf Hadersucht unergründlich, was Vargas für ihn wenig vertrauenerweckend erscheinen ließ. Der Beamte tippte zum Gruß an seinen dunkelblauen Hut.

»Ich hatte mit Ihrer Dienststelle zu tun«, sagte Vargas. »Mit einem Kommissar Vasseg.«

Hadersucht spürte eine Bugwelle Ärger auf sich zurasen. Ferien am Tatort, das hatte gerade noch gefehlt.

»Hat Vasseg Sie geschickt?«, fragte Vargas.

»Der Kollege heißt Bassek«, korrigierte Hadersucht.

»Ist mir doch egal«, fuhr Eloy fort. »Darf ich Sie trotzdem bitten, den polizeilich gesicherten Bereich zu verlassen?«

Ortega ging entschieden dazwischen. »Ist gut, Eloy. Ich übernehme die Verantwortung dafür.« Die energische Miene Vargas gegenüber genügte, um diesen zum Schweigen zu bringen. Hadersucht bemerkte die Stirnfalten von Ortega, der ungerührt fortfuhr. »Bei der Prostituierten handelt es sich um Olga Vasilescu, eine junge Rumänin, die von ihrem *chulo* vor einer Woche als vermisst gemeldet wurde. Ein erster Blick auf die Leiche zeigt keinerlei Spuren von Gewalteinwirkung, aber die typischen Merkmale von Tod durch Erfrieren.«

»Die Haut blassblau, sieht aus wie abgestorben?«

»Genau, Lucia. Möchtest du einen Blick auf die Leiche werfen? Hier hast du meine Taschenlampe.«

»Kann ich gerne machen.« Konzentriert ging Lucia zur Leiche von Olga Vasilescu, kniete nieder, um sie aus der Nähe zu betrachten.

»Warum wurde das Mädchen von ihrem Zuhälter als vermisst gemeldet?« Eloys Frage richtete sich an Ortega.

»Das ist noch auf eine Maßnahme von Lucia zurückzuführen. Während der Ermittlung kam sie auf die Idee, mit Straßenarbeitern, Zuhältern und Nachtclubs zu sprechen, um sie auf die lauernde Gefahr aufmerksam zu machen.«

»Die kleine Streberin«, entfuhr es Eloy Vargas.

»Sei nicht neidisch, Junge. Auf mich macht sie einen toughen Eindruck.« Hadersucht wich Eloys abschätzendem Blick nicht aus, sondern hielt ihm eisern stand.

»Ach ja?«, entgegnete Eloy Vargas. Sein Tonfall klang herausfordernd. Die Männer sahen sich an. Eloy war fast so groß

wie Hadersucht, nur dünner. Lucia kehrte von ihrer Begut-
achtung zurück.

»Dieser gottverdammte Señor Fresco. Geht also alles wieder von vorne los.«

»Jetzt warte erst mal ab«, unterbrach Ortega. »Die Hunde-
staffel kämmt hier gleich alles durch. Wir sehen uns morgen
um neun im Büro. Und Sie würde ich dort auch gern sehen«,
sagte Ortega. Er zeigte mit dem Finger auf Hadersucht. »Ich
hab noch ein paar Fragen an Sie.« Hadersucht nickte nur.

KATALONIEN. MONATE ZUVOR

Der Ingenieur meldete sich auf die Anzeige am Aushangbrett des Supermarkts in Sabadell bei einem Mann mit dem Namen Rodrigo Sánchez.

En Venda. Cambra Frigorífica. 608 340 627. Kühlwagen zu verkaufen. Pünktlich zum telefonisch vereinbarten Besichtigungstermin am Nachmittag erschien er bei Sánchez, der am Stadtrand von Vilafranca del Penedès in einem schmucklosen Haus wohnte. Sánchez öffnete. Ein alter Mann in Strickjacke, der gepflegt wirkte.

»Ich hab angerufen«, sagte der Ingenieur.

Der Alte musterte ihn. Wie lange musste man als Ausländer in Spanien leben, um nicht so angeguckt zu werden?

»Komm rein«, sagte der Alte förmlich. »Kaffee?«

»Nein, danke. Hab gerade einen getrunken. Ist der Wagen hier?«

»Unten am Parkplatz. Wir können hingehen.«

»Gut.«

Dreihundert Meter die Straße runter führte ein Feldweg zu einer Brachfläche, welchen die Nachbarschaft als Parkplatz nutzte.

»Da ist er«, sagte Sánchez und zeigte auf den Kühlwagen. »Ein Renault Master. Scheckheftgepflegt. Ich war früher Teilhaber an einem Transportunternehmen. Spezialisiert auf den Transport von Frischfleisch.«

Das war er auch, dachte der Ingenieur. Seine Assoziation erheiterte ihn.

»Hab mich zur Ruhe gesetzt«, fuhr der Alte fort. »Meine Frau war krank und ist gestorben. Sie hat viel gelitten.«

»Muss schrecklich gewesen sein.«

Sánchez schien seine Teilnahmslosigkeit nicht zu bemerken. »Wir wollten immer Kinder. Hat nicht geklappt. Ich bin auf mich allein gestellt, und die Rente ist nicht üppig. Ich würde den Wagen gerne verkaufen, auch wenn er mich an früher erinnert.«

Der Ingenieur strich mit der Hand über den bröckeligen Lack. »Hat seine besten Tage hinter sich.«

»Funktioniert einwandfrei«, wandte der Rentner ein. Er hatte offenbar alle für die Besichtigung notwendigen Schlüssel mitgebracht, öffnete die Flügeltüren am Heck und erklärte die Funktionsweise des Gefriermoduls.

»Anschalten kann ich leider nicht, kein Strom hier. Ging aber immer an.«

»Auch von innen?«

Sánchez schüttelte den Kopf. »Nur von außen. Geh ruhig rein«, sagte der Alte. »Mir fällt das Klettern nicht mehr so leicht.«

»Du kommst mit«, befahl der Gast. Der Alte fügte sich, und sie kletterten in den Container. Er half ihm hinein. »Eine Frage noch, bitte. Wenn eine Person im Container eingeschlossen ist. Wie lange dauert es, bis das Gefriermodul sich so weit heruntergekühlt hat, dass die Person dadrin erfriert?«

Sánchez sah ihn ungläubig an und lachte auf. »Du bist witzig. Wenn das Modul richtig läuft, dann ist es in zwanzig Minuten so kalt wie in der Arktis.«

»Zwanzig Minuten also.«

»Ich verstehe«, sagte Sánchez verlegen. »Dir geht es um die Sicherheit. Willst alle notwendigen Vorsichtsmaßnahmen im Auge haben, richtig?«

Der Ingenieur ging über die Frage hinweg. »Was willst du dafür haben?«, fragte er stattdessen.

»Viertausendfünfhundert Euro.«

»Sagen wir viertausend.«

»In Ordnung«, sagte der Alte.

Der Container musste geschrubbt werden. Es roch süßlich nach Schimmel und Verwesung, der jahrelange Fleischtransport hatte Spuren hinterlassen. Offenbar hatte die Kühlung nicht immer so gut funktioniert, wie der Mann behauptete.

»Wollen wir gehen?«, forderte der Ingenieur und spähte hinaus. Sie waren allein. Er packte den Mann und stieß ihn so rüde zu Boden, dass dieser vor Schmerz brüllte. Mit seinem linken Knie drückte ihm Ulv Moreno mit aller Kraft die Luft aus der Lunge und umfasste mit beiden Händen den Hals. Moreno drückte zu, so fest er konnte. Der alte Mann sah ihn einige Augenblicke verwirrt an, bis ihm die Zunge aus dem Mund trat. Die Augen weit aufgerissen, versuchte er, sich aus der Umklammerung des Angreifers zu befreien. Doch er hatte längst nicht mehr die Kräfte seiner Berufsjahre. Das Letzte, was der alte Mann von sich gab, war ein gurgelndes Röcheln.

Eine halbe Stunde später umkrallten Morenos Hände das Lenkrad des Kühlwagens. Seine Gedanken wanderten zur Leiche, die hinten im Frachtraum lag. Der Alte musste verschwinden, und Moreno hatte eine geeignete Stelle im Wald ausgemacht, um ihn zu vergraben. Und dann würde er sich um die andere Sache kümmern. Für das, was er vorhatte, musste er in Bewegung bleiben.

09.00 UHR. BARCELONA

Wie werktags üblich, versüßte sich Lucia am Dienstagmorgen den Weg von der Calle Carmen zur Garage in der Avinguda Parallel mit einem Café con leche und einem Buttercroissant in der Eckkneipe Mendizabal. Im Stehen.

Zwei junge Anzugträger neben ihr steckten ihre Köpfe in die El Periódico. »Hier, lies das mal«, sagte der eine. »Wir müssen die EU verlassen. Katalonien wird unabhängig und muss sich um die Mitgliedschaft neu bewerben.«

»Wir machen 'ne Abstimmung, und zwei Monate später sind wir drin«, entgegnete der andere.

»Eben nicht. Alle Mitgliedstaaten müssen da zustimmen. Rate, wer nicht mitmacht.«

»Spanien vielleicht?«, fragte Lucia, die sich einmischte. »Würde niemanden wundern.«

Der Hauptredner nickte zögernd. »Verrückt, oder? Hier steht, was alles passiert, wenn wir das Referendum durchziehen.« Er blätterte vor und zurück.

»Wir werden alle sofort arbeitslos, dürfen nicht mehr visafrei reisen und so weiter.«

Lucia nahm einen Schluck Kaffee. »Alles Angstmacherei. Notfalls besetzen wir den Kleinstaat Andorra und ergeben uns kampflos.«

Der Kellner des Mendizabal presste lachend Orangen aus. »Exzellente Idee, Lucia.«

Der junge Typ im Anzug zwinkerte ihr zu. »Du gehst zur Wahl, oder? Wählst du mit deinem Freund oder alleine?«

Lucia blickte missmutig. Netter Versuch. »Wenn du rauskriegen möchtest, ob ich Single bin, hast du dich dämlich angestellt. Wenn ich eins hasse, dann eine blöde Anmache am frühen Morgen.«

»Und ich hasse blöde Ziegen den ganzen Tag über.«

Er wandte sich ab, ließ die Zeitung da. Lucia übernahm sie und las.

Keine Spur von Señor Fresco stand da im Lokalteil. Sie bezahlte ihr Frühstück und ging Richtung Garage. Der Arsch eben hatte sie an Jordi erinnert. Als eingebürgerter Katalane kannte er keinen Konjunktiv. Typisch für in Barcelona lebende Galizier, die in der Liebe zur sie aufnehmenden Heimat päpstlicher als der Papst sein wollten.

Wenig später kam ihr weißer Fiat 500 an der Rambla del Raval an der Metallkatze des Künstlers Fernando Botero vorbei, die von fotografierenden Touristen umstellt war. Früher war hier alles grau in grau, staubig und verfallen. Nun roch es nach Frittierfett aus der Dönerbude. Lucia betätigte den Fensterheber. Sie fand einen Parkplatz gegenüber vom Hotel. Kein Schattenplatz, aber egal. Ihr verspannter Nacken brauchte dringend eine Massage. Lucia dehnte ihre Schultern mit kreisförmigen Bewegungen, bis es knackte.

Hadersucht kam ihr in den Sinn. Wollte sie ihm gefallen? Einem Kommissar? Ausgerechnet. In seinem eleganten Anzug mit der weinroten Krawatte hatte er nach Zigaretten und Alkohol gerochen. Suspendiert war er, hatte er gesagt. Was war da vorgefallen? Sie hoffte, er würde ihr davon erzählen.

10.30 UHR. CASTELLDEFELS

Manuel Lobrega saß auf seinem Klappstuhl und blickte aufs Meer hinaus. Ein Stammplatz am Punta de Vallbona im Hafen von Castelldefels war für jeden Angler ein Privileg. Der Sonnenzeitkalender verhieß einen exzellenten Tag zum Angeln. Das Wasser war weder zu kalt noch zu warm, das mochten die Kaltblüter. Lobrega spießte kleine braune Würmer als Köder an die Angelrute und warf sie aus.

Seine Gedanken wanderten zu den Ereignissen des Morgens. Ein Beamter der Mossos hatte vor seiner Tür gestanden und ihm vom Tod seiner Stieftochter berichtet. Manuel Lobrega hatte die traurige Nachricht gefasst aufgenommen. Seine Vorahnungen hatten sich bestätigt. Marisol war tot. Das, was der Polizeipsychologe ihm im Wohnzimmer berichtet hatte, war in seinen Augen nur die logische Folge der Sünden seiner Stieftochter. Als er Dolores kennenlernte, hatte er Marisol quasi als Mitgift dazubekommen. Nahe waren sie sich nie gewesen. Dennoch wunderte sich Lobrega über seine Unfähigkeit zu trauern. Wie sollte er es Dolores sagen? Als Familienoberhaupt beschloss er, den Moment selbst zu bestimmen. Was würden die Nachbarn sagen, mit ihren vorwurfsvollen Blicken und dem geheuchelten Mitgefühl? Aber das würde sich mit der Zeit legen. Der Vorteil war, dass sie jetzt diese Lucia Costa nicht mehr am Hals hatten, die bei ihrem Besuch für seinen Geschmack zu viel Interesse an seinen Familienangelegenheiten gezeigt hatte. Manuel Lobrega ließ seinen Blick über das glitzernde Meer schweifen. Die Wasseroberfläche war spiegelglatt, die Angelschnur trieb darin. Von Fischen keine Spur. Er hatte am Morgen eine Art Vorahnung gehabt. Hatte sich gegen seine Gewohnheit zurechtgemacht und den Beamten in Hemd und Hose empfangen. Er sah aus wie ein Bankangestellter, der ausnahmsweise keine Krawatte trug. Heute biss kein Fisch an, er prüfte die Angel-App auf dem Smartphone. Die vorhergesehene Aktivität der Fische war hoch. Er schüttelte den Kopf, holte die Angel ein, packte die Sachen zusammen, warf alles auf die Ladefläche seines Pick-ups und fuhr vors Haus.

Was machte der weiße Fiat da? Lobrega erkannte Costas Wagen. Verdammte Schnüfflerin. Dann hörte er den Schrei seiner Frau Dolores. Markerschütternd.

Er sah, wie Costa zum Wagen ging, stand da wie eine Salzsäule. Traute sich nicht ins Haus hinein, zögerte, bevor er eintrat, um seine vor Trauer und Wut tobende Frau zu beruhigen.

»Seit wann weißt du es?«, schrie Dolores. »Warum sagst du nichts? Wer hat ihr das angetan?«

Gegen zehn rief er den Krankenwagen. Zwei Pfleger brachten Dolores zum Wagen. Manuel stand nur apathisch daneben, wie gelähmt von der Urwucht weiblicher Verzweiflung. »Mein einziges Kind. Meine Kleine«, wiederholte Dolores unentwegt. Lobrega schwieg. Was er erlebte, war der Beweis seines Versagens. Er hatte sich in dieses schöne Haus gesetzt, zu dessen Erwerb er nichts beigetragen und im Gegenzug nur eine Aufgabe zu leisten hatte, nämlich seine Familie zu schützen. Er beobachtete eine Fliege, die sich auf der Scheibe im Wohnzimmer niedergelassen hatte. Er atmete ruhiger, versuchte, die Lage nüchtern einzuschätzen. Im Grunde war Marisol selbst schuld. Dolores war schwach, hatte sie ins Elend schlittern lassen. Was hätte er tun sollen? Auf ihn hat Marisol nie gehört. »Du bist nicht mein Vater.« Am Anfang tat das weh. Zuletzt nicht mehr, da war es ihm egal. Er hatte sich damit abgefunden. Dolores war nie die Stütze gewesen, die Marisol gebraucht hätte. Nichts hatte sie dafür getan, damit er, Manuel, von Marisol akzeptiert wurde. Dolores, du verdammtes Walross, dachte er grimmig und lächelte zum ersten Mal an diesem Tag. Sind die Walküren aus dem Haus, kehrt Ruhe ein. Alles würde jetzt besser werden. Wenn es nicht diese verdammte Schnüfflerin von den Mossos gäbe. Aber mit dieser Costa, mit der würde er fertigwerden.

09.00 UHR. BARCELONA

Das Hauptquartier der Mossos d'Esquadra lag zwischen zwei Altbauten an der Travessera de les Corts, im Norden Barcelonas. Im Vorraum roch es nach alten Pflanzen. Josef hievte wie Lucia seine Tasche auf das Laufband vor dem Röntgenscanner. An der Rezeption saß eine Beamtin im himmelblauen Hemd hinter Glas. Lucia zeigte ihren Ausweis vor und strebte den Treppen entgegen. Hadersucht wollte hinterher, wurde aber von der Frau im Glaskasten zurückgerufen.

Inspektor Ortega grüßte kurz im Vorbeigehen, Hadersucht sprang auf, um hinter ihm herzulaufen.

»Sie warten!« Die Stimme der Beamtin hinter dem Glas klang scharf. Hadersucht sank zurück auf den Plastikstuhl und spielte eine Weile auf dem Handy.

»Señor Ortega erwartet Sie«, sagte die Beamtin nach fünf Minuten. »Bienvenido!«

Hadersucht trat direkt an die Glaskabine. »Ja«, sagte er. »Ich hab's begriffen.« Die Beamtin lächelte.

In Miguel Ortegas Büro roch es ledrig nach Herrenparfüm. Aktenschrank, Bürotisch, durchgesessenes Gestühl, in einer Ecke standen die spanische und die katalanische Flagge Spalier. Ortega schüttelte Hadersucht die Hand und bat ihn, sich zu setzen.

»Sorry fürs Warten. Ich bin Miguel«, sagte Miguel Ortega und streckte Hadersucht die Hand hin.

»Josef«, sagte der Deutsche beim Händeschütteln. Erstaunlich, wie sich Polizeiwachen in aller Welt ähneln, dachte er. Überall dieselbe funktionale Einrichtung. Nur den Röntgenscan am Eingang, den kannte Hadersucht aus Deutschland nicht.

Ortega grinste. »Kaffee?«

Josef nickte.

Wenig später trug eine wie zu einer Beerdigung gekleidete ältere Dame ein Tablett herein. Darauf ein Becher für Ortega und eine Espresso-Tasse für den Gast. Sie tranken.

»Das war heftig gestern«, sagte Hadersucht. »Mir geht die Leiche der Frau nicht aus dem Kopf.«

Ortega nickte wissend. »Mir auch nicht. Das ist jetzt der zweite Mord in einer Woche und womöglich steckt ein Serienmörder aus der Vergangenheit dahinter.«

Hadersucht bewegte nervös die Lippen. »Gibt es schon Hinweise?«

»Einige«, sagte Ortega. »Sind eben reingekommen. Die Jungs von der Spurensicherung haben wegen der vielen Demonstrationen rund um das Referendum die Nacht durchgearbeitet. Unser Verdacht hat sich bestätigt. Das Opfer hat Eiskristalle im Körper, ganz klar der Modus Operandi von Señor Fresco. Es war unser Glück, dass wir die Leiche der Frau rechtzeitig gefunden haben und schnell in die Gerichtsmedizin bringen konnten. Etwas später wäre sie aufgetaut gewesen und die Spuren von Eis hätten sich verflüssigt. Wir haben dazu noch Schuhspuren identifiziert, leider ein Modell, das der Supermarkt Corte Inglés tausendfach verkauft.«

»Was hat das Unabhängigkeitsreferendum damit zu tun?«

»Schwer einzuschätzen«, sagte Ortega. »Ganz ehrlich: Wir wollen einige Dinge abarbeiten, bevor sich hier politisch die Lage, ich will mal sagen, verkompliziert.«

»Verstehe«, sagte Hadersucht, »du rechnest mit Ausschreitungen.«

»Ich bin nicht der Einzige, der davon ausgeht, dass es turbulent werden könnte.«

»Der Tatort liegt abgelegen. Wie ist der Täter dort hingelangt?«, fragte Hadersucht.

»Der Spurentiefe zufolge mit einem schweren Fahrzeug.«

»Ein Lastwagen?«

»Nicht auszuschließen«, sagte Ortega. »Wir checken gerade mit den Mautstellen alle Bewegungen im Tatzeitraum. Es könnte sich um einen Lieferwagen gehandelt haben. Der Tod der Frau ist durch Erfrieren eingetreten, er konnte das also nicht am Fundort selbst gemacht haben. Er hat das Opfer dort lediglich abgelegt.«

»Habt ihr DNA gefunden?«, fragte Hadersucht, dadurch ermutigt, dass Ortega ihn stärker in die Ermittlung einweihte, als er gerechnet hatte. Offenbar legte er wirklich Wert auf die Einschätzung eines deutschen Kollegen. Oder Lucia hatte einfach ein gutes Wort für ihn eingelegt.

Ortegas wache braune Augen leuchteten kurz auf. »Eine winzige Kunststofffaser, das konnte selbst Fresco nicht verhindern, der immer sehr darauf bedacht ist, keine Spuren zu hinterlassen. Er hat einmal sogar Reifenspuren weggefegt. Die Auswertung ist kompliziert. Die Faserspur hilft uns nicht weiter, wenn wir kein Kleidungsstück für einen Abgleich finden. Wir kommen aber Schritt für Schritt voran und deshalb wollte ich dich um etwas bitten.« Er sah Hadersucht direkt in die Augen. »Kannst du dir vorstellen, Lucia zu helfen? Sie könnte einen Profi an ihrer Seite gebrauchen.«

»Gern«, sagte Hadersucht. »Wenn das rechtlich möglich ist. Immerhin gehöre ich nicht zu deiner Behörde.«

»Dafür finden wir eine Lösung«, sagte Ortega. »Das Schlimmste wäre, wenn Lucia wieder hinwirft.«

»Warum sollte sie das tun?«

Ortega hielt inne. »Das wird sie dir erzählen, wenn ihr euch besser kennenlernt.«

Hadersucht nickte und wandte sich zum Gehen, als ihn

Ortega zurückrief und ihm erneut einen Platz anbot. Hadersucht setzte sich überrascht hin.

»Ich hatte heute früh ein Gespräch mit Horstmann, deinem Nachfolger.«

In Josef zog sich alles zusammen. Ortegas Worte waren wie Nadelstiche.

»Hättest du mir ruhig erzählen können.«

»Das mit dem Urlaub?«, wandte Hadersucht ein. »Das habe ich doch.«

Ortega nickte. »Das mit den Umständen aber nicht. Ich kann mir vorstellen, dass deine Kollegen alles andere als begeistert sind, wenn du hier etwas fortführst, was sie zu Recht für deine Arbeit halten.«

»Gut«, sagte Josef trocken. »Dann lassen wir das eben. Grüße an Lucia.«

»Moment«, sagte Ortega. »Du hast mich ganz falsch verstanden. Ich wollte anbieten, dass ich dir den Rücken freihalte. Falls sich deine Kollegen aus Berlin melden.«

Es klopfte. Ein Mann mit Schnurrbart stand lächelnd im Türrahmen. Er trug einen zu großen Anzug, machte eine Bewegung mit dem Kopf und verschwand.

»Mein Boss«, sagte Ortega. »Ich muss da hin. Also. Kann ich auf dich zählen?«

Hadersucht nickte, obgleich ihn die Wendung überraschte.

Lucia wartete vor dem Gebäude. Als Hadersucht die Treppe herunterkam, nahmen direkt vor ihm sechs mit schusssicheren Westen und MP7-Maschinenpistolen bewaffnete Beamte der Grup Especial d'Intervenció die Diamantenformation ein. In ihrer Mitte trippelte ein schmächtiger Mann mit Prinz-Eisenherz-Frisur, Carles Puigdemont, Präsident der Generalitat und Albtraum aller Gegner einer Abspaltung Kataloniens. Die Mikrofone an den Helmen der Spezialeinheit knarzten.

Lucia schlug eine Bar gegenüber vor, in der sie sich Kaffee und Gebäck schmecken ließen. »Was hast du für einen Eindruck von Miguel?«

»Angenehmer Typ. Wir duzen uns. Sehr erfahrener Ermittler, wie mir scheint.«

Lucia nickte zustimmend. »Er ist ein Aktenfresser, im guten Sinne. Er hatte das Pech, es mit der *Madrider Kloake* zu tun zu bekommen. Hat die Presse so genannt, als dieser Skandal ans Licht kam. Es ging um Verstrickungen von Politikern mit der Bauindustrie und um Schmiergeldzahlungen an Kollegen vom Polizeicorps. Ortega leitete offiziell die Nachforschungen. Monatelang Akten wälzen, beschatten und abhören. Als er genug Material zusammenhatte, wollte er die betroffenen Polizisten und Politiker vor Gericht bringen. Das Watergate der jungen spanischen Demokratie, jedenfalls in der Theorie.«

»Wieso das?«

»Es gab Vertraute, die Ortega warnten«, sagte Lucia. »Sie sagten, er solle sich nicht mit dem Estado Profundo anlegen, eine Art Staat im Staat. Leute mit Verbindungen, die bis in die Franco-Zeit zurückreichen. Die bis heute alle Fäden ziehen.«

Hadersucht steckte sich eine Zigarette an. »Klingt nach Verschwörungstheorie.«

Lucia sah in die Ferne. »Hat Miguel auch gedacht. Als die Kollegen begannen, ihn ›el rata‹, die Ratte, zu nennen, wurde er nachdenklich.«

»Haben die ihn rausgeschmissen?«

»Nicht direkt«, sagte Lucia. »Einen Tag, nachdem er seinen Bericht eingereicht hatte, wurde er für einen Monat vom Dienst suspendiert.«

»Und das geht einfach so?«

»In Spanien ja«, sagte Lucia trocken. »Danach haben sie ihn nach Tetuán versetzt. Ein von lateinamerikanischen Banden beherrschter Außenbezirk von Madrid. Da leben Beamte gefährlich. Der Plan ging nicht auf, im Gegenteil. Ortega wurde zu einer Art Vertrauensmann unter den Kollegen, die ihm klammheimlich von weiteren Fällen von Schmiergeldern und Korruption berichteten. Er traf sich mit allen. Polizisten, Richtern, Detektiven. In Cafés, im Park oder an öffentlichen Plätzen. Abends fand er öfter seine Wohnung durchwühlt vor. Alle Anzeigen liefen ins Leere. Schließlich bekam er bei einer Razzia in Tetuán eine Kugel ab.«

»War er schwer verletzt?«

»Es war nur ein Beinschuss, aber er verstand die Botschaft, kehrte Madrid den Rücken und nahm den Posten als leitender Inspektor bei den Mossos in Barcelona an, was aus der Sicht von Madrid einer Degradierung gleichkam. Sein Pech war, dass einer der Chefs ganz dicke mit Madrid ist und nur darauf wartet, ihn scheitern zu sehen. Darum ist Ortega der Fall Hernández so wichtig. Internationaler Fall. Da geht's ums Prestige.«

Hadersucht seufzte, schnippte die Asche vom Ende seiner Zigarette.

»Wenn er auf die Nase fliegt, soll es nicht an uns liegen.«

»Das heißt, du hilfst mir?«

»Klar«, sagte Hadersucht. »Wir sind doch ein Team.«

Sie strahlte ihn an.

»Woher weißt du das alles über Ortegas Vergangenheit?«, fragte Josef.

»Ich war immer seine Vertraute«, gab Lucia zurück und stand auf, »er brauchte oft jemanden zum Reden. Ich denke, er vertraut mir mehr als den meisten anderen.«

Josef sah ihr nach, bis sie an der nächsten Häuserecke verschwand. Sie hatte ihn zum Abschied umarmt und ihm den Namen einer Bar genannt, die er aufsuchen konnte, falls er das Bedürfnis spürte. El Almirall. Dennoch hatte er ein ungutes Gefühl im Bauch.

18.00 UHR. BARCELONA

Die zwei Männer saßen nebeneinander auf der Couch in Antonios Dachterrassenwohnung im Stadtteil Poblenou. Antonio tat so, als hätte er für alles Verständnis, was Ulv Moreno machte, das war reine Fassade, aber in dieser Situation am besten. Es war brütend warm in der Wohnung, er war nahe dran an Moreno, wollte diesen Moment der Nähe nicht unnötig riskieren. Man hatte ihm eine vertrauensvolle Aufgabe übertragen, die er zu erfüllen hatte. Es war ein Mentorenprogramm für gefährliche Individuen. Und der Estado, der Tiefe Staat, verstand keinen Spaß, wenn es um Pflichterfüllung ging. Beim Estado liefen einige Typen rum, die zum Fürchten waren. Aber die waren nichts gegen diesen Moreno. Der Kerl machte ihm richtig Angst. Er hatte ihm vorgeschwärmt, dass ihn vereiste Körper scharfmachten. Der Typ war nicht ganz dicht. Er war gefährlicher, als Antonio sich das vorgestellt hatte. Zumindest war er eine Gefahr für andere. Für Frauen. Nicht für ihn, Antonio, den Abgebrühten, der sich zu schützen wusste, der es brillant verstand, keine Spuren zu hinterlassen. Seiner eigenen Zukunft sah er voller Vorfreude entgegen. Das größte Hindernis war aus dem Weg geräumt. Marisol war tot. Er hatte sie letztlich gefunden, und es war ausgegangen, wie er es vorausgesehen hatte. Die Möglichkeit, dass sie ihm dafür auf die Schliche kamen, war minimal. Sie lag bei eins zu tausend, so sagte er es gern. Er handelte wie immer: berechnend, vorausschauend und kaltblütig. Seine finanzielle Zukunft war so gut wie gesichert. Und jetzt lernte er von diesem jungen Mann, dem jegliche Empathie fehlte, was es hieß, ein irrer Psychopath zu sein. Wenn der Ingenieur sprach, blieb sein Gesicht völlig ausdruckslos. Nicht mal in den Augen regte sich etwas. Dabei war der Typ ein totaler Anfänger. So gierig er auch war, er hatte noch viel zu lernen. Das Gemurmel des Ingenieurs, wie Ulv sich selbst nannte, vermischte sich mit dem Ton der DVD, die eingelegt war. Ein Superhelden-Blockbuster lief, der Antonio langweilte. Er blätterte lieber in dem Buch »La Falange de Franco«, einem nationalen spanischen Klassiker, das auf dem Titelbild den jugendhaften Diktator Franco eingehüllt in eine gelb-rote Flagge zeigte. Vergeblich suchte er nach Bildern im Buch. Lesen gehörte nicht zu den Dingen, die ihn interessierten.

Ich will keine Hilfe, ich will Rache, rief Mr. Freeze. Der Schurke aus der »Batman«-TV-Serie. Antonio ahnte, was Moreno an diesem Typen schätzte. Der Ingenieur sprach die Dialoge des Films mit. Es schien, als wollte er am liebsten die ganze Welt vereisen.

»Gut, oder?«, fragte Moreno, und Antonio nickte zustimmend. Dieser Ingenieur war im tiefsten Inneren von blinder Wut beherrscht, er war ein Psychopath. Passte also perfekt zu ihnen. Er war Gold wert. Seine Wut ließ sich steuern und nutzbar machen, stellte man es geschickt an. An die Stelle des Ichs trat die Institution. VOTO Popular. Dahinter stand das Militär, also Disziplin und Ordnung. Alles Ineffiziente musste ausgetrieben werden. Alles Weiche und Weibliche. Und der Typ war auf der richtigen Seite im Kampf gegen die Welt. Auf ihrer Seite.

Auch wenn er für seine Perversionen Prügel verdient hätte, so gab es doch Menschen, in deren Interesse es war, jemanden wie den Ingenieur auf die Gesellschaft loszulassen. Zerstörung war die Antwort. Das Chaos war vorprogrammiert.

Nicht einmal ansatzweise mochte Antonio den Mann. Aber sie bezahlten ihn gut dafür, dass er so tat. Und er musste die Basis der Freundschaft weiter vertiefen, hatte vor, Ulv zu verraten, wo der zweite Wohnungsschlüssel versteckt lag. Für Notsituationen. Nur was sich in seinem Schrank befand, darum machte er ein Geheimnis. Das war seine Sache.

Die Episode der Serie war zu Ende. Antonio sah, wie Moreno den Videorekorder ausschaltete. Moreno sprach mit weit aufgerissenen Augen, offenbar fasziniert von Dingen, die nur er selbst sah und die für Antonio unverständlich waren.

»Batman ist der Kämpfer für das Gute«, sagte Moreno. »Aber hier entpuppt er sich als Betrüger. Er ist schuld daran, dass Mister Freeze nur noch in der Kälte leben kann. Und jetzt bietet er ihm medizinische Hilfe an, hast du das gesehen? Dieser Heuchler. In Wahrheit will er ihn nur einbuchten. Freeze durchschaut das Manöver, er ist ja nicht dumm. Er weiß, dass es keine Rettung für ihn gibt.«

»Was hat Batman denn mit Freeze gemacht?« Antonio war einen Moment unaufmerksam gewesen, in seine eigene Welt versunken. Er nahm einen auf einem Beistelltisch liegenden Dolch mit beidseitig geschliffener Klinge zur Hand und wühlte in der Ablage auf dem Regal hinter ihm nach einem Schleifstein. Seine Hände brauchten Beschäftigung. Und Klingen zu schleifen beruhigte.

»Bruce Wayne war das«, sagte Moreno. »Batmans Alter Ego. Er entwickelte die Kältekammer, in der Mister Freeze seine todkranke Frau einfror. In der Hoffnung, dass in der Zukunft ein Heilmittel für ihre Krankheit gefunden werden würde. Die Kältekammer war defekt, und eines Tages ergoss sich die Kälteflüssigkeit daraus über Mister Freeze.«

»Woraufhin er selbst eingefroren wurde?« Antonio erstach einen imaginären Gegner in der Luft. Jedes Zustoßen begleitete er mit einem Zischen durch die Zähne.

»Nein«, sagte Moreno. »Du hast nicht aufgepasst. Aber er konnte seitdem ohne Schutzanzug, der die Temperatur reguliert, quasi nur noch in der Arktis rumlaufen. Das Einzige, was ihn am Leben hielt, war der Gedanke an Rache. An Rache.«

»Rache? Damit kenne ich mich aus.«

So leidenschaftlich hatte Antonio seinen Schützling noch nicht erlebt. Ein beinahe beängstigender Vortrag. Fast hätte er eine Spur Freude in seinem Gesicht gesehen. Nur dass er nicht wusste, worauf der Ingenieur hinauswollte. Er wechselte das Thema. »Darf ich dich was Persönliches fragen?« Er warf das Messer hin und her, von der linken Hand in die rechte und zurück. Perfekt ausgewogen.

»Kannst du gerne machen.« Die Stimme des Ingenieurs klang in Antonios Ohren versöhnlicher. Er war wohl bereit, von sich zu erzählen.

»Wann hast du zum ersten Mal gemerkt, dass dich gefrorene Sachen anmachen?« Antonio fühlte sich wie Sigmund Freud, und Moreno lag neben ihm auf der Couch.

»Du willst es aber genau wissen.«

»Na klar«, sagte Antonio. »Ich bin dein Freund und möchte dich besser kennenlernen. Zumindest den Teil, den du erzählen möchtest.«

Der Angesprochene sah zu Boden, sein Blick wirkte verschwommen, fast glasig. Schamhaft setzte er an zu sprechen. »Das glaubst du mir doch nicht.«

»Bei mir bist du in besten Händen«, versicherte Antonio. »Wie beim Beichtvater.«

»Okay.« Moreno atmete tief durch. »Als ich ein Junge war, ließ mich mein Onkel oft alleine. Ich hatte niemanden, mit dem ich reden konnte. Ich stellte mir vor, wie es wäre, tot zu sein. Half mir irgendwie.«

»Von jetzt an wirst du nie mehr allein sein«, sagte Antonio. »Du hast mich, du hast die VOTO.« Antonio klang ungehalten. Er hatte etwas mehr Drama erwartet.

»Ich hab dann was entdeckt«, sagte Moreno emotionslos. »Bei meinem Onkel im Keller. Eine Gefriertruhe. Da war ein Stapel Hefte drin. Zusammengebunden mit einer Schnur.«

»Im Eisschrank?«

»Der wurde nicht mehr benutzt«, sagte Moreno. »War voller Schimmel. Mein Onkel dachte wohl, dass sie dort niemand findet.«

»Was waren das denn für Hefte?«

»Tittenmagazine.«

»Und das hat dich wohl angemacht?«

Der Ingenieur nickte. »Ich hab die Hefte in meinem Zimmer unter dem Bett versteckt. Sie waren über viele Jahre meine engsten Begleiter.«

»Und wie alt warst du, hattest du gesagt?«

»Ich hatte nichts gesagt.« Morenos Stimme klang für Antonio seltsam tonlos.

»Weißt du nicht mehr, wie alt du warst?« Das war etwas zu fordernd, dachte Antonio, als er es ausgesprochen hatte. Er musste bedächtiger mit ihm umgehen. Zuckerbrot und Peitsche.

»Doch«, sagte Moreno. »Ich war fünf.«

11.00 UHR. BARCELONA

Kommissar Ortega war im Aufzug mulmig zumute. Sein Termin bei Santos stand an und erzeugte Unbehagen. Seine Hände schwitzten. Die Region Extremadura hat mit Pata Negra zwar den besten Schinken der Welt hervorgebracht, aber auch einige seltsame Gestalten, zu denen Jesús Santos in seinen Augen zweifellos gehörte. Die Mossos führten ihn unter dem wenig schmeichelhaften Spitznamen »El Sapo«. Die Kröte. Hinter der stets freundlichen und charmanten Fassade von Santos verbargen sich Abgründe. Er war Regierungsdelegierter, eine von Madrid installierte Art höherer Instanz. Er mischte sich in alles ein, was der Zentralregierung ein Dorn im Auge war. Beim Lösen von Kriminalfällen hingegen war von ihm keine Hilfe zu erwarten.

Vom Aufzug aus legte Ortega ein Halbgeschoss zurück, bis er vor der Tür mit dem breiten Schild stand: »Regierungsdelegierter«. Jemand hatte ein kaum sichtbares Hakenkreuz neben das Wort geschmiert. Auf sein Klopfen hörte Ortega eine krächzende Stimme. Jesús Santos saß hinter einem Monstrum von einem Schreibtisch, dessen Mahagoniplatte glänzte. Auf dem Tisch stand ein Stiftehalter mit einer Adlerfigur, nebenan tippte seine schlanke Sekretärin auf eine Tastatur.

»Cristina, lass uns bitte einen Moment allein«, sagte Santos. »Wir machen später weiter.«

Die Frau verschwand mit einem griesgrämigen Seitenblick auf Ortega. Offenbar hatte ihr keiner Bescheid gesagt.

»Setzen Sie sich, Ortega.«

Der Inspektor nahm auf dem Bauhaus-Stuhl gegenüber Platz, der im Gegensatz zum sonstigen Mobiliar filigran wirkte. »Ich wollte mich bei Ihnen bedanken«, sagte Santos. »Mir ist absolut klar, was Sie derzeit leisten. Zwei Mordfälle auf dem Tisch und dazu diese Sache mit den Deutschen.«

Ortega nickte. »Ich habe Lucia Costa drangesetzt, die sich vor einiger Zeit eine Auszeit genommen hat. Sie ist mit Eifer dabei. Das wird uns voranbringen.«

Santos lächelte. »Hat das Püppchen was erreicht?«

Ortega ignorierte den despektierlichen Kommentar. »Bei den Hernández, das ist die Familie der jungen Frau, die in Berlin gestorben ist, da gehen wir tief rein.«

Santos rückte auf der Tischplatte etwas nach vorn. »Gut. Aber ich möchte bald Ergebnisse sehen. Wir haben im Moment Wichtigeres.«

»Selbstverständlich.«

»Das gilt ebenso im Fall dieser Anna Rivera, von dem ich in der Zeitung gelesen habe. Dieser Presserummel geht auf Ihre Kappe, Ortega. Ich kann das alles nicht mehr lesen, diese Vermutungen und Anschuldigungen. Finden Sie schnell was Greifbares, damit der Fall aus den Schlagzeilen kommt.«

Der Inspektor holte Luft. Er empfand es insgeheim als unfassbar, dass ein Polizeichef damit angab, sich über laufende Fälle aus der Zeitung zu informieren. Es sagte viel darüber aus, welche Rolle Santos wirklich innehatte. Er sollte die katalanische Polizei überwachen. Nichts weiter. Die Fälle waren ihm und den Männern, die ihm Anweisungen gaben, egal. Dem Referendum um die Unabhängigkeit galt die gesamte Aufmerksamkeit.

»Wir tun alles, was in unserer Macht steht. Aber wir haben auch noch den Prostituiertenmord an der jungen Rumänin, für den …«

Santos unterbrach ihn mit einem ungeduldigen Kopfnicken. »Erledigen Sie erst die Fälle mit unseren Staatsbürge-rinnen. Da macht die Presse mehr Druck.«

»Wenn sich das mit Señor Fresco bestätigt, haben wir es mit einem Serienmörder zu tun.«

Santos roter Kopf brannte vor unterdrücktem Eifer. Er erhob sich, um sich wie ein Kampfhahn vor seinem Besucher aufzu-bauen. Wegen seiner geringen Körpergröße verpuffte der Effekt.

»Ich habe mich klar ausgedrückt. Stellen Sie ein Einsatz-team auf. Und machen Sie diesem Püppchen Dampf. Ist sie denn den Belastungen gewachsen? Da war doch was, wenn ich richtig informiert bin. Ich möchte das nicht noch mal erle-ben. Verstanden?«

»Respekt, Herr Delegierter«, sagte Ortega. »Ich bin erstaunt, wie gut Sie auf dem Laufenden sind. Allerdings bin ich Ihnen über die Arbeit meiner Abteilung keine Rechenschaft schul-dig. Wenn Ihnen etwas nicht passt, beschweren Sie sich bei Subdirektor Martínez.«

Ortega drehte sich auf der Stelle um und verschwand. Auf dem Weg in sein Büro verfluchte er den Typen. Santos wollte schnelle Erfolge, die er für sich verbuchen würde, ließ aber außer Acht, dass dem für gewöhnlich intensive Ermittlungs-arbeit vorausging. Glückstreffer waren höchst selten. Ortegas Gedanken gingen zum Fall der in ihrer Wohnung ermordeten achtzehnjährigen Anna Rivera, die von ihrer Mutter in einer Blutlache gefunden worden war. Was hatte er übersehen? Bil-der des Tatorts tauchten in seinen Gedanken auf. Ortega holte sich einen Espresso, begab sich an seinen Arbeitsplatz und stocherte in der Tasse. Eine Sache blieb haften. Ein Gedanke. Ortega liebte es, wenn er in den Flow kam. Das waren die Glücksgefühle geistiger Puzzlearbeit.

Vorsichtig öffnete er eine Schublade seines Schreibtisches und schob die Akten hinein, die nicht dringlich waren. Dann machte er sich an die Arbeit.

Um zwei Uhr rief Ortega seine Truppe zusammen. Lucia, Eloy und Maria José. Der Beamer im verdunkelten Sitzungsraum surrte wie ein penetrantes Insekt. Lucia knetete ihre Finger. Das Bild, das Miguel Ortega auf die Leinwand projizierte, schien sie nervös zu machen. Eine junge Frau hing an einem Haken in der Kühlkammer eines Schlachthofs.

»Ich kann euch das Déjà-vu nicht ersparen«, sagte der Inspektor. Die im Raum versammelten Mossos tauschten betroffene Blicke aus. Die Bilder sorgten für unangenehme Erinnerungen, sie zeigten Ines Pérez, eine vierundzwanzigjährige Anhalterin und das letzte Opfer eines Serienmörders, der in die Annalen der spanischen Kriminalhistorie als »Señor Fresco« Einzug gehalten hatte. Allen Fahndungsmaßnahmen zum Trotz hatte die Polizei den Täter nicht gefasst.

»Man sieht die Dinge kommen und kann nichts dagegen tun«, sagte Ortega. »Mir wird übel, wenn ich daran denke. Andererseits ist es gut, noch mal anzusetzen, denn so bekommen wir jetzt eine zweite Chance.«

»Ist das so?«

Ortega fixierte Eloy scharf. »Das ist offiziell. Wir rollen Fresco auf.«

Stöhnen im Raum. »Ist nicht dein Ernst.«

»Ja, auch wenn dir das nicht gefällt, Eloy«, sagte Ortega. »Wir drehen jeden Stein nochmals um, rekonstruieren die Tatabläufe neu. Und schauen uns Frescos Täterprofil genau an. Wie für Serientäter typisch, hat er nie im Affekt, sondern geplant gehandelt. Ich kann mich erinnern, dass wir uns in der Frage Lustmord oder nicht uneinig waren.« Das ging in Richtung Lucia.

»Nicht einig ist gut.«

»Würdest du uns deine These von damals nahebringen, Lucia?«

Sie wurde rot im Gesicht, setzte sich aufrecht hin. »Wenn es sein muss. Bei Lustmördern sind sexuelle Taten oft die Explosion eines lange aufgestauten Hasses. Der Mord an sich ist der letzte Ausbruch eines nicht auflösbaren Lebenskonflikts. Fresco fühlte sich von Frauen zurückgewiesen und wollte sich dafür rächen. Darin waren wir uns alle ziemlich einig. Er tötete die Frauen mit einem Gummiknüppel und befriedigte seinen Sadismus, indem er sich an ihnen verging. An ihren Leichen. Das haben die Spuren ergeben. Der Typ war nekrophil. Was ist da unklar dran?«

Sie machte eine kurze Pause, sah in die Runde. Niemand sagte etwas.

»Wir wissen nicht genau, wie er es machte«, fuhr sie fort, »aber er schaffte die Frauen in unterschiedliche Kühlhäuser, wo er sie wie Rinder an Haken hängte, bis sie erfroren waren. Er machte Polaroidfotos der Leichen, die wir neben den Opfern fanden.« Lucia musste schlucken. »Das erschreckte damals natürlich die Belegschaft dieser Fabriken, das kann man sich vorstellen. Er zeigte damit allen, dass er in der Lage war, überall einzudringen, ganz wie es ihm passte. Und niemand konnte sich sicher fühlen.«

»Du hattest, glaub ich, damals eine Theorie dazu«, sagte Ortega.

»Richtig«, sagte Lucia. »Für den Täter ist Kälte eine Metapher. Die Frauen starben durch das, was sie ihm aus seiner Sicht in seiner Vergangenheit zugefügt haben. Die beiden Opfer, die er nach dem Einbruch nachts in die Großmetzgereien brachte, waren Vorläufertaten für das große Finale im Schlachthof.«

»Ich war damals anderer Meinung und bin es heute noch«, hakte Eloy ein. »Fresco hat den Modus geändert, weil der Fahndungsdruck zu groß wurde. Nach dem Schlachthofmord riss die Serie abrupt ab.«

Ortega starrte durchs Fenster. Die Stimmung in der fünf-
köpfigen Sondereinheit im Commissariat d'Investigació Criminal stand auf der Kippe. Sie mussten den Mörder schnell
kriegen.

»Was meinst du, Maria José?«

Die Kollegin von der operativen Fallanalyse meldete sich
mit ihrer tiefen Stimme. »Als Erstes wollte ich sagen, dass wir
uns, was das Täterprofil betrifft, auf die Bezeichnung Fresco
X geeinigt haben. Zumindest so lange, bis wir wissen, ob es
der Täter von damals ist oder ein Nachahmer.«

Ortega brummte ungnädig. »Von mir aus. Hast du was
Handfestes?«

Maria José wirkte überrumpelt, aber dann fuhr sie fort.
»Oberflächlich betrachtet haben wir es mit einem Mann zu
tun, der Frauen von der Landstraße entführt, sie bestialisch
umbringt und dann an Stellen unweit des Entführungsorts
ablegt. Er handelt planvoll, sieht die Konsequenzen seiner
Handlungen voraus. Also ist er mit großer Wahrscheinlich-
keit überdurchschnittlich intelligent. Eher älter, um die vierzig.«

»Könnte er psychisch krank sein? Eine gespaltene Persönlichkeit haben?«

»So wie Dr. Jekyll und Mister Hyde? Natürlich.«

»Handelt er triebgesteuert?«

»Im Sinne von impulsiv, nein«, sagte Maria José. »Seine
Handlungen bereiten ihm Lust. Erfrieren ist ein schmerzhaf-
ter Tod, aus dem er Lust zu gewinnen scheint.«

»Ein Sadist?«

»Ja, wobei es keine Analogien zum Sadismus gibt, den der
Marquis de Sade in seinem Buch beschreibt«, sagte Maria
José. »Ich habe mal recherchiert, ob in der Literatur Men-
schen durch Erfrieren zu Tode gebracht werden.«

»Und?«, fragte Ortega.

»Nichts«, sagte Maria José. »Jedenfalls nicht in der klassischen Literatur. Es gibt aber einen Comic, in dem es um Eis geht. Das Erfrieren ist speziell. Es gibt in der Comicwelt übrigens eine Figur, die mit Kälte konnotiert ist. Ein Gegenspieler von Batman. Mister Freeze.« Lucia machte sich eine Notiz und schrieb »Sonst nichts« dazu.

13 UHR. BARCELONA

Um ein Haar hätte ihn der junge Typ auf der Avinguda Antonio Gaudi mit dem Skateboard umgefahren. Hadersucht rief ihm eine Verwünschung hinterher, die er bereute, als er sah, dass sich Passanten nach ihm umdrehten.

Ihm knurrte gehörig der Magen. Ein schnelles Bier würde ihm guttun. Als Aperitif. Am liebsten im Casa Almirall, einer traditionellen, 1860 gegründeten Gaststätte. Neben die Tür aus baskischem Eichenholz hatte jemand »Piss woandershin« geschmiert. Ein in ein bodenlanges Gewand gehüllter Bartträger telefonierte mit lauter Stimme. Ein Junge versenkte eine Mülltüte in einem Bodencontainer. Der Wind wehte fauligen Geruch herüber. Hadersucht stieß die Holztür auf. Die Kneipe war leer, aber aus dem Spalt in der Küchentür drang Licht. Er trat hinein.

»Hola, hay alguien?«, rief er ins Halbdunkel. »Ist jemand da?«

Ein älterer Mann trat aus der Küche. »Gerade noch. In zehn Minuten ist Schicht.« Der Mann trug Jeanshemd, Chinos und Dreitagebart. Er sprach fließend Spanisch mit deutschem Einschlag. Josef reichte ihm die Hand.

»Ich bin Josef.«

»Burkhardt.«

»Geht ein kleines Bier?«, fragte Hadersucht. »Muy rapido?«

»Ein sehr schnelles«, sagte Burkhardt. »In zehn Minuten bin ich weg.« Der Wirt hielt ein Bierglas schräg unter den Zapfhahn, das sich rasch füllte. Hadersucht nahm das Glas entgegen, legte das Geld passend auf den Tresen. Burkhardt verschwand wieder in der Küche.

In der Einsamkeit der Kneipe überkam Josef Hadersucht ein tiefes Gefühl der Traurigkeit. Er dachte an Marisol, stellte sich vor, wie sie sich hier wohl verhalten würde. In ihrer Heimat. Sicher wäre sie nicht das exotische Wesen, das sie für die Besucher des Ooops! in Berlin war, ein Bild, das sie bis zur Perfektion kultiviert hatte. Aber doch sicher herausstechend durch ihre Anmut. Der Gedanke an ihren Verlust setzte ihm zu.

Das Almirall teilte sich trotz geringer Größe in zwei Zonen auf. Hadersucht fragte sich, ob am Abend an den Vierertischen, wo jetzt Stille herrschte, die jungen Paare saßen. Zu seinen Studienzeiten waren die dunklen Bereiche sehr beliebt gewesen. Er ließ den Blick schweifen. Ventilatoren zwischen den Dachbalken milderten die stickige Hitze. Eine Schwingtür führte zur Toilette, vorbei an Wandverzierungen im Jugendstil. Der Kommissar leerte das Glas, verließ die Bar und ging in Richtung La Rambla. Am Mercat de la Boqueria machte er Halt. Die Markthalle war ein Kleinod des Eisenbaus. Hadersucht musterte das Angebot an Schinken und exotischen Fruchtsorten, feilgeboten von sprachkundigen Verkäuferinnen. Das Kaufgebaren der Touristen war so ansteckend, dass er sich ein Schälchen Fruchtsalat andrehen ließ. Seine Trauer war wie weggeblasen. Von Kneipe zu Kneipe streifen, das war Barcelona. Köstliche Düfte lockten ihn zu einer Bar. Die Vitrine davor barg eingelegte Pilze, Häppchen gekrönt mit geschälten Gambas, Kichererbsen im Salat, Pata Negra Bellota aus der Extremadura und Bonito aus Kantabrien. Er kämpfte sich zu einem frei gewordenen Hocker durch, der noch warm vom Vorgänger war. Das Schälchen mit dem Trinkgeld des letzten Gastes lag vor ihm.

»Tapas!«, rief er laut aus. Der Wirt sah herüber. »Und dazu ein Glas Cava!«

Der ältere Herr trug eine Weste mit der Aufschrift »Bar Marioneta«.

»Sie machen das auch nicht seit gestern, oder?«, sagte Hadersucht.

Der Wirt sollte ihn bloß nicht für einen der üblichen Touristen halten, dachte Hadersucht. Immerhin trug er Barcelona seit seinem Studium im Herzen.

»Das kann man sagen«, sagte der Mann. »Unsere Familie besitzt die Bar seit mehr als sechzig Jahren. Mich nannten alle Juanito. Den kleinen Juan. Schau, das Foto. Das bin ich mit meiner Mutter. Hinter dem Tresen.«

»Sieht aus wie heute.«

»Damals war ich Schüler. Und trotzdem trug ich den Gästen Tag für Tag Café con leche an die Tische. Nach der Schule.«

Der Kommissar hatte die Flasche katalanischen Cava-Sekt in kürzester Zeit halb leer getrunken. »Viel Andrang hier. Wirft ordentlich was ab, der Laden.«

Der Alte lächelte voller geschäftiger Liebenswürdigkeit. »Allerdings. Hat Ferran Adrià auch bemerkt.«

»Der Starkoch?«

Juan nickte stolz. »Genau der. Kein Gastronomiebetrieb in Spanien macht auf acht Quadratmetern so viel Umsatz wie ich! Und womit verdienen Sie Ihr Geld?«

»Ich bin Kommissar«, nuschelte Hadersucht, er spürte bereits den Alkohol und es verlangte ihn nach mehr, und so versuchte er, an eine weitere Flasche Cava zu gelangen. Juanito schenkte nach.

»Ich war schon mal hier, vor bestimmt zwanzig Jahren.«

Juanito lächelte und beugte sich zu Hadersucht herüber, damit eine Gruppe japanischer Touristen es nicht mitbekam. »Hat sich viel verändert hier. Früher kamen sie aus ganz Katalonien her. Sie suchten was, das es in ihrem Dorf nicht gab. Exotische Sachen. Das war wundervoll. Seit den Olympischen Spielen ist es anders. Nur noch Touristen.«

Josef drehte sich auf seinem Barhocker und musterte seine Sitznachbarn.

»Gut sah es immer aus«, sagte Juanito. »Aber manchmal hab ich den Eindruck, die Touristen wissen meine Qualität nicht zu schätzen. Dabei sind mein Fisch, mein Fleisch und meine Wurst vom Feinsten. Aber den Touristen ist das egal. Unglaublich schade.«

»Ich verstehe, Juan. Früher war alles besser.«

»Oh nein, das nicht«, sagte Juantio. »Früher war alles verboten, was das Leben schön machte. Das Lachen, das Küssen, das Tanzen. Wenn die Paare im La Paloma zu eng getanzt haben, ging ein Aufpasser mit dem Stock dazwischen.«

»So einen hab ich mal kennengelernt«, sagte Hadersucht und lachte. »In Castelldefels.« Hadersucht bestellte und ließ sich Patatas Bravas und Pulpo schmecken. »Alles ist wirklich köstlich«, schwärmte er. »Ihr lebt in einem tollen Land, das Essen ist super und die Sonne scheint auch im Winter. Ihr habt immer Leute um euch herum. Bei uns in Deutschland sind viele einsam. Aus meiner Sicht bist du der glücklichste Mensch der Welt.«

»Danke! Nett von dir«, antwortete der Barbesitzer, der dennoch traurig wirkte. »Weißt du, was ich mache, wenn ich den Laden um vier zuschließe?«, fragte Juanito. »Ich wandere umher, zwei Stunden lang. Und rede mit niemandem. Wundervoll.«

»Mit niemandem reden?«

»Nein«, sagte Juanito. »Nur umherwandern.«

»Man kommt hier leicht ins Wandern«, sagte Hadersucht. »Alles ist so atemberaubend schön. Dabei haben es heute alle eilig. Niemand genießt mehr den Augenblick.«

»Du bist eine Ausnahme«, lobte Juan. »Weißt du warum? Du hast beim Essen nicht aufs Smartphone geschaut. Selten heutzutage.«

Hadersucht lachte, dachte nach über die Worte. »Danke schön. Ich bin beruflich hier. Muss einen Fall aufklären. Stattdessen laufe ich hinter einer Frau her.«

»Schau, das ist der Vorteil meines Ladens«, sagte Juanito. »Frauen aus aller Welt kommen zu mir und ich kann sie bewirten. Willst du die Kiste mit all den Liebesbriefen sehen, die ich in den letzten Jahren bekommen habe?«

»Na klar«, sagte Hadersucht. »Wenn du sie mir zeigen willst.«

»Komm am Montag vorbei. Dann hab ich sie dabei.«

Josef nahm zum Abschluss einen Kaffee ohne Milch. Die Marktstände begannen sich zu leeren. Josef war einer der letzten Gäste. Als er ausgetrunken hatte, zahlte er und gab reichlich Trinkgeld. Die Männer schüttelten sich die Hände. Josef verließ den Markt, bemüht, das Gleichgewicht zu halten. Als er wieder Tritt gefasst hatte, tat er es Juan gleich. Er wanderte umher. Zwei Stunden lang. Dabei träumte er davon, wie er eine kleine Bar aufmachte, wenn alles vorbei war. Erst musste er diesen Fall aufklären. Das war er Marisol schuldig.

11.30 UHR. BARCELONA

Señor Veggie. Dämlicher Name. Aber ein überirdisch gesunder Smoothie, das brauchte Lucia jetzt. Lucias Pulsschlag war auf hundertachtzig. An der Carrer d'Aragó war sie um ein Haar einem Verkehrsunfall mit einem BMW entgangen. Zum Glück fand sie einen Parkplatz vor dem mintgrün gestrichenen Veganer-Restaurant. Keine Selbstverständlichkeit im Eixample, dem als Rechteck gestalteten Viertel, das der Stadtplaner Ildefons Cerdà als Verbindung der Altstadt mit dem bergauf gelegenen Dorf Gràcia vorgesehen hatten, um Barcelona über die Grenzen der Stadtmauer hinaus zu erweitern.

Der schlaksige Besitzer des Señor Veggie sortierte hinter dem Tresen Geschirr und hörte dabei einen Radiobericht an. Mit vor Aufregung kratziger Stimme berichtete eine junge Reporterin darin von einem Zusammenstoß von Guardia Civil und der Regionalpolizei. Die Beamten aus Barcelona hatten sich geweigert, im Vorfeld des Referendums Wahllokale abzuriegeln. Lucia nahm auf einer Bank Platz.

Ihr Melone-Mango-Mischgetränk kippte sie schnell herunter und dachte dann an ihren Kontostand. Große Sprünge waren diesen Monat nicht mehr drin. Wäre nicht die Sorge um ihre Mutter Elisabeth gewesen, hätte sie die Zeit genießen können. Aber das lag nicht in ihrem Naturell. Sie saugte den Rest Mango-Melone aus dem Glas. Mango-Melone, Melone-Mango. Eine Kombination, die passte.

Sie war gespannt auf Jessie. Die beste Freundin von Marisol. Dass sie am Flughafen Prat arbeitete, wusste Lucia von

Dolores. Es wäre leicht gewesen, sich die Info über die Zentrale zu besorgen, Lucia hatte aber eine andere Idee.

Eine halbe Stunde später betrat sie das Büro der Flughafenbehörde AENA. Hier arbeitete Alejandro. Der Bruder ihres Ex-Partners Jordi. Alejandro war so schleimig wie das Innere eines Seeigels. Bei AENA bekleidete er den Chefposten der Personalverwaltung. Kurzum der langweiligste Mann, den Lucia je kennengelernt hatte. Alejandro war bei einem Familienessen am Tisch eingeschlafen, während sich alles um ihn herum angeregt unterhielt. Das Bild bekam Lucia nicht mehr aus dem Kopf. Er war und blieb für sie der Schnarcher. Egal, wie hoch er auf der Karriereleiter emporstieg.

Alejandro war wie vom Blitz getroffen, als er seinen unerwarteten Gast sah. Sein Hemd, eine Spur zu weit aufgeknöpft, zeigte Schweißflecken. Er drückte Lucia feuchte Küsse auf die Wange und ließ seine Blicke ihre Beine herabwandern.

»Coole Chucks. Aber durchgelaufen. Die haben gelebt, was?«

»Deine komischen Komplimente habe ich nicht vermisst.«

Er lachte. »Meine wunderschöne Lucia. Wie lange ist es her?«

»Offenbar nicht lange genug.«

Er lachte erneut. »Diese Frechheiten hab ich vermisst. Was führt dich zu mir?«

»Ich brauche deine Hilfe.«

»Was du willst. Guapa.«

»Freut mich, dass du mich schön findest. Es geht um eine Angestellte von dir. Arbeitet hier am Flughafen.«

Er setzte ein öliges Lächeln auf. »Hat sie was ausgefressen? Ich schmeiß sie sofort raus. Ein Wort von dir genügt.«

Ekelhafter Schleimer. Lucia bezähmte sich mühsam. »Nein, alles okay. Geht nur um den Kontakt. Jessica. Auffällige

Erscheinung. Keine leitende Position. Kannst du deine Datenbank anwerfen? Ich lad dich auch zum Essen ein.« Eine vordergründige Recherche auf ihrem Smartphone hatte mehrere Jobs zutage gefördert. Die Ermittlerin erhoffte sich von Alejandro Gewissheit.

In seinen Augen flammte Hoffnung auf. »Dann bist du also ... Single?«

»Was hat das mit Essengehen zu tun? So was fragt man eine Frau nicht.« Ihr Ex hatte ihm von ihrer jetzigen Situation also nichts erzählt.

Er grinste schief. »Ich kann schauen. Und weißt du was? Ich nehme deine Einladung an. Wein bring ich mit. Einen richtig guten Tinto. Dona Estrella. Fruchtig, samtig, saftig.«

»Wer hat denn was davon gesagt, dass ich was koche? Ich dachte ans Bo de Boqueria im Mercado.«

Er zog eine Schnute. »Bei dem alten Sack am Tresen? Die Tapas sind gut, aber ...«

»Also abgemacht?«

Er nickte zerknirscht. Eine Viertelstunde später hatte Lucia die Auskunft. Jessica Lloseta war dreiundzwanzig und arbeitete in einer Flughafengaststätte, bei Pans & Company am Schalter. Sie war größer als Lucia, trug die glatten schwarzen Haare nach hinten gekämmt. Ihre runde Kopfform kam so voll zur Geltung. Sie erinnerte Lucia an die Statue einer griechischen Jagdgottheit. Im alten Terminal 2 belegte sie Baguettes. Bei Jessie war die Schlange der Wartenden am längsten. Typisch.

Lucia stellte sich artig hinter die hungrigen Männer. Der Mann vor ihr trug einen Dreitagebart zur Halbglatze und einen förmlichen Anzug. Er verströmte das Fluidum eines Passagiers der Business-Klasse. »Kann ich einen Bocadillo mit Latex, Handschellen und mit dir darauf haben?«

»Das macht acht Euro fünfundneunzig. Willst du mit Getränk und Pommes?«, antwortete Jessie lakonisch.

»Natürlich, solange du auf dem Baguette liegst«, sagte der Glatzkopf und sah Jessie dabei direkt in die Augen. Seinen Gesichtsausdruck konnte Lucia nicht sehen.

»Wiederhole das!« Lucia sah, wie Jessie ihren Mundwinkel verzog. Sie sah sogar dann ausgesprochen gut aus, wenn sie verärgert war.

»Ich wollte nur nach deiner Telefonnummer fragen. Du bist eine Traumfrau.«

»Dein Problem ist«, setzte Jessie an, »dass das viele andere vor dir schon bemerkt haben. Und jetzt mach dich vom Acker, du Cabrón! Das Einzige, was du von mir kriegst, ist das hier.« Sie nahm einen leeren Kaffeebecher vom Stapel und spuckte hinein. »Bitte schön. Geht aufs Haus! Zucker dazu?«

Der Typ schüttelte den Kopf. »Führt man so ein Dienstleistungsunternehmen?«

»Keine Ahnung. Ich bin hier nur angestellt«, antwortete Jessie und verzog keine Miene. Lucia lachte schallend. Der Typ neigte den Kopf und bestellte emotionslos ein Baguette mit Brathähnchen und Teriyaki-Soße. Als er es bekam, schlich er wortlos von dannen. Den Blicken der Wartenden wich er mit gesenktem Kopf aus. Lucia blickte in eines der schönsten Gesichter, das sie je gesehen hatte. Jessie war aus der Ferne eine Augenweide. Direkt vor ihr zu stehen, war ein Ereignis. Die tiefschwarzen Augen, gerahmt von dichten Augenbrauen, standen in idealem Verhältnis zu einer Nase, die sich jetzt vor Wut blähte. Wenn sie sich jemals in eine Frau verlieben würde, dann in Jessie. Fast war es Liebe auf den ersten Blick. Doch sie beherrschte sich.

»Mädchen-Schlange ist da drüben. Bei mir stehen heute nur Männer an.«

»Machst du 'ne Ausnahme?«, fragte Lucia, die sich gerne auf Jessies Humor einließ.

»Okay. Ich krieg ja Geld dafür. Was willst du für ein Menü?«

»Keins. Ich möchte mit dir reden. Allein.«

»Du bist gut. Ich arbeite hier gerade.«

»Es geht um Marisol. Deine Freundin. Ich bin von der Polizei.«

Jessie hielt inne. Ihre Augen weiteten sich.

»Okay. Komm in der Mittagspause«, sagte sie.

»Und wann ist die?«, fragte Lucia.

»Wann ist wer?«

»Die Mittagspause.«

»In zehn Minuten oder so. Ich muss den Chef fragen.« Sie drehte sich von der Kasse weg, sodass Lucia ihren Rücken zu sehen bekam, schlank und muskulös. Ein kleines Tattoo zierte ihren Rücken. Genau zwischen den Schulterblättern hing ein Vogelkäfig mit offener Tür. Ein Schmetterling flog heraus. Kreischend rief Jessie den Namen ihres Chefs. Da keine Antwort kam, kreischte sie eine Tonlage schriller. Ihr Chef erschien, die beiden redeten gestenreich miteinander.

Zwanzig Minuten später öffnete sich die Drehtür des Terminals, und Jessica Lloseta wehte ins Freie. Dabei blickte sie wie gebannt auf den Bildschirm ihres Smartphones, in der linken Hand hielt sie eine Zigarette. Sie trug eine hautenge Stretchhose in Tarnoliv, dazu hochhackige Stiefel mit Absätzen voller Nieten, die sie größer erscheinen ließen. Um die Schultern eine billige Jacke aus Lederimitat und eine silberne Pudelmütze mit Quaste.

»Brauchst du Feuer?«, fragte Lucia.

»Nee, ich paff eh nur, Rauchen ist total ungesund, solltest du in deinem Alter wissen, Süße.«

»Hast du eine zum Mitpaffen?«

Jessie zauberte eine zerknautschte Packung Camel hervor. Lucia fingerte eine Zigarette heraus und zündete sie an. Was folgte, war der erste Lungenzug nach über einem Jahr Abstinenz. Ein gleichsam herrlicher wie erschreckender Moment.

»Lass uns da drüben hinsetzen«, schlug Lucia vor. Unterhalb der Mosaikwand des Künstlers Antonio Miró fanden sie einen Platz. »Danke, dass du Zeit für mich hast«, begann Lucia das Gespräch.

»Eines sag ich dir gleich. Ich hab nicht viel Zeit. Auf eine Zigarette.« Ihre schneeweißen, perfekt stehenden Zähne umspielten die Kippe.

»Arbeitest du schon lange hier?«, fragte Lucia, die nicht gleich mit der Tür ins Haus fallen wollte.

»Drei Monate. Aber nicht mehr lange. Dafür sind die zu öde hier. Ich hab was Neues. An der Costa Brava. Im Water World Parc. Den ganzen Tag im Bikini herumlaufen. Cool, oder?«

»Ist nicht die Jahreszeit dafür«, erwiderte Lucia, die sich wegen des Tabak-Flashs abstützen musste.

»Ich kann keine Boccadillos mehr sehen«, fluchte Jessie. »Ein Scheißjob ist das.«

Lucia verfolgte, wie die Zigarette verglühte, inhalierte den Rauch und blickte das glimmende Ende finster an.

»Wir kriegen bei Pans voll wenig Kohle, hörst du! Stehst den ganzen Tag an der Kasse und musst zu den Arschlöchern nett sein. Findest du das in Ordnung? Aber du wolltest über Marisol reden. Oder etwa nicht?«

»Ich muss dir leider sagen, dass Marisol nicht mehr lebt. Sie wurde getötet. In Berlin.«

Jessie starrte Lucia ungläubig an. »Das kann nicht sein.«

»Doch. Tut mir leid. Wir versuchen zu rekonstruieren, wer für ihren Tod verantwortlich ist. Kannst du mir was erzählen, das weiterhilft?«

»Was für ein Bulle bist du?«

»Investigación criminal.« Lucia zeigte Jessie ihren Ausweis. Jessie nahm ihn in die Hand, musterte ihn einen Moment.

»Ich hab sie mehrere Monate nicht gesehen. Wir haben uns

auseinandergelebt. Sie hat von der großen Kohle geträumt. Soweit ich weiß, hatte sie Freier, die sind voll auf sie abgefahren. Sie hat, glaub ich, mehr gemacht als die anderen. Ihre Mutter wusste nichts davon.«

»Verstehe.«

»Marisol hatte da ’nen Freund. An den kann ich mich erinnern. Der hat ihr Kontakte besorgt zu Männern mit Geld. Aber Marisol wollte das nur eine Zeit lang machen. Bis sie genug Kohle zusammenhatte. Sie plante, mit dem Rucksack durch Neuseeland zu reisen. Berlin sagtest du? Davon war nie die Rede.« Jessie schien mitgenommen.

»Hast du den Namen von dem Jungen in Erinnerung?«

»Keine Ahnung, wer das war. Der war Teil ihres neuen Lebens. Ich habe sie ein einziges Mal zusammen gesehen. Der Typ fuhr Motorrad. Dicke Maschine. Angeblich wohnte er in einem Wohnmobil.«

»Weißt du, wo?«

»Auf so einem Campingplatz nahe der Schnellstraße. Nicht weit von hier. Wo genau, weiß ich nicht.«

Lucia hatte eine vage Idee. »Und wenn sie hier ihren Macker hatte, der für sie Freier besorgt hat, warum ist sie dann nach Berlin gegangen?«

»Keine Ahnung. Außer …« Jessica zögerte. Sie zog den Reißverschluss ihrer Lederjacke zu. »Da war was mit ihrer Familie.«

Jessies Handy klingelte. Der Klingelton war die Karaokeversion eines Rap-Songs. Jessie nahm das Gespräch an und fauchte gleich los. »Was rufst du mich jetzt an? Ich bin auf Arbeit. Schmier Brote. Wir reden später!« Sie tippte den Anrufer weg, paffte an der Zigarette. »Marisol hat was angedeutet. War ihr unangenehm. Ich weiß nichts Genaues. Ich hab sie nie gefragt.« Sie zögerte. »Ich muss rein. Die Typen wollen ihre Teriyaki-Soße.«

Lucia reichte ihr ihre Visitenkarte. »Ruf mich an, okay?«

»Ach nee, oder? Das sagen die in Filmen immer. Und bevor sie zurückrufen können, sind sie tot.«

»Du schaust zu viele schlechte Filme«, antwortete Lucia. »Du kannst mich immer anrufen, wenn dir was einfällt.«

Jessie nahm die Karte, verabschiedete sich und kam zurück. »Hast du die Mutter kennengelernt?«

»Das habe ich«, sagte Lucia und dachte an ihre erste Begegnung mit Dolores in dem Bordell in Barcelona.

»Sicher keine leichte Zeit für sie«, bedauerte Jessie. »Kannst du dir vorstellen, wie es ist, ein Kind zu verlieren?«

»Nein«, log Lucia.

»Dann weißt du nicht, was das bedeutet. Die eigene Tochter zu verlieren. Sag mir, wenn du den Typen hast. Ich spuck ihm ins Gesicht. Wenn er Glück hat.«

Lucia fühlte sich entsetzlich. Sie unterdrückte den Drang, sich auf dem Flughafenklo eine Klinge durch die Haut zu ziehen, und konzentrierte sich auf die Recherche.

Zwei küstennahe Campingplätze kamen für Marisols Zuhälter infrage. Sie notierte sich die Adressen und Telefonnummern der Besitzer. Lucia hatte die Fährte aufgenommen, die sie zum Mörder führen sollte.

23.00 UHR. STADTRAND VON BARCELONA

Die zweispurige Bahnlinie trennte den von gelben Straßen-laternen beleuchteten Häuserblock vom Strand. Dahinter lag das Meer, im endlosen Schwarz der Nacht. Antonio Lobrega saß an der Mole und beobachtete den Ingenieur, der seit zwei Stunden reglos hinter dem Objektiv stand, das er auf den Häuserblock gerichtet hatte. Antonio hatte nicht die Spur eines Zweifels, mit wem er es zu tun hatte. Noch heute Abend würde er López seinen Verdacht mitteilen. Bei ihrem ersten Treffen hatte er den Ingenieur für einen schüchternen Mann gehalten, technisch versiert, der die Dinge zaghaft anging. Jetzt, da er dessen Abgründe kannte, wandelte sich Anto-nios Bild. Die Gewichte zwischen ihnen begannen sich zu verschieben. Beim Kampfsporttraining, das für alle Mitglie-der der VOTO bindend war, hatte sich der Ingenieur als füg-samer Schüler erwiesen. Steckte harte Schläge ein, ohne zu murren. Fragte stets, was er falsch gemacht hatte und wie es beim nächsten Mal besser ging. Zwischen den beiden stimmte die Hackordnung. Die jetzt ins Wanken kam.

»Mir reicht's für heute«, sagte der Ingenieur und kippte das Objektiv nach vorn ab.

»Nichts?«

»Eine Frau hat sich die Bluse hochgezogen. Und dafür steh ich zwei Stunden in der Kälte rum.«

»Nur gucken würde mir nicht reichen.«

Moreno wischte die Linse des Objektivs mit einem Mik-rofasertuch ab. »Du willst wissen, wie ich es mache?«

Antonio lachte. »Merkt man das?«

Der Ingenieur schob den Plastikschutz vor das Objektiv, zögerte. Es brach heraus, was lange verborgen war. »Ich weiß es morgens nach dem Aufwachen. Ich kann es nicht aufhalten, es läuft einfach, wie mechanisch. Ich bereite alles vor. Lege mir die Sachen raus. Hab ich dir von dem Kühlwagen erzählt? Ich checke da vorher alles gründlich. Sprit, Öl, Reifendruck. Dann die Kühlanlage. Ich habe extra einen zweiten Generator in der Garage, falls einer ausfällt, den kann ich ganz einfach austauschen.«

»Verstehe.«

Moreno sah ihn nervös an, die Unterbrechung schien seinen Redefluss gestört zu haben. »Ich fahre um zehn los. Vorher hat es keinen Sinn, weil die da nicht stehen. Meistens nehme ich die T-113 oder die T-115 Richtung Sitges, da ist das Gelände abschüssig und es gibt gute Standplätze. Ich fahre nur vorbei und schau mir die Frauen an.«

»Redest du mit denen?«

Moreno schüttelte den Kopf. Ihm schien die Frage nicht zu passen. »Nie rede ich mit denen«, sagte er. »Ich will ihnen ins Gesicht sehen. Muss checken, ob ich darin etwas Verdorbenes finde. Alle Frauen sind das auf ihre Weise. Ich muss wissen, ob sie es verdient haben.«

»Wie weit entfernt stellst du dich auf?«

»Hundertfünfzig Meter. Kommt darauf an.«

»Bemerken die dich nicht, wenn du dich anschleichst?«

Der Ingenieur tippte sich an den Kopf. »Hältst du mich für blöd? Ich bin immer vorsichtig. Kann sein, dass mich jemand von der Straße aus sieht und zu mir raufkommt. Ich sage dann, ich bin Vermessungstechniker und bereite ein Bauprojekt vor. Mit dem Anpirschen warte ich bis zur Dämmerung.«

»Wie überwältigst du die Frauen?«

»Warte kurz.« Moreno wandte sich ab, und als er zurück-kehrte, hielt er ein Gerät in der Hand, das er Antonio reichte. Der wog es in der Hand.

»Nicht schlecht«, sagte er. »Ein Elektroschocker.«

»Genau«, sagte Moreno. »Knockt dich für einige Minu-ten aus. Wenn die wieder zu sich kommen, liegen sie bereits im Kühlwagen.«

»Und wenn dich jemand sieht?«

»Im Dunkeln? Ich passe auf.«

Antonio klatschte in die Hände. »Und ich dachte, ich wäre schlauer als du. Da hab ich mich getäuscht.«

Der Ingenieur legte den Elektroschocker zu den Sachen in eine Kiste. »Ich will morgen wieder los. Wenn du magst, nehm ich dich mit.«

22 UHR. BARCELONA

Eine tiefe Stimme ließ ihr Telefon erzittern. »Der macht mir den Laden verrückt. Mir hauen die Gäste ab.«

»Wer ist denn da?«, fragte Lucia. »Ich verstehe kein Wort bei dem Lärm.«

»Hier ist Burkhardt. Aus dem Almirall.«

»Du meine Güte«, sagte Lucia. »Und was kann ich dafür, wenn du deine Gäste nicht im Griff hast?«

»Das ist ein Deutscher. Josef. Er brüllt die ganze Zeit deinen Namen. Ich dachte, ich sag dir lieber Bescheid. Bevor ich ihn rauswerfe.«

Lucia seufzte. Eben hatte sie über der Brüstung ihrer Wohnung in der Carrer del Carme einem Hippie-Pärchen hinterhergesehen und die sanfte Abendbrise genossen. Im Hintergrund hatte ihre Playlist Songs von Ludovico Einaudi über die Lautsprecherboxen abgespielt. Wäre sie nur nicht an ihr Handy gegangen. Sie stellte den Heizofen ab, räumte die Küche auf, putzte sich die Zähne und schlüpfte in ihre Chucks. Frisur okay, Fingernägel in Ordnung. Alles in Rekordzeit. Allwetterjacke über und raus. Sie vergrub Hände und Nase im Jackenaufschlag und schlenderte der Bar entgegen. Jugendliche standen mit Dosenbier, Chipstüten und Papptellern mit Shawarma vor einem Müllcontainer. Zwei in katalanische Farben gehüllte Punks brachten an der Mauer eines Abrisshauses ein Plakat an, auf dem Polizisten im Kampfanzug auf Menschen einschlugen, die Blumen hochhielten. *Nieder mit dem Faschismus. Die Demokratie wird siegen. Europa, hilf uns!*

Auf zwanzig Meter drang der Klang der Boleros zu ihr.

Burkhardt hörte gern die Klassiker des Swing, Tango, Habaneras. Im kleinen Lichtfeld einer Glühlampe saß Josef Hadersucht im Hinterzimmer der Bar Almirall und schmetterte aus voller Kehle »Lágrimas Negras« in einer Ur-Version von Daniel Santos. Mit dieser Bolero-Jazz-Flamenco-Fusion waren Bebo Valdés und Diego el Cigala zu Weltruhm gelangt. Hadersucht animierte alle Gäste zum Mitsingen, was denen offenbar deutlich besser gefiel als Burkhardt. Eine Kakofonie, in der niemand die Töne traf, hallte durch die Bar. Lucia bestellte sich am Tresen ein Bier. Sie konnte verstehen, dass Burkhardt schwer genervt war.

Er wusch Biergläser aus. »Gerade hat sich 'ne Nachbarin beschwert. Jetzt singt sie mit.«

Lucia nahm einen Schluck Bier aus der eisgekühlten Flasche. Sie freute sich, Josef zu sehen. Seinem Zustand zum Trotz.

»Woher kennst du den Typen?«, fragte der Barbesitzer.

»Wir sind da an was dran«, sagte Lucia. »Mein Chef hat ihn gebeten, mit mir zusammenzuarbeiten.«

»Ist der etwa ein Cop?«

»Erzähl ich dir, wenn es ruhiger ist.«

»Okay. Und sorry, dass ich gerade am Telefon so gereizt war. Ich finde deinen Josef ganz in Ordnung. Er hat was von der guten alten Zeit. Als die Kommunisten hier vom Absinth betrunken die Nächte durchgefeiert haben. Im Bürgerkrieg und so. Mut antrinken und dann auf die Barrikaden.«

»Hast du doch gar nicht erlebt.«

»Stelle ich mir aber so vor.«

»Du stellst es dir romantischer vor, als es war.«

»Sei's drum.«

Hadersucht versuchte sich am Seemannslied »La Paloma«. Sein Gesang kam ins Stocken. Als er sich vom Stuhl erhob, geriet der Tisch vor ihm ins Wanken. Der massige Mann bahnte sich schwankend den Weg zu Lucia. Ein Gast, der mit ihm gesungen hatte, wollte ihn stützen, Hadersucht hielt ihn zurück.

»Ich schaff das allein, mein Freund. Du bist ein toller Kerl.«

Er baute sich für einen Moment vor Lucia in seiner ganzen Größe auf. »Selten habe ich mich so gut amüsiert. Vamos. Nach Hause. Oder?« Er hatte Schlagseite und eine enorme Fahne. Er blickte zu Burkhardt herüber.

»Das mit dem Geld regeln wir morgen, okay?«

Hadersucht, von der Hingabe gerührt, mit der sich andere um ihn kümmerten, gab ihm einen freundschaftlichen Klaps.

»Sei still«, sagte Lucia.

Er streckte die Hände aus wie ein Straftäter in Erwartung der Handschellen. Gemeinsam schleppten sie sich die Gasse entlang. Er wankte und stützte sich an der Wand ab.

»Ich hab auf dich gewartet«, murmelte Josef. »Den ganzen Tag.« Es klang wie eine Mischung aus Vorwurf und Beichte.

Sie liefen durch die Carrer de Joaquín Costa im Herzen des Raval. Niemand sprach. Die Boleros verklangen im Hintergrund. Eine alte Frau, komplett in Violett gekleidet, kam ihnen entgegen. Rüschenhemd, Jackett und Rock wirkten abgetragen. Sie ging mit verschränkten Händen, den Blick starr auf den Boden gerichtet. Wie ein Geist beim Nachtspaziergang.

»Maria Antonia«, sagte Lucia zu Josef. »Wir nennen sie Toni. Sie war Sängerin im El Molino. Einem der Nachtclubs von früher. Damals hat man sie mit Rosen überhäuft. Das ist lange vorbei. Erst starb ihr Mann. Danach wurde bei ihr Demenz diagnostiziert. Als ihr Mann begraben wurde, haben die Nachbarn Geld zusammengelegt und ihr einen Hund gekauft. Ein Pudel mit Stummelschwanz. Pablo. Mit dem ging sie durch die Straßen. Bis letzten Monat. Da hat ihr jemand den Hund geklaut. Seitdem spricht sie mit keinem mehr. Aber sie ruft immerzu nach ihrem Pablo.«

Sie waren an Lucias Wohnung angelangt.

»Und da gehen wir jetzt rauf?«, fragte Hadersucht.

»Das fehlt mir gerade noch«, seufzte Lucia.

»Warum?«

»Weil ich das nicht will.«

»Wieso hast du mich dann abgeschleppt?«

»Weil du nicht mehr richtig gehen kannst und Burkhardt mich darum gebeten hat«, sagte Lucia. »Ich muss morgen früh zu meiner Mutter. Ich bring dich zum Hotel. Wenn dich eine Streife in deinem Zustand sieht, sperren die dich glatt ein.«

»Ich werde nicht verhaftet. Ich verhafte selbst.« Wie ein Zeichen der Zustimmung kam ein stetes Klopfen auf. »Was ist denn das?«

»Eine Cassolada«, antwortete die Katalanin. »Die Leute stehen auf den Balkonen und klopfen auf Töpfe. Als Zeichen des Protests gegen die Festnahmen. Komm jetzt.«

Sie zog ihn mehr durch die Gassen, als dass er ging. Im Hotel Barceló wankte Hadersucht schwer atmend durchs Foyer. Der ältere Nachtportier las mit priesterlicher Gemächlichkeit in seiner Sportzeitung.

»Der Mann hier ist Gast in Ihrem Hotel«, sagte Lucia. »Ich bringe ihn hoch, er schafft das nicht mehr alleine. Wenn ich in zehn Minuten nicht da bin, rufen Sie bitte auf seinem Zimmer an. In welches muss ich?«

»Dreihundertvierzehn«, knurrte Hadersucht und der Rezeptionist nickte bestätigend. Hadersucht kramte nach seiner Magnetkarte. »Zehn Minuten. Ich hab zehn Minuten mit der Dame, haben Sie gehört? Rufen Sie nicht die Polizei!«

Lucia zerrte den Kommissar zum Aufzug. Er wich ihrem Blick aus.

»Ich mag dich trotzdem«, sagte er leise. Bevor sie etwas erwidern konnte, öffnete sich die Tür zum dritten Stock.

»Jetzt schlaf dich aus.«

»Ich will nicht. Ich will was trinken.«

Lucia entwand ihm die Karte. Sie öffnete, er torkelte hinein, warf sich aufs Bett. Ihr Blick schweifte im Zimmer umher. Auf dem Designertisch lag eine Polizeiakte. LKA 1 aus Berlin. Lucia blätterte im Schein der Stehlampe. Sie drehte sich um, aber Hadersucht schlief bereits, wie sein Schnarchen verriet. Die Akte enthielt Tatortfotos und Protokolle der Ermittlungsfortschritte im Fall Marisol Hernández. Dahinter steckte, in einer Plastikfolie eingeheftet, ein Büchlein. Als sie es aufschlug, fiel hinten ein Foto heraus. Sie legte es zurück und steckte das Büchlein ein. Es fühlte sich in ihrer Tasche an wie eine Trophäe.

11.00 UHR. LANDSCHAFT
SÜDLICH VON BARCELONA

Der Standort war ideal. Die Hecke auf dem Höhenkamm südlich von Vilafranca de Penedès schirmte alle Blicke von der Landstraße ab, war aber durchlässig genug, um ein Fernglas hindurchzustecken. Antonio und der Ingenieur wechselten sich beim Beobachten ab.

Hundert Meter unterhalb saß eine junge Frau in Shorts und Stiefeln auf einem Campingstuhl am Rande eines Feldwegs und tippte auf dem Smartphone. Wer ihre Dienste in Anspruch nehmen wollte, musste an der Landstraße anhalten, sie einsammeln und mit ihr auf einen Nebenweg einbiegen. Doch an diesem Vormittag ließ sich kein Auto blicken. Das einzige Geräusch drang von den Grillen auf den Feldern herüber.

»Was meinst du. Gefällt sie dir?«

Moreno nickte. »Passt alles. Sie langweilt sich. Nimmt alles in Kauf für das Geld. Das ist das, was für sie zählt.«

Antonio boxte ihn freundschaftlich.

»Weil sie verdorben ist«, sagte Moreno. »Total verdorben.«

»Sie hat es verdient.«

»Genau«, sagte Moreno. »Aber wir müssen warten, es ist zu hell.«

Antonio lachte. »Komm schon. Auf der Straße ist nichts los. Das ist die Gelegenheit.«

Moreno sah sich um. Antonio spürte, dass widerstrebende Gefühle in Moreno wogten. »Na gut«, flüsterte er dann. »Okay.«

Gebückt kletterten sie langsam den Hügel runter.

Beinahe hätte die Frau sie entdeckt, sie schaute kurz herüber, vertiefte sich aber dann wieder in ihr Smartphone.

»Runter!«

Antonio drückte seinen Begleiter mit Gewalt zu Boden. Sie lagen bäuchlings im Feld.

»Hast du nicht gesehen?«, flüsterte Antonio. »Den Typen?«

Sie lauschten. Die Prostituierte sprach mit ihrem Zuhälter. Er war plötzlich aus dem Gebüsch getreten. Es ging um Besorgungen. Als das Gespräch erstarb, wagte Antonio einen Blick. Er sprach im Flüsterton. »Er ist weg«, sagte er. »Wollen wir?«

»Auf keinen Fall«, sagte Moreno. »Ich hab jetzt keine Lust mehr. Lass uns abhauen.«

Antonio protestierte nicht. Ihm ging es ähnlich, wenn er ehrlich zu sich war.

Fünf Minuten später saßen sie im Fahrgastraum des Kühlwagens und fuhren auf der Landstraße Richtung Barcelona. Der Ingenieur sprach leise und bedacht. »Gut, dass du den Typen gesehen hast. Ich bin dir was schuldig.«

»Das ist in Ordnung. Das nächste Mal passen wir besser auf.«

Kurz vor der Ortschaft Martorell bremste der Ingenieur scharf ab. Knapp vor dem Kühlwagen scherte ein Kleinwagen in seine Fahrspur ein. Antonio griff rüber und drückte die Hupe.

Der Ingenieur protestierte. »Was soll das? Nimm die Pfoten vom Lenkrad.«

»Heute wird das eh nichts mehr mit den Ladys. Alles umsonst.«

Antonio seufzte. »Komm schon, wir ziehen das jetzt doch noch durch. Stell dir vor, wir hätten so eine hinten im Wagen. Mir fallen ganz wunderbare Möglichkeiten ein, ihr Schmerzen zuzufügen. Der pure Gedanke daran, erregt mich.« Er zog ein vergoldetes Butterflymesser aus der Jackentasche und ließ es in einer Bewegung aufschnappen. Dazu griff er sich in den Schritt.

Den Ingenieur schüttelte es. »Es war ein Fehler, dich mitzunehmen. Du bist primitiv. Erkennst nicht die Schönheit, die darin liegt, ein Genie zu sein. Nur der eingefrorene Mensch überdauert die Ewigkeit. Nur er hat die Hoffnung, neugeboren zu werden. Ich bestrafe die Frauen, wenn ich ihr Leben beende. Aber ich töte sie nicht. Ich gebe ihnen Auferstehung. Ich spiele Gott, ich bin ein Gott. Das Eis reinigt ihre vor Schmutz starrenden Seelen und verwandelt sie in etwas anderes.«

Antonio begehrte auf, sein Standpunkt war ein anderer. »Das Eis verwandelt sie? Und in was, wenn ich fragen darf? In Kühlfleisch?«

»In ein höheres Wesen«, sagte der Ingenieur voller Trotz.

»Verstehe ich nicht«, sagte Antonio.

»Musst du auch nicht. Es sind meine Prinzessinnen. Sie gehören mir allein. Es gibt für dich andere Methoden, Körper haltbar zu machen«, sagte der Ingenieur. »Die Ägypter balsamierten ihre Pharaonen ein, und die Leichname hielten Tausende Jahre stand. Aber das war eine Kunst, die nur wahre Meister beherrschten. Ich nehme Eis, alles andere ist zu gefährlich. Du kannst dein Menschenbündel noch so gut einwickeln. Ein winziges Loch reicht, um Insekten anzulocken. Am Ende hast du eine kleine Karawane von Ameisen.«

Antonios Augen weiteten sich vor Schrecken. »Verdammte Scheiße! Du musst mich absetzen. Ich muss dringend was erledigen.«

»Was? Hier?«

»Ein paar Kilometer noch. Ich sag Bescheid.«

Sie fuhren schweigsam weiter, bis Antonio ausstieg und in gerader Linie auf ein Wäldchen zuging. Er hatte eine Schrotflinte dabei, die er offensichtlich die ganze Zeit in seinem schwarzen Rucksack verborgen gehalten hatte. Der Ingenieur hatte den abgesägten Lauf aus den Augenwinkeln erst jetzt gesehen. An den beiden Kanistern mit Benzin, die sie eben an einer Tankstelle erstanden hatten, trug Antonio schwer. Er hatte nur gesagt, dass er damit einen kleinen Brand legen wollte. Hatte geheimnisvoll geklungen, ein wenig verschwörerisch.

Der Ingenieur sah ihm nach, bis er am Waldrand verschwunden war. Der Ärger über den Abbruch der Attacke auf die Prostituierte verflog langsam. Er war verwirrt. Nie hatte er seine Gefühle und seine Motivation mit jemandem geteilt. Es fühlte sich seltsam an. Aber auch unerwartet gut. Dafür hatte es in seinem Leben nie die Gelegenheit gegeben. Dennoch zeigte die Sache wie unter einem Brennglas, dass es kein Eindringen in seine Welt geben durfte. Dafür war er zu weit gegangen. Antonios Anwesenheit hatte seine Erregung ein Stück weit gedämpft. Wie ein Strömungsabriss bei einem startenden Flugzeug. Es hatte ihn aus der Bahn geworfen. Er musste das in Zukunft wieder allein klären. Antonios Freundschaft würde er deswegen nicht verlieren. Jeder wusste jetzt vom anderen etwas, was ihm lebenslange Haft einbringen könnte. Das gab beiden ein Gefühl von Sicherheit unter Gleichgesinnten. Es war gut, nicht mehr allein zu sein.

Der Motor des Kühlwagens sprang erst nach der dritten Umdrehung des Zündschlüssels an. Das durfte nicht sein. Er musste den Wagen erneut komplett durchchecken. Dann machte Ulv sich auf den Weg an den Ort, um am vereinbarten Treffpunkt auf Antonio zu warten.

09.00 UHR. BARCELONA

Der Nebel über dem Montjuïc trug Feuchtigkeit in die tiefer gelegenen Stadtteile. Der Radiowecker brachte die Nachricht mit den zerstörten Autos der spanischen Guardia Civil vor dem Wirtschaftsministerium. Schuld waren Kameraleute unterschiedlicher Fernsehsender gewesen. Sie waren auf die Autos geklettert, um beim Filmen einen besseren Blick auf den Demonstrationszug zu haben, der das Gebäude stundenlang besetzt hielt. Lucia hatte es selbst gesehen. Sie war von ihrer Wohnung zur Rambla de Catalunya gelaufen, als sie durch Twitter davon erfahren hatte, dass die Menschen sich die Festnahmen ihrer Politiker nicht gefallen lassen wollten.

Das Handy vibrierte. »Miguel. Was gibt's?«

»Bring mich auf den neuesten Stand«, sagte Miguel Ortega. Lucia erzählte ihm von der Begegnung mit Marisols Freundin Jessie am Flughafen Prat und der möglichen Spur zum Campingplatz, der sie heute nachgehen würde.

»Gut. Kann ich was tun?«

»Ich brauche den vollständigen Namen ihres Zuhälters.«

»Bekommst du. Sonst noch was?«

»Eine Karte mit den genauen Fundstellen der Leichen. Die von Señor Fresco damals. Ich will gucken, ob es da ein Muster gibt.«

»Such ich dir raus. Wie macht sich der Deutsche?«

»Gestern war er total besoffen«, sagte Lucia. »Hoffentlich kann ich mit ihm heute was anfangen.« Dass er beinahe übergriffig geworden war, ließ sie unerwähnt.

»Das hoffe ich. Bis bald, Lucia. Wir sehen uns nachher in der Via de Bàrcino.«

Sie legte auf, wählte Hadersuchts Nummer. Er ging nicht ran. Sie versuchte es noch mal, stellte das Handy auf laut, legte es auf den Küchentisch und ließ es weiterklingeln. Einige Minuten später nahm er ab.

Er klang wie ein Bär, der zwei Wochen zu früh aus seinem Winterschlaf erwacht war. »Mein Schädel. Du ahnst es nicht.«

»In einer halben Stunde bei dir vor dem Hotel, okay?«

»Das ist unmenschlich.«

Lucia nahm ihre Umhängetasche vom Kleiderhaken. Darin steckte das Tagebuch von Marisol. Hadersucht wartete mit einem Plastikbecher Kaffee in der Hand vor dem Hotel.

»Komm jetzt. Wir müssen vor der Rushhour aus der Stadt sein.«

Er schwang sich in den Wagen. Lucia nutzte jede Lücke, um voranzukommen. Zur Not half sie mit der Hupe nach. Nach der Ronda del Mar bogen sie bei Sant Adrià de Besòs auf die Umgehungsstraße C-31 entlang des Flussbetts ab. Es ging bergauf. Nach dem Ortsschild von Santa Coloma de Gramenet stoppte sie den Wagen. Vor den düsteren Häusern spielten Kinder. »Reizend. Aber was wollen wir hier?«

»Auf den Inspektor warten. Müsste gleich da sein.«

Er kam von der anderen Straßenseite herüber, die Hände tief in Manteltaschen vergraben, in Gedanken versunken. Lucia und Josef begrüßten Ortega. Er wirkte ernster als am Vortag, murmelte etwas und verfiel in Schweigen.

Sie betraten das mehrstöckige Wohnhaus. Sozialer Wohnungsbau der Sechzigerjahre unter Franco. Kein Licht im Treppenhaus, sie beleuchteten sich die Treppenstufen mit dem Smartphone. Im dritten Stock an der Tür rechts prangte das weiß-blaue Absperrband der Mossos d'Esquadra. Ortega brach das Siegel und schloss auf. Im Halbdunkel entdeckten sie am Boden die Kreidezeichnung eines Körperumrisses. Blut, ins Holzimitat eingesickert.

»Hier hat es einen Mord gegeben. Schreckliche Sache. Ein junges Mädchen ist getötet worden. Das war eine Woche, bevor in Berlin Marisol ums Leben kam. Ich bin mir sicher, beide Fälle haben etwas miteinander zu tun.« Ortega sah Hadersucht an, der aufmerksam zuhörte. »Das Mädchen war allein, als es passierte. Entweder hat sie dem Täter die Tür geöffnet oder er war in der Wohnung, bevor sie ankam. Von den Wertgegenständen fehlt nichts. Die Playstation dort ist nagelneu. Der Täter hat sie nicht angerührt.«

Hadersucht sah sich in den Räumen um. »Wie hat er sie getötet?«

»Durch einen Kehlenschnitt mit einem Messer. Er ließ sie sterbend liegen und verschwand.«

»Was sagen die Forensiker?«

»Die Spuren bestätigen den Befund. Im Wohnzimmer waren die Rollos heruntergelassen, ein Ohrensessel stand nicht am angestammten Platz. Der Täter hat sich die Mühe gemacht, in der gesamten Etage das Licht abzustellen, indem er die Sicherung rausdrehte. Im Zimmer des Opfers stand ein Laptop. Der Täter hatte weder Fingerabdrücke noch DNA hinterlassen, hatte Bildschirm und Tastatur offenbar sorgfältig abgewischt. Und wir wissen durch Zeugen, dass das Mädchen den Laptop an ihrem Todestag dabeihatte.«

Lucia nickte konzentriert. »Habt ihr den Laptop mitgenommen und durchgecheckt?«

»Ja«, bestätigte Ortega. »Wir sind dabei auf eine Sache gestoßen, nachdem mir ein möglicher Zusammenhang der Mordfälle eingefallen ist. Unsere Informatiker konnten den Namen ›Mar‹ zuordnen, als Kurzform von Marisol. Die beiden Frauen hatten Mailverkehr und haben sich auf WhatsApp Nachrichten geschickt. Wie eng Anna Rivera und Marisol

Hernández miteinander befreundet waren, wissen wir noch nicht, aber dass sie es waren, ist sicher.«

»Habt ihr die Eltern vernommen?«

»Natürlich«, sagte Ortega. »Die Mutter ist seit Tagen in psychologischer Betreuung. Sie hat keinen Fuß mehr in die Wohnung gesetzt. Die Frage ist, was der Mörder von Anna wollte, warum er ihr auflauerte.«

»Das Mädchen hatte etwas, das er brauchte«, sagte Lucia leise. »Und sie hat ihn erkannt.«

»Ich mutmaße, es ging um den Aufenthaltsort von Marisol«, sagte Ortega. »Der Mörder war bereit, über Leichen zu gehen, um die junge Frau zu finden.«

»Ein hoher Preis«, murmelte Hadersucht, dem der Zusammenhang immer klarer wurde. Die beiden Frauen hatten sich gekannt. Ihm kam das Video in den Sinn, das er bei Jackie Scholl gesehen hatte. Der aufgezeichnete Call von Marisol mit einer Freundin. Ihn schauderte. »Aber es macht Sinn. Als dieser Mord geschah, lebte Marisol noch.«

Nachdem sich Lucia Costa und Josef Hadersucht von Ortega verabschiedet hatten, stiegen sie wieder in den Fiat und verließen Barcelona.

Zehn Kilometer vor der Ortschaft Martorell lag an der Landstraße die Bar Bon Dia, die, wie viele dieser Einrichtungen im Hinterland Barcelonas, hauptsächlich von Fernfahrern besucht wurde. Josef und Lucia saßen an einem Tisch auf der Terrasse und ließen ihren Kaffee kalt werden. Er schmeckte fad. Sie holte das Tagebuch aus der Tasche und knallte es auf die Tischplatte. »Hab ich komplett durch. Interessante Lektüre.«

Josef erschrak. »Hätten wir das Ortega erzählen sollen?«

»Du hast es nicht mal mir gesagt«, seufzte Lucia.

»Das hatte Gründe«, sagte Hadersucht.

»Und welche?«

»Ich möchte nicht darüber reden«, sagte Hadersucht. »Kannst du das akzeptieren?«

Lucia schob ihre Tasse zur Seite. »Nein. Kann ich nicht. Wir sind ein Team, das waren deine Worte. Wenn wir damit anfangen, Sachen vor dem anderen geheim zu halten, dann ist es aus. Ich dachte, du wärst ein erfahrener Kriminalist. Da hab ich mich wohl getäuscht.«

Hadersucht zündete sich eine Zigarette an. »Es ist was Privates.«

Lucia blätterte im Tagebuch. »Ah, da ist die Stelle: ›Dieser nette Bulle J.‹ ... Tisch mir zur Abwechslung die Wahrheit auf! Hattest du was mit ihr?«

Er nickte stumm.

»Aber du weißt, dass Gefühle vorzuspielen, bei denen zum Geschäftsmodell gehört?«

»Du hast doch keine Ahnung«, sagte Hadersucht.

Lucia sah ihn eine Weile stumm an. »Versetz dich bitte in meine Lage«, sagte sie. »Wir kennen uns ein paar Tage, und dann lese ich diese Hammergeschichte. Scheißtyp, hab ich gedacht. Hast du mal in diesem Büchlein gelesen? Marisol schreibt wie ein kleines Mädchen, das von Glück und Freiheit träumt.«

Hadersucht blies Rauch aus, blickte abgewandt in die Ferne.

»Sie hat den Glauben verloren«, fuhr Lucia fort. »Dachte, sie könnte nicht anders als durch Anschaffen an Geld kommen, um sich ihre Träume zu erfüllen.« Lucia fasste sich an den Kopf. »Und du hast gedacht, du wärst so etwas wie ihr Traumtyp? Wach mal auf. Und komm auf den Boden der Tatsachen zurück.«

Josef senkte den Blick.

»Lies mal die Stelle hier«, sagte Lucia. »Da macht Marisol eine Rechnung auf, mit wie vielen Männern sie Sex haben muss, um es zu schaffen. Von Aufhören und vom ›netten J.‹ ist da keine Rede mehr. Ich fürchte, du hast dir da was ein-gebildet.«

Hadersucht schob seine Tasse weg und ging.

»Komm zurück«, rief sie hinter ihm her.

Als er nach ein paar Minuten zurückkam, roch sein Atem nach Tabak.

»Tut mir leid«, sagte Lucia. »Das war fies eben.«

»Warum hast du mir das Tagebuch weggenommen?«, fragte Hadersucht. »Ich dachte, ich hätte es im Almirall liegen gelas-sen oder unterwegs verloren.«

»Ich hab mich geärgert, weil du es geheim gehalten hast. Das war nicht fair.«

Er schwieg eine Weile. Dann erzählte er ihr alles. Wie er nach seiner Trennung von Gabriele Marisol kennengelernt und sich in sie verliebt hatte, Prostituierte hin oder her. Wie sie anfingen, ein Paar zu sein. Bei dem es eben umgekehrt war wie bei anderen. Erst kam der Sex, die Gefühle folgten. Hadersucht bekam feuchte Augen. Lucia nahm seine Hand, tätschelte sie.

»Ist gut, Josef. Wir müssen nicht mehr darüber reden. Ich wollte dir nichts unterstellen. Ich glaube dir. Okay?« Er rauchte, sie blätterte im Tagebuch. »Also pass auf. Mari-sol wiederholt an vielen Stellen, wie sie den Rückhalt ihrer Familie vermisst. Hier schreibt sie: ›Ich bin nicht so weit. Die Angst ist immer da.‹ Sie schien sich verloren gefühlt zu haben. Im Frühjahr werden die Einträge seltener. Dafür viele Smileys. Der nächste Eintrag datiert vom Frühling. Einen Monat, bevor Marisol nach Berlin verschwand. Jetzt wird es interessant. An einer Stelle steht: ›Warum hört mir nie-mand zu? Meine Mutter ist blind, blind, blind. In was für einer Welt leben wir? Ich kann nichts tun. Nicht schreiben, nicht reden, nicht lachen.‹« Lucia hielt kurz inne, bevor sie ihre Ausführungen fortsetzte. »Das ist der letzte Eintrag, den sie auf spanischem Boden gemacht hat.« Sie blickte zu Josef hinüber, der gedankenverloren ins Leere starrte. »Es folgen Seiten voller Zeichnungen, wie von Kinderhand gemalt. Alles ist düster. Ein Zimmer mit einem Bett in der Ecke. Könnte ein Hinweis auf sexuellen Missbrauch sein, wir müssen das genau überprüfen. Die Familie wirkt nach außen intakt, aber es gibt überall Abgründe.«

»Sind es denn ihre leiblichen Eltern?«

»Nur die Mutter. Manuel Lobrega ist ihr Stiefvater.«

Josef nahm einen Schluck kalten Fernfahrer-Kaffee. »Kommt er als Täter infrage?«

»Er könnte sie missbraucht und Marisol bedroht haben, falls sie es irgendwem sagt.«

»Warum hat er den Mord dann nicht in Spanien begangen?«

»Vielleicht hat sie erst in Berlin den Mut gefunden, es jemandem zu sagen. Das wäre eine Erklärung dafür, dass sich die Sache zwischen Manuel Lobrega und Marisol zugespitzt hat. Ich bespreche das mal mit Ortega. Vielleicht hat er eine Idee, wo sich Manuel Lobrega im Tatzeitraum aufgehalten hat.«

»Stehen weitere Namen da? Ich meine, außer von mir und den anderen Freiern.«

Lucia freute sich. Er schien seinen Humor wiedergefunden zu haben. »Sie erwähnt ihre Mutter und ihre Freundin Jessie, die ich am Flughafen getroffen habe. Von einem Martí ist auch die Rede. Von dem steckte ein Foto drin, ein Familienbild. Hier.«

Er nahm die beiden Fotos zur Hand. Betrachtete das mit Martí. »Angeber. Wie der neben seiner Karre posiert. Ist das da ein Campingwagen im Hintergrund?«

»Mein Gott«, sagte Lucia aufgeregt. »Ich weiß jetzt, wo das ist.«

10.30 UHR. BARCELONA

»Guten Morgen, Herr Ortega. Ich rufe aus Deutschland an. Mein Name ist Kriminalrat Fellner. Sie kennen mich nicht, hatten zuvor nur mit meinem Kollegen zu tun. Mir ist gesagt worden, Sie sprächen ein wenig Deutsch. Oder reden wir lieber auf Englisch?«

»Englisch geht. Rufen Sie aus Berlin an?«

»Das ist korrekt. Schön, dass ich Sie an einem Samstag erreiche.«

Blödmann, dachte Ortega. Denkt der, wir machen hier alle Siesta? »Was kann ich für Sie tun, Herr Fellner?«

»Ich komme gleich zur Sache. Sagt Ihnen der Name Josef Hadersucht was?«

Ortega war froh, dass Fellner sich nicht über Skype bei ihm gemeldet hatte, denn er spürte, wie langsam Wärme in ihm aufstieg.

»Hadersucht? Kenne ich nicht. Wer soll das sein?«

Ungnädiges Brummen in der Leitung. »Das ist ein Kollege von mir, der mit dem Fall Marisol Hernández befasst war. Wir mussten ihn wegen persönlicher Befangenheit davon abziehen. Es besteht Grund zur Annahme, dass er eine Urlaubsreise nach Spanien zum Anlass nimmt, um auf eigene Faust zu ermitteln.«

»Verzeihen Sie den Hinweis, wir befinden uns hier in Katalonien.« Ortega grinste.

In Fellners Stimme mischte sich unterdrückter Zorn. »Macht eure nationalen Streitigkeiten unter euch aus. Ich habe nur um kollegiale Hilfe gebeten.«

Que cabrón! Dieser Deutsche hatte es verdient, an der Nase herumgeführt zu werden. »Also schön, Herr Fellner. Ich höre mich um und melde mich bei Ihnen.«

»Danke. Wäre gut, wenn ich nicht allzu lange warten müsste.«

Jetzt kochte es in Ortega. »Es wäre auch gut, wenn Sie einen anderen Ton anschlagen würden. So können Sie mit Ihren Untergebenen reden, aber nicht mit mir.«

»Verzeihung. Ich hörte, dass Ihr Spanier ein temperamentvolles Volk seid.«

Ortega unterdrückte den Drang, Katalonien erneut ins Spiel zu bringen. Er legte auf.

12.00 UHR. SITGES

Die Wolken hingen tief im Tal. Dann, kurz vor Sitges, durchbrach die Sonne den Dunst. Lucias Fiat 500 rollte über die
Carretera Barcelona a Calafell auf den Badeort zu. Ein Beton-
werk ragte zwischen zwei Bergrücken auf. Auf der anderen
Seite glitzerte das Meer.

Hadersucht kniff die Augen zusammen. Auf Meereshöhe
war der Nebel vollends verschwunden. Die sich in den Wellen spiegelnde Sonne blendete. Sie kamen länger als geplant
in den Genuss des Naturschauspiels, denn Lucia verfehlte
eine Abfahrt und musste umkehren. Die kurvenreiche Küs-
tenstraße nach Sitges bot spektakuläre Ausblicke aufs Mittelmeer, forderte aber Lucias ganze Aufmerksamkeit. Auf eine
seltsam brutale Art und Weise trennte der graue Asphalt das
Land vom Meer.

Nach einer langen Linkskurve blinkte Lucia und bog von
der Schnellstraße auf einen Privatweg ab, der sich quer durch
einen Pinienhain zu einer Neubausiedlung hin schlängelte. Die
Siedlung war unbewohnt. Ein Ensemble moderner Ruinen.

»Schläfst du gut in der Nacht?«

Hadersucht überlegte, was er antworten sollte. Wie kam
sie auf so eine Frage? »Nicht besonders. Manchmal wache
ich auf und grüble.«

»Geht es bei den Grübeleien noch um deine Ex-Frau? Du
hast mir viel erzählt von Marisol, aber von deiner Ex hast du
wenig erzählt. Wie war ihr Name?«

»Gabriele.«

»Danke. Willst du davon erzählen?«

»Weiß nicht.«

Beide schwiegen eine Weile.

»Wie du magst«, sagte Lucia.

»Manchmal grübele ich. Eigentlich meistens. Obwohl ich gar nicht weiß, warum. So innig war unsere Liebe auch wieder nicht.« Josef stockte. »Es ist nur, dass mir das Alleinsein nicht behagt. Wenn ich diese Leere spüre, fehlt sie mir. Wir waren vielleicht nicht das perfekte Paar, und sie hat meine Gefühle auch nie richtig in Wallung gebracht, aber sie war eben da.«

Lucia antwortete darauf nicht, stoppte den Wagen an einem Bürgersteig, der ins Nichts führte. Zwischen zwei Einfamilienhaushälften standen Grablichter auf dem Boden. Nach dem Aussteigen bot Hadersucht Lucia eine Zigarette an. Beide rauchten. Eine Brise wehte vom Meer herüber.

»Typisch Immobilienblase«, sagte Lucia. »Teuer gebaut, keine Nachfrage. Bauunternehmer pleite. Der Mord fand statt, als längst niemand mehr in diesem Haus wohnte.«

»Und was suchen wir dann hier?«

»Ich wollte dir den Ort zeigen, an dem Señor Fresco das erste Mal gemordet hat«, sagte Lucia. »Siehst du die Stelle neben dem alten Baum dort? Das war der Tatort, an dem er das erste Opfer getötet hat. Bevor er sie in ein Kühlhaus hier in der Nähe brachte. Es hat uns geraume Zeit gekostet, seine Vorgehensweise zu rekonstruieren. Drei weitere Morde folgten, jeweils mit drei Monaten Abstand. Danach war Schluss. Vor zwei Jahren. Die Erde muss sich aufgetan haben, um Señor Fresco zu verschlucken.«

Es roch nach verbranntem Müll. In der Ferne rauschte die Landstraße. »Bist du sicher, dass er wieder da ist?«

Lucia schüttelte den Kopf. »Das kann niemand sagen. Entweder es ist Fresco oder ein Epigone. Es kommt vor, dass sich Nachahmer von berühmten Kriminellen inspirieren lassen. Sie bilden sich ein, die hätten die gleichen Neigungen, und imitieren den Modus Operandi ihres Vorbilds. Olga Vasilescu ist nicht vergewaltigt worden, und in ihrem Blut fanden sich Eiskristalle, weil ihre Leiche eine Zeit lang im Eisschrank oder im Tiefkühlregal gelegen haben muss und zu einem Zeitpunkt gefunden wurde, als sich diese Kristalle noch nicht aufgelöst hatten. Alles wie bei Señor Fresco.«

Zehn Minuten später bog der Fiat in einen Feldweg ein. Er endete an einer Metallkette, an der ein Blechschild mit den Buchstaben »licia« im Wind baumelte. Der traurige Rest des Wortes »Policia«. Lucia fragte sich, warum das niemand entfernt hatte. Die Zweige und Äste, die den Weg überspannten, waren voller Dornen. Lucia wich ihnen geschickt aus. Vor dem Weg zu einem alten Steinbruch lag ein verwittertes Firmenschild im Staub: »Beton Serra de Pins«. Nach einem Fußmarsch durchs Unterholz gabelte sich der Weg zu einer Lichtung. Dahinter lag der Eingang zum Steinbruch. Das Tor war verriegelt.

»Hier hat er sich das zweite Opfer geholt«, sagte Lucia. »Heute stehen hier keine Frauen mehr. Oder Travesties. Der Straßenstrich ist weitergezogen.«

»Fresco«, sagte Hadersucht, »komischer Name.«

»Zuerst nannten wir ihn den *asesino del descampado*«, sagte Lucia. »Den Brachlandmörder. Er hat uns schrecklich zugerichtete Frauenleichen beschert. Aber dann fand die Presse das mit den Eiskristallen interessanter und fortan wurde aus ihm Señor Fresco. Seine Methode war es, sich an der Landstraße an einsame Huren heranzuschleichen und ihnen in einem unbeobachteten Augenblick mit einem Knüppel den Schädel zu zertrümmern. Die Leichen hat er mitgenommen, sie auf Haken gehängt und eingefroren.«

»Mir fehlen die Worte«, sagte Hadersucht angewidert. »Es klingt auf den ersten Blick ähnlich wie bei unserem neuen Freund.«

»Der Feldweg lag einsam«, sagte Lucia. »Da enden die Ähnlichkeiten.«

Hadersucht nickte. »Er scheint seine Methoden verändert zu haben.«

»Genau das ist die Frage«, sagte Lucia. »Fresco legte seinen Opfern stets ein Polaroidfoto bei, welches sie in erfrorenem Zustand zeigte. Wir haben das der Presse verschwiegen. Ein Nachahmer kannte dieses Detail nicht. Bei Olga Vasilescu fehlte so ein Foto.«

»Er war Jahre von der Bildoberfläche verschwunden«, sagte Hadersucht. »Vielleicht hat ihn die erste Tat so berauscht, dass er den Kick nicht mehr brauchte.«

»Oder er tickt anders«, sagte Lucia. »Wir haben bei der Ermittlung vermutet, dass Fresco ein Trophäensammler war, dem es um die Bilder ging. Warum sonst hätte er uns die Fotos hinterlassen sollen? Er wollte förmlich, dass wir wussten, wie wichtig ihm seine Erinnerungen sind. Unser neuer Täter ist vom Profil her eher ein Voyeur. Er scheut vielleicht davor zurück, die Frauen anzufassen. Aber er ist stärker sadistisch veranlagt, weil er seine Opfer erfrieren lässt.«

»Ein schrecklicher Tod.«

»Bei mir kommt das alles hoch. Dieses ganze Bangen und Hoffen, dieses Gefühl der Ohnmacht, nicht sagen zu können, wann er zuschlägt. Ich habe alle Methoden, an die ich geglaubt habe, hinterfragt.«

Hadersucht sah sie lange an. »Du warst noch sehr jung und neu im Job. Immerhin habt ihr eine Mordserie beendet. Fresco hat sich anschließend nicht mehr getraut.«

Lucia lachte bitter. »Das lag weniger an uns als an der Mafia. Sie haben die Überwachung der Prostituierten verstärkt. Aus purem Eigeninteresse.«

Hadersucht entzündete eine Zigarette. »Ihr habt keinen Cold Case mehr, sondern könnt jetzt loslegen, besser ausgestattet und voll motiviert. Könnt ihr Funkzellenabfragen durchführen? Mit den Daten der Mobilfunkbetreiber bekommt ihr schnell einen Überblick über alle Personen, die sich mit ihrem Handy zur Tatzeit in einem Bereich aufgehalten haben.«

»An der Technik wird es nicht scheitern.«

»Woran sonst?«

»An den Chefs«, sagte Lucia. »Jemandem in der Organisation passt nicht in den Kram, dass wir uns mit toten Prostituierten beschäftigen. Erst sagten sie, die Kompetenzen lägen bei der Policía Nacional, weil die Morde überregional waren. Als ich das widerlegen konnte, hieß es, die Guardia Civil sei zuständig, weil es sich bei den Opfern um Ausländerinnen handele. Meine Meinung dazu als leitende Ermittlerin hat die einen Scheißdreck interessiert.«

»Diesmal macht ihr den Kerl klar«, sagte Hadersucht. »Ich weiß es.«

Keine hundert Meter entfernt standen zwei dunkelhäutige Frauen am Straßenrand. Sie trugen Stiefel und sonst nur bunte Unterwäsche, eindeutig zu knapp bekleidet für das kühle Wetter. Sobald sich ein Auto näherte, tänzelten sie, machten laszive Gesten. Ein Fahrer verlangsamte das Tempo, rollte, die Frauen betrachtend, vorbei. Dann gab er Gas. Kräne einer Hafenanlage ragten am Horizont in den Himmel. Eine Hochspannungsleitung zog sich träge bis in die Ferne. Zu Füßen eines der Masten hatte Lucia den Fiat abgestellt.

»Zwanzig«, sagte Lucia. »Quickie oder Oralsex auf dem Beifahrersitz, zwanzig Euro. Gegen Aufpreis ohne Kondom.«

»Du kennst dich gut aus«, sagte Hadersucht.

»Und was die Hygiene anbelangt«, fuhr Lucia fort. »Stell dir einen Fixer vor, der sein Besteck verleiht.«

»Die stehen doch zu zweit da und sicher passt noch jemand auf sie auf«, sagte Hadersucht.

»Correcto«, sagte Lucia. »Ihre Zuhälter. Unsere Ermittlungen ergaben, dass die meisten von ihnen aus Nigeria oder Kamerun kommen. Diese Typen lügen den Frauen ins Gesicht, vom ersten Kennenlernen an. Sie trichtern denen ein, sie wären verhext. *Juju* nennen die das. Sie töten gemeinsam mit den Frauen ein Tier und essen die Innereien. So glauben die Frauen, unter dem Bann des Zuhälters zu stehen, der sie dann nach Strich und Faden ausbeutet. Ich hab Geschichten gehört, das glaubst du nicht. Von einer Ärztin, die sich um die Frauen gekümmert hat. Dafür, dass die Frauen auf ihrem Grund stehen dürfen, geben die Zuhälter den Bauern, die sich darauf einlassen, Wegegeld. Das stecken die ein und halten im Gegenzug die Klappe.«

Josef nickte. »Und wenn jemand fragt, stehen die ganz zufällig hier rum.«

»Genau«, sagte Lucia. »Das ist die Lesart der Polizeibeamten, die ebenfalls mitverdienen. Viele der Frauen sind minderjährig. Früher kamen die meisten über Frankreich, mit dem Flieger. Heute sparen sich die Schlepper das Ticket. Die Libyen-Route über das Mittelmeer ist billiger. Es kommt zwar nur ein Bruchteil der Frauen an, weil viele auf der Reise ertrinken, da ihr Boot in den Wellen kentert. Aber die, die nach Europa gelangen, müssen sofort auf der Straße anschaffen, um ihre Schulden zu begleichen.«

»Was wissen wir über Frauen, die in Bordellen arbeiten? Über Straßenprostitution wird viel geredet, aber das meiste geschieht dort.«

»Für die Bordelle gilt dasselbe«, sagte Lucia. »Es kann nicht in Ordnung sein, wenn Frauen wie Waren angeboten werden. Beides gehört verboten.«

»Damit stellst du alle Prostituierten mit Sexsklavinnen auf eine Stufe.«

»Prostitution ist eine Kränkung der Frau«, sagte Lucia. »Ganz gleich wie.«

Josef schüttelte den Kopf. »So einfach ist es, glaube ich, nicht.«

»Doch, genau so einfach ist es.«

»Es gibt Sexarbeiterinnen, die das als Bevormundung sehen würden«, wandte Hadersucht ein. »Die sehen es als ein stillschweigendes Einverständnis zwischen Käufer und Verkäufer. Diese Frauen haben sich diesen Job ausgesucht und machen ihn gern.«

Lucia tippte sich an die Stirn. »Klar, die verleihen Mund und Vagina auf Stundenbasis und finden das toll. Die Vorstellung der glücklichen Hure ist typisch alter weißer Mann.«

»Jetzt fang bloß nicht damit an. Ein Gesetz, das Prostitution generell verbietet, beruht auf Gefühlen, nicht auf Fakten. Das kann nicht funktionieren.«

»Ach ja? Schau dir die Ladys an. Sehen die glücklich aus?«

»Nein«, sagte Hadersucht. »Aber was denen passiert ist, erfasst die Gesetzgebung bereits. Entführung und Vergewaltigung.«

Lucia lachte auf. »Erfasst die Gesetzgebung? Nur, dass die Polizei kein Interesse hat, das zu verfolgen. Das nennt sich Doppelmoral. Darin sind wir im katholischen Spanien verdammt gut.«

In Deutschland auch, dachte er sich, hielt aber den Mund.

Er trat die Zigarette aus, sie gingen zum Wagen. Die Landstraße entpuppte sich als kilometerlanger Straßenstrich. Alle zweihundert, dreihundert Meter warteten Prostituierte auf Freier. Junge Frauen aus Osteuropa. Latinas. Afrikanerinnen. Warteten Stunde um Stunde. An Autobahnausfahrten, zubetonierten Feldwegen, neben Tankstellen und unter Brücken. Sie lehnten in der prallen Sonne an Straßenschildern, saßen stumm auf Plastikstühlen oder rekelten sich auf verschlissenen Sofas. Einmal bremste vor ihnen ein Wagen ab. Eine Hure kam herangetrottet, beugte sich lässig zum heruntergelassenen Seitenfenster. Eine kurze Diskussion folgte, die Frau stieg zu. Lucia überholte und fuhr rechts ran. Eine leere Flasche flog zum Fiat herüber und zersprang klirrend auf der Straße. Zuschauer waren unerwünscht.

Der Fahrer des dunkelgrauen Seats hinter ihnen verhielt sich unauffällig. Wie aus dem Nichts war er aufgetaucht. Er machte keine Anstalten zu überholen, wahrte stets die gleiche Distanz zu ihnen. Hadersucht teilte Lucia seinen Verdacht mit, dass ihnen jemand folgte. Sie nahm Tempo raus, der Seat blieb auf Distanz. Lucia fuhr schneller. Der Verfolger tat es ihr gleich.

»Getönte Scheiben«, sagte Lucia. »Könnte die Mafia sein. Oder die Secreta. Die Geheimpolizei. Für deren Geschmack kurven wir zu lange hier rum.«

Lucia beschleunigte auf hundertzwanzig, was die erlaubte Geschwindigkeit auf diesem Teilstück übertraf. Sie legte sich in eine Rechtskurve, dass es Hadersucht in den engen Sitz presste, und bog abrupt in einen Feldweg ein. Dort nahm sie erneut Geschwindigkeit auf. Nach einigen Hundert Metern kam wieder eine Hauptstraße. Lucia bog nach links ein.

»Pass auf«, schrie Hadersucht. Der Fahrer eines Kleinlasters bremste so stark ab, dass er fast ins Schleudern geriet. Lucia ließ sich nicht beirren, trat das Gaspedal des Fiats durch und raste über die Landstraße. Am Ortsende von Canyelles beschleunigte sie erneut auf hundert Sachen, wurde langsamer. Nach einem ruckartigen Schlenker nach rechts brachte sie den Wagen zum Stehen. Sie riss die Tür auf und sprang aus dem Wagen, der langsam ausrollte.

»Was soll das?«, schrie Hadersucht und zog an der Handbremse. Lucia stürmte auf den Seat los, der das Tempo mitgehalten hatte und mit quietschenden Reifen rückwärts davonschoss. Sie sah der Staubwolke hinterher und spuckte auf den Boden.

»Cobardes!«, fluchte sie. »Was für Feiglinge!«

Die Staubschicht auf dem Fiat gemahnte an die Rallye Paris–Dakar. »Wir wissen jetzt mit ziemlicher Sicherheit, dass es keine Zuhälter waren«, sagte Lucia. »Die hätten uns eine Knarre an die Schläfe gehalten. Hast du 'ne Kanone dabei?«

»Hier nicht«, sagte Hadersucht.

»Na super«, sagte Lucia. »Ich auch nicht. Was soll's. Mir wäre was eingefallen. Außerdem hab ich ja dich.« Sie lachte schelmisch. »Hast du dir das Nummernschild eingeprägt? Ich hab es nicht ganz im Kopf.«

Sie rief Inspektor Ortega an, erwähnte beiläufig die Verfolgungsjagd. Nach dem Telefonat wandte sie sich an Hadersucht, der sich die Krawatte richtete. »Die haben jemanden auf uns angesetzt.«

»Wer? Ortega?«

»Nicht er, Dummkopf! Jemand von der anderen Seite.«

»Drück dich klarer aus!«

»Ich bin nur wegen ihm zur Polizei zurückgekehrt. Für die anderen würde ich meine Hände nicht ins Feuer legen.«

»Was für andere?«

»Egal. Das soll dich nicht belasten.«

»Interessiert mich aber. Mein Leben ist mir nicht unwichtig.«

»Verstehe. Aber erst zeigen wir Marisols Zuhälter, wo der Frosch seine Locken hat.«

15.00 UHR. VALLE DE LOS CAÍDOS

In der Sierra de Guadarrama, nordwestlich von Madrid, sauste der Aufzug tief hinab in die untersten Stollen des Laboratoriums für Gravimetrie und terrestrische Gezeiten. Mit einem Ruckeln setzte er im sechsten Untergeschoss auf. Der Galizier kannte den Aufzugkäfig aus den ersten Jahren nach Francos Tod. Dagegen war dieser Lift modern. Die Hitze unten war drückend. Es roch nach altem Maschinenöl, Ruß und Schimmel. Grubenlampen erhellten den in eine unendliche Ferne verlaufenden Stollen spärlich. An einem Plastiktisch mit Ventilator, der die Rezeption darstellte, saß ein Bruder im Rollstuhl. Der Galizier grüßte. »Ist er fixiert?«

»Alles Ihren Wünschen gemäß ausgeführt.«

Nach dem Wortwechsel strebte der Galizier einem finsteren Gang zu. Die modrige Luft atmete er durch die Nase ein. Zu beiden Seiten lagen mit Stroh ausgelegte Zellen, aus denen entmenschtes Grunzen drang. Die Lautäußerungen der Gefangenen erfüllten den Galizier mit Genugtuung. Verräter hatten zu leben wie Vieh, bevor sie ihren letzten, schweren Gang zur Garrotte antraten. An einen Holzpfahl gefesselt legte ihnen der Henker das Halseisen an und zog es mit dem Stock zu. Die Folge war der langsame Tod durch Erdrosseln. Bewusst verzichtete die Bruderschaft auf das Anbringen einer Metallschraube am Pfahl, welche die Qual der Verurteilten durch Genickbruch verkürzt hätte.

Am Ende des Gangs stand eine Zellentür offen. Licht drang durch den Spalt. Dieser Raum war größer, ausgestattet mit

Bett und gekacheltem Sanitärbereich. Auf dem Boden lag ein Teppich, an der Wand ragten Regale voll mit Büchern auf. Ein Fernsehgerät flimmerte tonlos in der Ecke.

Als der Galizier eintrat, grüßte ihn ein Mann mit leblosem Blick. Javier hatte schütteres Haar, trug einen grauen Pullover, eine Leinenhose und Espadrilles. Seine Hände steckten in eisernen Schlaufen, die am Tisch befestigt waren.

»Wie gemütlich du es hier hast«, höhnte der Galizier. »Abgeschnitten von allem menschlichen Unrat, der sich an der Oberfläche abspielt.«

Javier blickte ihn traurig an. »Auf die Gefahr hin, dich mit meiner Frage zu langweilen. Wie denkst du über meine Freisetzung? Darf ich mir Hoffnungen machen?«

Der Galizier nahm ihm gegenüber auf einem Holzstuhl Platz. »Möglicherweise wird dich meine Antwort langweilen. Aber ich muss dich daran erinnern, dass deine Freiheit, wie du sie nennst, wegen deiner Taten von nur kurzer Dauer sein würde. Oben erwartet dich das gleiche Schicksal wie hier. Abzüglich mancher Annehmlichkeit.«

»Mir fehlt die Gesellschaft, die Ansprache. Ich verliere den Verstand. Ich flehe dich an.«

Der Galizier machte eine abwehrende Handbewegung. »Du ermüdest mich. Ich dachte, unsere monatlichen Treffen würden deinem Leben Halt und Struktur geben. Ich genieße unsere Zusammenkünfte, sie sind mir in der langen Zeit nie langweilig geworden. Wir sprachen von deinen Verbrechen. Das ist ein interessanter Punkt. Wir verurteilen dich dafür nicht, ganz im Gegenteil. Wenn eine Hure tot im Straßengraben liegt, kümmert uns das nicht. Es schreckt womöglich ein schwankendes Mädchen von der Unzucht ab. Dass deine Taten den Menschen Angst machten, kam uns zupass. Angst verstärkt die Sehnsucht nach Sicherheit, nach der ordnenden Hand des Staates, nach der Geborgenheit der Kirche.«

Javier nickte bei diesen Worten eifrig. »Und deshalb bin ich bereit, mein Werk fortzusetzen, ganz so, wie es euch beliebt. Ich werde Angst und Schrecken verbreiten.«

»Das ist mir bewusst«, sagte der Galizier. »Ich zweifle nicht daran, dass es dir erneut gelingen würde. Leider weißt du zu viel. Da oben wärst du zu gefährlich für uns. Fasse dich also in Geduld. Wir stehen kurz davor, unsere heimliche Macht in eine offizielle zu verwandeln. Wenn es so weit ist, lassen wir dich frei. Wir werden dir Amnestie gewähren und du wirst ein ruhiges Leben führen.«

»Ruhe hatte ich genug.«

»Beruhige dich, Javier. Wir sehen uns dann in vier Wochen.«

»Nein. Geh nicht! Bleib noch ein Weilchen!«

»Ich bitte dich, Javier.«

»Ich habe so viel in Büchern gelesen, möchte mit dir diskutieren.«

Lächelnd wandte sich der Galizier ab. Weil er Javier zumindest die Möglichkeit seiner Befreiung in Aussicht gestellt hatte, würde der sich beruhigen. Dabei waren seine Worte nur Brocken, hingeworfen wie einer Straßentaube die Brotkrumen. Doch *Señor Fresco*, wie ihn die Presse genannt hatte, war über seinen Zenit hinaus. Er war nur noch ein Häufchen Elend, das niemand mehr in Angst und Schrecken versetzte. Dafür war jetzt jemand anderes zuständig.

18.00 UHR. CASTELLDEFELS

Ein Bussard zog seine Kreise über dem Campingplatz Estrella de Mar, der am Rande einer mehrspurigen Straße lag. Kein Urlauber ließ sich blicken. Der Mann vom Sicherheitsdienst auf der Werbetafel trug die Schirmmütze tief ins Gesicht gezogen. Auf dem Areal standen Campingbusse und Wohnwagen in Reih und Glied.

Ein Handwerker nutzte den Herbst für Verschönerungsarbeiten. Der Mann bemalte den Holzzaun am Eingang. Er zog ein Gesicht, als würde ihm die Anwesenheit von Fremden den ganzen Spaß verderben.

Lucia sprach kurz mit ihm, kehrte dann zu Josef zurück. »Der Pförtner kommt gleich. Ich hab die Nummer.«

Ein Motorroller näherte sich knatternd. Der Mann darauf trug Windjacke und Shorts. Seine braun gebrannten Beine steckten in Lederslippern. Er brachte das Gefährt zum Stehen und bockte es auf. Er war um die fünfzig. Beim Händedruck klimperten die Schlüssel, die er zu Dutzenden ums Handgelenk trug. Er roch nach Leder und Motorenöl.

»'ne Vespa 50 L. Nicht schlecht«, lobte Hadersucht. »Im Originallack?«

»Hast du 'nen Vogel, Junge? Die ist von 1971. 'ne 50 Spezial.«

»Ich hatte 'ne PX 80 von 1981«, sagte Hadersucht pikiert. »Mit der hatte ich mal einen Unfall.«

Der Typ sah ihn anerkennend an. »Das gehört dazu. Gervasio Courbet. Der Pförtner. Wie kann ich helfen?«

Die beiden Ermittler stellten sich vor und setzten Gervasio kurz ins Bild. Lucia zeigte das Foto aus Marisols Tagebuch.

»Kennst du den?«

Er nickte zögernd. »Das ist Martí. Wohnt am Ende der Schnellstraße. Rechts rum ist 'ne Einbuchtung. Die benutzt nur er. Könnt ihr nicht verfehlen, steht 'ne Menge Zeug rum. Soweit ich weiß, auch sein Anhänger. Könnt ihr von der Straße aber nicht einsehen. Abstellen ist da verboten. Aber Martí darf das.«

Hadersucht runzelte die Stirn.

»Ist ein Freund vom Chef. Hat ihn im Kasino vor Betrügern beschützt oder so. Ist ewig her. Aber dafür darf er Wagen und Motorrad abstellen. So eine Art Gewohnheitsrecht. Stört keinen. Euch?« Der Blick des Pförtners verhärtete sich. »Gibt es ein Problem mit dem Jungen?«

»Bisher nicht«, sagte Hadersucht beiläufig. »Wir wollen nur nachschauen. Bleiben Sie doch bitte in der Nähe, falls wir Sie noch einmal bemühen müssen.«

Gervasio verschränkte die Arme. »Hör zu, Freundchen. Du hast mir keine Anweisungen zu geben. Verstanden?«

Hadersucht erkannte, dass er die mediterrane Männlichkeit dieses Typen herausgefordert hatte. »Es war nur eine Bitte, Señor.«

Gervasio nickte. »Das klingt besser, Mister PX 80.«

Der Pförtner wandte sich Schlüssel klimpernd ab. Lucia und Josef liefen durchs Haupttor. Der Wind strich über die Weizenfelder. In der Ferne ragte ein Schuppen für landwirtschaftliches Gerät auf. Hadersucht streifte sich den Mantel über. Lucia, die Arme vor der Brust verschränkt, ging voran. Als gelte es, der Kälte durch festen Schritt zu trotzen. Am Ende der Holzmauer ging es direkt an der Schnellstraße entlang. Eine Armlänge entfernt rasten Autos und Lastwagen vorbei. Sie bewältigten einen gefährlichen Kilometer Wegstrecke. Reden war im Straßenlärm unmöglich. Die einzige Unterhaltung boten Werbeplakate, die das Campingleben in bunten Farben anpriesen. Estrella de Mar, die Wohlfühloase. Fratzen, erhobene Daumen. Als eine Mauer das Ende des Grundstücks ankündigte, zwängten Costa und Hadersucht sich zwischen einer Hecke und einem Verkehrsschild, auf das jemand das Wort »Independencia« gesprayt hatte, hindurch. Durch einen Pinienhain gelangten sie an die Stelle, die der Pförtner als Martís Privat-Einfahrt beschrieben hatte. Das dichte Geäst ließ ein paar Lichtflecken durch. Wild belassene Natur. Der baumgesäumte Pfad endete an einer Betonmauer. Lucia hielt sich das Foto direkt vor die Augen.

»Hier ist es. Genau die Stelle da. Hier hat er gestanden.«

Mehrere Holzplatten lagen zwischen verdorrtem Gras verteilt. Hier musste über einen langen Zeitraum hinweg ein Fahrzeug gestanden haben. Oder ein Campinganhänger.

»Mit den Platten da hielt er den Caravan stabil«, sagte Lucia. »Machen Camper so.«

Müllreste lagen verstreut, Plastiktüten voller Essensreste und Flaschen. »Die Hausmülldeponie von Martí«, sagte Hadersucht. »Was für ein Messie.« Der Gedanke, dass Marisol und Martí hier Sex gehabt hatten, war schmerzhaft.

»Jemand hat ihn von hier wegbewegt«, sagte Lucia. »Den Caravan.« Lucia ging in die Hocke, untersuchte konzentriert den Boden. Dann fotografierte sie die Szenerie in der Totalen mit dem Handy.

»Jemand zog den Wagen hier lang. Das Gras hat sich längst überall wieder aufgerichtet. Aber die zerbrochenen Äste zeigen die Stelle an.«

Sie verfolgten die Schleifspur bis zur Einmündung der Schnellstraße. Schweigsam gingen sie zurück zum Campingplatz. »Lass uns Gervasio fragen«, schlug Josef vor.

Sie erreichten den Pförtner am Telefon, erfuhren aber nichts von dessen letzter Begegnung mit Martí. Ein paar Wochen her, genauer konnte es Gervasio nicht beziffern.

Den Nachnahmen des Zuhälters erfuhren sie noch, aber mit »Diaz« trug er leider einen höchst verbreiteten.

»Lass uns andersrum überlegen«, sagte Lucia, als sie wieder am Fiat angekommen waren. Sie schien von dem Ausflug sichtlich ermattet. »Wie lässt du einen Campinganhänger am besten verschwinden?«

»An die Klippen ranfahren und dann runterstoßen?«

Sie schüttelte den Kopf. »Das gibt ein Riesengetöse. Tagsüber wirst du beobachtet und nachts findest du keine geeignete Stelle. Wie wäre es, wenn er den Anhänger versteckt hätte? Zum Beispiel dort, wo andere von der Sorte stehen.«

»Auf einem Campingplatz«, sagte Hadersucht.

»Zu auffällig«, sagte Lucia. »Da laufen viele Leute herum. Landeinwärts gibt es etwas, was einsamer ist. Eine Art Abstellplatz für Caravans. Ich ruf da mal an.«

Während des Telefonats hellte sich Lucias Miene auf. »Treffer, Josef. Martí Diaz war dort. Hat einen Platz für einen Anhänger vorbestellt. Unbefristet, auf Abruf, drei Monate im Voraus bezahlt. Mit etwas Glück steht das Ding da noch.«

Der Abendhimmel flammte gelb-rot, als sie sich mit dem Wagen dem Abstellplatz für ungenutzte Anhänger näherten. Stacheldraht umzäunte das Terrain. Den hoch in den Himmel ragenden Mast krönte eine solarstromgespeiste Videokamera, die auf Josef und Lucia zu zielen schien. Grollend kündigte sich ein Gewitter an. Lucia zog sich am Kamerapfahl hoch und schwang sich in einer fließenden Bewegung über den Zaun. Problemlos landete sie auf der anderen Seite. Er versuchte, es ihr gleichzutun. Sie streckte ihm die Hand entgegen. Hadersucht riss bei seinem Versuch ein Stück Zaun aus der Verankerung. In seiner Hose prangte ein fingergroßes Loch. Lucia lachte auf.

»Musst du mich immer auslachen?«, beschwerte sich Hadersucht.

»Geht nicht anders«, sagte Lucia. »Und jetzt lass uns den verdammten Anhänger suchen. Es wird gleich dunkel.«

Hunderte standen davon herum. Ein Meer in Beige und Grau. Aufgereiht in fünf Reihen dicht an dicht.

»Das füllt sich von vorn nach hinten auf. Also steht er eher hinten. An seiner Stelle hätte ich mich in die letzte Ecke gekuschelt.«

Lucia nickte zustimmend. Das Foto mit Martí vor seinem Campingwagen war keine große Hilfe. Der Anhänger war im Hintergrund schwer zu erkennen. Rundlich, weiß lackiert mit grauem Rahmen – typisch Anhänger. Aufmerksam liefen sie die Reihen ab. Am Ende des Geländes stand ein Exemplar, das dem Camper auf dem Foto ähnelte. Das Summen von Insekten schien aus dem Inneren des Anhängers zu kommen. Josef und Lucia tauschten einen Blick.

»Denkst du das Gleiche wie ich?«, fragte Lucia.

Er nickte. Hadersucht wusste, was jetzt kam. Er hasste den Anblick von Leichen, seit Marisol tot vor ihm gelegen hatte. Lucia drückte den Plastikgriff des Campingwagens mit einem Taschentuch vorsichtig nach unten. Der Anhänger war nicht versperrt. Lucia trat ein. Josef holte tief Luft und folgte ihr ins Wageninnere.

Durch den Türspalt fiel Tageslicht hinein. An den beißenden Gestank würde er sich nie gewöhnen. Josef biss die Zähne zusammen. Kramte nach einer Zigarette. Lucia starrte ins Dunkle.

»Lass es sein«, forderte sie. »Das ist ein Tatort.«

Er nickte, kramte ein Taschentuch heraus und hielt es sich vor den Mund. In Berlin hatte Josef immer Menthol dabei, wenn es zu einem Leichenfundort ging. Am Boden lag ein in Plastikfolie gehüllter männlicher Körper im Stadium der

Auflösung. An den Füßen und am Kopf entdeckte Josef Hunderte Maden.

»Der ist mindestens eine Woche tot«, sagte er. »Eher länger. Der Fäulnisprozess ist fortgeschritten. Liegt natürlich auch an der Hitze hier drin.«

»Hier war ein Stümper am Werk«, sagte Lucia. »Die Leiche ist halb eingewickelt. Siehst du das blonde Haarbüschel da? Ich tippe darauf, dass das Martí ist. Marisols Zuhälter. Aber lass uns abwarten, was die Autopsie ergibt.« Lucia zog die Tür zum Anhänger vorsichtig zu. Schweigsam gingen sie Richtung Auto.

Josef war froh, wieder draußen zu sein. »Sollten wir nicht sofort die Spurensicherung rufen?«

»Sofort«, sagte Lucia und blähte ihre Nasenflügel. »Irgendetwas stimmt hier nicht.«

Am Eingang zum Abstellplatz zückte Hadersucht seine Zigarettenpackung. »Jetzt darf ich doch, oder?«

Sie nickte. Josef genoss den ersten Zug und vergaß darüber seine schmerzenden Hüften und den Gestank der halb verwesten Leiche. Lucia sah ihm beim Rauchen zu, bis sie plötzlich erstarrte. »Benzin«, rief sie. »Das war es. Schau, da drüben.«

Einer der Anhänger stand in Flammen. Der, in dem die Leiche lag. Josef kletterte erneut über den Zaun.

»Warte!«, rief Lucia. »Nicht allein!«

Josef rannte zurück zum Tatort, um dort festzustellen, dass nichts mehr zu retten war. Der Wagen stand lichterloh in Flammen. Aus Sicht der Spurensicherung das Schlimmste, was passieren konnte. Feuerzungen schlugen von allen Seiten hoch, drohten, auf umstehende Anhänger überzuspringen. Dann war da der Schatten einer rennenden Gestalt. Fünfzig Meter entfernt vom Tatort. Die Kameras, dachte Josef. Jetzt würden sie Bilder von dem Kerl bekommen. »Aber warum warten«, sagte er sich. »Den schnapp ich mir.«

19.30 UHR. HINTERLAND DER COSTA DEL GARRAF

Etwa zwanzig Minuten zuvor hatte sich Antonio Lobrega gegen die Verschalung eines Anhängers gepresst und zwei Personen beobachtet, die sich zielstrebig auf ihn zubewegten. Wäre er nicht wegen eines Kiesels im Schuh in die Hocke gegangen, wäre er mit den beiden sogar zusammengestoßen. So liefen sie an ihm vorbei, ohne ihn wahrzunehmen. Erst war er verblüfft, dann geriet er außer Fassung. Unglaublich, dass sie sein Versteck gefunden hatten. Er war sich zu sicher gewesen.

Sein erster Impuls war es, den Mann und die Frau mit dem Schrotgewehr zu erledigen. Schnell, effektiv, brutal. Der Mann im Anzug, der mal Deutsch, mal Spanisch sprach, starrte ständig in seine Richtung. So konnte er ihn nicht überrumpeln.

Antonio zitterte vor Aufregung. Er musste eine Entscheidung treffen. Ihm blieben dafür nur Sekunden. Sie würden ihre Leute holen und ihm wegen der Fingerabdrücke im Anhänger schnell auf die Schliche kommen. Er musste sie also töten und darauf hoffen, dass sie noch niemanden verständigt hatten. So würde er etwas Zeit gewinnen. Er ließ den Blick schweifen. Der Waldrand und der verabredete Treffpunkt mit Moreno waren weit weg. Unebenes Gelände. Kaum Verstecke. Die Zeit lief gegen ihn, dachte er, als die Frau sich im Inneren des Campingwagens befand. Er erinnerte sich gut daran, dass dieser Martí sich standhaft geweigert hatte, ihm den Aufenthaltsort von Marisol zu verraten. Von seiner kleinen Hure.

Möglicherweise hatte er ihn auch nicht gewusst. Aber nach der Behandlung mit der Zange hatte er ihm wenigstens den Namen des Mädchens verraten, das wusste, wo sich Marisol aufhielt. Anna Rivera. Antonio kontrollierte die Patronen im Lauf der Schrotflinte, so sanft er konnte. Dabei sah er in den Abendhimmel. Ein Vogelschwarm zog über ihn hinweg. Ein Zeichen. Er würde aufs Ganze gehen, das war immer das Beste.

Als er sich aus dem Schatten des Anhängers hervorbewegte, um zweimal zu schießen, war die Szenerie verlassen. Er musste um die Ecke spähen, um sich zu vergewissern, dass die beiden weg waren. Er sah, wie sie seelenruhig Richtung Ausgang trotteten. Gut so, dachte Antonio. So blieb ihm mehr Zeit zur Flucht. Die Benzinkanister zu seinen Füßen waren randvoll gefüllt mit der Flüssigkeit, die alles in Ordnung bringen würde. Er wartete einen Augenblick, bis er sich vergewissert hatte, dass die beiden das Tor passiert hatten, und begann voller Eifer, den Inhalt der Kanister im und um den Anhänger herum auszuleeren, in dem sich die madenzerfressene Leiche von Marisols Zuhälter befand. Er entzündete triumphierend ein Streichholz, sah zum Eingang hinüber. Niemand nahm ihn wahr. Als er es fallen ließ, umhüllten die Flammen den Anhänger. Es war Zeit für einen geordneten Rückzug.

Die Frau und der Mann am Haupttor drehten sich um. Antonio tastete nach seiner Waffe. Als er sie fühlte, spürte er seinen Puls ein wenig stärker. Er schlüpfte an der Stelle unter dem Zaun hindurch, an der er sich zuvor Zugang verschafft hatte. Der Anhänger stand in hellen Flammen. Den brennenden Kunststoff der Isolierung roch er bis hier. Giftiger, schwarzer Rauch hüllte den Stellplatz ein. Wegen des Funkenflugs züngelten die Flammen bereits an den benachbarten Wohnwagen und an einigen Bäumen. Antonio rannte über das Feld, auf den Waldrand zu. Den großen, breiten

Mann, der sich hinter ihm durchs Dornengestrüpp kämpfte und die Anhöhe hinaufkam, hatte er längst bemerkt. Antonio lauschte dem Knistern des Feuers und schätzte die Situation ab. Er selbst trug Stretchhose und Rollkragenpulli. Sein Verfolger einen Anzug. Antonio war Kampfsportler, der Typ wirkte behäbig. Was bildete sich der Kerl ein. Ihn einzuholen? Lächerlich. Antonio ließ ihn auf wenige Meter herankommen und rannte los.

»Halt an«, brüllte der Mann hinter ihm.

Antonio lächelte und spurtete dem Kanal entgegen, den er zu seiner Rechten erspäht hatte. Auf einer behelfsmäßigen Brücke aus Bahnschwellen legte er eine Pause ein. Fahles Dämmerlicht fiel zwischen den Bäumen durch. Angestrengt sah Antonio in den Wald. Da kam sein Verfolger, kletterte mühsam über umgestürztes Totholz. Antonio lockerte seine Muskulatur. Unter ihm glänzte matt das Gewässer. Vom Kanal her roch es übel nach Herbstfäulnis. Schwere Schritte näherten sich. Er hatte keinen Zweifel daran, dass er seinem Verfolger eine Lektion erteilen würde.

Sein Gegner hatte das Ufer erreicht und knipste die Taschenlampe an. »Bleib da stehen, hörst du?«

Antonio stand wie angewurzelt im Lichtkegel. Alles unter Kontrolle. Im Bewusstsein der eigenen Überlegenheit atmete er vollkommen ruhig. Der schwere Mann rückte schrittweise zur Brücke vor, stolperte. Antonio sprang nach vorn und packte zu. Die Taschenlampe flog davon. Sein Gegner riss sich los, verlor dabei den Halt und fiel rücklings in den Kanal. Was für ein Anblick. Der Mann ruderte mit den Armen, behielt nach dem Aufprall aber den Kopf über Wasser. Er zappelte, schlug um sich und schien vollkommen die Orientierung zu verlieren. Mühsam erreichte er das Ufer des Kanals, krallte sich im Gebüsch fest. Antonio lud die Lupara durch. Die ideale Waffe, um sie dank des verkürzten Laufs unauffällig unter einem Mantel zu transportieren. Die Hirten der Berge setzten sie gegen Wildtiere ein. Jäger mieden das Gewehr, weil das Wild nach einem Treffer mit Schrotkugeln so gespickt war, dass man sie vor der Zubereitung mühsam entfernen musste. Der hölzerne Griff fühlte sich weich an in seiner Hand. Er bereitete sich darauf vor, sie beim Abfeuern zum Erzittern zu bringen. Herrlich, auf ein lebendiges Ziel zu schießen.

Sein Verfolger rieb sich den Schlamm ab. Scheinbar in aller Ruhe. Dass Antonio auf ihn zielte, schien ihn nicht zu beunruhigen. Ihre Blicke trafen sich. Beim Anblick der Waffe war dem Mann endgültig klar, dass es für ihn kein Entrinnen mehr gab.

20.00 UHR. HINTERLAND

Seit Kindestagen wusste Lucia um die Gefahren von Wald-
bränden, die in den dürren Sommern Nordspaniens häufig
vorkamen. Als Achtjährige hatte sie die Angst erlebt, wie
es sich anfühlte, sich im Knistern der Flammen zu verirren.
Sie war orientierungslos geworden und hatte kaum mehr
Luft bekommen. Hätte ihre Mutter sie nicht gefunden – sie
wagte kaum, daran zu denken, was an diesem Tag passiert
wäre. Damals war sie ein Kind gewesen. In Gedanken ging
sie alle Schritte durch. Feuerwehr und Forstamt verständi-
gen. Darüber hinaus mussten das Gelände abgesperrt und die
Videobänder der Überwachungskamera konfisziert werden.
Gut, das war Ortegas Sache. Josef war hinter dem Täter her.
Das war unvorsichtig, aber nicht zu ändern. Ihr blieb nur,
dem Mann den Rückweg abzuschneiden. Zunächst musste
sie retten, was zu retten war. Spuren sichern. Sie rief die
Feuerwehr an, gab präzise Angaben zum Ort, legte auf und
sprintete los.

Der Täter hatte aus einem Benzinkanister eine Spur Sprit
zum Anhänger gelegt und mit ausreichendem Sicherheitsabstand in Brand gesetzt. Am Zaun sah sie den Kanister und
brachte ihn vor den herannahenden Flammen in Sicherheit.
Arbeit für die Spurensicherung. Dann rannte sie zurück zum
Wagen, was kostbare Minuten dauerte, startete den Motor,
bog in den Feldweg links vom Abstellplatz ein. Im Radkas-
ten klapperte aufgewirbelter Kies. Die Strecke war so uneben,
dass Lucia mit dem Kopf gegen die Decke schlug. Sie schrie
und fluchte.

Nach dreihundert Metern endete der Weg vor einer Hofeinfahrt. Sie hielt an, warf die Tür zu und rannte eine Anhöhe hoch. Beißender Gestank nach Ruß und verschmortem Plastik hing in der Luft. Lucia kletterte die Felsen hoch, lugte hinunter bis zu einem schmalen Kanal. Hadersucht kniete am Boden. Höchstens zwanzig Meter von ihr entfernt. Über ihm ein Mann mit einer abgesägten Flinte, die direkt auf den Kopf des Kommissars gerichtet war. Lucia nahm einen faustgroßen Stein, schleuderte ihn auf den Mann, traf aber nur ein Gebüsch daneben.

»Merda«, fluchte sie, was den Mann herumfahren ließ. Augenblicklich krachte ein Schuss. Lucia ging hinter einer Kiefer in Deckung. Ein zweiter Einschlag. Holzsplitter und Laub rieselten auf sie herab. Bäuchlings auf den Boden gepresst, riskierte sie einen Blick. Der Mann war fort. Sie pirschte sich heran. Atmete leise. Vermied es, auf Äste zu treten. Als sie unten war, beugte sie sich über Josef Hadersucht und prüfte seinen Puls. Er lag am Ufer mit den Füßen im Wasser, blutete an der linken Schläfe.

Durchnässt bis auf die Haut, saß er später auf dem Tritt des Ambulanzwagens und fror trotz einer Wolldecke. Feuerwehrmänner rückten dem Brand mit Wasser zu Leibe. Mehrere Campinganhänger waren ausgebrannt. Der Brandmeister sprach ruhig in sein Handy. Sie hatten alles im Griff, das Löschflugzeug blieb am Boden. Hadersucht entzündete sich eine Zigarette.

»Du weißt, das Rauchen in Brandzonen verboten ist.«

»Der Sanitäter hat es erlaubt. Eh gleich vorbei.« Er drückte die Kippe in den weichen Boden. »Danke, Lucia. Das war gutes Timing.«

»Was fällt dir ein, da hinterherzurennen? Bist du lebensmüde?«

»Hast du ihn gekriegt?«

Sie schüttelte den Kopf.

Josef seufzte. »Todesangst ist ein räudiges Gefühl. Ich meine im Wasser. Ich kam nicht hoch, bis ich an diesen glitschigen übermoosten Felsen stieß. Hab mich unter Wasser an ihm hochgetastet und an einem Ast festgehalten.«

»Übertreib nicht. So tief war das Wasser nicht«, sagte Lucia. »Du zitterst. Bist du vernehmungsfähig und fahrbereit?«

»Wieso fragst du?«

»Ich hab noch was vor und das mach ich besser allein. Ein Kollege könnte deinen Wagen holen. Du wolltest ihn doch wiederhaben.«

Hadersucht nickte.

»Dann musst du mir aber den Schlüssel geben.«

Er kramte in seiner Manteltasche und reichte ihn ihr. »Wird das lange dauern?«

»Der Kollege ist ganz in der Nähe, ich geb ihm den Schlüssel und er holt ihn dann.«

Inspektor Ortega war angekommen, er unterhielt sich mit einem Mann in Handwerkermontur, der permanent mit den Schultern zuckte. Dann kam er zu ihnen. Zunächst erkundigte sich Ortega nach dem Befinden der beiden Ermittler. Er wandte sich Hadersucht zu und hörte sich seinen stockend vorgetragenen Bericht an.

»Er war kleiner als ich, ein Meter siebzig. Komplett schwarz gekleidet. Sportlich, schlank, etwa fünfunddreißig Jahre. Er wirkte entschlossen und ging brutal vor.«

»Okay«, sagte Ortega. »Nimm dir Zeit. Aber halte dich bitte für den Zeichner bereit, falls wir ein Phantombild machen müssen. An der Überwachungskamera sind die Kollegen dran. Das Feuer hat ein Stromkabel erwischt, was einen

Kurzschluss ausgelöst hat, aber bis dahin sollte die Kamera aufgezeichnet haben.«

Er wandte sich an Lucia. »Wir haben noch keine Bestätigung, dass es sich beim Toten im Anhänger um Martí Diaz handelt. Die Leiche ist stark verbrannt. Aber es gibt deutliche Hinweise darauf.«

Lucia nickte. »Für mich ein weiterer Hinweis in Richtung der Familie Hernández. Die konnten den Spott und die Missachtung der Nachbarn nicht ertragen, weil Marisol auf den Strich ging. Martí Diaz war als Zuhälter verantwortlich und musste dafür büßen.«

Ortega verzog den Mund zu einem Strich.

Lucia fuhr fort: »Sie bringen die Tochter um, wegen der Schande. Dann bringen sie denjenigen um, der ihnen alles eingebrockt hat. Dazu Anna Rivera, die sterben musste, um an die Kontaktdaten von Marisol zu kommen.«

»Ich denke, du stehst unter Schock. Lass dir Zeit mit deinen Schlussfolgerungen«, warf Miguel ein. Sie blickte zum zitternden Josef Hadersucht hinüber. Der nickte bloß.

»Gebrauch deine Fantasie, Lucia. Also, du bist der Täter. Am Abend vor dem Mord sitzt du bei einer Paella zusammen, und der Familienrat beschließt, dass die Tochter sterben muss?« Miguel schien an der Theorie Zweifel zu haben.

»Kommt vor.« Lucia war sich nicht mehr so sicher.

»So schätze ich diese Familie nicht ein.«

»Ich auch nicht«, wandte Lucia ein. »Manuel hat vielleicht als Einzeltäter gehandelt. Er wollte die Dinge aus seiner Sicht in Ordnung bringen und hat keinem von seinem Plan erzählt.«

Ortegas Miene verzog sich. »Der Stiefvater?«

»Genau. Knöpfen wir uns den vor. Ich habe eben Dolores Hernández am Telefon erreicht. Sie übernachtet heute bei einer Freundin in Barcelona, und ihr Mann ist auch nicht da.

Was dagegen, wenn ich mich rund ums Haus mal umsehe?«
Lucias Entschlossenheit war zurückgekehrt.

»Rund ums Haus oder im Haus?«, fragte Ortega.

»Im Haus wäre illegal.«

»Wenn ich dich richtig verstanden habe, sind die nicht zu
Hause.«

Lucia nickte. »Du hast mich richtig verstanden.«

Miguel winkte ab. »Mach, was du für richtig hältst!«

Kurze Zeit später fuhren er und Hadersucht in seinem gelieb-
ten Ford Granada in Richtung Barcelona. Sie hatten ihm den
Wagen tatsächlich zurückgebracht. Lucia war allein in ihrem
Fiat unterwegs.

Auf der abendlichen Landstraße kamen sie schnell voran.
Ortega entzündete die angebotene Zigarette.

»Lucia hat angedeutet«, begann Ortega das Gespräch, »ein
grauer Seat wäre heute hinter euch her gewesen.«

»Stimmt. Hatte ich in der Aufregung ganz vergessen. Aber
das ist in Ordnung, denn es hat mir gezeigt, dass du dir Sorgen gemacht hast.«

»Sorgen?«

»Lucia meinte, du hättest uns die Jungs vielleicht zum
Schutz hinterhergeschickt.«

»Nicht dass ich wüsste. Und ich müsste es wissen, denn
solche Observationen gehen über meinen Tisch.«

»Wer soll es sonst gewesen sein. Mafia? Geheimpolizei?«

Ortega legte die Stirn in Falten. »Vielleicht der Schatten
von Franco.«

Hadersucht lachte.

»Hört sich lustig an«, sagte Ortega, »es hat aber einen
ernsten Hintergrund. Stell dir Folgendes vor: Adolf Hitler
lebt noch und liegt im Krankenhaus. Auf dem Platz davor
bangen Tausende Nazis um sein Leben. Als er stirbt, ver-

liert die Partei ganz offiziell die Macht, da sich der Staat auf Anweisung von ganz oben in ein demokratisches Land verwandelt. Aber nur vordergründig, denn ihre Anhänger ziehen im Hintergrund die Fäden. Alles ändert sich und bleibt doch beim Alten.«

»Ist es so in Spanien?«

Ortega sah ihn enttäuscht an. »Für euch Deutsche endete der Faschismus 1945. Für uns erst dreißig Jahre später. Wenn er denn geendet hat.«

»Aber Hitler und Franco haben was gemeinsam. Sie sind beide tot.«

Ortega sagte nichts mehr. Offenbar hatte er es aufgegeben, ihm die Geschichte Spaniens zu erklären. Der Verkehr stockte, je näher sie der Stadt kamen.

»Ich habe als Student in Barcelona gelebt«, sagte Hadersucht. »In der Carrer d'Escudellers. Barri Gòtic. Nur hundert Meter von den Ramblas weg.«

»Kenne ich gut. Da gibt es baskisches Essen. Hast du mal Chuletón probiert? Baskisches T-Bone. Sie nehmen dafür alte Kühe, die sind schön fett. Wenn das karamellisiert, ergibt das ein großartiges Steak.«

»Gute Idee. Ich hoffe, Lucia ist keine Vegetarierin.«

Ortega lachte. »Weit davon entfernt.«

Die Erwähnung ihres Namens drehte den launigen Plausch der Kriminalisten schnell ins Ernsthafte. Lucia hatte auf die Zähne gebissen und sich nicht entlocken lassen, was sie vorhatte. Ortega ließ sie gewähren, denn bislang waren die Ergebnisse ihrer riskanten Einzelaktionen stets von Erfolg gekrönt gewesen. Ein wenig Sorge um sie blieb. Zu Recht, wie sich bald herausstellen sollte.

21.00 UHR. HINTERLAND

Der weiße Kühlwagen fuhr durch Katalonien auf der BV-2411 von Begues nach Olesa. Vor dem Mondlicht ragten in der Ferne Hügel auf wie Schatten. Antonio kurbelte die Scheibe herunter. Die kühle Nachtluft vertrieb seine Müdigkeit. Am Steuer saß reglos der Ingenieur. Wie verabredet hatte er am Treffpunkt unweit des Caravanabstellplatzes gewartet.

»Ich frage mich die ganze Zeit, ob es lang genug gebrannt hat.«

»Passt«, brummte der Ingenieur. »Besser als vorher.«

Antonio beruhigte das nicht. Ohne die beiden Schnüffler wäre er jetzt deutlich entspannter. Er hätte dem Typen gern eine Ladung Schrot verpasst. Aber wichtiger war, dass er rechtzeitig türmen konnte. Er nestelte nach seiner Zigarettenschachtel und zündete sich eine an.

»Mach die sofort aus«, herrschte ihn der Ingenieur an.

Antonio fügte sich.

»Mein Vater hat im Auto geraucht. Es gibt nichts, was ich mehr hasse.«

»Lebt er noch?«, fragte Antonio.

»Er starb vor zehn Jahren. Lungenkrebs.«

»Das tut mir leid.«

»Muss es nicht«, sagte der Ingenieur. »Er war fast nie da. Wenn er mal da war, musste ich ihm Bier bringen, und wenn mir 'ne Flasche runterfiel, hat er mir eine gelangt.«

»Wo war das?«

»In Kopenhagen. Mein Vater war Däne, meine Mutter Spanierin.«

»Aber du bist hier aufgewachsen.«

»Bei Onkel Gilbert«, sagte der Ingenieur. »In Barcelona. Meine Eltern haben sich scheiden lassen, und mein Alter ist nach Saudi-Arabien auf Montage. Da musste der Schwager einspringen.«

»Und dort hast du den Fund im Eisschrank gemacht.«

Der Ingenieur antwortete nicht. Regen setzte ein. Das Wasser lief in Fäden über die Windschutzscheibe. »Heute steht keine draußen rum«, sagte Antonio. »Kein Wunder bei dem Wetter.«

»Morgen scheint wieder die Sonne. Auch für die Huren.«

Gegen Mitternacht setzte er Antonio im Stadtteil Poblenou ab und fuhr in den Außenbezirk zur Garage unweit seiner Wohnung. Es gehörte zu den Gewohnheiten des Ingenieurs, nach den Fahrten das Kennzeichen zu wechseln. In der Garage in Santa Coloma de Gramenet lagen gestohlene Nummernschilder dutzendweise im Regal. Der Ingenieur war ein vorsichtiger Mann. Das Stativ ließ er im Kühlwagen, denn alles in ihm drängte auf einen neuen Versuch. Morgen, wenn die Sonne schien.

In Momenten der Einsamkeit sann er darüber, ob es in seinem Leben einen Punkt gab, an dem er das Ruder hätte herumreißen können. In dem er als normaler Bürger hätte leben können. Aber wer interessierte sich für das Seelenleben eines Kindes aus der Kopenhagener Unterschicht? Onkel Gilbert war eine Zeit lang für ihn da gewesen. Am Anfang. Bis er anfing, ihn seine Macht spüren zu lassen. Ulv Moreno hasste die Erinnerung daran, wie sein Onkel sich abends nackt zu ihm an den Tisch gesetzt hatte, wenn sie allein waren. Zu Beginn seiner Ausbildung zum Vermesser gab es Hoffnung, ein wenig Lebensfreude. Doch sein Onkel wurde zudringlich, und er begann sich erst gegen ihn zu wehren, als er stark genug dafür war. Was erst wie ein Rinnsal war, erwuchs durch die ständigen Annäherungen des Mannes zu einem Strom von Hass.

Seine Mutter war eine blasse, nervöse Frau gewesen, die im Schatten seines Vaters Jens stand. Kennengelernt hatten sie sich 1972 bei der Fiesta in Port de Sóller auf Mallorca. Er als Pirat mit wilder Kostümierung, sie die beeindruckte Touristin, die sich von ihm das Gesicht mit schwarzer Kreide anmalen ließ. Was romantisch begann, endete in einer Katastrophe aus häuslicher Gewalt und gegenseitiger Verachtung, mit einem kleinen Jungen als lästigem Anhängsel. Bei einem Familienausflug aufs Land sah der Junge zum ersten Mal eine Hure. Sein Vater spuckte das Wort eher aus, als dass er es sagte. Die Frau am Straßenrand rauchte eine Zigarette.

Als Jugendlicher arbeitete er in den Ferien als Möbelpacker. Bei einem Umzug im vierten Stock einer Wohnung im Stadtteil Nørrebro kam er zum ersten Mal in Kontakt mit der sogenannten Wohnungsprostitution. Eine Frau in Unterwäsche machte auf, die freundlich mit gelben Zähnen lächelte. Während er ihr Bett zusammenbaute, stellte er sich mit der Hure darin vor. Wie sie zum Schein stöhnte, damit er schnell zum Höhepunkt kam. Wie sie zum Abschied seinen muskulösen Arm streichelte, ganz sachte, als Kompliment an seine Männlichkeit. Den Gedanken, es ihr zu besorgen, schüttelte er ab wie einen lästigen Gast.

Im Treppenhaus bereute er es. Der Job als Packer war anstrengend, aber wie ein tägliches Gewichtstraining. Zu dieser Zeit zeichneten sich seine Muskeln deutlich unter den T-Shirts ab. In der Schule fiel es ihm schwerer, seine aufkeimende Wut unter Kontrolle zu halten. Er flippte regelrecht aus, wenn jemand etwas von ihm forderte, er neigte zu brutalem Jähzorn. Der tief in seinem Innersten grollende Hass suchte seinen Weg an die Oberfläche. Jahrelang beherrschte er die Glut in sich, fand ein Ventil in brutalen Filmen. Während der Ausbildung bei Onkel Gilbert in Katalonien kam der Voyeurismus hinzu, zu dem ihn sein Onkel angestachelt hatte. Die Gerätschaften für die Vermessungstechniken leisteten ihm dankbare Dienste. Aber frei fühlte er sich erst nach der Sache mit der Prostituierten Olga. Frei von seiner Mutter, befreit vom lüsternen Onkel. Er hatte die Grenze überschritten, den Rausch gespürt. Der nun nach einer Wiederholung gierte.

21.30 UHR. CASTELLDEFELS

Der Mond spiegelte sich im Schwimmbecken. Lucia warf die Tüte mit dem Einbruchswerkzeug über den Zaun. Sie schwang sich auf das Grundstück der Familie Hernández. Sie hatte der Versuchung nicht widerstehen können, denn die Sache ließ ihr keine Ruhe. Bei derlei gelagerten Fällen war der Täter zu achtzig Prozent im Umkreis der Familie oder der Bekannten zu finden, da bildete die Kriminalstatistik Spaniens keine Ausnahme in Europa. Niemand von den Hernández war zu Hause, das Haus lag im Dunkeln. Ein perfekter Moment, um sich umzuschauen. Sie gab sich zwanzig Minuten Zeit und stellte die Stoppuhrfunktion auf dem Handy ein. Ihr Smartphone leuchtete auf. Ihre Mutter hatte ein Foto geschickt. Es zeigte Elisabeth Costa in voller Kriegsbemalung als Pipi Langstrumpf inmitten zweier junger Krankenschwestern. »Auf der Palliativstation«, stand darunter. Wow, dachte Lucia und steckte das Handy weg, ihre Mutter amüsierte sich sogar im Angesicht des Todes. Sie würde sie besuchen, sobald es ging. Heute hatte sie die Ermittlungen vorgezogen.

Vorsichtig umrundete sie den Pool und trat dabei ins matschige Gras. Die Munichs waren ruiniert, total ärgerlich, aber nicht zu ändern. Mit Wehmut dachte sie für einen Moment an den Tag, an dem sie die Turnschuhe in der Carrer Portal de l'Angel gekauft hatte. Tagelange sehnsüchtige Blicke ins Schaufenster. Dann der Entschluss, vorbei am Türsteher mit dem Kann-die-sich-das-leisten-Blick in den Laden. »Wie für dich gemacht.« Wie recht der Verkäufer mit D'Artagnan-Bärtchen da hatte. Hundertzweiundfünfzig Euro. Und jetzt das.

Sie streifte die Schuhe ab und legte sie so an den Zaun, dass sie sie finden würde, sich sonst aber niemand daran störte, und strebte der Balkontür entgegen. Die lag auf der straßenabgewandten Seite des Hauses, wo es ruhiger war. Vorsichtig schlich Lucia zur Terrassentür, stieß im Dunkeln gegen den Gartentisch. Die Blumenvase darauf schwankte, fiel aber nicht. Langsam gewöhnte Lucia sich an die Dunkelheit. Auf einem Balkon im Nachbarhaus ging Licht an. Ein Mann im Unterhemd trat auf die Veranda. Er zündete sich eine Zigarette an, starrte in die Dunkelheit des Hinterhofs. Zur Bewegungslosigkeit verdammt, fluchte Lucia leise vor sich hin. Es war kalt, und sie vermisste ihre Jacke. Eine Stimme rief schrill nach dem Mann, der im Haus verschwand. Lucia atmete erleichtert auf. Sie wusste, wie man mit Haarklammern Türschlösser öffnete. Ein leises Knacken, und sie war drin.

Der gelbliche Schein der Straßenlaternen drang bis ins Wohnzimmer. Über dem abgewetzten Fernsehsofa hing ein Bild des Ehepaars Lobrega. Vor dem Jachthafen in Barcelona blickten sie zur weit entfernten Sagrada Família herüber. Die Köpfe hochgereckt, stolz.

Die Küche und die Essecke waren nebenan. Der Kühlschrank sprang an, sie zuckte zusammen. Nach zwei Atemzügen ging es weiter in den ersten Stock. Dicke Teppiche schluckten dort ihre leisen Schritte. Neben dem Badezimmer fand sie einen riesigen, leeren Raum. Schön, wenn man so viel Platz hatte. Daneben ein kleineres Zimmer. Marisols Name stand über der Tür, geschrieben in kindlicher Typografie.

Lucia kam schmerzhaft ein Spaziergang mit Jordi in den Sinn. Hand in Hand durch die Altstadt, vorbei an Läden mit Kindersachen. Sie spürte einen brennenden Schmerz in der Brust. Kein Grund zur Panik. Hinknien, entspannen.

Das Schlafzimmer der Eltern lag nebenan. Lucia atmete tief durch, erhob sich und ging hinein. Sie schob den Vorhang ein Stück zur Seite. Auf der Straße war alles friedlich. Wenn Manuel und Dolores zurückkamen, blieb ihr nur wenig Zeit. Sie ging ihren Fluchtplan in Gedanken durch. Ein tadellos bezogenes Ehebett. Überzug mit rosa Tageskissen, wie in vielen spanischen Schlafzimmern üblich. Der Schrank aus iberischer Eiche barg, penibel aufgereiht, Anzüge, Hemden und Hosen von Manuel. Ein auffallender Gegensatz zu Dolores' Bereich, in dem Pullover, Hosen und BHs neben Taschentüchern auf dem Boden lagen. Lucia fotografierte die Etiketten der Medikamente auf dem Nachttisch und hoffte, dass niemand außen den Blitz sehen konnte. Eine Kommode enthielt Unterwäsche, persönliche Dokumente, Schmuck.

Schnell runter. Sollte sie es riskieren, in den Keller zu gehen? Sie zögerte nur eine Sekunde. All-in. Sie nahm die Stufen in Angriff. Am Treppenabsatz war alles stockfinster. Aber von hier aus drang kein Licht nach draußen. Sie knipste die Taschenlampenfunktion des Handys an. Eine Abstellkammer mit Gerümpel. Stühle, Matratzen, Kleider, Koffer. Ein Raum war übrig. Ein privater Arbeitsraum mit Computer. Sie trat vorsichtig an den Schreibtisch und fuhr den Rechner hoch, an dessen USB-Port zwei externe Festplatten steckten. In der Schublade Notizblock, Stifte, Papiere und Briefpost. Sie fand Rechnungen für Strom, Wasser und Digitalfernsehen. Dazu Firmenverträge für den Ankauf von Berufskleidung. Korrespondenzen mit Bars, Schulen, Fabriken.

Der Rechner war hochgefahren, verlangte nicht nach einem Passwort. Der Mailaccount gehörte Manuel Lobrega. Auf den ersten Blick entdeckte sie in seiner Korrespondenz nichts Außergewöhnliches. Noch sechzig Sekunden waren auf ihrer Stoppuhr. Sie durchsuchte nochmals Manuels Papierkram.

Da war es. Bezahlt mit seiner Kreditkarte. Sie war wie elektrisiert. Ihr Gefühl hatte sie doch nicht getrogen. Da war der Beweis, den sie gesucht hatte, auf dem Bildschirm. Sie fotografierte ihn ab. Ein Kuvert trug den Stempel einer ausländischen Behörde. Darin ein kleines Bild. Sie hielt es hoch, machte noch ein Foto, steckte es zurück in den Umschlag. Sie schickte die Bilder per SMS an Josef Hadersucht. Er musste sie sehen. Motorengeräusche kamen von draußen. Ihr Herz raste. Lucia hechtete die Treppe hinauf. Ein kräftiger Arm stieß sie zurück. Traf sie hart am Kopf. Sie stürzte. Tiefer und tiefer. Alles um sie herum verwandelte sich in Dunkelheit.

23.00 UHR. BARCELONA. DIE NACHT VOR DEM REFERENDUM

Der kühle Wind hinderte Hadersucht nicht daran, in der Rooftop-Bar des Hotel Barceló einen Johnny Walker zu genießen. In frischen Klamotten fand er den nächtlichen Blick über die Lichter von Barcelona ebenso hinreißend wie den Drink. Die Hochhäuser der Villa Olímpica. Der in Rot und Blau angestrahlte Torre Glòries, die Sagrada Família. Die halb geschmolzenen Eiswürfel lechzten nach einem Aufguss.

»Herr Hadersucht? An der Rezeption wartet jemand auf Sie.«

Er sah die Kellnerin mit einem Bedauern im Blick an. »Nicht eine Minute Ruhe hat man hier«, seufzte Hadersucht und zwinkerte der Kellnerin zu. An der Rezeption wartete ein Beamter mit kantigem Gesicht und rötlichem Bart.

»Joan Garcia. Sie sollten einen sicheren Parkplatz für Ihren Wagen suchen.«

»Ach ja, hatte ich vergessen. Oder besser, ich dachte, Sie parken meinen Wagen weg. Ich habe eben schon was getrunken.«

»Das war wohl ein Missverständnis. Ich warte seit zwanzig Minuten hier an Ihrem Auto. Aber wenn Sie wollen, erledige ich das Parken.«

Hadersucht gab ihm den Autoschlüssel. »Also gut. Aber bitte vorsichtig fahren. Mir liegt einiges an dem Wagen. Lassen Sie den Schlüssel dann bitte an der Rezeption.« Er wollte dem Beamten ein Trinkgeld für die Gefälligkeit geben, zog die Brieftasche hervor. Joan Garcia winkte ab.

Josef sah seinem Oldtimer nach, der im Dunkel des Stadt-teils Raval kleiner wurde.

Hadersucht wollte mit dem Aufzug hoch auf die Ter-rasse, überlegte es sich aber anders. Die Ereignisse des Tages schwirrten in seinem Kopf umher, ein Spaziergang würde Zerstreuung bringen. So verließ er das Hotel und schlen-derte durch das nächtliche Raval. Nach kürzester Zeit hatte er sich verlaufen. Die engen Gassen sahen nachts wenig ein-ladend aus. Ein zahnloser Betrunkener brabbelte unverständ-liches Zeug. Von den Balkonen tropfte das Wasser aus der feuchten Wäsche auf die Gasse. Nach einiger Zeit lag das finstere Labyrinth hinter ihm. Bei einem Pakistani kaufte er eine Dose kühles Bier.

Als er in der Dunkelheit stand und trank, bewegte sich eine Menschenmenge zum Eingang eines Backsteinbaus hin, den ein zwei Meter hoher Zaun umrandete. Hadersuchts Neugier war geweckt. Er schloss sich den Menschen an und gelangte durchs Haupttor des Gebäudes in einen Innenhof mit Bänken, die trotz der späten Stunde voll besetzt waren. Ein impro-visiertes Wahllokal. Die ältere Dame erkannte Hadersucht gleich. Die Sängerin, die Lucia erwähnt hatte. Sie saß inmit-ten einer Gruppe von Menschen verschiedener Altersschich-ten, die sich mit Isomatten und Schlafsäcken auf eine lange Nacht vorbereitet hatten. Morgen war der Tag des Referen-dums um die Unabhängigkeit Kataloniens, und die Menschen bewachten ein Wahllokal, was ihnen vom Staat verboten war.

Hadersucht hatte später wieder ins Hotel zurückgefunden und war bei laufendem Fernsehgerät im Hotelzimmer einge-schlafen. Am Morgen weckte ihn Geschrei, das dumpf klang. Er schob das Fenster auf. Jetzt drang der Lärm ungefiltert zu ihm hoch. Auf der Rambla del Raval durchbrach eine Ein-heit der spanischen Guardia Civil eine demonstrierende Men-schenkette. Tränengas stand in der Luft, die Schreie kamen von den Pechvögeln, die ein Gummigeschoss abgekriegt hatten. Er schaltete das Fernsehgerät ein. TVE brachte live genau das, was er von oben sah. Sein Kopfschmerz hämmerte.

Eine Viertelstunde später war er geduscht und angezogen. Im Frühstücksraum verschlang Hadersucht einen Teller Rühreier mit Schinken, trank zwei Tassen schwarzen Kaffee. In der Lobby blätterte er in der Tageszeitung La Vanguardia. Das Foto auf der Titelseite zeigte Jugendliche mit Tweety-Pappmasken. Ihr Protest galt der Ankunft eines Kreuzfahrtschiffes, in dem Polizeibeamte auf ihren Einsatz gegen die Separatisten warteten. Die Schiffe waren mit Comic-Figuren bemalt.

In Anzug und Mantel verließ er das Hotel. Die Straßen des Raval waren feucht vom Regen. Im Schaufenster eines Thai-Massage-Studios baumelte ein Schild mit der katalanischen Aufschrift »Sense Eròtiques. No Sex«. Viele Touristen fragten sicher trotzdem nach, ging es Hadersucht durch den Kopf.

Im Eixample kehrte er ins Café Tarradellas ein, das im Erdgeschoss eines prächtigen Jugendstilhauses lag. Stets gut besucht zur Morgenstunde. Schwingtüren, sonores Stimmengemurmel. Er setzte sich an ein Marmortischchen, bestellte Espresso und Pastel de Nata. Früher durfte man hier rauchen. Lucia hatte ihm eine Nachricht geschickt. Gestern Abend um zweiundzwanzig Uhr dreißig. »Schau dir die Bilder an. Das ist er«, stand da geschrieben. Der Server hatte die Fotodaten nicht korrekt übertragen. Oder die Aufnahme war schlicht unscharf. Er zog es mit den Fingern abwechselnd größer und kleiner. Zwecklos. Da musste ein Fachmann ran. Aber im Café war es zu laut, um zu telefonieren. Draußen erst recht. Jugendliche saßen auf der Straße und blockierten den Verkehr. Hielten Wahlzettel hoch. Sprechchöre waren zu vernehmen: »Volem votar.« Einsatzkräfte mit heruntergeklappten Visieren keilten die Demonstranten ein und trommelten mit

Schlagstöcken in rhythmischem Takt auf die Schutzschilde. Neben ihnen drängten sich Feuerwehrleute in greller Kluft. Hadersucht fluchte. Zum zweiten Mal sprach er Lucia aufs Band: »Das Foto ist unscharf. Ruf mich zurück!«

Die Menschenmenge drückte ihn in die Bar zurück. Schlagstöcke zischten durch die Luft. Panisch hoben die Menschen die Arme über ihre Köpfe, um den Hieben zu entgehen. Gummigeschosse klatschten an die Scheibe. Ein Polizist verlor im Gerangel seinen Helm. Er fuchtelte mit dem Schlagstock in Richtung eines Protestlers mit Irokesenfrisur. Rettungswagensirenen schallten. Demonstranten und Polizei zogen ab, jemand brüllte Hadersucht eine Parole ins Ohr. Langsam reichte es ihm. Er klaubte ein rotes Gummigeschoss vom Boden auf, das ihm vor die Füße gerollt war, und starrte es an. Wo steckte bloß Lucia?

16.00 UHR. BARCELONA.
TAG VOR DEM REFERENDUM

Sanft dümpelte das Kreuzfahrtschiff »Moby Dada« im Hafen von Barcelona. Barcelonas Hausberg Montjuïc, dessen Friedhof gen Meer zeigte, blickte auf eine kraftvolle Morgensonne. Der Tag war noch jung, aber Jesús Santos hatte Wut im Bauch. Er war bekannt für seinen Jähzorn, der sich wie eine Naturgewalt entladen konnte. Er ging auf dem Oberdeck auf und ab wie ein Löwe im Zoo. An seiner Seite ein Offizier in Marineuniform.

»Verdammt, Lerino, warum ist die Klimaanlage hin? Unten hat es hundert Grad.«

Er deutete zu den Männern der Guardia Civil, die, dem heißen Schiffsinneren entronnen, mit schweißnassen Gesichtern aufs Oberdeck gelangten. »Diese Jungs setzen sich für uns ein. Sie verdienen eine anständige Behandlung.«

»Gewiss, Herr Delegierter.«

»Und was soll der Saustall hier? Alles durcheinander. Der Wäscheberg. Und die Zeichentrickfiguren. Das ist eine Witzveranstaltung. Wer ist dafür zuständig?«

Coronel Ildefonso Lerino, ein hagerer Mann mit Kurzhaarschnitt und dichten Augenbrauen, ließ Santos' Tirade mit betretener Miene über sich ergehen. »Das tut mir alles leid, Señor Santos. Wir hatten die Jugendlichen bereits an Bord. Achthundert Ferienkinder. Der Befehl zum Auslaufen war da, dann hieß es Stopp, das Schiff sei konfisziert. Wir brauchen es für die Rekruten.«

»Als Offizier sollten Sie einen besseren Überblick haben.

Jedes Land hat seine Plage, unsere sind die Katalanen. Hier bricht bald ein Aufstand los, und Sie wollen eine Vergnügungsreise für Kinder machen? Nicht Ihr Ernst.«

Drei junge Männer in Bermudashorts und Badelatschen salutierten lässig, hatten an Deck Sport getrieben. Santos rief ihnen mit erhobenem Daumen nach: »Los, zeigt es den Katalanen. Viva España!«

»Viva dinero, Alter.«

»Es lebe das Geld? Unverschämtheit. Was fällt dir ein, Rekrut?«

Er wandte sich an Lerino: »Da sehen Sie es. Die bekommen hundert Euro am Tag extra und beschweren sich. Keine Manieren mehr. Den Kerl bring ich vors Militärgericht.«

Santos beruhigte sich nur langsam. Disziplin ging ihm über alles. »Und zeigen Sie mir in Gottes Namen den Rest vom Schiff, Lerino.«

Nach der Besichtigungstour hatte sich der Delegierte ein Stück weit beruhigt. Er beugte sich über die Reling des Oberdecks. An der Kaimauer unter ihm reihten sich die Einsatzfahrzeuge der Guardia Civil in langen Schlangen.

»Das sollte genügen«, sagte Santos. »Aber mit der Bemalung machen wir uns zum Gespött. Tweety auf dem Bug, der Tasmanische Teufel auf dem Heck.«

»Das ist ein Ferienschiff«, sagte Lerino. »Wir haben die Comicfiguren abgedeckt, so gut es geht. Leider sind keine Fassadenkletterer an Bord.«

Jesús Santos winkte ab. Das Thema raubte ihm den letzten Nerv. »Funktioniert denn das WLAN?«

Lerino nickte nur. Dass die meisten Beschwerden der Rekruten genau deswegen kamen, verschwieg er lieber.

»Unsere IT-Leute sind fit. Schon gehört, Lerino? Wir haben die offizielle Webseite des Referendums sperren lassen.«

Die Homepage war längst wieder online. Gehostet von Frankreich aus. Lerino wusste das, biss sich aber auf die Zunge.

»Ich hab hier noch was«, sagte Santos und übergab ihm einen Lederkoffer. »Das ist gutes Zeug. Wird den Kampfgeist heben. Alles abgepackt in kleine Tütchen. Für unsere tapferen Spartaner. Mit schönen Grüßen. Operation Kopernikus ist angelaufen.«

07.00 UHR. HINTERLAND.
TAG DES REFERENDUMS

Es roch nach Moder und altem Holz. Nach vergammeltem Schinken. Die Wände des Raums waren unverputzt. In der Ecke stand ein abgewetztes Sofa mit Samtbezug. Sie spürte beim Erwachen den Schaumstoff zwischen den Fingern hervorquellen, ein Gefühl, das ihr zutiefst widerstrebte. Regale mit Dosen und Kisten voller Angelzubehör standen vor den Wänden. Eine morsche Leiter, deren Umrisse kaum erkennbar waren. Lucia tastete an ihr entlang, bis sich ein Holzsplitter in ihre Handinnenfläche bohrte und sie leise aufschrie. Den Schmerz ignorierend stieg sie in kompletter Finsternis barfuß die Stufen empor und hämmerte mit den Fäusten gegen eine Falltür ohne Griff. Von oben verriegelt. Sie rief mehrmals um Hilfe. Nichts geschah.

Ihr Kopf dröhnte und pumpte heftig nach dem Schlag, den sie abbekommen hatte. Sie hatte keinen Schimmer, in welchem Drecksloch sie sich befand und wer sie gefangen hielt. Sie war nicht gefesselt. Es gab aus Sicht des Entführers also keine Chance zur Flucht.

Lucia zwang sich zur Beherrschung. Sie musste sich beruhigen. Systematisch vorgehen. Trotz ihres Zitterns begann sie, ihre Aufmerksamkeit auf das Unmittelbare zu richten. Der Boden war kalt und nass. Kein Beton, sondern PVC oder ein anderer Kunststoff. Sie streckte die Beine aus, tastete mit den Füßen, identifizierte Hindernisse und die Größe ihres Verlieses.

Alles war still, kein einziges Geräusch drang an ihr Ohr.

War der Entführer fort? Sie war allein und ihrem Schicksal ausgeliefert. Lucia stieß einen Seufzer aus. Dann ein Stöhnen und ein leiser Schrei. Die Wände warfen die Geräusche als Echo zurück. Der Typ war ein Planer. Womöglich befand sie sich in einer gut versteckten ehemaligen Vorratskammer, in der man all die Sachen aufbewahren konnte, die für andere verborgen bleiben sollten.

Lucia ließ die morsche Holzleiter los und bewegte sich mit kurzen Schritten auf das Sofa zu, setzte sich vorsichtig hin, um der Feuchtigkeit auf dem Boden auszuweichen. Sie schloss die Augen, konzentrierte sich auf ihren Atem. Tausend Gedanken gingen ihr durch den Kopf. Es war ein Fehler gewesen, auf eigene Faust zu handeln, das war sicher. Insgeheim hatte sie gewusst, dass sie eines Tages für ihre Eigenwilligkeit würde bezahlen müssen.

Wie es ihrer Mutter wohl ging? Ohne zu wissen, wie spät es war, schöpfte Lucia Hoffnung aus dem Gedanken, dass Elisabeth sie erwartete. Vielleicht war sie schon in Sorge und verständigte ihre Kollegen? Doch das war unwahrscheinlich, denn sie hatte ihrer Mutter noch nicht berichtet, dass sie wieder bei den Mossos angefangen hatte. Das hatte sie heute tun wollen, in einem persönlichen Gespräch, um nicht am Telefon über den Krebs reden zu müssen. Schmerzlich wurde ihr klar, dass sie nichts tun konnte, als abzuwarten. Sie kauerte sich auf dem Sofa zusammen wie ein Kind und versuchte, der Panik Herr zu werden.

Irgendwann hörte sie über sich Schritte ohne Eile. Ein Schlüssel drehte sich quietschend in einem Schloss, Licht fiel ihr in die Augen, sie war hellwach. Die Angst ließ ihr den Schweiß ausbrechen. Ein Mann mit Sturmhaube lugte durch den Spalt der Falltür über ihr. Das war Manuel Lobrega, ahnte sie. Blitzschnell wägte Lucia ihre Optionen ab. Sie konnte so tun, als würde sie ihn nicht erkennen. Das würde ihre Überlebenschancen erhöhen. Andererseits schätzte sie Lobrega schwach ein. Und dann konnte sie mehr erreichen, wenn sie ihm mit Stärke begegnete. »Die Maske kannst du abnehmen. Ich weiß, wer du bist.«

Der Mann streifte sie mit einem Grunzen ab. Manuel Lobregas Haar war fettig und verschwitzt. Es hatte funktioniert, Lucia jubilierte innerlich. Wenn es so leicht war, seine Tarnung auffliegen zu lassen, war sie gespannt auf das, was da noch kommen würde.

»Du bist dabei, eine schwere Straftat zu begehen«, sagte Lucia und ging aufs Ganze. »Angriff auf eine Beamtin der Mossos d'Esquadra mit Geiselnahme. Soll ich dir vorrechnen, wie lange du dafür einfährst?«

Manuel sah sie teilnahmslos an. »Ich schütze nur meine Familie.«

»Indem du eine Polizeibeamtin kidnappst?«

Er räusperte sich. »Du befindest dich in einem isolierten Raum. Hier hört dich keiner. Ich komme runter. Du rührst dich nicht vom Fleck, verstanden?«

»Du stehst oben, ich bin unten. Was soll ich da machen?«

Hatte sie bei ihrer Durchsuchung des Hauses einen Raum im Keller vergessen? Er musste sie an einen anderen Ort gebracht haben. Aber sie erinnerte sich an nichts.

»Komm nicht auf dumme Gedanken.« Mühsam drehte er seinen dürren Körper über dem Loch, machte aber keinen Schritt nach unten. Er behielt den Sicherheitsabstand bei, dachte Lucia.

»Was hast du mit mir vor?« Lucia wartete nur auf den Moment, in dem er einen Fehler machte, dann würde sie sich zur Wehr setzen. Auch wenn sie keine Waffe bei ihm sah, so durfte sie ihn nicht unterschätzen.

»Ich behalte dich hier«, sagte er.

»Wie bitte?«, fragte Lucia. »Wie lange soll das denn gehen?«

»Bis ich alles erledigt habe.«

»Und wann wird das sein?«

»Das hat dich nicht zu interessieren.«

Lucia seufzte. »Das ist keine Lösung, Manuel. Lass uns in Ruhe darüber reden.«

Seine Stimme wurde barsch. »Das hättest du dir überlegen sollen, bevor du deine Nase in die Angelegenheiten anderer Leute gesteckt hast.«

»Das ist eine Berufskrankheit«, sagte Lucia. »Also, ich höre. Warum hast du Marisol umgebracht?«

»Ich?« In seiner Stimme schwang Verwirrung mit, er schien ehrlich überrascht.

»Ich weiß, dass du es warst. Deswegen hast du mich entführt. Wegen der Indizien bei dir im Arbeitszimmer. Das Foto von dir am Steuer des Leihwagens. Du bist geblitzt worden, bei Potsdam. Das liegt bei Berlin, richtig?«

»Ich weiß nicht, wo Potsdam liegt.«

»Das ist gelogen«, sagte Lucia. »Da steht ein Datum drunter. Zufälligerweise der Tag, an dem du Marisol erstochen hast.«

»Du redest Schwachsinn! Ich habe sie geliebt. Wie meine eigene Tochter geliebt.« Offenbar suchte er nach einer Rechtfertigung.

»Ich frage mich nur, warum du das gemacht hast«, sagte Lucia. »Weil sie gegangen ist? Weil du die Schande nicht mehr ausgehalten hast? Deswegen bist ihr nachgereist und hast sie in Berlin aufgespürt.«

»Ich sage doch, ich war nicht dort.« Sein Tonfall überschlug sich zu einem verzweifelten Krächzen.

»Der Kontoauszug deiner Kreditkartenabrechnung sagt eindeutig etwas anderes aus. Du hast einen Hin- und Rückflug nach Berlin bezahlt und dir einen Mietwagen genommen. Leugnest du das auch?«

»Ich war nicht dort.«

»Hatte außer dir denn sonst jemand Zugriff auf deinen Arbeitsplatz und deine Kreditkarte?« Ihr Tonfall war spöttisch. Sie wartete nur darauf, ihn mit ihren eigenen Argumenten von seiner Schuld zu überzeugen.

Manuel, der über ihr auf der Leiter hockte, starrte gedankenverloren umher. Das Holzgestell erzitterte unter der Last, die sein Körper darstellte. Lucia dachte darüber nach, ob es ginge, mit einem gezielten Fußfeger alles zum Einsturz zu bringen. Aber erst wollte sie mehr von dem Gespräch. Es machte ihr langsam Spaß. In Verhören war sie eine Klasse für sich.

»Ein alter Freund war mal da«, sagte Manuel. »Wir haben am Computer das Angelwetter gecheckt.«

»Lächerlich«, sagte Lucia. »Sonst jemand? Außer dir und Dolores?«

»Nur Antonio«, sagte Manuel vorsichtig. »Er hat 'ne Nacht im Gästezimmer geschlafen.«

»Hätte er in den Keller gehen können?« Die Frage war reine Höflichkeit.

»Keine Ahnung.«

»Hat er sich eine Weile allein im Haus aufgehalten?«

Manuel schüttelte schweigend den Kopf. Lucia zog ein Foto aus ihrer Jeans. Sie hatte es dem Tagebuch von Marisol entnommen. Dass es noch da war, wunderte sie. Sie näherte sich Manuel in aller Vorsicht und hielt ihm das Bild hin.

»Ich möchte dir was zeigen. Kommt dir das bekannt vor?«

»Sicher. Das ist das Autodrome in Sitges.«

»Genau. Das Datum auf der Rückseite des Fotos ist verwaschen, aber es ist der 24. April 2017. Ostersonntag …«

Manuel sah sie geistesabwesend an. »Das war ein Familienausflug. Ein Picknick am Rande der Rennstrecke.«

»Was fällt dir da sonst noch auf?«, fragte Lucia.

»Ein Gesicht ist herausgeschnitten«, sagte Manuel.

»Richtig«, sagte Lucia. »Herausgeschnitten mit einer Schere oder einem Skalpell. Das ist ein Mann, der Marisol zu sich heranzieht. Ihr ist seine körperliche Nähe sichtbar unangenehm. Sie will Raum zwischen sich und den Mann bringen.«

Manuel starrte auf das Foto. Er sagte einen Augenblick lang nichts, bevor er zaghaft zur Rede ansetzte. Seine Stimme war leiser, wesentlich weniger aggressiv als noch zu Beginn. »Am Anfang dachte ich nur, schade um den schönen Tag. Mir wurde erst später klar, was zwischen Marisol und Antonio passiert war.«

»Deinem Bruder?«

Er nickte, wirkte seltsam verloren.

»Antonio war mit zwölf Jahren besessen von Gewalt. Hat kleinen Jungs das Messerwerfen beigebracht und sich lebende Zielscheiben gesucht. Wir hatten die entsetzten Eltern vor der Tür. Oft hat er wahllos Leute verprügelt. In der Metro. Er schmiss sich Drogen ein, Speed, Meth, alles Mögliche. Er war wie ein wildes Tier. Bis Onkel Salvador kam.«

Lucia dachte einen Augenblick nach.

»Salvador Malva? Der Großindustrielle, der diese alte Rennstrecke in Sitges besitzt?«

»Richtig. Salvador war bei der Beerdigung von Mutter und gab uns an ihrem Grab das Versprechen, dass er sich um Antonio kümmern würde. Antonio war vom Weg abgekommen, aber er war auch so wahnsinnig fasziniert vom Autodrome. Er zog zu Salvador aufs Land, half ihm, seinen Traktor zu reparieren. Kurz danach lernte ich Dolores kennen und Marisol wurde meine Stieftochter.«

»Wie alt war Marisol zu diesem Zeitpunkt?«

»Sechzehn Jahre. Sie war ein Dickkopf wie ihre Mutter. Brauchte dringend eine Bezugsperson. Es hat lange gedauert, bis sie mir vertraute. Dann kam dieser verfluchte Tag am

Autodrome. Antonio war gerade aus einer Reha gekommen und vollgepumpt mit Drogen. Er hat sich an Marisol rangeschmissen, hat sich ihr ständig genähert, sodass ich oft dazwischen musste. Antonio hat gesagt, sie müsste sich freuen, denn er würde bei uns einziehen. Ich hab ein ernstes Gespräch mit ihm geführt, und er hat mir versprochen, sich zu ändern. Also hab ich ihm eine Chance gegeben. Wo sollte er sonst hin?«

»Was ist dann passiert?«, fragte Lucia.

»In der Zeit, als Antonio bei uns wohnte, begann Marisol abweisend, schroff und unfreundlich zu werden«, fuhr Manuel fort. »Sie schloss sich in ihrem Zimmer ein, hörte laut Rap-Musik. Und sie fing an, sich aufreizender anzuziehen.«

»Ich glaube, das nennt man Pubertät.«

Der Satz stand eine Weile im stickigen Raum.

Manuel redete weiter. »Ich hab sie gefragt, wo sie die teuren Klamotten herhat. Das geht mich einen Scheißdreck an, hat sie gesagt, und dass ich nicht ihr richtiger Vater sei. Eines Tages saß ich mit Geschäftsfreunden beim Cognac auf der Veranda. Da kam ein Motorrad vorbei, vorn ein Rockertyp und Marisol als Beifahrerin auf dem Sozius, in Shorts und einem Top. Alle Nachbarn haben geglotzt.«

»Der Junge auf dem Motorrad. Weißt du mehr über ihn?«

»Nein. Er wurde uns nie richtig vorgestellt. Ich glaube, er heißt Martí. Dolores kennt ihn flüchtig.«

»Hätte sie ihn euch denn vorstellen sollen?« Lucia dachte an die Leiche mit dem blonden Haarbüschel, die sie in Plastik gewickelt in dem Wohnwagen gefunden hatten. Das traurige Ende einer Liebe.

»Warum denn auch nicht? Wir sind eine ganz gewöhnliche Familie.«

»In der die Tochter auf den Strich geht. Und der Vater es vertuschen will, weil ihm wichtiger ist, was die Nachbarn denken.«

Manuel verzog das Gesicht. »Denkst du, Dolores hätte nur eine Spur davon geahnt? Sie dachte, Antonio ist so nett, der schenkt seiner Nichte schöne Kleidung.«

»Und wie hat Marisol Antonio in ihrer Nähe ausgehalten?«

»Ihr Dickschädel hat ihr geholfen. Bis sie dann abgehauen ist. Ich weiß noch genau, wie sie am Tag vorher zu mir kam und sich bedankt hat. Wofür, fragte ich sie. Sie antwortete: Dafür, dass ich vor Dolores meine Klappe gehalten habe.« Er fing an zu weinen. »Sie bedankte sich, weil ich gut zu ihr gewesen war.«

Es war Zeit, nach oben zu krabbeln. Lucia kam die Leiter hoch. Dann wurde alles dunkel. Er hatte die Luke verschlossen. Sie hatte sich wohl zu früh gefreut.

12.00 UHR. BARCELONA.
TAG DES REFERENDUMS

Der Polizeihubschrauber kreiste tief. Hadersucht hielt sich die Ohren zu und schlenderte zurück ins Raval, dem Meer entgegen. Gegen die frische Brise stellte er den Mantelkragen hoch. Salzige Seeluft vermischte sich mit Abgasen und Dünsten aus der Kanalisation. Nur langsam bekam er den Tunnelblick unter Kontrolle. Das altmodische Ambiente der Bar Romanesco lockte ihn hinein. Der Kellner, er trug ein gebügeltes Hemd mit steifem Kragen, balancierte auf drei Fingern der tätowierten linken Hand einen Teller Miesmuscheln zu einem Tisch, an dem eine Frau um die zwanzig wartete. Sie trug einen kurzen Rock, ihre Nylons steckten in lilafarbenen Plateaustiefeln. Und sie hatte das gleiche Felljäckchen wie Marisol an. Damit erschöpften sich die Ähnlichkeiten. Der umherhuschende Blick des Mädchens sowie die Haltung ihrer Arme erinnerten Hadersucht an eine Hauskatze, die gestreichelt werden wollte. Er stocherte in einer Portion Kroketten, ließ die Frau dabei nicht aus den Augen. Sie redete laut mit dem Kellner, eine Touristin war sie gewiss nicht. Dass der Ober mit seinem dickbäuchigen Kollegen über sie sprach, war offensichtlich. Sie kam dazu, um zu zahlen. »Ich habe nur sieben Euro einstecken. Kann ich dir den Rest später geben?«

Der Kellner wollte etwas entgegnen, schüttelte aber dann nur den Kopf.

»Ich möchte auch bezahlen«, sagte Hadersucht. »Für mich und die junge Dame.« Er legte die Scheine aufs Tellerchen.

»Glück gehabt, Süße.« Beim Grinsen offenbarte der Kellner zwei Zahnlücken.

Das Kajal um die Augen war zu dick aufgetragen. Die weihrauchartigen Noten, die ihn an die Achtzigerjahre erinnerten, nahmen ihn zusätzlich für sie ein. Josef war einen Kopf größer als sie. Er wirkte mit seinem grauen Anzug und dem dunklen Mantel in dieser Umgebung des Raval seltsam fehl am Platz.

»Danke.«

»Keine Ursache.«

Das Mädchen verließ die Bar, ihr Geruch blieb an ihm haften. In Ruhe trank Hadersucht sein Bier aus. Draußen vor der Bar schlug er den Mantelkragen hoch und schlenderte bergab Richtung Meer. Keine hundert Meter weiter, am Rande der Carrer Robadors, sah er sie stehen.

»Und? Kommst du mit? Für dreißig?«

Hadersuchts Puls beschleunigte sich. Eine Woge der Lust überkam ihn. Die Exotik, die von ihr ausging, überlagerte jede Form von Zweifel. Das Unbehagen darüber, dass diese Situation vom Geld bestimmt war, schüttelte er ab. Dreißig Euro. Sie hatte es klar ausgesprochen. Das war ihr Preis. Vielleicht sogar ein günstigerer Preis als üblich, seiner Galanterie in der Bar wegen. Er hätte jeden Preis bezahlt, das wusste er.

Sie gingen schweigend nebeneinanderher. Der Eingang zu ihrer Wohnung lag neben einem Geschäft für SIM-Karten. Der Verkäufer im Laden musterte ihn mit maximaler Teilnahmslosigkeit. Das Zimmer lag im ersten Stock. Das Erste, was ihm auffiel, war ein vor Schmutz starrendes Fenster zum Hof. Sie traten ein, sie schloss sorgfältig ab. Der Stich an der Wand zeigte die Sagrada Família. In der Ecke rauschte in einem TV eine schlecht eingestellte Zeichentricksendung. Ein Ventilator wirbelte Wattepads auf. Kinderspielsachen in der Ecke. Sie begann, sich zu entkleiden.

»Wie heißt du denn?«, fragte Hadersucht.

»Lina. Und du?«

Er überging die Frage. »Wo kommst du her?«

»Transsilvanien.« Sie stand in schwarzer Unterwäsche vor ihm und ließ den Blick durchs Zimmer schweifen. »Nächstes Mal muss ich besser aufräumen. Sohn ist bei Nachbarin.«

»Was hast du da für ein Tattoo?«

Sie sah ihn aus blitzenden Augen an. »Warum redest du so viel? Gefällt dir nicht, was du siehst?«

Er hielt inne. »Ich kann irgendwie nicht.«

»Wieso nicht? Kriegst du keinen hoch? Lass mich das machen. Wirst sehen.«

Sie fischte ein Kondom aus einer Vase auf dem Nachttisch und wedelte damit in der Luft herum.

»Das ist es nicht. Du wirst lachen, aber eben in der Bar, das war für mich eine romantische Situation, und wenn es jetzt um Geld geht, dann ist es das nicht mehr.«

Sie lachte wirklich. »Schade. Aber kein Problem. Behalt einfach dein Geld und geh.«

»Okay.«

Nichts war okay. Hadersucht fühlte sich mies. Aber wahrscheinlich nicht so mies wie nach dem Sex, wenn ihn das schlechte Gewissen geplagt hätte. Zu sagen gab es nichts mehr. Lina verabschiedete ihn emotionslos. Vor dem SIM-Karten-Laden grüßten zwei Polizisten. Sie schauten ihn mitfühlend an.

Hadersucht zog das Handy hervor und drückte auf Wahlwiederholung. Lucia ging nicht ran. Ihr aufbrausendes Temperament, ihre Feinfühligkeit, ihr Humor kamen ihm in den Sinn. Ihre destruktive, geheimnisvolle Seite, über die er bislang wenig nachgedacht hatte, hatten ihm Respekt eingeflößt. Er musste sie sehen. Sie wohnte ja nicht weit von ihm.

Zehn Minuten später stand er vor ihrer Wohnung in der

Carrer del Carme. Niemand öffnete auf sein Klingeln. Eine Frau um die fünfzig stieß oben ein Fenster auf. Sie trug ein Nachthemd, hielt eine Selbstgedrehte in tabakverfärbten Fingern.

»Das können Sie sich sparen, Señor. Gestern ist sie früh raus. Seitdem ist sie nicht wiedergekommen. Sagen Sie ihr, ich hab ihre Post. Und wenn Ihnen langweilig wird, kommen Sie rauf. Ich habe eine Flasche Anis del Mono offen.«

Hadersuchts Erlebnis in der Carrer Robadors hatte ihm die Laune verdorben. Nicht auszudenken, wenn er der Nachbarin in besserer Stimmung begegnet wäre.

In der Bar nebenan gönnte er sich einen Kalimotxo. Cola gemischt mit billigem Wein. Das Lieblingsgetränk derer, die in Pamplona mit Stieren um die Wette liefen. Sein Wagen stand in der Ronda de Sant Pau. Glück gehabt, kein Strafzettel. Er öffnete die Fahrertür, zog sich den Mantel aus und stieg ein.

Wo kam die Papiertüte auf dem Beifahrersitz her? Musste der Polizist gestern hier liegen gelassen haben, überlegte er. Er nahm sie auf den Schoß und blickte hinein. Noch nie hatte er so viel Geld auf einem Haufen gesehen. In den Bündeln fand er einen kleinen USB-Stick.

Raus aus dem Wagen, Abstand gewinnen. Im Restaurant Elisabets ergatterte Hadersucht einen Tisch unter dem Regal mit den alten Radios. Die Einkaufstüte mit dem Geld hatte er zwischen seinen Füßen eingeklemmt. Es mussten Tausende Euro sein. In Hundertern und Fünfzigern. Wie hatten die die Tüte in den Wagen gekriegt? Bedenklich, aber einfach bei einem Oldtimer ohne Alarmanlage. Angetrunken verließ er nach einem Menü das Restaurant. Den Aufmarsch der Rechtsradikalen hörte er in der Ferne. Mittendrin stand sein Wagen. Hadersucht umrundete das Fahrzeug. An der Beifahrertür waren Kratzer erkennbar. Er strich mit dem Finger darüber. Der Typ war zur Beifahrertür rein, stellte Hadersucht fest. Alles ergab Sinn. Das Auto, das gestern hinter ihm und Lucia her war. Jetzt dieser Bestechungsversuch. Es kam ihm vor wie absurdes Theater. Er stieg ein, deponierte die Tüte auf der Rückbank. Die Spurensicherung der Mossos würde sich darum kümmern.

Ein aus der Zeit gefallener Simca 1000 versperrte die Ausfahrt aus der Parkbucht. Zwei kahl geschorene Typen saßen auf der Motorhaube und rauchten. Der Dunkelhaarige trug ein tätowiertes Spinnennetz am Hals. Hadersuchts Bitte, wegfahren zu dürfen, quittierte er mit einem Lachen, das an Beavis and Butt-Head aus der MTV-Fernsehshow erinnerte. Zorn stieg in ihm auf. Zuverlässig sprang der Ford an. Hadersucht legte den Rückwärtsgang ein und gab Vollgas. Sein Heck traf den Simca zwischen Beifahrertür und Kofferraum. Die Typen sprangen ab. Josef gab erneut Vollgas. Der Simca begann zu kippen. Passanten klatschten Beifall. Die Typen tobten. Hadersucht kurbelte das Fenster herunter und zeigte ihnen den Mittelfinger. Hasserfüllte Gesichter füllten seinen Rückspiegel. Ihre Flüche konterte er mit der Hupe. Dann war er weg. Es ärgerte ihn, dass der Wagen Schaden genommen hatte, aber insgeheim war ihm klar geworden, dass die Zeit der Muße vorbei war. Arschlöcher, dachte er.

An einer Ampel kramte er im Handschuhfach und nahm das schwarze Etui mit den CDs heraus, er brauchte es nicht lange durchzublättern. Einen passenderen Song gab es nicht. Er hatte ihn schon lange nicht mehr gehört, jetzt war es an der Zeit. Er legte die CD ein. Es war Zeit für einen Schrei nach Liebe. Er musste laut lachen, pfiff den Refrain vor sich hin. Hadersucht schlug im Takt gegen das Lenkrad.

Das Lied hätte er ein Dutzend Mal hören können. Doch irgendetwas stimmte nicht.

Verfolger. Schon wieder. Es bestand kein Zweifel. Der dunkelgraue Seat hielt einen Abstand von zwei Wagenlängen.

Josef steuerte den Ford kreuz und quer durch die Randbezirke Barcelonas. Nur um seine Verfolger zu ärgern. Er war gespannt, wann sie die Geduld verloren. Überholten, ausbremsten, ihn stellten. Kein Problem für die, denn er war allein und unbewaffnet. Er änderte die Richtung, fuhr in eine Wohngegend mit vielen Hochhäusern. Hoffentlich hatte er sich nicht verfahren, er fühlte sich mit dem Seat allein auf weiter Flur. Er hielt vor einem Geschäft, auf dessen Werbeschild »Todo a 1 €« stand.

Der Seat hielt im Schatten eines Baumes an. Jemand kurbelte das Beifahrerfenster herunter. Zwei Mann Besatzung. Sie ließen den Motor im Leerlauf tuckern. Der Mann auf dem Fahrersitz trug eine verspiegelte Sonnenbrille, pulte mit einem Zahnstocher in seinem Mund herum.

Ein sympathischer Chinese betrieb den Laden. Hadersucht betrat den Laden, erstand eine Packung Kaugummi und fragte nach einem Internetcafé.

Der Chinese lachte. »Gibt's so was noch? Vielleicht kann ich helfen.«

»Wenn Sie mir kurz einen Laptop leihen könnten?«

»Ich hab den von meinem Sohn. Wollte ihn zur Reparatur bringen.«

Er reichte das Gerät über den Tresen. Hadersucht nahm auf einem Hocker Platz und klappte den Laptop auf. Dann schob er den USB-Stick hinein, der in der Tüte mit dem Geld gesteckt hatte. Es war nur ein Dokument im Format AVI auf dem Stick. Er klickte darauf. Der Windows Media Player öffnete ein Video. Ein maskiertes Gesicht blickte in die Kamera. Auf Deutsch mit osteuropäischem Akzent sprach der Maskierte nur wenige Worte. »Nimm dieses Geld und misch dich nicht ein. Die Angelegenheiten hier gehen dich nichts an, Deutscher. Hau ab, sonst lebst du keine Woche mehr.« Das Gesicht verschwand. Mehr war nicht auf dem USB-Stick.

Spätestens jetzt war klar, was die andere Seite von ihm wollte. Danach durchstöberte er den Laden. In dem eng beieinanderliegenden Warenangebot fand er, was er suchte. Er hatte einen Plan und ging zurück zum Wagen.

Nach knapp zwanzig Minuten Fahrt nahm er den Abzweig Richtung Terrassa. Die Typen ließen sich nicht abschütteln. Es wurde hügelig. Ein Blick auf die Tankanzeige sagte ihm, dass er nun handeln musste. »Hospital del Tórax Terrassa« verkündete ein verrostetes Schild zwischen Wildwuchs und Ranken. Ein riesiges Gelände. Abgelegen und verlassen. Eine Geisterstadt. Beinahe wäre er vorbeigefahren. Ein Bauzaun verhinderte die Zufahrt. Er setzte den Wagen zurück und stellte ihn an einer günstigen Stelle ab, die ihm einen Fluchtweg bot. Der Seat hielt sich im Hintergrund. Reine Taktik. Hadersucht spürte das Adrenalin in den Adern. Er schloss den Ford demonstrativ nicht ab, ging bis zu der Stelle, wo der Bauzaun einen Durchgang ermöglichte. Nach einigen Metern war er aus dem Blickfeld der Männer verschwunden. Er schlüpfte durch den Draht und lief auf ein halb fertiges Einfamilienhaus mit zwei Stockwerken zu. Es war an der Zeit, diesen Typen ein paar Tatsachen über das Leben beizubringen. Und hatte ihn Miguel Ortega nicht ausdrücklich dazu aufgefordert, den Ermittlern unter die Arme zu greifen?

13.00 UHR. BARCELONA.
TAG DES REFERENDUMS

Der Ingenieur verließ die Schnellstraße C-32 und stoppte auf dem ungepflasterten Parkplatz des Canal Olímpic de Catalunya. Der Austragungsort der Ruderwettkämpfe bei den Olympischen Spielen 1992 galt den Katalanen am Wochenende als beliebtes Naherholungsziel. An einem Werktag wie heute war der Zugang zum Kanal geschlossen. An solchen Tagen nutzten Fernfahrer den abseitig gelegenen Parkplatz, um sich auszuruhen. Niemand konnte sagen, ob zuerst die Trucker dort gewesen waren oder die Prostituierten. Der Ingenieur stellte den Kühlwagen in der hintersten Ecke ab, mit der Ladetür nach hinten. Die Anhöhe neben dem Parkplatz war zwar bewaldet, aber es fanden sich breite Schneisen, die ein Beobachten aus verschiedenen Winkeln ermöglichten. Drei Lkws standen da, mit verhängten Fahrerkabinen. Niemand sonst ließ sich blicken. Der Ingenieur schlüpfte in die grellgelbe Arbeitsweste der Landvermesser und packte die Werkzeuge aus. Stativ und Tasche schleppte er dreißig Meter eine Anhöhe hinauf. Die Plackerei wärmte ihn, seine Erregung machte die Mühe wett.

Als der Ingenieur eine günstige Stelle fand, klappte er die Metallbeine aus und montierte das Stativ. Er nahm sich stets Zeit für den Aufbau seines Gimbel-Vermessungsgerätes, das er nur als Tarnung benutzte. Obendrauf kam ein unscheinbares MeeQee High Definition Teleskop in einer selbst montierten Halterung. Es ermöglichte ein glasklares Bild dessen, was sich in einer Entfernung von hundert Metern abspielte.

Eine Klammer erlaubte das Aufnehmen von Fotos mit dem Smartphone. Die Optik lieferte gestochen scharfe Bilder. Eine Konstruktion, für die Vogelbeobachtung gemacht. Die Fotos, die er mit dem Gerät schoss, waren ein fester Bestandteil seiner Jagd. Er stellte sie ins Internet. Am beliebtesten hatten sich auf Instagram die Bilder erwiesen, in denen sich die Frauen unbeobachtet wähnten. Sich mit dem Lackieren von Fingernägeln beschäftigten oder sich am Hintern kratzten.

Genussvoll suchte er nach dem besten Winkel. Alles musste bedacht sein. Die Distanz durfte weder zu hoch noch zu gering sein. Auf die Windrichtung kam es an. Wie ein Jäger, der sein Wild aus zweihundert Meter Entfernung niederstreckte und dann einsammelte, wartete er auf den richtigen Augenblick. Er musste sich langsam anschleichen, um blitzartig zuzuschlagen. Das war mit der gelben Weste und dem Stativ kein Problem. Je länger er sich in der Nähe der Frauen aufhielt, desto weniger nahmen sie ihn wahr. Er verschmolz mit der Umgebung. Die Frauen auszusuchen, war Teil der Vorbereitung. Das Präludium. Meistens fuhr er durch die Gegend und führte eine Liste auf einem Block, den er auf dem Beifahrersitz liegen hatte. Straßenabschnitt und mögliche Opfer. Nicht so wie in der Disco damals. Anquatschen und sich eine Abfuhr holen, nein, nein. Für diese Ladys gab es kein Nein, wenn er sich entschieden hatte. Sie gehörten allein ihm. Wenn der richtige Augenblick gekommen war, musste alles schnell gehen. Das hatte sich am Vortag erst gezeigt, als dieser verflixte Zuhälter aufgetaucht war. Solche Unwägbarkeiten waren eingeplant. Bisher war alles gut gegangen. Selbst bei der Abbruchaktion gestern. Er war keine zwanzig Meter an der Hure dran gewesen. Sie hatte verschämt zu ihm herübergesehen, nachdem ihr der Rock verrutscht war. Er hatte einen komplizenhaften Blick geerntet. Als der Zuhälter anhielt, war es besser zu verschwinden.

Ein Prickeln kroch in ihm hoch. Das Warten des Groß-
wildjägers am Wasserloch. Eine halbe Stunde geschah nichts.
Doch mit einem Mal öffnete sich die Tür eines Lasters. Eine
Frau mit Handtasche stieg aus dem Fahrerhaus. Jetzt, dachte
der Ingenieur.

14.00 UHR. HINTERLAND.
TAG DES REFERENDUMS

Was für eine Witzfigur, dieser Deutsche, dachte Ilian Bulgur. Lächerlich, mit Trenchcoat und Lockenperücke. Glaubte der im Ernst, er würde ihn nicht erkennen? Andererseits: Diesem Hadersucht war es gelungen, ihn zu überwältigen. Wilder Zorn stieg in Ilian Bulgur auf. Er hatte bei seiner ersten wichtigen Aufgabe versagt. Hatte sich von dem Deutschen zum Narren halten lassen. Vielleicht hätte ihn die Bruderschaft in der Nacht seiner Prüfung im Sarg liegen lassen sollen. Er hatte sich einen Rausch angetrunken, um es zu überstehen. Was eine Erklärung, aber keine Entschuldigung war. Mit diesem Deutschen verhielt es sich anders. Sie hatten ihn am Anfang für einen Trottel gehalten, es dann mit Bestechung versucht. Denn das vermeintlich leichte Opfer hatte sich als wehrhaft und trickreich entpuppt. Bulgurs Hände schmerzten, was angesichts des Umstands, dass sie an ein halb aus den Angeln gerissenes Geländer mit Klebeband gefesselt waren, wenig erstaunte. Der Rumäne vermisste den vertrauten Druck seiner Glock 17 in der Rückentasche. Klar, jetzt war Ilian schlauer. El Germano war nicht doof. Hadersucht hatte ihm die Waffe abgenommen. So viel zu den schlechten Nachrichten. Es gab aber auch gute. Dimitri saß unten im Wagen. Er würde wie vereinbart eine Viertelstunde warten und notfalls nachkommen. Auf Dimitri konnte man sich verlassen. Er hatte mit Ilian in der gleichen Brigade in der Securitate, dem Geheimdienst Rumäniens, gedient. Beide hatten Rumäniens Conducător Nicolae Ceaușescu ewige Treue geschworen. Aber nach einer Weile hatten sie erkannt, dass im Reich des Conducătors alles den Bach runterging. Ceaușescu hatte eigens einen Hofdichter, der Titel für ihn erfand. Lichtstrahl durch die Äonen, Erster Denker dieser Erde, Brennende Glut, Designer der entwickelten sozialistischen Gemeinschaft. Von wegen. Alles Lüge. Aber damals hatten sie es beklatscht.

Eiskaltes Wasser riss ihn aus den Gedanken. Es floss ihm in den Nacken. Ilian zwang sich, die Augen geschlossen zu halten, konzentrierte sich auf eine Erinnerung. Siebenbürgen. Das Lamm war frisch gerissen, es zuckte im Todeskampf, die Gedärme quollen heraus. Dann die Männer, schweigend und mit entschlossenen Gesichtern. Sie zogen in die Nacht hinaus. Dem Wolfsgeheul entgegen, wollten die Rechnung begleichen.

Als Junge wollte er so sein wie diese Männer. Oder wie der Wolf. Jetzt war er das Lamm. Bulgur öffnete die Augen.

»Guten Tag, der Herr.«

Eine Antwort konnte der Deutsche nicht im Ernst erwarten. Das Klebeband um den Mund zog unangenehm, wenn Ilian die Lippen schürzte.

»Also schön, ich kann dir deine Lage komfortabler gestalten. Aber dafür brauch ich den Code zum Entsperren deines Handys. Der Knebel bleibt so lange drauf. Zeig mir den Code mit den Fingern an. Ich schreibe mit.«

Als Antwort ein unwilliges Brummen. Ilian zerrte grimmig an den Handgelenken. Dann ließ er es sein und beruhigte sich. Er dachte an Dimitri. Er konnte jederzeit auftauchen und ihn aus seiner misslichen Lage befreien.

»Ich will den Zugangscode. Jetzt!«

Ilian beantwortete Hadersuchts Frage mit einem Schulterzucken. Er atmete angestrengt durch die Nase. Der Deutsche hielt ihm eine Waffe vors Gesicht. Ilians Glock 17. Er wusste, dass sie extrem zuverlässig war. Keine guten Aussichten. Doch der Typ würde nicht davon Gebrauch machen.

Dann steckte der Deutsche die Waffe weg und zeigte ihm stattdessen ein Portemonnaie. Als Goldaufdruck fünf Pfeile mit der Spitze nach oben, mittig zusammengehalten von einem Joch.

»Wie ich sehe, bist du in netter Gesellschaft. Die gute, alte Falange.« Hadersucht sprach es so aus, als sei Falange ein schmackhaftes Menü. »Die Bandbreite deiner politischen Überzeugungen ist großzügig bemessen. Sie reicht von ganz links bis ganz rechts. Kommunisten, Faschisten, alles egal.«

Der Rumäne versuchte sich an einer Unschuldsmiene.

»Ich habe hier ein paar Tüten für dich«, sagte Hadersucht voller Ernst.

Der Deutsche zog die erste Plastiktüte von einer Rolle, riss sie an der Perforation ab und schüttelte sie mit beiden Händen, bis sie aufging. »Eine Mülltüte, die perfekt über Arschgesichter passt.«

In Ilian stieg Panik auf. Er kannte die Foltermethoden der Securitate nur zu gut.

»Gib mir Zeichen mit der linken Hand. Du bist ein sportlicher Typ mit viel Lungenvolumen. Du hältst ein bisschen länger durch. Fangen wir an?«

Ilian ging alles im Kopf durch. Ob der Typ Ernst machte?

»Eine Minute Bedenkzeit«, sagte Hadersucht. »In der Zeit schau ich nach deinem Freund.«

Der Deutsche ging zum Fenster, die Scherben knirschten unter seinem Tritt.

»Schau an«, sagte er. »Dein Kumpel sitzt im Auto und holt sich seelenruhig einen runter.«

Wenn das stimmte, konnte Dimitri was erleben, dachte Ilian.

»Was ist jetzt?«, fragte der Deutsche. »Sperrcode oder Mülltüte?«

Ein weiterer Versuch, sich loszureißen, scheiterte. Ilian

streckte den Daumen in die Höhe. Hadersucht zog ihm das Klebeband halb vom Mund ab.

»Du verdammtes Arschloch! Fick dich doch!« Weiter kam Ilian nicht. Hadersucht klebte ihm den Mund zu und hielt ihm die Hand darüber wie ein verständnisvoller Beichtvater.

»Ich finde jemanden, der dein Handy knackt.«

Josef Hadersucht stülpte ihm die Tüte mit einem Ruck über den Kopf. Alles in Ilians Sichtfeld wurde rosa. Er riss den Kopf hin und her. Mit jeder weiteren Tüte wurde sein Gesicht enger eingeschnürt. Ilian zitterte, ächzte und stöhnte. Die Luft in den Lungen war unweigerlich aufgebraucht. Musste er das noch mal erleben? Auch im Sarg war es unerträglich gewesen. Doch damals hatte es einen Sinn gehabt. Das hier war anders.

Der Ohnmacht nahe, reckte der Rumäne den Daumen hoch. Ilian hustete, als die Tüten von seinem Gesicht gerissen wurden. Wie er den Kerl hasste.

»Willkommen in der Welt des Sauerstoffs. Jetzt der Code, los.«

Ilian schüttelte trotzig Kopf.

»Na gut, dann machen wir es eben noch einmal.«

Erneut schüttelte er den Kopf, doch dieses Mal von Panik getrieben. Er wollte nicht wieder rosa Plastik einatmen. Zitternd begann Ilian, die entsprechende Anzahl von Fingern in die Luft zu halten.

»Vier, drei, eins. Dann eine Fünf oder eine Fünf und eine Zwei?«

Der Rumäne gestikulierte eine Fünf und eine Zwei in schneller Folge. Also eine Sieben.

»Sieben? Also vier, drei, eins, sieben. Korrekt? Wie weiter?«

Ilian Bulgurs Finger formten die letzten Nummern. Hadersucht gab den Code ins Smartphone ein. Die Sperre war gelöst, und Ilians Bildschirmschoner erschien. Der Sonnenaufgang über dem Schwarzen Meer bei Konstanza. Der Deutsche riss ihm ein Stück Klebeband vom Mund. Ilian beobachtete seinen Gegner dabei, wie er seine Besitztümer filmte, die er vor sich auf dem Boden ausgebreitet hatte. Der Deutsche schien den langsamen Schwenk mit der Videokamera zu genießen, über die Pistole, das Portemonnaie mit dem Emblem der Falange, die nebeneinander aufgereihten Dokumente. Ausweis, Führerschein und eine kleine Karte, auf der Centro Nacional de Inteligencia stand, CNI. Spanischer Geheimdienst.

Am Ende richtete er das Objektiv auf ihn, Ilian. Und begann zu sprechen.

»Als Ermittlungsbeamter einer deutschen Polizeidienststelle bin ich in Barcelona auf ein Thema gestoßen, das sich lohnt, für die Nachwelt festgehalten zu werden. Nicht wahr?« Er schwenkte wieder auf ihn, dann auf sich selbst im Selfie-Modus. Die Stimme des Deutschen dröhnte in Ilians Ohr.

»Bin ich gut getroffen? Dieser junge Mann hat mein Auto aufgebrochen und mir eine Tüte mit einem Bündel Geldscheine hineingelegt. Das ist ein Bestechungsversuch, untermauert mit dem Hinweis, mich nicht weiter um Angelegenheiten zu kümmern, die mich nichts angehen. Ist doch so, oder?«

Wieder ein Schwenk zu ihm.

»Ich habe mir die Freiheit herausgenommen, ihn dafür zur Rede zu stellen und zu fragen, ob es sich um einen Irrtum handelt.«

Ilian vermied den Blick in die Kamera. »Wir werden sehen«, schloss Hadersucht seinen Monolog, »wie die Medien auf diese Angelegenheit reagieren werden und ob ein derartiges Vorgehen mit den Regeln internationaler Kooperation vereinbar ist.«

Der Deutsche beendete die Aufnahme. Kontrollierte, ob alles geklappt hatte. Er steckte das Handy in die Manteltasche und klaubte die Ausweise vom Boden auf. Ilian beobachtete ihn dabei regungslos. Er tröstete sich mit dem Gedanken an Rache. Er würde dem Deutschen diese Tat bitter heimzahlen. Am besten, bevor dieses Video bekannt wurde. Mehr als die bloße Veröffentlichung fürchtete er die Reaktion der Bruderschaft, besonders des Galiziers. Es würde ihm nicht gefallen, einen der ihren in peinlicher Lage filmisch verewigt zu sehen.

Ilian stutzte. Der Deutsche gab ihm Wasser und half ihm sogar beim Trinken. Er trank gierig, bevor ihm der Mund wieder zugeklebt wurde. Ilian sah, wie der Deutsche alle Utensilien aufsammelte, die er gefilmt hatte, und sie in eine Tüte steckte. Ilian fühlte sich wie ein Boxer im Ring nach einem langen Schlagabtausch.

»Ich sag unten Bescheid«, brummte der Deutsche. »Ich hoffe, wir sehen uns nie wieder.«

Das konnte er vergessen, dachte Ilian. Er würde ihn schon bald fertigmachen. Er sah ihm nach, bis er verschwunden war.

Hadersucht gelangte durchs Treppenhaus nach unten. Im Erdgeschoss pfiff der Wind durch alle Ritzen. Alles perfekt gelaufen, dachte er. Er besaß ein Video, Telefonnummern seiner Gegner, die Geldbörse und mit der Glock 17 eine zuverlässige Waffe.

In der Tasche klingelte es. Ilians Handy. Eine Nachricht ploppte auf. »Todo bien?« Was so viel bedeutete wie »Alles okay?«.

Hadersucht antwortete: »NO!!! Él me ató. Este perro alemán.« Er hat mich gefesselt. Dieser deutsche Hund.

Hinter einem Stromkasten mit herausgerissenen Drähten schaute Hadersucht zu, wie Dimitri im Seat die Nachricht las. Dimitri knallte die Fahrertür zu. Er trug eine schwarze Hose,

Turnschuhe und eine abgewetzte Lederjacke. Mit gezogener Waffe schlich er in seine Richtung, verschwand im Gebäude.

Hadersucht sprintete zu seinem Wagen, sprang hinter den Lenker und drückte das Gaspedal bis zum Anschlag durch. Der Ford machte einen Satz nach vorn. Im Rückspiegel sah er durch die Staubwolke Dimitri aus der Ruine stürzen. Ein Schuss krachte. Noch einer. Hadersucht duckte sich in den Fahrersitz und hielt blind auf den Seat zu. Nach einer Vollbremsung kam er Zentimeter vor dem Fahrzeug zum Stehen, riss die Glock heraus und schoss über den Rahmen der Fahrertür auf den linken vorderen Reifen des Seat. Der Pneu zerplatzte. Dimitri stand wie ein Trottel da, mit gesenkter Waffe. Von Adrenalin durchströmt beschlich Josef Hadersucht beim Verlassen des Geländes eine vage Ahnung, dass sein Triumph nicht lange währen würde.

16.30 UHR. BARCELONA.
TAG DES REFERENDUMS

Der Ingenieur atmete in Stößen. Die Frau, die in die muffige Fahrerkabine gestiegen war, gehörte ihm. Durch das Monokular sah er sie aussteigen. Wenige Minuten vorher hatte sie es mit dem Trucker getrieben. Wie verdorben sie war. Der Ingenieur war wie ein brodelndes Gefäß aus Wollust, nichts liebte er mehr als das Kribbeln im Unterleib, wenn er Frauen aus der Ferne belauerte. Er erinnerte sich, wie er einmal an einer Landstraße bei Figueres eine Hure beim Sex mit einem Freier beobachtet hatte. Der Mann hatte an der Tür seines Wagens gelehnt. Sie hatte ihm die Jeans aufgeknöpft und die Hose heruntergezogen. Er sah die Frau in Gedanken vor sich, wie sie mit ihren Plateauschuhen auf die Knie ging. Was er dann hörte, erregte und beschämte ihn zugleich. Er hatte damals keine Kamera dabeigehabt. Unverzeihlich.

Meter für Meter rückte er vor. Sie plapperte mit dem Trucker, winkte zum Abschied und hielt Ausschau nach weiteren Lastwagen. Ihr letzter Kunde zog den Vorhang der Kabine zu. Die Frau war heute die einzige Schwalbe am Platz, dachte der Ingenieur.

Er erreichte mit seinem Stativ einen guten Platz direkt hinter ihr. Unter einem Baum hatte sie eine Plastikflasche Wasser und Hygieneartikel versteckt. Der Ingenieur drückte auf den Auslöser seiner Smartphone-Kamera-App und hielt aus nächster Nähe im Bild fest, wie sie sich zwischen den Beinen mit Feuchttüchern reinigte. Seelenruhig packte er das Monokular in die Ledertasche, steckte das Smartphone dazu. Sie wirkte uninteressiert und anscheinend endlos mit sich selbst beschäftigt.

Der Ingenieur hantierte an der Technik herum, den Blick seitlich an ihr vorbei gerichtet. Er wagte einige weitere Schritte auf sie zu. Ganz langsam. Zustechen wie die Wespe im Obstgarten. Sie scrollte mit langen roten Nägeln auf dem Smartphone, hielt eine qualmende Zigarette in den Fingern. Das Hupen vorbeifahrender Brummis ließ sie aufblicken. Er machte weitere Schritte auf sie zu. Sollte er es jetzt wagen? Er könnte die Vermessungsjacke ablegen, sich ihr als ganz normaler Kunde nähern, sie in seinen Wagen bitten. Aber seine Fantasie wandelte auf anderen Pfaden.

Sein Kühlwagen stand hundertfünfzig Meter entfernt. Er würde Zeit brauchen, sie abzutransportieren. Er kalkulierte, wie lange, bückte sich beiläufig und wühlte in der Tasche. Den Elektroschocker verbarg er unter der Weste. Gestikulierte wie ein Zauberkünstler mit der anderen Hand. Er machte eine Unschuldsmiene und grüßte freundlich. Sie sah ihn bloß gelangweilt an.

Er erwischte sie zwischen den Brüsten im selben Augenblick, als ihr süßliches Hurenparfüm zu ihm herüberwehte. Der Stromschlag des Tasers paralysierte die Frau mit einem heftigen Stoß. Sie krümmte sich und sackte zu Boden. Er sah sich um. Niemand da. Grillen zirpten in der Nachmittagssonne.

Gemächlich kehrte er zum Stativ zurück, trug es samt Tasche zum Transporter und packte es auf den Sitz neben sich. Keine Minute später fuhr er zu ihr hin. Sie lag vor ihm auf dem Boden, die Arme seltsam angewinkelt. Sie war starr, nur die Augenlider zuckten.

Er ging zurück zum Wagen und rangierte, um das Einladen zu vereinfachen.

Dann kehrte er zur Frau zurück, packte sie unterhalb der Schultern und zog sie zum Wagen. Dort ließ er sie kurz liegen, öffnete die Flügeltüren und ließ die Hubrampe runter. Er rollte die Frau auf die Rampe und fuhr die Hebevorrichtung hoch. Sie kam langsam zu sich, als sie im Laderaum lag. Er schloss die Türen ab. Das Ganze hatte keine zwei Minuten gedauert. Kein Mensch war zu sehen. Der Ingenieur setzte sich auf den Fahrersitz, startete den Motor und raste los, voller Adrenalin. Um ein Haar hätte ihn ein Lastwagen gestreift, der in den Parkplatz einbog.

Auf der Landstraße C-32 überkam ihn ein Glücksrausch. Bloß keine Verkehrskontrolle. Ein Blick in den Laderaum, und alles wäre aus. Die im Kühlwagen installierte Cam nahm alles auf. Er wollte nicht ein einziges ergötzliches Detail verpassen. Heute Abend lief *sein* Film. Er freute sich auf die grausige Pointe.

20.00 UHR. BARCELONA.
TAG DES REFERENDUMS

Inspektor Ortega überblickte vom verwaisten Konferenzraum aus die Plaza d'España mit dem Brunnenmonument der Expo von 1929. Die Weltausstellung hatte der Stadt neben der ersten Metrolinie die erste Welle von Migranten aus Südspanien beschert. Jemand hatte das alles bauen müssen. Schallisolierte Fenster dimmten den Verkehrslärm zu einem Rauschen. Links ging die Avenida Parallel gen Meer, geradeaus die verstopfte Ausfahrtsstraße C-31 gen Flughafen. Schräg rechts die Carrer de Sants, die am Hauptbahnhof von Barcelona vorbei den Berg hinaufführte. Ortega liebte diesen Blick aus dem achten Stock. Er nippte am Espresso. Genau die richtige Menge Zucker drin. Das Handy klingelte. »Eloy. Was gibt's?«

»Erneut eine Prostituierte«, sagte Eloy. »Heute Nachmittag. Ein Trucker hat einen weißen Lieferwagen gesehen. Er vermisste sein Portemonnaie und wollte die Frau zur Rede stellen. Dann sah er, wie das Mädel in den Wagen verfrachtet wurde.«

Ortega runzelte die Stirn. »Verfrachtet?«

»So hat es der Zeuge ausgedrückt«, sagte Eloy. »Der Mann hat die Frau zur Tür hinten gezogen und auf die Ladefläche gehievt.«

»Warum hat er nicht eingegriffen?«

»Wir sagen den Leuten doch, sie sollen sich alles genau merken, aber bloß nicht eingreifen.«

»Schon gut, Eloy. Du hast recht. Wo kommt der Zeuge her?«

»Bulgarien«, sagte Eloy. »Laut der Funkstreife spricht er kein Wort Spanisch. Er hat über CB einen Kumpel angefunkt, damit der die Zufahrt zum Parkplatz blockiert, aber der Lieferwagen ist entwischt.«

»Hat er sich das Nummernschild gemerkt?«, fragte Ortega.

»Nein«, entgegnete Eloy. »Das tat ihm neben dem Verlust seines Geldes am meisten leid.«

»Verstehe«, brummte Ortega. »Habt ihr die Stelle auf Reifenspuren untersucht?«

»Die Spurensicherung ist mit einem Team dort. Gut möglich, dass wir auf dem Boden was finden, das ist unbefestigtes Freigelände. Allerdings war es die letzten Tage trocken.«

»Gut«, sagte Ortega. »Halt mich auf dem Laufenden, okay?«

»Natürlich. Noch was. Habt ihr Lucia lokalisiert?«

»Bislang nicht.« Dann war das Gespräch beendet.

Langsam trudelten weitere Beamte im Konferenzraum ein. Alle blickten zum Fernsehgerät an der Wand hoch. Der spanische Sender TVE meldete die Bilanz der Demonstrationen, vierhunderteinunddreißig Beamte hätten Prellungen, Tritte, Kratzer oder Bisse erlitten, so die Info auf der Laufschrift darunter.

»Madrid in der Leitung«, raunte der Beamte neben Ortega. Vicente Casado, ein hagerer Typ, zuständig für die Überwachung der Streifenfahrten. »Die Moncloa reagiert. Operation Kopernikus ist in vollem Gange.«

Ortega sah ihn ratlos an. »Operation was? Kannst du dich verständlich ausdrücken?«

»Hat Madrid zum Staatsgeheimnis erklärt. Santos ist aber was rausgerutscht. Der Polizeieinsatz gegen die Demonstranten wurde vom Innenministerium angeordnet. Wie viele Verletzte gab es bislang?«

Ortega schlug die Mappe auf. »Bis jetzt tausendeinundzwanzig. Darunter dreiundzwanzig über siebzig und zwei unter elf Jahren. Verletzungen durch Schlagstöcke, Fußtritte, Gummigeschosse.«

Inspektorin Maria José Garrigues meldete sich zu Wort. »TVE zweifelt das an. Keine Ahnung, warum. Die Zahlen stammen von den Notaufnahmen.«

»Sag, was du denkst. Wir sind unter uns«, ermunterte ihn Ortega.

»Das ist aus dem Ruder gelaufen«, platzte es aus Casado heraus. »Die wollten bloß symbolisch Stellung beziehen und dachten bei sich, die Bürger rennen weg wie aufgescheuchte Hühner, wenn sie Einsatztruppen sehen.« Er sah Ortega an, dann Maria José Garrigues. Beide hatten sich zu ihm hingedreht.

»Doch niemand ist davongelaufen«, fuhr Casado fort. »Sie haben angefangen, wild drauofloszuprügeln. Die armen Hunde.«

»Das sind alles Freiwillige, vergiss das nicht«, sagte Maria. »Der Plan war, alle Wahllokale zu schließen. Das haben wir bei den Mossos gemacht. Gewählt haben die Menschen trotzdem.«

Marias Stimme wurde lauter. »Man könnte fast sagen, der Wille der Menschen war stärker als ihre Angst vor Repressalien. Die Leute wollten einfach wählen, wo auch immer.«

»Ist ihr demokratisches Recht«, mischte Ortega sich ein. »Die hatten keinen Plan für die Verletzten.«

»Einen Plan?« Maria José Garrigues wurde wütend. »Da wusste ein Polizeicorps nicht, was das andere tat.«

»Die wollten einfach ihr Territorium markieren«, fiel Casado dazu ein.

»Die Leute oder die Rekruten?« Ortegas Frage entbehrte nicht einer gewissen Portion Sarkasmus.

»Beide.« Marias Miene war steinhart geworden.

»Das wird Konsequenzen haben«, meinte Vicente.

Ortega nahm den Gedanken auf. »Niemand hält dafür den Kopf hin. Tut keiner in diesem Land. Schlimmer noch. Sie werden die Schuld bei uns suchen. Bei den Mossos. Bei den Menschen. Schau dir doch Santos an, der läuft rum und sucht.«

»Die Kröte war im Vorfeld sauer, weil der Geheimdienst CNI die Urnen nicht gefunden hat.«

»Konnte keiner ahnen, dass sie sie in Privathäusern verstecken würden.« Maria lachte schallend, nur für einen kurzen Augenblick.

Es klingelte leise. Ortegas Handy. Er machte eine entschuldigende Geste in die Runde, verschwand kurz und kehrte mit ernster Miene zurück. »Ging um Lucia Costa. Ich mache mir große Sorgen. Maria, orten Sie bitte eine Nummer für mich. Ein iPhone.«

Ortega notierte die Zahlen auf einen Schreibblock und riss das Blatt ab. Maria José nahm es entgegen.

Keine zehn Minuten später kam sie mit einer wichtigen Information. »Das Gerät ist abgeschaltet. Es gibt eine Suchen-Funktion, mit der sich ein iPhone finden lässt. Da wir die Apple-ID von dem Besitzer des Telefons nicht haben, hab ich den Netzbetreiber Movistar informiert.«

»Und?«

»Immerhin haben wir eine Kreuzpeilung. Wir kennen also den Punkt, an dem das Gerät zuletzt mit einem Funkmast verbunden war.« Maria breitete eine Landkarte von Katalonien auf dem Konferenztisch aus. Sie kreiste eine Stelle rot ein. »Denkbar ist Folgendes ...«

18.00 UHR. HINTERLAND.
TAG DES REFERENDUMS

Über der Landstraße C-16 von Terrassa nach Rubí schwebte eine rote Sonne. Unaufhaltsam fraß sich der Ford Granada auf geteerten Schneisen durch den Westen Kataloniens. Hadersucht genoss den warmen Fahrtwind, überholte grüßend einen Tross Radfahrer. Auf das vertraute Schild »Bar Rompetrol« bog er ab. Der Hunger obsiegte über die Erinnerung an die dürftige Mahlzeit in der Filiale in La Jonquera. Hadersucht parkte und schloss den Wagen ab. Ohrenbetäubender Lärm aus einem Fernsehgerät schallte ihm entgegen. Tradition des Hauses. Zwei Typen in Mänteln drehten sich auf Barhockern zu ihm, verloren aber sofort das Interesse. Die Kellnerin war aschfahl. Sie ähnelte ihrer Kollegin in La Jonquera. Was die wohl in die Stellenanzeigen schrieben, fragte er sich. Junge Frau mit Gastroerfahrung und Depressionen gesucht?

»Du siehst hungrig aus.« Ihre Stimme klang beängstigend rauchig.

»Worauf du dich verlassen kannst«, gab er zurück, stolz auf sein gutes Spanisch und den Westerndialog. Hadersucht ließ sich Pollo mit Pommes bringen, bestellte dazu eine eiskalte Dose Heineken, die er in vier Schlucken hinunterkippte. Er wählte Lucias Nummer. Vergebens.

Später auf der Nationalstraße B-23 Richtung Barcelona fuhr er bei Molins de Rei an einem Werbeplakat mit einem Biber vorbei, der in einem Kajak saß und über beide Backen grinste. Eine knappe Stunde später rollte er durch Castelldefels. Auf der Strandpromenade entdeckte er Lucias Fiat.

Direkt am Meer geparkt. Eindeutig ihrer. Weiße Sportlackierung, Lederbezug. Ihre Jacke lag auf dem Rücksitz. Die Sonnenbrille in der Konsole neben dem Schaltknüppel. Josef rüttelte an den Türgriffen. Verschlossen. Um diese Jahreszeit war am Strand nichts los. Die Chiringuitos waren verrammelt.

Was hatte Lucia hier gemacht?

Er fuhr weiter zum Haus der Familie Hernández. Ein Zaun mit wehrhaften Spitzen bewachte ihr Eigenheim. Auf dem Bürgersteig lagen Blätter, die der nächtliche Sturm herausgerissen und hierhergeweht hatte. Das Blattwerk einer uralten Palme überragte das Hausdach wie ein Krake. Bambusmatten am Zaun versperrten die Sicht in den Garten. Hadersucht parkte hundert Meter von der gut gesicherten Idylle entfernt. Ein Auto rollte langsam vorbei. Erste Annahme: Lucia war ins Haus eingestiegen und erwischt worden. Derjenige, der sie geschnappt hatte, hatte ihr das Handy abgenommen. Indiz dafür: Sie ging nicht ans Handy. Nicht gut. Eine kalte Brise ließ ihn frösteln. Er wischte sich den Schweiß vom Haaransatz, setzte sein Gedankenspiel fort. Zweite Annahme: Lucia war nicht im Gebäude. Indiz: So weit entfernt zu parken, hatte keinen Sinn. Ortega würde das erhellen. Als Josef die Nummer des Inspektors eintippte, ging im Haus das Licht an. Mit einem Gesicht von maskenhafter Entschlossenheit kam Dolores Hernández auf ihn zugestürmt. Ihrer ersten Attacke wich er noch geschickt aus, dann rangelten sie wie zwei müde Boxer, wobei eine dornige Hecke die Begrenzung bildete. Dolores, das Gesicht rot und die Nase wund vom Schnäuzen, schlug ein wütendes Klagelied an, unzählige Fragen darin verpackt, sie sprach schnell und mit aragonischem Akzent. Hadersucht verstand: »Er ist fort! Manuel ist verschwunden! Wo ist mein Mann? Du weißt es! Wer sollte es sonst wissen!«

Das Smartphone in Hadersuchts Hosentasche bimmelte laut. »Ja?«, rief er dankbar in den Hörer und schirmte das Telefon vor Dolores ab.

»Hier Ortega. Ich hatte gesagt, ich würde Sie gleich zurückrufen.«

Hadersucht führte einen seltsamen Ruckeltanz auf, um zu verhindern, dass Dolores ihm das Telefon aus der Hand riss. Dann wandte sie sich unversehens ab und setzte sich auf die Straße.

»Die letzten Standortdaten von Lucias Handy. Ich gebe die Koordinaten durch«, erklang es an sein Ohr.

16.00 UHR. HINTERLAND.
TAG DES REFERENDUMS

Lucia starrte auf den Teller mit Escudella, den Manuel ihr herunterreichte. Wollte er ihr die Entführung mit Eintopf schmackhaft machen? Absurd. Beim Essen sah er ihr von oben stumm zu. »Ich hoffe, es schmeckt dir.«

Lucia bedachte ihn mit einem grimmigen Blick. Sie konnte sich in den Arsch beißen, da sie den Moment verpasst hatte, ihn nach dem Verhör, wie sie es nannte, überwältigt zu haben. »Absolut passabel, Manuel. Selbst gekocht? Oder musste Dolores ran?«

»Das ist von mir.«

Lucia löffelte lustlos in dem Mahl. Beobachtete ihn. »Eines kann ich dir versprechen. So einen guten Eintopf werden sie dir im Knast nicht auftischen.«

Er sah sie verstört an. So als wenn ihm der Gedanke einer Strafverfolgung nicht gekommen wäre. Lucia schob den Teller beiseite.

»Also ich schlage mal vor, dass du mich sofort gehen lässt. Ich wäre im Gegenzug geneigt, dem Staatsanwalt ein paar milde Worte über dich mitzugeben. Außerdem bekomme ich hier unten verdammt noch mal nasse Füße.«

»Das kann ich nicht machen.« Er zog sich zurück.

»Gut«, sagte sie. »Ich habe keine Lust, dich zu überreden. Du bist alt genug, die Konsequenzen zu kennen. Bei Entführungen versteht die Staatsanwaltschaft in Barcelona wenig Spaß, ich schätze so fünf, sechs Jahre. Bei einer Polizistin als

Opfer kannst du was draufsatteln, acht Jahre. Alles unter der Voraussetzung, dass du mir kein Haar krümmst.«

»Ich hab's verstanden, Lucia. Es geht nicht. Ach, warte, das hatte ich vergessen.« Er griff hinter sich und zauberte ihre Schuhe herbei, ließ sie ihr zu Füßen fallen.

»Die habe ich im Garten gefunden. Hast du dort ausgezogen, bevor du bei uns eingebrochen bist, stimmt's?«

Lucia war sprachlos. Sie hob die Sneakers auf und drückte sie an die Brust wie einen Schatz. Wenigstens würde sie jetzt warme Füße haben.

»Okay.« Er war zu weit weg für einen Angriff. Sie musste sich konzentrieren. Langsam bewegte sie sich vorwärts. »Lass uns über die Sache von eben reden. Du sagst, nicht du wärst in Berlin gewesen, sondern Antonio. Gehen wir mal davon aus, dass er sich Zugang zu deinen Unterlagen und Kreditkarten verschafft hat. Dann muss er das Ticket für den Flug nach Deutschland und den Leihwagen ebenfalls mit deiner Kreditkarte bezahlt haben. Bei der Passkontrolle muss er das Ticket und den Pass gleichzeitig vorlegen. Unglaubwürdig, oder?«

Manuel zuckte mit den Schultern.

»Wir sehen uns ähnlich. Es lag ein alter Pass von mir in der Schublade. Den könnte er genommen haben. Er ist aber, glaube ich, abgelaufen.«

Lucia seufzte. »Klingt alles unglaublich weit hergeholt. Was für einen Grund sollte Antonio denn haben, Marisol umzubringen?«

»Er war chronisch eifersüchtig. Sobald sie einen neuen Freund hatte, hat er den bedroht. Richtig wütend war er auf Martí.«

»Der Typ mit dem Motorrad?«

Manuel nickte.

»Zu Martí muss ich dir mitteilen, dass er nicht mehr lebt.

Wir fanden seine Leiche in einem Anhänger, der abgefackelt wurde.«

»Abgefackelt? Von wem?« Manuels Gesicht war ausdruckslos. Genugtuung sah anders aus.

Bevor er die Falltür hinter sich zuzog, hörte sie, wie draußen ein Auto vorfuhr. Sie biss sich auf die Lippen. Hätte sie Manuel bei seinem ersten Besuch überwältigt, anstatt sich auf ein Gespräch mit ihm einzulassen, dann wäre sie jetzt in Freiheit. Sollte sie Lärm schlagen, um sich bemerkbar zu machen? Vermutlich eine schlechte Idee. Wer auch immer da gleich durch die Tür kam – er steckte sicher mit Manuel unter einer Decke.

19.00 UHR. BARCELONA.
TAG DES REFERENDUMS

Der Fahrer des Kühlwagens starrte aufs Lenkrad. Präludium abgehakt, dachte er, und damit wuchs die Vorfreude auf Phase zwei im Krieg gegen die Welt. Der Renault Master passte von der Breite her millimetergenau in die Garage. Wenn er nicht aufpasste, stieß er beim Rangieren mit der Fahrertür an die Wand.

Um kurz nach neunzehn Uhr erreichte er sein Ziel. Er parkte den Wagen so, dass er Zugang zur Seitentür des Transporters hatte. Neben seiner Garage standen ausrangierte Omnibusse wie graue Riesen in der Landschaft herum. Er presste seine Ohrmuschel gegen die Ladefläche.

Er hatte reiche Beute gemacht. Die Frau im Inneren war offenbar wieder bei Bewusstsein, sie hämmerte mit den Fäusten gegen die isolierten Wände. Dann ein ratschendes Geräusch. Er hatte ihr ein Stück Tape auf den Mund geklebt, aber in der Eile vergessen, ihr die Hände zu fesseln. Er tadelte sich für diesen Anfängerfehler, den er umgehend korrigieren musste, setzte sich die Stirnlampe auf und schloss die Seitentür auf. Er machte einen Satz hinein und auf das Mädchen zu, das ihn im Schein der Lampe panisch anstarrte. Nach einem weiteren paralysierenden Stoß mit dem Elektroschocker legte er ihr die Handschellen an und verband diese mit der Stahlkette, die im Boden eingelassen war.

Er sprang hinaus, warf die Tür zu und schnaufte durch. Beruhigt klappte er das Notebook auf. Der Schein des Bildschirms erhellte die dunkle Garage. In Schwarz-Weiß empfing er die Bilder der in der Ecke des Laderaums montierten Infrarot-Nachtsichtkamera. Die junge Frau kam nur langsam zu sich. Sie weinte und schien Krämpfe zu haben. Er zischte kurz wie die Schlange Kaa aus dem Dschungelbuch, was sie über den angebrachten Lautsprecher vernahm. Sie sah sich panisch um. Der Ton funktionierte perfekt.

Zeit für das Kühlaggregat. Ein berauschender Gedanke. Nur durch einen Regler entscheiden zu können, wie lange ein Mensch lebte, das war wie Gott spielen. Er kletterte auf das Trittbrett der Beifahrertür und öffnete die Klappe für die Steckdose, dann verkabelte er das Kühlaggregat mit der Stromversorgung. Auf dem Beifahrersitz lag die umgebaute Fernbedienung für die Kältekammer bereit. Sein Meisterwerk. Es erlaubte ihm, die Temperatur im Innenraum präzise zu regeln.

Der Ingenieur rechnete. Pro Stunde würde die Temperatur eineinhalb Grad runtergehen. Bei einer geschätzten Temperatur von derzeit 20 Grad im Fahrzeug und leicht sinkender Außentemperatur erreichte der Laderaum am Mittag des nächsten Tages die Todeszone. Knapp bekleidet konnte man auch bei Plusgraden erfrieren. Er würde das Beste verpassen, falls er dabei einschlief. Es reichte, wenn er sie die Nacht über in der Hoffnung ließ, sie könne mit dem Leben davonkommen. Olga kam ihm in den Sinn. Sie hatte im Wagen einen Höllenlärm gemacht. Das Mädchen hatte geschrien, gebettelt, ihn angefleht. Sie hatte ihm alles Mögliche versprochen. Daraus war die Idee geboren, den Kühlwagen mit Klebeschaumplatten besser zu isolieren. Auf ein paar Features würde er verzichten müssen. Wie den Eisstrahler von Mr. Freeze aus der Fernsehserie, mit dem sein Held die Straßen in Rutschbahnen verwandelte, woraufhin die ihn verfolgenden Cops mit ihren Motorrädern stürzten.

Ob die Frau einer Unterhaltung mit ihm abgeneigt war? Bei dem Gedanken lief ihm ein dünner Faden Speichel aus dem offenen Mund.

21.30 UHR. HINTERLAND.
TAG DES REFERENDUMS

Die Leuchtreklame der Tankstelle knackte in der Dämmerung. Hadersucht inspizierte Herrenmagazine am Verkaufstresen. Frauen mit üppiger Oberweite. Tätowierte Frauen. Dominante Frauen. Auf dem Titel der Interviú eine Brünette. Sie lächelte trotz Photoshop gequält. Als könne sie nur so gegen die geringe Gage fürs Foto protestieren. Große Auswahl an Magazinen für einen so abgelegenen Ort. Aber erklärlich wegen der Trucker, die viele einsame Nächte in ihren Fahrerkabinen verbrachten. Vor dem Schuber mit den Heften bediente eine Mittzwanzigerin in grauer Jeans, Barça-T-Shirt und mit strähnigem Haar. Im Blick die Gleichgültigkeit einer Angestellten, die tagein, tagaus Tittenhefte verkaufte.

»Señora. Sagen Sie, ist hier nicht die Bar Rompetrol in der Nähe?«

Sie sah ihn fassungslos an. »Rompetrol gibt's hier nicht. Wir sind BP, da gibt's bloß eine Kaffeemaschine, okay? Funktioniert allerdings grade nicht.«

Das Handyklingeln unterband tiefergehende Gespräche. »Josef, hier ist Ortega. Wo steckst du?«

»Im Ort Sant Climent. Dolores und ich sind nahe dran an der Stelle, die ihr uns durchgegeben habt. Wird langsam bergig hier. Laut Dolores gibt es in der Nähe eine Hütte, die der Familie gehört. Nach dem Tankstopp sehen wir uns dort um.«

»Viel Erfolg dabei. Aber keinen Zugriff. Dafür sind wir zuständig, falls ihr was findet.«

»Zu Befehl, Herr Inspektor.«

Hadersucht zahlte. Dank Dolores' Redseligkeit gab es eine Spur. Die Frau steckte voller Widersprüche. Aber wenn sie glaubte, ihr Mann hätte nichts mit Lucias Verschwinden zu tun, war sie naiv. Die Frage war eher, ob Manuel der Mord an Marisol zuzutrauen war. Der Beweis dafür stand aus.

Dolores empfing ihn mit säuerlicher Miene. »Wo hast du denn so lange gesteckt?«

»Sie hatten interessante Lektüre da. Ich konnte nicht aufhören zu blättern.«

Sie machte eine wegwerfende Geste.

Nach zehn Minuten erreichten sie den Abzweig zur Landstraße BV-2041 und am Ausgang einer lang gezogenen Kurve die von Dolores bezeichnete Stelle. Ein Feldweg, daneben Äcker für den Anbau von Artischocken. Hadersucht stoppte den Wagen am Randstreifen und starrte angestrengt ins Dunkle. Dolores blickte missmutig. »Was du suchst – da vorne ist es.«

»Gut. Du bleibst im Wagen, okay?«

»Ich will aber zu Manuel.«

»Ich sage dir dann sofort Bescheid. Wo ist es genau?«

»Den Feldweg entlang. Hinter der Baumreihe da liegt unser Grundstück.«

Dolores zuckte zusammen, als Hadersucht Ilian Bulgurs Pistole aus dem Handschuhfach zog. Er schloss sanft die Tür und schlich im Schein einer Stablampe in die von Dolores angezeigte Richtung. Ein Trampelpfad führte nach hundertfünfzig Metern zu einer Ziegelhütte. Der Toyota Pick-up von Manuel Lobrega am Wegesrand war ein deutlicher Hinweis auf seine Anwesenheit.

Hadersucht schlich zur Tür der Hütte. Kein Licht. Er hielt die Glock im Anschlag und drückte die verrostete Türklinke herunter. Nichts tat sich. Nach einem kräftigen Tritt sprang die Holztür auf. Über einen Holztisch gebeugt saß ein Mann.

Durch das kleine Fenster fiel Mondlicht. Beim Anblick der Waffe hob der Mann langsam die Hände. Manuel Lobregas Arme zitterten dabei. Hadersucht leuchtete mit der Stablampe die Umgebung aus. Eine alte Küche. Ofen, Waschbecken, Schrank. Außer Manuel war niemand im Raum. »Wo ist sie?«

Die zittrige Hand von Manuel Lobrega deutete nach links, auf den Boden.

»Ist sie dadrin?«

Manuel starrte auf die Tischplatte, als stünden dort alle Antworten der Welt. Er machte keine Anstalten, etwas zu sagen.

Dolores stand zürnend im Türrahmen. »Was hast du jetzt wieder angestellt, Manuel?«

Sie betätigte den Lichtschalter neben der Tür, schob sich an Josef vorbei, umarmte ihren unbeweglich am Tisch verharrenden Mann, strich ihm übers Gesicht. Grünes Neonlicht erhellte den Raum. Josefs Blick ruhte auf der Bodenluke. Langsam zog er am Eisenring der Falltür. Die Vorahnung ließ ihn aschfahl werden. Da war es wieder, das Bild, das nicht aus seinem Kopf wollte. Marisols Leiche. In einem Meer aus Blut. Bitte, bitte nicht. Er atmete tief durch. Dann riss er am Eisenring den Deckel der Falltür hoch.

»Lucia! Bist du da unten?«

Es roch abgestanden. Keine Antwort. Er drehte sich wütend um. Manuel hatte sich erhoben, weinte aber am Tisch aufgestützt wie ein Schlosshund. »Da unten hast du sie reingepfercht? Dafür kannst du was erleben.«

Dolores ging dazwischen. »Warte. Ich helfe dir.«

»Gut. Und dein Mann kommt auch mit.«

Sie redeten kurz. Das einsichtige Paar stieg die Holzleiter hinunter. Er folgte, leuchtete ihnen mit der Stablampe den Weg in die Tiefe. Auf dem Grund des Kellerlochs reflektierte eine dünne Wasserschicht den Lichtstrahl. Unten angekommen, knipste Dolores den Schalter an. Eine Glühbirne erleuchtete den kahlen Raum. Ein enges, dunkles Loch voller Spinnenweben und Dreck. Krimskrams in Regalen vom Baumarkt. Ein durchgesessenes Sofa, davor ein flaches Tischchen. Ein paar Kartons auf Paletten, als Schutz vor dem feuchten Boden. Von Lucia keine Spur. Eine Wasserflasche und ein Teller mit Essensresten verrieten, dass jemand hier unten gewesen war. Bei dem Anblick verfinsterte sich Dolores' Gesichtsausdruck. Ihre Fäuste hagelten auf ihren Mann ein, der sich wegduckte.

Hadersucht zog sie von ihm weg. »Hör auf mit dem Unsinn. Wir haben zu tun.«

Sie ging weiter auf ihren Mann los. »Und dir hab ich das Leben meiner Tochter anvertraut.«

Hadersucht hielt die Frau mit beiden Armen umschlungen. Sie trat mit den Füßen nach Manuel, ihrem einst geliebten Mann, für den sie im Augenblick nur Wut übrig hatte. Hadersucht überließ das Paar ihren inneren Dämonen und sah sich um. Das Stück Papier hatte er beim Heruntersteigen übersehen. Er zog ein Taschentuch aus der Jacke und hob den Zettel damit hoch, um keine Fingerabdrücke zu hinterlassen. Was er las, war eine Nachricht von Antonio. Sie galt ihm. Das nackte Grauen umfing ihn.

19.10 UHR. BARCELONA.
TAG DES REFERENDUMS

Adriana Cortiz blinzelte ins grelle Licht und versuchte, ihre Situation zu erfassen. In ihr tobte eine unbändige Angst. Sie lag auf dem Boden, trug Handschellen, war so an den Untergrund gekettet, dass sie zwar mit den Füßen, aber nicht mit den Händen an die Wände reichte. Als eine blechern klingende männliche Stimme im finsteren Raum erschall, fuhr sie vom Boden hoch.

»Guten Abend.«

Beobachtete er sie? Ihre Angst entlud sich in Wut. »Du perverses Schwein. Lass mich sofort hier raus.«

»Na, na, na. Wir wollen doch zivilisiert miteinander umgehen«, sagte die Stimme aus dem Lautsprecher.

»Zivilisiert? Du Dreckssau.«

»Nett, dass du zuhörst. Keine Selbstverständlichkeit heute. Frauen drehen sich ja mittlerweile weg, selbst wenn man höflich nach dem Weg fragt. Könnte ja eine Anmache sein.«

»Nimm es nicht persönlich, aber ich möchte derzeit nicht angemacht werden.«

»Nein, warum auch? Du schmutziges Stück Dreck.«

»Was willst du dann? Ich hab dir nichts getan.«

»Ich will, dass du dich an mich gewöhnst. Du wirst schon sehen, es wird dir gefallen. Ich stelle es mir schön vor, wenn wir uns aneinander gewöhnen.«

Was redete der? Der war ja krank im Kopf. Adrianas Herz pochte. Nicht verrückt machen lassen. »Ich kann dir Tricks zeigen, mit denen du bei jeder Frau landest.«

Er lachte. »Ach komm. Du bist eine von diesen falschen Prinzessinnen, die rumlaufen und so tun, als wären sie ein Geschenk Gottes. Ihr macht auf schüchtern und verletzlich, aber ihr seid eiskalt. Aber ich kann auch eiskalt sein.«

»Komm zu mir und wir reden darüber. Was machst du sonst so?«

»Ich bin Ingenieur.«

Adriana Cortiz dachte nach. »Ingenieur für was?«

Schweigen. Bis er weitersprach. »Lass uns lieber über dich reden. Warum bist du eine dreckige Hure? Bist du so scharf, dass dir ein Mann nicht reicht?«

Sie ging auf seine widerlichen Sprüche nicht ein, wollte so tun, als würden sie ein normales Gespräch führen, als wenn in dieser Normalität ein Ausweg läge.

»Ich will studieren. Soziologie.«

Sein Lachen schepperte verzerrt. »Bei einer Naturwissenschaftlerin hätte ich mir das Folgende sparen können, aber bei einer Sozialtante wie dir ...«

»Sozialtante? Weil ich zu schwitzenden Lkw-Fahrern ins Führerhaus steige, um mir meinen Lebensunterhalt zu verdienen?«

»Du bist also eine dreckige Hure, die das Gute im Menschen sucht.«

In seiner Stimme klang ein merkwürdiger Genuss, der sie frösteln ließ. Er schien es zu mögen, sie herabzuwürdigen. Adriana wehrte sich mit dem Mut der Verzweiflung dagegen. »Warum stört dich das so? Ich muss Geld verdienen und habe leider keinen Daddy, der mich davor bewahrt, auf der Straße zu landen. Aber das verstehst du nicht.« Adriana verfluchte sich, dass sie auf seine Provokationen einging.

»Genug jetzt! Ich erkläre dir, wie das hier läuft«, sagte er mit eisiger Stimme. »Damit du weißt, was dir blüht. Also hör gut zu, ich sage es nur einmal! Du wirst mich doch nicht unterbrechen, oder? Denn sonst muss ich dich bestrafen.«

»Nein.« Sie schluchzte.

»Du befindest dich in einem Kühlwagen. Kälte ist wie ein Gift. Kühlt der Körper auf fünfunddreißig Grad ab, beschleunigt sich der Stoffwechsel. Du zitterst am ganzen Körper. Das tut höllisch weh.«

»Bitte, nein! Bitte!«

»Lass mich gefälligst ausreden. Ab zweiunddreißig Grad werden deine Beine und Arme taub. Die gute Nachricht ist, dass deine Schmerzen nachlassen, weil Gehirn und Nervenenden nichts mehr weiterleiten. Die schlechte Nachricht ist, dass du dich nur unter Schmerzen bewegen und nicht mehr sprechen kannst. Du wirst merken, dass das Ende kommt, wenn du keinen klaren Gedanken mehr fassen kannst. Dann drehst du langsam durch.«

»Bitte mach das nicht.«

»Alles verschwindet, alle deine Erinnerungen und Wünsche. Ab neunundzwanzig Grad verlierst du das Bewusstsein. Dein Körper ist steif, dein Herz schlägt nur einmal pro Minute. Das ist die Todeszone. Wenn du jetzt nicht schnell aus der Kälte kommst, stirbst du. So oder so.«

Ihre Stimme war ein leises, verzweifeltes Flehen. »Du musstest schreckliche Dinge tun. Das spüre ich. Vielleicht hast du jemanden umgebracht. Aber du musst das nicht noch einmal machen. Bitte.«

Keine Antwort. Stattdessen vernahm sie ein metallisches Brummen. Er hatte das Kühlaggregat eingeschaltet.

22.30 UHR. HINTERLAND.
TAG DES REFERENDUMS

Die blauen Blitze am Waldrand stammten von den Lichtern der Einsatzfahrzeuge. Im hintersten saß Manuel Lobrega auf dem Rücksitz in Handschellen. Mit seinen Augen suchte er Dolores. Fand sie nicht. Er wollte ihr sagen, was vorgefallen war. Alles, was er der Polizei erzählt hatte. Wie er Lucia überraschend im Keller ihres Hauses in Castelldefels angetroffen hatte, in den sie ohne Durchsuchungsbeschluss eingedrungen war. Wie er sie überwältigt und hierhin mitgenommen hatte. Aus einem Impuls heraus. In Gedanken legte er sich seine Verteidigung haarklein zurecht. Er konnte nichts dafür. War es verboten, seine Familie zu beschützen?

Unterdessen gab Miguel Ortega am Funkgerät alle Details der Fahndung nach Antonio Lobrega durch.

»Jaguar XJ, älteres Modell. Dunkelgrün. Verbeult. Unterwegs im Großraum Barcelona. Und wenn ihr ihn habt, sofort melden.«

Hadersucht trat hinzu. »Was hältst du von der Sache, Miguel?«

Ortega reichte das Funkgerät an einen Kollegen weiter. »Du meinst die Nachricht? Ich halte sie für authentisch. Antonio ist auf einen Wettstreit aus. Deswegen behauptet er, schlauer und schneller zu sein als wir. Da steht, du willst Lucia haben? Genau wie Marisol? Und dazu dieses Rätsel. ›Wenn du sie lebend finden willst, frag Salvador Malva, was er in seiner Kindheit liebte.‹«

»Das meine ich. Er hält sich für überlegen. Mit dem Hinweis gibt er uns einen Tipp. Er will aus seiner Perspektive des Überlegenen eine annähernde Waffengleichheit schaffen.«

Ortega nickte zögerlich, zweifelnd. »Möglich. Oder doch Manuel. Der alles seinem Bruder in die Schuhe schieben will. Die Möglichkeit dürfen wir nicht außer Acht lassen.«

»War seine Aussage nicht glaubhaft?«, fragte Hadersucht.

»Darüber denke ich die ganze Zeit nach«, sagte Ortega. »Manuel zufolge hat Antonio ihn in der Hütte besucht. Sie haben sich einen Wein aufgemacht. Sagt Manuel. Er hat Antonio erzählt, dass er eine Polizistin in seiner Gewalt hat. Angeblich hat er das sehr schnell bereut, denn Antonio wurde hellhörig. Er wollte sofort, dass Manuel ihm Lucia übergibt.«

»Wozu?«, fragte Hadersucht.

»Das wollte Manuel auch wissen, aber Antonio hat nichts dazu gesagt«, sagte Ortega. »Die Antwort kennen wir jetzt, sie steht in der Nachricht.«

Hadersucht nickte. »Das klingt rund. Aber die Tatsache bleibt, dass Manuel sich gegen Lucias Verschleppung nicht zur Wehr gesetzt hat.«

Ortega schüttelte den Kopf. »Eben das bestreitet er. Er behauptet, Antonio hätte ihn mit Chloroform betäubt. Wir haben Spuren des Mittels gefunden, dass er sich aber selbst beigebracht haben könnte.«

»Da sollen sich andere drum kümmern. Wir sollten alles daransetzen, den Kerl zu kriegen. Und Lucia retten.«

7.30 UHR. BARCELONA.
TAG NACH DEM REFERENDUM

Gegen halb acht wachte Josef Hadersucht in seinem Hotelzimmer in Barcelona auf. Er hatte nur wenig geschlafen.
Er goss sich einen Instantkaffee ein und setzte sich aufs
Bett. Seine Gedanken kreisten um Antonio Lobrega. Es
klang alles wie eine Verschwörung gegen sein Lebensglück.
Der Gedanke war zu grauenhaft, um sich abschütteln zu
lassen. Lucia war in den Händen des Mörders von Marisol. Ihr Leben hing davon ab, dass Hadersucht das Rätsel löste, das ihm dieser Teufel aufgegeben hatte. Wie hieß
dieses Computerspiel? Anfang der Neunzigerjahre. Myst?
Richtig. Wie kam er jetzt darauf? In Myst gelangte man
ans Ziel, wenn man ein logisches Puzzle zusammensetzte.
Nahegebracht hatte ihm das Spiel Pedro Abeledo. Sein alter
Bekannter aus der Erasmuszeit in Barcelona. Als Infor-
matik-Genie war Pedro versessen auf Adventure-Spiele.
Darin ging es darum, knifflige Rätsel zu lösen. Und wenn
es einen Experten dafür gab, war das Pedro. Er musste ihn
anrufen. Leider stand die Nummer in seinem alten, voll-
geschriebenen Adressbuch. Und das lag in der früheren
Wohnung in der Schublade. Annika, dachte er. Sie könnte
es ihm raussuchen.

Seine Tochter meldete sich nach fünfmaligem Läuten.

»Ach, du bist es.« Annika klang erstaunlich frisch.

»So früh wach?«

Sie lachte. »Ich war im Berghain bis eben. Jetzt geh ich
pennen.«

»Dann hast du noch gar nicht geschlafen?«

»Schlaf? Was ist das?«

»Du gibst dir alle Mühe, dem Berlin-Klischee zu entsprechen.«

»Und du rufst so früh an, um mir das zu sagen? Alter!«

Wenn ihr Ton etwas maulig wurde, wusste Hadersucht aus Erfahrung, dass er sich mit seinem Anliegen beeilen musste. Eine genervte Annika konnte das Gespräch mitten im Satz beenden. Aber es ging gut. Sie würde in seine Wohnung fahren und ihm die Telefonnummer raussuchen.

Gegen halb zehn rief er Pedro an.

»Hola«, ertönte eine müde klingende männliche Stimme.

»Pedro?«, fragte Hadersucht.

»Wer ist da?«

»Josef. Kennst du mich noch? Du nanntest mich Josep, el Aleman.«

Ein schlürfendes Geräusch. Er trank wohl Kaffee. »Hast lange nichts von dir hören lassen.«

»Stimmt«, sagte Hadersucht. »Tut mir leid.«

»Leute, die sich nach langer Zeit wieder melden, wollen meistens was von mir.«

»Kann ich nicht abstreiten, Pedro.«

Ein Seufzen in der Leitung. »Denk nicht, dass ich das nicht kenne. Ich treff mich ständig mit total netten Leuten. Die laden mich auf ein Bier ein, und spätestens nach zwanzig Minuten kommt der Satz, den ich nicht mehr hören kann: Ich hab ein Problem mit meinem Computer.«

Hadersucht lachte. »Freut mich zu hören, dass du noch vom Fach bist.«

»Also gut. Was kann ich tun?«

»Kannst du dich erinnern, wie wir früher in deiner Bude Myst gespielt haben?«

Pedros Stimmung hellte sich auf. »Klar, die Insel. Was für

ein geiles Spiel. Das war das bestverkaufte weltweit. Sechs Millionen CD-ROMs.«

»CD-ROM. Lange nicht gehört das Wort. Also pass auf. Ich muss einen Namen entschlüsseln. Kannst du mir helfen?«

»Okay. Ich versuch's.«

»Danke, mein Freund.«

Hadersucht drückte die Trenntaste. Unterdessen hatte Dolores angerufen. Er versuchte es noch mal und erreichte sie. »Danke für den Rückruf, Dolores. Es geht noch mal um die Nachricht von Antonio. Vielleicht kannst du mir helfen.«

»Dazu müsste ich erst mal wissen, was drinstand. Aber du machst ja ein Geheimnis draus.«

»Das ist bei meiner Arbeit so üblich. Nicht gegen dich gerichtet.«

»Und das soll ich jetzt glauben?«

Hadersucht seufzte. Dolores war eine Plage. »Du musst es sogar glauben. Weil ich immer recht habe, wenn ich was sage. Das macht die Gespräche mit mir zu so einem lehrreichen Vergnügen.«

Dolores kicherte. »Na schön, dann leg mal los.«

»Antonios Text enthält eine Art Rätsel«, sagte Hadersucht. »Ich soll herausfinden, was Salvador Malva in seiner Kindheit geliebt hat.«

»Onkel Salvador?«

»Du kennst ihn?«, fragte Hadersucht.

»Sicher«, sagte Dolores. »Er wohnt in Castelldefels in einem Hotel.«

Wenig später fuhren Hadersucht und Dolores beim Gran Hotel Rey Don Jaime vor. Die mit Palmen gesäumte Auffahrt zum weitläufigen Bau mündete in einen Parkplatz. Audis und BMWs standen in den Parkbuchten.

Dolores sah sich genervt um. »Wie oft soll ich dir das noch sagen? Es hat keinen Sinn mit Salvador. Der Mann ist dement.«

Hadersucht erwiderte ihren Blick. »Lass es uns versuchen. Vielleicht hat er einen lichten Moment.«

Im Foyer wandte sich Dolores an die Rezeptionistin, eine resolute, gescheitelte junge Dame in Hotellivree.

»Guten Tag, Señora. Wo finden wir Herrn Malva?«

Die Empfangsdame überlegte kurz. »Ich habe Sie hier noch nicht gesehen.«

»Er ist mein Großonkel.« Dolores hielt dem prüfenden Blick der Angestellten stand.

»Um die Uhrzeit ist er gern draußen. Er liebt die Sonne. Wenn Sie ihn kennen, dann wissen Sie, wie es um ihn steht. Ohne seinen Privatsekretär ist er hilflos.«

Sie durchquerten das Foyer und kamen in den Garten. Meerjungfrauen, grinsende Fische und sprudelnde Seepferdchen säumten den amöbenförmigen Pool. Darüber spannte sich eine Brücke, die zu einer Loggia führte. Im Schatten der Palmen bediente ein livrierter Kellner die Tische.

»Hola. Salvador Malva? Und Sie sind sein Sekretär?«

Ein Nicken kam als Antwort. Salvador Malvas Privatsekretär trug ein an den Ärmeln hochgekrempeltes blaues Hemd und Chinos. Sein gegeltes Haar glänzte wie das eines Tango-Tänzers. Malva selbst starrte im Rollstuhl vor sich hin. Sein Resthaar war schlohweiß, ein am Hals zum Knoten gebundener Schal verbarg Altersflecken. Der Sekretär brachte zwei Stühle, sie nahmen Platz.

»José Mateo. Ich pflege Herrn Malva seit vielen Jahren.«

»Und wie geht es ihm?«

»Sein Alzheimer ist fortgeschritten. Ich teile mir die Betreuung mit drei weiteren Pflegern.« Er lächelte sauer. »Ich bin der, der ihm immer vorliest.«

»Der Kulturminister?«

Mateos zorniger Blick gab Hadersucht zu verstehen, dass er sich diese Bemerkung hätte sparen können. Das Hüsteln des Alten rettete sie aus der Situation. Mateo sprach sanfter, wie von Arzt zu Patient.

»Sie können sich nicht vorstellen, was für ein Mann er einst war. Großherzig, leidenschaftlich. Und ungemein fleißig. Nur tröstlich, dass er wegen der Krankheit nicht mehr mitbekommt, wie seine Kinder die Firma ruinieren. Es reicht für das hier.«

Dolores nickte wissend. »Nicht jeder kann sich so was leisten.«

Mateo bedachte die Frau mit einem gleichgültigen Seitenblick. Die einen hatten es eben, die anderen nicht, war darin zu lesen. Dolores winkte ab.

Hadersucht blieb neugierig. »Was wissen Sie über Malvas Kinder?«

»Die gönnen ihm nichts. Nicht mal das Autodrome. Ein wunderschönes Rennoval mit Steilkurven. Salvador hat es einem ungarischen Fürsten abgekauft. In den Dreißigerjahren fanden dort Grand-Prix-Rennen statt. Aber Franco wollte solche Rennen in Katalonien nicht. Seitdem ist es in Vergessenheit geraten und renovierungsbedürftig. Das hat die Sippschaft zum Anlass genommen, auf einen Verkauf zu drängen, wogegen Salvador sich ein Leben lang gewehrt hat.«

José Mateo hatte die Worte mehr ausgespuckt als gesprochen. Er schob den Alten im Rollstuhl ein Stück weiter in den Schatten. Das schien ihn zu beruhigen, dachte Hadersucht.

»Früher ist Salvador dort selbst Rennen gefahren«, fuhr er fort. »Am Wochenende. Er hat auch gerne an den Autos rumgeschraubt. Mit seinem Neffen Toni. Der hat Salvador aber nur Kummer bereitet.«

»Und welchen zum Beispiel?« Hadersucht versuchte, mehr beiläufig als neugierig zu klingen.

»Er war dagegen, dass der alte Herr das Autodrome vererbt. Hat getobt vor Wut, als er von seinen Plänen erfuhr. Außerdem hat er reihenweise Salvadors historische Rennwagen zu Schrott gefahren. Er sagte: ›Ich repariere sie, ich krieg das hin.‹ Er hat aber nur rumgeflickt und ist auf die Piste. Ein wahres Wunder, dass er sich nicht totgefahren hat.«

»Finden jetzt doch wieder Rennen statt?«

Er klopfte zum Beweis seiner Wichtigkeit auf den Laptop auf dem Tisch. »Das ist eine Ausnahme. Vor der Versteigerung morgen. Zum Abschied.«

»Was wird denn versteigert?«

»Das Autodrome selbst. Die Familie besteht darauf. Die Vorbereitungen sind im vollen Gange. Nur für geladene Gäste. Tut mir leid.«

»Sie wollen wahrscheinlich wissen, wieso wir hergekommen sind«, stellte Hadersucht fest.

»Allerdings«, antwortete Mateo. »Wer besucht einfach so einen alten Mann? Nehmen Sie es mir nicht übel. Herr Malva war früher ein ganz anderer Mensch.«

Hadersucht wollte sich von seinem Ziel nicht ablenken lassen. »Ist er in der Lage, eine Frage zu beantworten?«

»Sehen Sie ihn doch an!«, protestierte Mateo.

»Und Sie?«, fragte Hadersucht. »Sie kennen ihn gut.«

»Ich kann es versuchen«, gab sich Mateo geschlagen.

Hadersucht nickte. »Welche Dinge liebte Salvador in seiner Kindheit?«

»Seltsame Frage. Was Kinder eben so mögen.«

»Es muss was geben, das Salvador mehr als alles andere geliebt hat«, sagte Hadersucht leicht enttäuscht. »Etwas, was Antonio Lobrega wusste.«

»Sein Neffe Toni? Hat er was angestellt?« Mateo grinste schelmisch.

»Ihr Gesichtsausdruck verrät mir, dass Sie eine Ahnung haben, was das sein könnte«, sagte Hadersucht, der sich auf der richtigen Spur wähnte.

»Salvador hat einen Großteil seiner Kindheit auf einer Finca bei Girona verbracht«, sagte Mateo. »In Sichtweite der alten Fabrik. Großbürgertum eben.«

»Wo liegt diese Finca?«

»Warten Sie!« Mateo verschwand für einige Minuten und kam mit einer Kladde unter dem Arm zurück. »Ich hab es gefunden. Sein altes Fotoalbum. Wenn er helle Momente hat, zeige ich das gern.« Mateo blätterte vor und zurück, bis sein Blick auf einem verblassten Foto unter einer Plastikhülle hängen blieb. »Hier ist es.« Unter dem Schwarz-Weiß-Foto stand »Fabrica Morell« in altmodischer Schrift. »Das ist es. Die Finca und die Fabrik nebenan, beide sind stark verfallen. Sie liegen an einer Landstraße irgendwo am Meer. In der Provinz Girona.«

»Danke, Mateo«, sagte Hadersucht. »Sie haben uns wirklich geholfen.«

Sie verabschiedeten sich. Als Dolores Salvador Malva die Hand auf die Schulter legte, sah er zu ihr auf. »Marisol«, flüsterte er, »du bist zurückgekommen.«

Dolores strich ihm mit der Hand über die Wange. »Ja. Ich bin da.«

Salvador Malva strahlte.

13.30 UHR. PROVINZ GIRONA. TAG NACH DEM REFERENDUM

Der Hinweis auf die Fabrica Morell war ein echter Fortschritt. Hadersucht ließ sich gegenüber Dolores seine Genugtuung nicht anmerken. Bevor er sich auf den Weg machte, verständigte er Inspektor Ortega, der versprach, ihnen eine Funkstreife entgegenzuschicken.

Die Fahrt zog sich. Drei Stunden Autobahn und dichter Verkehr. Die durchwachte Nacht begann ihren Tribut zu fordern. Um dreizehn Uhr hatte Josef einen toten Punkt. Als sich kurz vor drei die Schlote der alten Fabrik abseits der Landstraße GI-623 abzeichneten, stand die Motorradstreife der Mossos d'Esquadra schon da. Hadersucht hielt am Rande des Feldweges. Die Beamten der Verkehrspolizei der Mossos stiegen von ihren Maschinen. Nach einer Vorstellungsrunde kam Hadersucht auf den Punkt.

»Sie haben das Gelände erkundet?«

»Bis gerade eben«, antwortete einer der beiden. Er hatte Sommersprossen um die Nase. »Hier sieht es so aus wie vor dreißig Jahren. Als die Fabrik dichtmachte.«

»Was wurde hier hergestellt?«, fragte Hadersucht.

»Dosenfisch«, sagte der Beamte. »Sardellen.«

»Nichts Ungewöhnliches entdeckt?«

»Nichts«, sagte der Beamte. »Ortega meint, dass hier auf dem Gelände eine Geisel versteckt sein könnte. Wir sind Halle für Halle abgeschritten, trotz der Einsturzgefahr.«

Hadersucht nickte anerkennend. »Keine Reifenspuren oder eingedrücktes Gras?«

Der Beamte schüttelte den Kopf. Er schien nicht viel Zeit auf die Suche verwendet zu haben. »Keine Hinweise. Überzeugen Sie sich selbst.«

Hadersucht schlang sich den Mantel über. In der Seitentasche steckte die Glock. »Genau das werde ich jetzt tun.«

Der sommersprossige Beamte machte eine abwehrende Bewegung. »Sie dürfen dort nicht hinein. Das ist eine Industrieruine.«

Hadersucht marschierte los, Dolores stöckelte hinter ihm her. Die Verkehrsbeamten blickten ihnen ratlos nach, schritten aber nicht ein. Einer zückte sein Smartphone und wandte sich ab.

Nach einem ersten Rundgang um die Fabrik schien Dolores zunehmend genervt zu sein. »Ist es so schwer, auf andere zu hören?«, schmetterte sie Hadersucht entgegen. »Die haben alles gründlich durchsucht. Wir verschwenden hier unsere Zeit.«

Das Hallendach war zur Hälfte eingestürzt. Geröll, Backsteine und Scherben lagen auf dem Boden. Nichts deutete darauf hin, dass hier vor Kurzem jemand gewesen war.

Hadersucht pfiff durch die Lippen. »Ich stelle mir gerade vor, wie der kleine Salvador Malva hier durch die Hallen gerannt ist. Jungs machen so was. Fällt dir was Ungewöhnliches auf?«

Dolores sah sich stumm um. »Wir sollten lieber im Haus der Malvas nachsehen.«

Hadersucht stimmte zu. »Gut. Das müsste dieses gut erhaltene dort drüben sein.« Sie verließen die Fabrikhalle durch ein Backsteintor. Das Blech davor ließ sich beiseiteschieben. Das Haus wirkte im Vergleich zur Produktionsstätte winzig. Vor der Eingangstür ragte ein in ein Metallskelett eingefasster Brunnen auf. Pumpengehäuse, Schwengel und Kolbenstange starrten vor Rost. Der Brunnenschacht führte in eine gähnende Tiefe hinab.

»Um Gottes willen«, sagte Dolores Hernández.

Josefs warf einen kleinen Stein hinein. Auf dem Grund des Brunnens war Wasser. »Keine Sorge. Da unten ist sie nicht. Lass uns im Haus nachsehen.«

Die Tür gab einen quietschenden Laut von sich. Josef zog die Glock aus der Tasche und erinnerte sich daran, dass eine Waffe dieses Typs nicht entsichert werden musste. Sie betraten einen hohen Raum mit Stuck an den Decken. Er war leer bis auf vom Schimmel zerfressene Möbelstücke. Im Licht der zwei milchigen Fenster tanzten Staubflocken.

»Also doch«, flüsterte Hadersucht. »Siehst du die Fußspuren da drüben? Die sind frisch. Der Boden ist ansonsten vollständig mit Staub bedeckt. Das hätten die beiden aufgeweckten Jungs von der Funkstreife eigentlich sehen können.«

Sie folgten der Spur zum Kamin. Mithilfe des Kugelschreibers untersuchte der Kommissar die auffliegende Asche. »Das Feuer hat vor Kurzem noch gebrannt.«

Er barg vorsichtig einen angekohlten Stoß Handzettel und zupfte ein Blatt heraus. »Spanier, wacht auf! Wählt V…« Der Rest war unlesbar und ein Raub der Flammen.

»Gibt es in Spanien eine Partei, die mit V anfängt?«

Dolores nickte. »VOTO Popular. Diese komischen Faschisten.«

»Dann haben die hier ihre Werbeflyer entsorgt. Moment. Was ist denn das?«

Hadersucht barg eine halb verkohlte Fotografie aus der Asche. Marisol, die sich gegen die Umarmung eines Mannes sträubte. Das Foto hatte er schon einmal gesehen, in Marisols Tagebuch. Lucia hatte dieses Bild wohl bei sich gehabt. »Sie waren hier, Dolores. Kein Zweifel.«

Der Ort Verges in der Comarca Baix Empordà, den Dolores und Josef für eine Pause wählten, war über die Grenzen Kataloniens hinaus für seine Prozession bekannt. In der Nacht auf Gründonnerstag zogen hier alljährlich als Skelette kostümierte Dorfbewohner zum Rhythmus der Trommeln durch die Altstadtgassen, um allen Zuschauern die Vergänglichkeit des Lebens zu vergegenwärtigen.

Josef Hadersucht hatte solche Mahnungen nicht nötig, er war von seinem Naturell aus jemand, der das Leben vom Ende her betrachtete. Der Job trug das Seinige dazu bei. Verglichen mit Dolores, die im Gasthof Mas Pi ihm gegenüber am Tisch mit Leichenbittermiene in ihrem Salat stocherte, war er aber geradezu heiter gestimmt. Dolores fing beim Essen ständig an zu weinen. Wie eben im Auto. Verständlich, denn für diese Frau war binnen Tagen eine Welt zusammengebrochen. Ihr Ehemann hatte eine Polizeibeamtin entführt und sie obendrein seinem hochkriminellen Bruder übergeben. Hadersucht versuchte, im unergründlichen Gesicht und den bebenden Lippen von Dolores etwas zu lesen. Er spürte ihren Zorn. Jemand hatte ihre Tochter auf dem Gewissen. Dieser verdammte Mörder musste dafür büßen. Hadersucht war sich sicher, dass Dolores so dachte. Dass sie sich rächen wollte.

Er rührte in einer Tasse kalten Espresso, als das Telefon klingelte.

»Pedro hier. Brauchst du meine Hilfe noch? Hast dich nicht mehr gemeldet.«

»Entschuldige«, sagte Hadersucht. »War bis jetzt unterwegs.«

»Vorhin klang es dringend.«

»Ist es auch«, sagte Hadersucht. »Wir suchen immer noch nach dem Geheimnis von Salvador Malva. Das ist der Besitzer einer Rennstrecke in Sitges.«

»Das alte Autodrome? Wäre ein interessanter Lost Place. Für Instagram.«

Hadersucht brummte ungnädig. »Hier geht's eher um ein altmodisches Rätsel. Ich muss rauskriegen, was der alte Malva in seiner Kindheit geliebt hat. Was wir bislang gefunden haben, deutet auf nichts Gutes.«

Pedro lachte. »Wenn es der alte Citizen Kane wäre, hätte ich die Antwort. Rosebud. Der Kinderschlitten.«

»Ich seh schon, du hast es mit den Mythen. Hilfst du mir jetzt oder nicht?«

»Okay. Die Sache hat mich gereizt, und ich hab auch schon einiges rausgefunden. Ich melde mich gleich wieder.«

Kurz nach dem Telefonat erhielt Hadersucht eine SMS. Mit einem Foto. Marisol. Und daneben Antonio. Das Telefon vibrierte erneut. Noch ein Foto. Antonio und Lucia. Hadersucht erschrak so heftig, dass ihm das Handy runterfiel. Er hob es auf und entfernte sich vom Tisch. Dolores sah ihm nach. Die Risse auf Hadersuchts Display sahen aus wie ein Spinnennetz. Lucias Gesichtsausdruck auf dem Foto wirkte entrückt. Antonios Lächeln war das eines Sadisten. Unter dem Bild stand ein kurzer Text:

Wo bleibst du? Du fängst an, mich zu langweilen. Wenn die Sonne untergeht, nehme ich mir die Kleine vor. Beeil dich also. A.

Es fiel Hadersucht erstaunlich leicht, Antonios perfide Nachrichten vor Dolores zu verheimlichen. Das war die positive Seite ihrer Apathie. Als er zum Tisch im Mas Pi zurückkehrte, fragte sie nicht nach dem Grund seiner Aufregung, sondern nippte nur am Espresso. »Dein Freund hat sicher was rausgefunden. Der Informatiker.«

»Gute Idee. Ich ruf ihn noch mal an.«

Pedro ging augenblicklich ans Telefon. »Ungeduldig, was? Piano, alter Knabe.«

»Das heißt, du hast nichts.«

»Das wäre untertrieben, Josep. Spannende Leute, diese

Malvas. Hab mich durch deren Familiengeschichte gewühlt. Warte mal, bleib dran.«

Hadersucht hörte Möbel rücken und einen Rechner hochfahren.

»Da bin ich wieder. Ich hab dir was in einen Ordner gepackt. Soll ich dir das als Dateianhang zukommen lassen? In der Cloud? Oder per WeTransfer?«

Hadersucht seufzte. »Die Kurzfassung mündlich reicht mir.«

»Dazu muss ich wissen, was dich interessiert. Firmengründungen? Übernahmen? Auftritte bei Galadinnern?«

»Wie ich sagte: Was liebte Salvador Malva in seiner Kindheit?«

Genervtes Atmen auf der anderen Seite des Hörers.

»Lass gut sein, Pedro, ich finde einen anderen Weg.«

»Ich hab hier noch was. In einem Artikel stand was von einer Spielwarenfabrik, die der Familie gehört hat.«

Ein Blick auf die Wetter-App zeigte Hadersucht den Zeitpunkt des Sonnenuntergangs an: 17.30 Uhr. Nicht mal zwei Stunden, um Lucias Leben zu retten.

17.30 UHR. PROVINZ GIRONA.
TAG NACH DEM REFERENDUM

Misshandelte Frauen, von ihren Vergewaltigern entführte Frauen. Lucia hatte ihnen in unzähligen Verhören gegenübergesessen. Ihre Qualen waren ihr stets nahegegangen. Die Stimmen der Gepeinigten verfolgten sie danach oft bis in den Schlaf. Lucia hatte mit den Frauen gefühlt. Ihnen zu verstehen gegeben, dass sie mit ihrem Schmerz nicht allein waren. All das kam ihr im Nachhinein wie Laientheater vor. Sie wusste nichts. Bis jetzt. Denn jetzt erlebte sie Todesangst am eigenen Leib. Das Gefühl, einem Wahnsinnigen ausgeliefert zu sein. Der Silikonball in ihrem Mund ließ keinen anderen Schluss zu.

In Manuels Gewalt hatte sie jeden Anflug von Angst erfolgreich unterdrückt. Manuel war als Entführer das geblieben, was er war. Ein Schwächling. Sein Bruder erwies sich als ein anderes Kaliber. Ihr Herz pochte bis zum Hals. *Bleib ruhig! Entsage der Angst!* Ihre Versuche der Autosuggestion scheiterten. Angstschweiß rann ihr die Stirn herab. Tropfte aufs Hemd. Über ihr das Kinn des Plastiksoldaten, an den Lucia mit Draht gefesselt war. Eine Art riesiger Nussknacker mit Grinsemaul, der den Eindruck erweckte, sie zu verspotten. Durch die verrutschte Augenbinde konnte Lucia, wenn sie den Kopf schräg anhob, Einzelheiten ihrer Umgebung erkennen. Spielgeräte. Sogenannte Amüsier-Maschinen. Reitpferde mit Münzeinwurf. Eisenbahn unter Glas. Flipper. Mechanische Mini-Bullen. Maschinen, die an Touristenorten gewöhnlich an Eingängen zu Supermärkten standen, auf Marktplätzen oder auf dem Rummel. Ihre Situation dagegen war keine

Jahrmarktillusion. Sie glich einer real gewordenen Geister-
bahnfahrt. Sie erinnerte sich. An den Schrecken, als Antonios
Gesicht in der Kellerluke erschienen war. Wie er sein perfi-
des Selfie mit ihr machte. Und sie mit Chloroform betäubte.
Wie sie das Schwein hasste.

Ihre Handgelenke und Fußknöchel schmerzten vom Draht.
Um ihre Demütigung zu komplettieren, hatte Antonio ihre
Beine gespreizt gefesselt. Nach einer Weile hörte sie ihn atmen.
Dann ließ er seine widerliche Fistelstimme hören. »Ich habe
meine Freiheit verloren. Bin ab jetzt ständig auf der Flucht.
Aber das ist nichts gegen den Anblick, den du mir bietest.«

Lucia ruckelte an den Fesseln.

Antonio kam direkt bis an ihr Ohr. »Entschuldige, ich
kann dich gar nicht verstehen. Du sprichst so undeutlich. Gut,
rede eben ich. Ist ohnehin besser, denn Weiber wie du reden
den ganzen Tag nur dummes Zeug. Was meinst du? Ich hab
dich nicht verstanden.« Er stieß ein gehässiges Lachen aus.

»Also, meine Liebe. Gute Nachrichten. Wir bekommen
Besuch. Dein Freund aus Deutschland ist da. Hoffentlich
kommt er rechtzeitig, um dich noch lebend anzutreffen.
Wenn nicht, auch nicht schlimm. Du wirst eine hübsche Lei-
che sein. Nicht ganz so hübsch wie Marisol.« Er zog sie am
Kinn hoch. »Was geht in diesem süßen kleinen Köpfchen vor?
Du willst hier weg, stimmt's? Na, das verstehe ich. Vergiss es.
Du denkst, deine Schlauberger bei den Mossos hätten mein
Handy geortet. Aber das liegt in meiner Abschirmtasche.«

Sie fragte sich, warum er sie nicht gleich tötete. Was hatte
er noch vor? Sie versuchte, lieber keinen Gedanken daran
zu verschwenden, der zu sehr ins Detail ging.

Eine halbe Stunde später hatte Lucia alle Hoffnung auf
Rettung aufgegeben. Und falls sich nicht doch noch eine
Chance auf Flucht ergab, sollte es wenigstens schnell gehen.
Wie auch immer ihr Ende aussehen würde. Antonio Lobrega

wollte eine Party feiern. Mit ihr als Hauptattraktion. Wie viele Männer an seiner Seite waren, wusste sie nicht. Aber sie hörte das, was gesagt wurde. Die Kerle unterhielten sich darüber, was sie mit ihr anstellen wollten. Ganz ungeniert, in ihrer Nähe. Die Wahl fiel auf Messerwerfen. Mit Schaudern dachte Lucia daran, was Manuel erwähnt hatte. Dass Antonio schon als Junge anderen Kindern das Messerwerfen beigebracht und sie mit Klingen beworfen hatte. An einen Spielzeugsoldaten aus Plastik gebunden, gab sie ein perfektes Ziel ab. Sie schauderte. Ein Glückstreffer ins Herz würde einen schnellen Tod bedeuten. Wahrscheinlicher war ein langsamer, qualvoller Tod. Sie musste an eine Hinrichtungsart aus der chinesischen Kaiserzeit denken, Lingchi hieß sie. Der Henker trennte dem aufrecht an einen Pfahl gefesselten Opfer nacheinander Körperteile ab. Erst die Brust, dann die Oberschenkel, Arme und Beine und zum Schluss den Kopf. Sie weinte vor Entsetzen. Am schlimmsten fand sie den Gedanken, vor ihrer Mutter sterben zu müssen. Dass sie ihr nicht am Ende ihres Lebens würde beistehen können. Dass sie nicht ihre Hand würde halten können, ihr nie wieder in die Augen blicken können. *Mama*, dachte sie, *ich liebe dich so …*

Eine raue Stimme ertönte. »Was denkst du, Toni? Plastikplane drunterlegen? Ich meine wegen der Sauerei.«

Die Antwort kam von Antonio. Lucia erkannte die Stimme. »Blödsinn. Ist mir doch egal. Oder willst du den Laden hier später übernehmen?«

»Da hast du auch recht, Toni.«

Lucia riss am Draht um ihre Hände. Aber der schnitt nur tiefer ins Fleisch ein. Der Ball in ihrem Mund saß fest. Ließ sich weder verrücken noch ausspucken. All ihre Erfahrung und Ausbildung waren nutzlos in einer Situation wie dieser. Nie hatte sich Lucia Costa so hilflos und wütend zugleich gefühlt wie jetzt im Angesicht des Todes. *Wenn ich hier raus-komme, bring ich den Kerl um*, sagte sie sich.

»Lass sie uns doch da hinten an die Holzwand tackern«, sagte der Begleiter von Toni. »Wie beim Darts.«

»Wir sind hier nicht im Zirkus. Wir machen das so wie vorgesehen.«

Um die Beschaffenheit des Spielzeugsoldaten zu testen, vereinbarten sie Testwürfe. Lucia spürte es am Einschlag, wenn ein Messer die Plastikfigur durchbohrte. Ihre Todes-angst wuchs ins Ungeheuerliche.

Antonio lachte. »Ausgezeichnet. Ich sehe, das Militärtrai-ning hat's gebracht.«

»Das war der Hauptgrund, warum ich zu VOTO gegan-gen bin.«

»Mit Waffen richtig umgehen ist auch das Einzige, was du kannst.«

Alle lachten. Bierflaschen wurden entkorkt, Dinge hin- und hergetragen. Offenbar wurde in ihrer Nähe etwas auf-gebaut. Schlagartige Helligkeit blendete sie unter der Augen-binde. Die Wärme von Scheinwerfern.

»Ziel ausgeleuchtet, Toni.«

»Ausgezeichnet. Dann kann es losgehen.«

19.30 UHR. PROVINZ GIRONA.
TAG NACH DEM REFERENDUM

Als Josef Hadersucht von innerer Unruhe gepeinigt den Ford Granada im Kreisverkehr der Landstraße C-260 zum Stehen brachte, dämmerte es. Pedro Abeledo hatte eine Lagerhalle als möglichen Zielort identifiziert. Das letzte Überbleibsel der Spielmaschinenfabrik Malva. Diese war Ende der Sechzigerjahre gegründet worden, um die Küstenorte mit Minibussen, Raketenbooten, Wackelmotorrädern und Polizeiautos mit Münzeinwurf zu beglücken, wie Pedro erzählt hatte. In den Achtzigern brummte das Geschäft. Es bedurfte aber erst eines Geschäftsführers vom Schlag eines Ruben Malva, um sie vor zwei Jahren endgültig in die Pleite zu reiten. Der Sohn von Salvador Malva hatte sich als unfähig erwiesen, das Familiengeschäft weiterzuführen.

Vom stärker werdenden Tramuntana-Wind durchgepustet erreichten Dolores und Josef das Fabrikgelände. Sie musste einfach hier sein. Noch nie hatte Josef so viel Angst um das Leben einer anderen Person gehabt. Lieber würde er seins hergeben, als einen erneuten Verlust ertragen zu müssen. Dabei kannte er Lucia gar nicht lange.

Schilf verstellte den Blick, Hadersucht und Dolores pirschten sich langsam heran. Hadersucht wog die Chancen ab. Vor dem Haupteingang des Gebäudes standen zwei Wagen. Ein Toyota Pick-up verdeckte den Blick auf das andere Fahrzeug. Hadersucht reckte sich, um es besser sehen zu können. Der Jaguar von Antonio?

Er zog Dolores am Ärmel. »Wollen wir nicht lieber auf Ortega warten? Das wird zu gefährlich für uns zwei.«

Die Frau blickte ihn entrüstet an. »Da kannst du lange warten. Das hängt jetzt ganz allein an uns.«

Ihn verwunderte ihre Entschlossenheit. Er durfte sie nicht allein gehen lassen. »Bleib hier!«, zischte er. Er tastete seine Taschen ab. Wo war die Waffe?

Dolores Hernández hatte sie. Entsetzt sah er sie in ihrer rechten Hand. Mühsam kam er auf die Beine und folgte ihr. Sie bahnte sich ihren Weg durch ein Gehölz. Das Heulen des Windes spielte ihr in die Karten. So konnte sie keiner kommen hören. Als er zu ihr aufgeschlossen hatte, warf sich Josef auf den Boden. Vor der Lagerhalle standen zwei Männer in schwarzen Bomberjacken. Beide trugen das Haar so kurz geschoren, dass die Kopfhaut durchschimmerte. Sie warfen gelangweilt Messer in Richtung einer Kiefer, nahmen den Wachdienst nicht allzu ernst.

Dolores trat hinter dem Stamm hervor und lief den Männern in aller Seelenruhe entgegen.

Der größere der beiden Skinheads zückte das Messer und brüllte sie an. »Das ist Privatbesitz hier. Mach, dass du verschwindest.«

Dolores Hernández hob die Waffe und drückte zweimal ab. Die Männer sanken getroffen zu Boden. Hadersucht kam aus dem Gebüsch, in das er bei den Schüssen gehechtet war. Sie beachtete ihn nicht. Wie in Trance schob sie die Türklinke am Haupteingang hinunter. Instinktiv verstand er. Er würde woanders hineingehen müssen. Die Schüsse konnten trotz des Windes unmöglich ungehört verhallt sein.

Er rannte über eine Wiese und gelangte zu einer Tür. Ein kurzer Blick zurück zu Dolores genügte. Sie würde hineingehen. Er drückte den Türgriff hinunter. Die Tür war verschlossen.

Die nächste Tür, fünfzig Meter weiter, ebenso. Hadersucht lief voller Verzweiflung um das riesige Gebäude herum, angetrieben von der Wut auf Dolores. Sie hatte ihren eigenen Kopf durchgesetzt und war drauflosgestürmt, ohne den geringsten Plan zu haben. Allein reinzumarschieren erschien ihm purer Wahnsinn.

Auf dieser Seite der Fabrikhalle standen eine Kinderrutsche in Elefantenform, Plastikpalmen sowie das Brandenburger Tor in Miniatur. Wer brauchte so was, dachte Josef und erspähte eine Treppe an der Außenwand der Halle. Am oberen Ende war eine kleine Plattform, von der man ins Innere der Fabrik hineinsehen konnte.

Vorsichtig stieg er die wackelnde Metalltreppe empor. In seinem Rücken verglühte in lila gefärbten Wolken langsam die Sonne am Horizont. Oben an der Treppe angelangt, spähte er zum ersten Mal hinein ins Innere der Lagerhalle. Der Wind pfiff ihm um die Ohren. Er hörte Popmusik. »Don't Worry Baby« von den Beach Boys. Was er sah, ließ ihn das Blut in den Adern gefrieren.

Zwei Scheinwerfer beleuchteten in der linken Ecke Lucia Costa, die an einen riesigen Spielzeugsoldaten gefesselt war wie an ein Totem. Zehn Meter entfernt von ihr standen zwei Männer. Einer war Antonio Lobrega, schlank und ganz in Schwarz. Der andere war ein baumlanger Kerl mit Stoppelhaarfrisur und Muskel-T-Shirt. Sie begutachteten eine vor ihnen ausgerollte Werkzeugtasche. Von Dolores keine Spur. Konnte es sein, dass die Männer nichts von den Schüssen mitbekommen hatten?

Von hier oben hätte er eine aussichtsreiche Schussposition gehabt, aber Dolores hatte seine Waffe, die sie ihm offenbar während der Fahrt entwendet hatte. Er spürte Machtlosigkeit, als das Fenster sich nicht von außen öffnen ließ. Ob er es einschmeißen sollte? Mit einem Stein? Damit wäre nichts gewonnen, denn um Lucia zu helfen, war er zu weit weg. Sie schien den Männern hilflos ausgeliefert, es gab nichts, was er tun konnte.

Er sah sich in der Halle um. Dreißig Meter von ihm entfernt war unter dem Dach eine Luke zu erkennen. Strahlen von Restlicht fielen hindurch. Ohne es sich zweimal zu überlegen, zog er sich aufs Dach hinauf und balancierte die Strecke den Abgrund entlang bis zu der Stelle, wo er die Luke gesehen hatte. Unter ihm ging es tief hinunter.

Bloß nicht hinunterschauen! Eine heftige Böe brachte ihn beinahe aus dem Gleichgewicht. Er erreichte die Dachluke. Sie war einen Spaltbreit offen. Er schob sie so weit hoch, dass er ins Innere der Halle klettern konnte. Zu seinem Entsetzen lag die zu ihr führende Feuerleiter eingerollt und verschnürt am Boden. Nur mit Not hangelte er sich an einer Metallstrebe unter dem Dach entlang. Das Einzige, was ihm blieb, war ein gewagter Sprung zu einer Art in der Hocke sitzenden Clownsfigur mit überlangem spitzem Hut, die etwa drei Meter unter ihm aufragte. Der Hallenboden lag noch weiter entfernt. Die Kraft in seinen Fingern ließ nach, er musste den Schwung wagen und den Hut zu fassen bekommen. Es durfte nichts schiefgehen, sonst war der Rettungsversuch unweigerlich zum Scheitern verurteilt.

Er stieß sich mit letzter Kraft ab und flog durch die Luft, bis beide Füße die Plastikkonstruktion berührten. Augenblicklich stürzte die Figur in sich zusammen und er landete unsanft auf einem Container für Verpackungsmaterial und fiel von dort zu Boden. Ein Fall aus sieben Metern Höhe, gemeistert in drei Etappen. Der Sturz presste alle Luft aus seiner Lunge. In seinen Ohren verklangen die Beach Boys. Danach war es still.

Als er nach kurzer Benommenheit wieder zu sich kam, blinzelte Hadersucht in die Mündung einer Waffe. Ein gezielter Schuss aus nächster Nähe und er wäre erledigt. Dass es so kommen würde, daran gab es keinen Zweifel. Denn vor ihm stand mit ausgestreckter Pistole Antonio Lobrega. Dies war der Moment, auf den Josef wochenlang hingefiebert hatte. Der Moment der Abrechnung. Nur andersherum als erhofft. Antonio winkte seinen Kumpel heran. Der schmächtige Mann mit dem auffallend gelben Gesicht trug ein T-Shirt, auf dem Hitlers Eroberungszüge als »European Tour 1939–1945« vermerkt waren. Er hielt Josef eine abgesägte Schrotflinte direkt vor die Nase.

Antonio ließ die Waffe sinken. »Ich freue mich über dieses Wiedersehen. Sehr schön.«

»Ich kann mich nicht erinnern.«

»Du enttäuschst mich. Weißt du nicht mehr? Auf dem Campingplatz? Da hast du mein Paket gefunden.«

Hadersucht nickte.

»Das hat ganz schön gestunken.«

Antonio lachte hell auf, es klang wie das heisere Bellen eines Terriers. »Man soll seine Nase nicht in die Angelegenheiten anderer Leute stecken. Aber für mich war es gut, denn damit hast du mich auf die Idee mit dem Spiel gebracht. Mir hat es imponiert, dass du Martís Leiche gefunden hast. Wie du siehst, weiß ich Leistungen der Gegenseite durchaus zu schätzen. Wenn die sich anstrengt, pusht mich das auch.«

Ein Schwätzer, dachte Hadersucht. Viel Hoffnung knüpfte er nicht daran, aber noch atmete er. Eine unbändige Lust auf eine Zigarette überkam ihn. Eine letzte.

»Könnte ich eine Kippe bekommen?«

Antonio lachte. »Kein Problem. In den USA war es üblich, dass sich die zum Tode Verurteilten eine besondere Mahlzeit wünschen durften. Das wurde aber abgeschafft, denn die Wünsche waren zu ausgefallen. Ich finde es faszinierend, wie Menschen, die dem Tod ins Auge blicken, alles tun, um ihr Ende noch hinauszuzögern, und sei es durch eine ausgedehnte Mahlzeit. Unser Catering wird dich enttäuschen. Außer ein paar Chipstüten ist nichts da. Aber rauchen ist kein Problem. Hier, bitte schön.«

Misstrauisch beäugt zog Josef eine Zigarette aus der Schachtel, die ihm Antonio hinhielt. Mit Feuer half der Spanier aus, der Josefs erste genussvolle Züge betrachtete.

»Dass du das Rätsel mit Salvador Malva gelöst hast, hat mich in meiner Meinung bestärkt. Du hast was drauf.«

Josef blies Rauch aus. »Das Kompliment gebe ich gern zurück. Bist du offen für einen Deal von Mann zu Mann?«

Antonio grinste. »Da bin ich gespannt.«

»Ich gebe dir mein Handy und lasse dir einen Vorsprung von zwei Stunden. Darauf hast du mein Wort.«

Antonio lachte schrill. »Sehr großzügig. Aber auch enttäuschend. Da hätte ich mehr erwartet. Du vergisst, dass wir noch eine Rechnung offen haben.«

»Welche sollte das sein?«

»Das, worum es zwischen Männern immer geht: Frauen. Marisol konnte einen um den Verstand bringen. Das weißt du so gut wie ich.«

Josef ließ die Zigarette fallen und drückte sie mit dem Fuß aus. Die Bewegung sorgte dafür, dass Ivan die Waffe näher an seinen Kopf brachte.

»Ist gut, Ivan. Das reicht jetzt«, herrschte Antonio seinen Schergen an. »Ich will hören, was er dazu zu sagen hat.«

»Du hast absolut recht«, gab Josef zurück. »Marisol konnte einen verrückt machen.«

Antonio grinste entzückt.

Doch Josef hatte noch nicht ausgeredet. »Mit dem Unterschied, dass sie mir all das, was du dir mit Gewalt nehmen musstest, freiwillig gab.« Dafür hatte Hadersucht keinen Beweis. Aber er hoffte, dass seine Behauptung Antonio aus der Fassung bringen würde. Damit behielt er recht. Antonios Gesicht war eine Fratze der Wut. Er zielte mit der Waffe auf ihn und brüllte los. »Sie war eine Nutte! Und du hast sie bezahlt!«

»Am Anfang ja«, sagte Hadersucht. »Danach nie mehr.«

Antonio kam drohend näher. »Gelogen. Du hast bezahlt. Das war so bei ihr. Du bist kein bisschen besser als ich. Dabei hätte sie es gar nicht nötig gehabt.«

Hadersucht nahm aus den Augenwinkeln wahr, dass sich ein Schatten von hinten näherte. Antonio hielt ihm die Mündung direkt vors Gesicht. »Jetzt knall ich dich über den Haufen wie einen Hund.«

»Warte«, rief Hadersucht in einer spontanen Eingebung. »Ich hab gelogen. Marisol wollte nie was von mir und wir hatten auch nie Sex. Ich war nur jemand, bei dem sie sich das Herz ausgeschüttet hat.«

Antonio glotzte verwirrt. In der Ferne knatterten die Rotoren eines Hubschraubers. Er schaute in die Richtung und war einen Moment lang abgelenkt. Plötzlich tauchte Dolores Hernández hinter ihm auf. Sie presste Antonio die Glock in den Rücken. Der drehte sich erschrocken um.

»Lass sie fallen«, forderte Dolores. Die Pistole krachte auf den Boden. Ivan zielte mit der abgesägten Schrotflinte weiterhin starr auf Josef, wartete aber seinem ratlosen Blick zufolge auf Anweisungen von Antonio.

»Du bist das also gewesen«, sagte Dolores und richtete die Waffe nun direkt auf Antonios Kopf. »Du hast dich bei uns eingeschlichen. Du hast Manuels Gutmütigkeit ausgenutzt, hast dich hinter meinem Rücken an meine Tochter rangemacht. Und als sie dich zurückgewiesen hat, hast du sie umgebracht. Was gibt dir das Recht, am Leben zu sein?«

Antonios Gesicht war eine Maske aus Angst und Wut. »Marisol hat mich geliebt. Auch wenn du das nicht wahrhaben willst.«

Dolores zitterte merklich, als sie langsam den Finger am Abzug krümmte. Antonio drehte sich zur Seite und schlug die Hand mit der Pistole weg. Ein Schuss löste sich und krachte ins Dach einer Plastikeisenbahn. Antonio stieß Dolores um. Ivan zielte auf den am Boden liegenden Hadersucht, der sich schützend seine Arme vors Gesicht hielt. Doch bevor er abdrücken konnte, traf ihn etwas Schweres am Kopf.

Das war Lucia. Mit einem Schrei hatte sie sich auf ihn gestürzt. Ivan brüllte vor Schmerz und klappte in sich zusammen. Josef robbte hin, um sich die Schrotflinte zu schnappen. Antonio erfasste die Situation und rannte aus der Halle. Augenblicke später strömte ein Dutzend Polizeibeamte herein.

20.30 UHR. PROVINZ GIRONA.
TAG NACH DEM REFERENDUM

Antonio Lobrega gelang die Flucht. Miguel Ortega hatte die Nachricht gegen acht Uhr erreicht. Nach Ansicht des Inspektors waren das ein paar Rückschläge zu viel in so kurzer Zeit. Die Mossos lokalisierten Lobregas Fahrzeug trotz eines Vorsprungs von rund zwanzig Minuten. Der letzte Hinweis auf ihn kam von einer Tankstelle in Fortià. Die Mossos waren mit drei Einsatzfahrzeugen hingerast, kamen aber zu spät an. Statt auf Antonio Lobrega stießen sie auf ein aufgebrachtes Rentnerpaar aus den Niederlanden, das ihren Volvo 580 vermisste. Wie sich herausstellte, hatte Lobrega sich mit vorgehaltener Waffe des Wagens der Holländer bemächtigt, als der Mann beim Bezahlen war. Ortega fluchte, was er selten tat. Dann gab er Anweisungen durch. »Straßensperren an der Autobahn und der N-11. Richtung Frankreich, Richtung Girona. Wir kriegen den.«

Josef, Dolores und Lucia ließen sich unterdessen im Krankenwagen durchchecken. Die Sanitäter befanden, dass alle drei großes Glück gehabt hatten. Nach einem Sturz aus einer solchen Höhe mit Schürfwunden an den Händen davonzukommen, war Glück. Lucias Schürfwunden und Hämatome an Armen und Beinen stammten vom Metalldraht, mit dem Antonio sie gefesselt hatte. Dolores war vor allem psychisch sichtlich mitgenommen. Tränen rollten über ihre Wangen. Ortega hielt inne, als er zur Gruppe stieß.

»Sie haben viel durchgemacht, Frau Hernández. Ich muss aber mit Lucia und Josef allein reden.«

Dolores nickte apathisch und ließ sich von einem Beamten der Mossos zu einem Wagen begleiten. Hadersucht ahnte, was jetzt kam. Zwei Menschen waren durch seine Waffe ums Leben gekommen und Ortega wollte Einsicht in die Ereignisse bekommen. Der Spanier war derjenige, der den Untersuchungsbericht verfassen musste. Hadersucht beschrieb ihm den Schusswechsel in allen Details. Er zweifelte nicht daran, dass die Mossos zum gleichen Ergebnis kommen würden wie er: Abgabe von tödlichen Schüssen in Ausübung des Dienstes. Kein Verschulden des Beamten erkennbar. Dass er sich auf Urlaub befand, vergaß er zu erwähnen. Während Hadersucht redete, brummte Ortega. Hadersucht wertete es als Zustimmung.

Damit war aber Ortegas Neugier nicht befriedigt. »Ich frage mich, wie du auf die Fabrik gekommen bist, Josef.«

»Passte perfekt zum Rätsel. Und wenn ich das in aller Bescheidenheit anfügen darf: Mein Sprung war auch nicht von schlechten Eltern.«

Lucia fuhr hoch. »Der war bescheuert, Josef. Du hättest dir den Hals brechen können und damit wäre mir auch nicht geholfen gewesen.«

Er sah sie beleidigt an. »Na, schönen Dank auch. Wie hat Dolores es geschafft, dir zu helfen?«

»Sie hat den Draht von hinten gelockert, als sich alles auf dich konzentrierte.«

»Sag doch gleich, dass sie dich gerettet hat.« Hadersucht grummelte.

Ortega ging dazwischen. »Es reicht jetzt, ihr beiden. Sachlich bleiben. Ist euch sonst noch was aufgefallen?«

»Der Typ, dem ich das Stativ mit der Leuchte über den Kopf gezogen habe, ist der gestorben?«, fragte Lucia.

»Der hat ein Riesenloch im Schädel«, sagte Ortega. »Mal sehen, ob er es übersteht. Warum fragst du?«

»Er hätte es verdient zu sterben. Schade, dass ich den anderen nicht erwischt habe.«

Ortega brummte und schüttelte den Kopf. Lucias Gewaltausbruch schien ihm nicht zu behagen.

»Wenn er durchkommt, können wir ihn befragen«, fuhr Lucia fort. »Egal. Ich bin auch so überzeugt, dass die alle Teil einer Bewegung sind, von der ich in Barcelona gehört habe. VOTO Popular.«

Hadersucht sah sie an. »Hast du dafür einen Beweis?«

»Die Typen haben mit ihren Heldentaten für diese Bande geprahlt.«

Ortega machte sich eine Notiz. »Gut. Da fassen wir nach. Soweit ich weiß, haben wir einen V-Mann in dem komischen Verein. Wir werden uns dieses Rattennest mal ansehen.« Er sah Hadersucht an, der sich direkt angesprochen fühlte.

»War's das für mich?«

Ortegas Stirn verzog sich. »Ich lasse euch beide erst mal in Ruhe. Die Besprechung können wir morgen weiterführen.«

»Dafür wäre ich dankbar. Bei dir steht noch einiges an, oder?«

»Fragst du mich das als Ermittler oder als Jongleur? Ich muss die Fahndung nach Antonio Lobrega koordinieren und Kontakt zu Eloy halten. Es gibt einen neuen Entführungsfall einer Prostituierten. Außerdem ist das Land in Aufruhr wegen des Referendums.«

Lucia stierte vor sich hin. Sie sah aus, als ob sie Ruhe brauchte, um den Schock zu verarbeiten. Ihr ganzer Körper schien immer noch unter Spannung zu stehen. Sie zitterte, als hätte sie Fieber. Hadersucht mischte sich ins Gespräch ein, während ein Sanitäter ihr eine Decke reichte, in die sie sich einwickelte. »Wenn du nicht lieber mit der Ambulanz fährst, kann ich dich bis Girona mitnehmen.«

»Was willst du in Girona?«, fragte Lucia. »Mir ist nicht nach einem Krankenhausaufenthalt.«

»Pedro sein Geld bringen.«

»Wer ist das?«

»Das ist der Mann, der für den entscheidenden Tipp gesorgt hat, dass wir dich finden konnten.«

»Einverstanden. Auf nach Girona. Dann kann ich mich selbst bei ihm bedanken.«

Hadersucht stützte Lucia, die sichtlich angeschlagen war, während Dolores von der Ambulanz mitgenommen wurde. Sie hatte einen schweren Schock erlitten.

Der Film »Das Parfum« hatte die Schönheit Gironas – idyllisch gelegen an den Ausläufern der Pyrenäen im äußersten Norden Kataloniens – einem breiten Publikum nähergebracht. Es ging darin um den Mörder Grenouille, der Mädchen erschlug, um aus ihren Haaren die Essenzen für das perfekte Parfum zu gewinnen. Gegenüber Lucia erwähnte er den Film nicht. Sie war von den Strapazen der Geiselnahme und der Todesangst genug gezeichnet und sprach während der Fahrt nicht viel. Auf sein Anraten willigte Lucia ein, erst einmal im Hotel Ultonia abzusteigen, um sich auszuschlafen.

Hadersucht parkte den Ford an der Universität, stieg die Treppen der Pujada de Sant Doménec hinab und blieb vor einem Holztor stehen, über dem die Jahreszahl 1858 prangte. Anstatt zu klingeln, handelte er so, wie am Telefon beschrieben, und rief laut nach Pedro. Keine zwei Sekunden später stieß jemand die Balkontür auf. Hadersucht erkannte den Freund aus Studentenzeiten über ihm an seinen tätowierten Unterarmen. Pedro verströmte das Charisma eines Altstudenten. Die Haare standen in alle Richtungen ab, er wirkte verschlafen. Ein paar graue Stellen zeigten sich an den Schläfen. Der Mann war keine zwanzig mehr.

Einen Moment dauerte es, dann ertönte der Summer. Pedro Abeledo wohnte im zweiten Stock. Er umarmte seinen alten Freund und trat ein. Der Herd in der Küche sah speckig aus, aus der Waschmaschine lugte feuchte Wäsche. Hadersucht ließ sich ins Wohnzimmer bitten, in dem statt Sesseln Matratzen lagen. Am Fenster befand sich Pedros Arbeitsplatz, auf dem drei Bildschirme, Rechner mit Apfelsymbol sowie ein Notebook standen. In einem Billy-Regal waren elektronische Einzelteile in Kisten gestapelt.

»Ich muss dir was erzählen.«

»Setz dich, Josep. Und fang an. Ich bin gespannt.«

Hadersucht erzählte ihm die Ereignisse betont spannungsgeladen, ohne auf Marisol und seine Affäre mit ihr einzugehen. Als er geendet hatte, bedankte er sich für Pedros Mithilfe bei der Suche.

»Na, die Story war es wert. Freut mich, dass ich dir helfen konnte.«

»Eine kleine Bitte hätte ich noch. Etwas Geschäftliches. Kannst du die Daten eines Smartphones sichern und sie für mich verstecken?«

»Klar. So was dauert 'ne gute Stunde.«

»Super. Und keinem was sagen, okay?«

»Einverstanden. Du bist mein Kunde. Ich gehe davon aus, du hast das Geld in bar.«

»Zweihundertfünfzig. Für deine Recherche und das Handy.« Hadersucht zählte Geldscheine aus dem Portemonnaie ab, die sogleich in eine Büchse wanderten, aus der es nach Marihuana roch.

Sie reichten sich die Hand. Pedro zeigte Josef das Gästezimmer, ein Raum mit breitem Bett und eigenem Bad. An der Decke baumelte ein Kronleuchter. Hadersucht händigte ihm das Smartphone von Ilian Bulgur aus und gab ihm den Zugangscode. Der Informatiker machte sich mit einer Kanne

Tee ans Werk. Nach einer Weile kam er wieder. »Ich bin drin. Doch wie es aussieht, muss ich sehr vorsichtig sein mit den Apps. Allerhand Security-Software.«

»Kommst du damit klar?«, fragte Hadersucht.

»Kein Problem für mich. Dauert aber länger, als ich dachte. Das mit dem Bier müssen wir verschieben.«

Josef tat bedauernd, aber in Wahrheit passte ihm das gut in den Kram. Er würde Lucia zum Abendessen einladen. Sie hatte zugesagt, meinte, das würde ihr guttun. Er hoffte nur, sie war nicht in einen totenähnlichen Schlaf versunken.

23.30 UHR. PROVINZ GIRONA.
TAG NACH DEM REFERENDUM

Ilian Bulgur saß in der Lobby des Hotels Estrella de Mar im kleinen Küstenort Calella. Vom breiten, abgewetzten Ledersofa glotzte er durchs Panoramafenster auf die Straße. Das billige Hostel diente als Rückzugsort jener Polizeirekruten, die gegen das Referendum in Katalonien im Einsatz waren. Vorgestern war die Stimmung bestens gewesen. Die Vorstellung, die Einheit Spaniens gegen den aufgeputschten Pöbel zu verteidigen, hatte die jungen Männer euphorisiert. Was folgte, waren Beschimpfungen und Prügelorgien. Der ungezügelte Hass der Einheimischen war das Ergebnis der spanischen Polizeipräsenz. Von wegen ein paar Unbewaffnete in Schach halten. Beleidigungen und erhobene Mittelfinger waren das Harmloseste. Diejenigen Einsatzkräfte, die um Koordinator Bulgur in der Lobby herumhingen, waren noch halbwegs zu gebrauchen. Der erschöpfte Rest hatte sich in die Hotelzimmer verkrümelt.

Ilian zog sich die Jacke aus. Er war klatschnass geschwitzt. Neben ihm zwei junge Männer, die gleichsam angsterfüllt und fasziniert durch die Glasscheibe auf die draußen grollende Menge von aufgebrachten Bürgern starrten.

»Das ist totaler Wahnsinn. Was für ein Hass!«, sagte der eine.

»Ich will hier nur noch weg«, antwortete der andere.

»Sag das doch den Irren aus dem dritten Stock. Die polieren dir die Fresse.«

Ilian Bulgur lächelte beim Zuhören dümmlich. Als sein

Handy klingelte, ergriff er es missmutig. Wegen des verdammten Deutschen hatte er sich ein neues Smartphone zulegen müssen. Das Überspielen der Daten hatte ihn Zeit und Nerven gekostet. Aber dafür und für alles andere würde der Mann einen mörderisch hohen Preis bezahlen.

»Ja?« Bulgur schrie in den Hörer. Musste er bei dem infernalischen Lärm draußen.

»Leitstelle 407. Bellocop hat was gewittert«, sagte eine Stimme am Hörer.

»Wer ist das denn? Der neue Polizeihund?«, antwortete Bulgur.

»Die künstliche Intelligenz im Überwachungsprogramm«, sagte die Stimme.

»Verschon mich mit dem Scheiß! Um was geht es?« Der Rumäne wurde ungeduldig.

»Eine Handynummer. Schicke ich dir.«

Gelangweilt tippte Bulgur auf das Gerät, fuhr dann aus dem Sessel hoch. »Wo ist das?«

»In der Kleinstadt Girona. Restaurant La Carniceria.«

Ilian Bulgur war schlagartig hellwach. Die Aussicht auf Rache fegte alle Müdigkeit hinweg.

22.30 UHR. GIRONA.
TAG NACH DEM REFERENDUM

Ihr Gastgeber im La Carniceria war Lluc, ein schlanker, sportlicher Mann Anfang zwanzig. Antike Leuchten tauchten das Restaurant in eine warme, wohlige Atmosphäre. Der Kellner Moha, ebenso jung wie der Pächter, brachte Hadersucht die Speisekarte. Josef Hadersucht studierte sie aufmerksam und bestellte sich dazu ein Bier. Lucia betrat das Lokal, Hadersucht winkte ihr vom Tisch aus zu, stand auf und schob ihr den Stuhl zurecht.

»Alles Einheimische hier«, sagte Lucia. »Dann ist das Essen gut.«

»Isst du Fleisch?«

»Du sitzt hier neben der letzten Nicht-Vegetarierin im ganzen Bekanntenkreis. Schon was ausgewählt?«

»Beim Wein komme ich an meine Grenzen. La Rioja, Ribera del Duero, Priorat, Somontano, Empordà. Bei den Roten haben wir die Qual der Wahl.«

Sie lachte. »Wir nehmen den billigsten und sagen, wir würden in der Gegend Urlaub machen.«

Sie bestellten, der Kellner brachte den Wein. »Blecua Somontano«, sagte der Kellner und schnalzte beim Dekantieren kennerisch mit der Zunge. »Wir lassen ihn zehn Minuten ziehen. Ein großer Wein nimmt sich Zeit.«

In Hadersucht stiegen Zweifel auf. Das Brimborium, das um den Wein veranstaltet wurde, war ihm suspekt. »Pedro sieht aus wie mein Ex-Mann Jordi«, sagte Lucia, die den Informatiker kurz auf dem Balkon gesehen hatte.

»Du warst verheiratet?«

»Ich sage Ex-Mann zu allen Verflossenen.«

»Was ist schiefgelaufen?«

Sie musterte ihn. »Sei's drum. Ich vertraue dir. Wir haben uns in der Zeit meiner Schwangerschaft getrennt. Ich war nicht mehr im Dienst. Ich weiß noch, wie ich beim Ultraschall lag. Es dauerte länger als üblich. Der Arzt kam mit einem Kollegen rein und beide starrten den Monitor an. Da wusste ich, es ist was Ernstes.«

»Mein Gott. Das tut mir leid, Lucia.«

»Das Verhältnis von Rumpf und Kopf stimmte nicht. Ich hab erst gemutmaßt, na gut, dann hat mein Sohn eben einen großen Kopf. Wir haben eine Analyse des Fruchtwassers machen lassen. Weißt du, was Trisomie achtzehn ist?«

Hadersucht verneinte kopfschüttelnd.

»Ein Gendefekt, ähnlich dem Downsyndrom. Mit dem Unterschied, dass viele Kinder mit Trisomie achtzehn kurz vor oder nach der Geburt sterben. Es gibt keine Ausnahme.«

Hadersucht seufzte. »Ich verstehe dich. Muss hart sein.«

Sie nickte schweigend. Josef war sich sicher, dass sie ihn aufmerksam beobachtete.

»Unsere Beziehung ist daran zerbrochen. Wir sind noch heute beide auf Tauchstation. Na gut, um ehrlich zu sein: Ich habe den Kontakt abgebrochen. Er würde schon noch wollen.«

»Wie lange ist das her?«

»Etwa ein halbes Jahr.«

»Keine zweite Chance?«

»Zweite Chancen sind meistens schlecht«, philosophierte Lucia. »Auch wenn ich etwas ungerecht zu ihm bin. Frauen sind nun mal so. Mal wollen sie das eine, dann wollen sie es wieder nicht.«

Die verlockend riechende Vorspeise war eine dankbare

Ablenkung. »Salat aus Tomates de Montserrat«, erklärte Moha. »Spezielle, knubbelige Tomaten. Gemischt mit sauren Äpfeln und Blauschimmelkäse aus Frankreich. Micuit de Foie. Langsam gegarte Stücke Gänseleber-Pastete mit Reducción de Pedro Ximenez-Likör und Birnenkompott.«

Sie aßen schweigend, tauschten nach einer Weile die Teller, als wären sie ein Paar mit festen Gewohnheiten. Hadersucht lobte den Wein und schenkte Lucia erneut ein. Der Hauptgang wurde serviert. Auf einem quadratischen Teller lag ein Kunstwerk, das an ein abstraktes Gemälde gemahnte. Rinderfilet, umpinselt von Cassis-Soße, dazu Zwiebeln und Käse.

»Solomillo de ternera al punto, virutas de foie, mit sal de frambuesas, Himbeersalz«, säuselte Moha.

»Kannst du uns noch eine Flasche dieses ausgezeichneten Weines bringen, bitte?« Lucia sprach nur wenig, sie schien mit den Gedanken woanders. Hadersuchts Laune verbesserte sich dagegen von Minute zu Minute.

Der Kellner brachte die neue Flasche. Ein Mann am Nachbartisch unterbrach interessiert. Hadersucht reichte ihm sein Glas, bot es zum Kosten an.

Der Nachbar bat, das Etikett fotografieren zu dürfen. »Einkaufspreis fünfundsechzig Euro«, brüllte er durchs Lokal. »Die verdienen daran nur fünf Euro.«

»Auf den Blecua Somontano«, echote Hadersucht. Er hatte längst begriffen, dass die Zahl eins, die er gelesen hatte, eine Sieben war. Die Schrift, die auf der Speisekarte verwendet wurde, hatte diesen Irrtum hervorgerufen. Der Wein kostete folglich nicht zehn, sondern siebzig Euro. Sie tranken den besten Wein des Restaurants, nicht den billigsten.

Lucia blieb ernst. Sie fasste Josef am Arm. Der zog es vor, den Somontano zu genießen.

»Ich raufe mich mit Jordi nicht zusammen. Das habe ich schon lange gewusst, aber heute ist es mir klar geworden, als ich dem Tod ins Auge gesehen habe. Ich bin Polizistin. Das ist meine wahre Bestimmung.«

»Dann sollten wir was aus dem Abend machen.«

»Gib mir Zeit. Meinst du, du kannst das?«, fragte Lucia. »Ich finde dich nett. Du hast dein Leben für mich riskiert. Das hat noch nie jemand für mich getan.« Sie sah ihm in die Augen. Der Wein tat sein Übriges. Die Nachspeise durchbrach den Moment der Stille. Espuma de Coco con piña á la brasa. Kokosschaum mit gebratener Ananas.

Lluc spendierte zum Abschluss zwei Gläser Ratafia, weil sie nette Gäste waren. Josef genoss den Aperitif mit einer Zigarette vor der Tür. Lucia scherzte mit den Jungs an der Theke, bevor sie das Essen mit Josefs Kreditkarte bezahlte. Sie verließen das Restaurant und schlenderten Arm in Arm die enge Gasse entlang.

»Willst du, dass ich dich zurück ins Hotel bringe?«, fragte Hadersucht.

»Ich würde lieber nicht allein sein. Nach den ganzen Erlebnissen.«

Hadersucht horchte auf. Sein Mund wurde trocken. »Gut. Ich komme mit dir.«

»Was ich heute Nacht brauche, ist Wärme und Nähe. Geborgenheit. Möglicherweise ist es nicht dieselbe Nähe, die du suchst.«

07.30 UHR. BARCELONA.
TAG NACH DEM REFERENDUM

Der Ingenieur hatte gegen sieben Uhr früh ausgeschlafen, mit Blick auf das Bild der zitternden Hure masturbiert und ausgiebig gefrühstückt. Die WLAN-Verbindung lief ohne Störung. So begann ein wunderbarer Morgen. Er saß im kurzärmligen Schlafanzug auf dem Sofa, als er den Laptop hochfuhr. Die Live-Bilder aus dem Kühlwagen streamte er auf seinen Vierzig-Zoll-Flachbildschirm. Kinogenuss pur. Sie saß mit eng an den Körper gepressten Armen auf der Sitzbank und weinte leise. Zitterte vor Kälte. Die Digitalanzeige sagte ihm, dass es bei ihr nur zwölf Grad plus waren. Kein Grund zu sterben. Er würde die Temperatur später weiter absenken, damit das Werk im Laufe des Tages vollendet war.

»Da bin ich wieder. Freust du dich?« Als seine Stimme ertönte, sah sie matt in Richtung der Kamera hoch.

Sie schluchzte augenblicklich lauter. Alles Taktik von der Hure, um ihn umzustimmen.

»Ich bin der letzte ehrliche Mensch auf Erden. Ich frage nämlich nie: Wie geht es dir? Und in deinem Fall hätte es sowieso wenig Sinn.«

Sie ging auf seinen Humor nicht ein. Er fand sich witzig.

»Bitte lass mich frei. Bitte. Ich besorg's dir auch. Kannst dir aussuchen, wie.« Beim Sprechen schlotterte sie vor Kälte.

»Mir steht nicht der Sinn nach viehischen Paarungsritualen. Ich schöpfe meinen Nektar aus anderen Quellen.« Er sah sie auf seinem Fernseher verwundert den Kopf schütteln. »Weißt du, was ein hyperthermischer Schock ist? Meinen Berechnungen nach stehst du kurz davor.«

»Warum ich? Ich hab dir doch nichts getan.« Ihr Flehen kam ein wenig verzerrt durchs eingebaute Mikro. Er klickte in der App auf Einstellungen und schraubte seelenruhig an den Höhenreglern.

»Test, Test. Verstehst du mich? Ist es besser jetzt?«

Sie zuckte mit den Schultern.

»Du musst laut und deutlich reden, damit ich dich nicht aus Versehen missverstehe.«

Sie nickte. Begann, heftig zu zittern.

»Zurück zu deiner Feststellung. Du sagtest, ich hätte dir nichts getan. Bist du keine Frau?« Er lachte hämisch. »Glaub mir, ich kenne euch. Ihr seid alle gleich. Ihr verdient doch euer Geld damit, dass ihr die Not der Männer ausnutzt, ihr verarscht sie nach Strich und Faden, und am Abend trefft ihr euch und lacht über die Schwänze des Tages. Ihr dreckigen Huren. Für manche Dinge hat man eben den Tod verdient. Egal, wer man ist.«

»Oh Gott«, hörte er sie leise wimmern.

»Auch Gott wird dich nicht retten«, sagte er in Erwartung einer Antwort. Langsam nahm das Spiel an Fahrt auf.

»Du bist grausam«, sagte sie. »Warum ich, warum nur?«

Er senkte die Stimme. »Grausam? Das bin ich nicht. Ich habe was am Boden hinterlegt. Kannst du nicht sehen, zu dunkel dafür. Ein Röllchen. Mit Klebestreifen an den Boden links von dir geklebt. Du solltest trotz der Kette rankommen. Dabei ist eine Lampe, damit du lesen kannst, was draufsteht.«

Langsam streckte sie ihre Gliedmaßen in die angesagte Richtung. Es amüsierte ihn, wie sie sich barfuß im Dunkeln zu orientieren versuchte.

»Kalt, ganz kalt, meine Liebe. Mehr nach rechts.« Plötzlich fand sie es. Mit dem linken Fuß zog sie ein Tütchen zu sich heran. »Hast du's?« Sie griff hinein. Zwei längliche Objekte. Eine LED-Taschenlampe, die sich auf Knopfdruck einschalten ließ.

»Ah, gut. Wie du siehst, stammt die aus dem Kinofilm ›Frozen‹. Kennst du doch. Alle Mädchen lieben den.«

Sie ignorierte das, sah nur schreckensbleich das Bild der lächelnden Eiskönigin. Im Lichte der Lampe las sie die Aufschrift auf dem anderen Röllchen. »Por si te aburres. Was soll das heißen?«

»Sagt dir George Sanders was? Nein? Und du willst Studentin sein?«

»Scheiße!« Sie fluchte und zerrte wild an der Kette. »Wer zum Teufel soll das sein?«

»Mal was richtig gemacht. Was man nicht weiß, erfragt man. Das ist ein berühmter Schauspieler. Hat sich in Castelldefels das Leben genommen. Mit einer Überdosis Schlaftabletten. Er hat uns einen bewundernswerten Satz hinterlassen. Er hat gesagt, und jetzt hör gut zu: ›Liebe Welt, ich verlasse dich, weil ich mich langweile. Ich lasse euch mit all euren Konflikten, mit eurem Müll und eurer fruchtbaren Scheiße in dieser süßen Latrine zurück. Viel Glück.‹«

Er hielt einen Moment inne, um die Worte auf sie wirken zu lassen. Dann sprach er weiter. »Falls du dich langweilst. Oder die Schmerzen nicht mehr aushältst. Nimm eine Tablette. Aber warte bitte damit. Nach meinen Berechnungen erträgst du es in der Kälte noch wenige Stunden. Die Zeit, bis du meine Eisprinzessin wirst, wollen wir doch genießen. Nicht wahr, Frozen?«

04.30 UHR. GIRONA

Die Gasse vor dem Haus. Der Parkplatz am Plaça de Sant Domènec in Girona. Vier Uhr dreißig in der Nacht. Um die Uhrzeit gab es keine Spaziergänger. Pedro Aranda rieb sich die Augen, als er im Dunkeln auf das Foto starrte, das ihm auf sein Smartphone gesendet worden war. Die App BVCAM des Alarmkonfigurators war mit der am Hauseingang installierten und für die Nachbarn unsichtbaren Infrarotkamera verbunden. Die Umgebung als Privatperson per Video zu überwachen, war illegal. Doch Pedro übertrat das Gesetz mit vollem Bewusstsein. Seit er mit achtzehn wegen Wehrdienstverweigerung im Knast gelandet war, reifte in ihm die Überzeugung, es dem Staat heimzahlen zu müssen. Als er mit Anfang vierzig die finanziellen Mittel und das technische Wissen dazu hatte, schuf er sich seinen eigenen Überwachungsstaat im Wohnzimmer. Basta. Das Referendum um die Loslösung Kataloniens von Spanien war ihm egal. Er misstraute Politikern auf beiden Seiten gleichermaßen. Anfangs. Bis das mit den Kindern passierte. Die Polizei hatte sich Zutritt in eine Schule verschafft, weil dort ein Wahlbüro eingerichtet war. Kinder lagen weinend in den Armen ihrer Eltern. Pedro legte los. Schnell gelang ihm ein entscheidender Hack. Er durchbrach Paywalls des Innenministeriums und hielt so in Katalonien die digitalen Übertragungswege frei, die zur Auszählung des Referendums nötig waren. Dass die Behörden den Hack zu ihm zurückverfolgten, dass sie ihn fortan auf ihrer Liste führen würden, nahm er billigend in Kauf. Es musste so weit kommen.

Das Blinken der App der Überwachungskamera riss ihn aus seinem Halbschlaf.

Drei vermummte Gestalten. Rechts unten in der Gasse.

Schlagartig war Pedro hellwach. Mit kalter Routine arbeitete er die Punkte eines Protokolls ab. Zunächst twitterte er das Bild der Vermummten mit den passenden Hashtags. Dann machte er ein paar Anrufe, bevor er die Wohnungstür mit der Eisenstange verrammelte.

04.30 UHR. GIRONA

Die drei Männer in schwarzer Lederkluft saßen kerzengerade im Transporter. Nach Stunden des Wartens wollten sie loslegen. Alles war besser, als sich die Nachtruhe durch diese grölende Menschenmasse in Calella de Mar verhageln zu lassen. Ein prüfender Blick über die Rückbank. Sturmhauben, Handfeuerwaffen, Brecheisen, Rammbock, Sprengstoff, Knüppel. Alles war bereit. Jorge, ein groß gewachsener Andalusier mit dem Profil eines Habichts, hielt eine Dose Red Bull in der Hand. Vicente hatte geweitete Pupillen von dem Zeug, das er sich im Hotel reingezogen hatte. Ilian hatte den Angriffsplan ausgearbeitet. Er führte das Wort.

»Vier Uhr dreißig. Es ist so weit. Hört ihr zu?«

»Ja«, sagten Vicente und Jorge im Chor.

»Wir verschaffen uns Zugang zu dem Haus, indem Jorge die Tür öffnet. Die Holztür sollte kein Problem darstellen. Dann leise die Treppe hinauf in den zweiten Stock. Mit dem Rammbock bricht Vicente die Tür zur Wohnung auf. Wenn wir drin sind, beginnt der Spaß erst richtig.«

»Wie viele sind dort?«

»Die Wohnung gehört einem Informatiker, von dem der Computer die Info ausgespuckt hat, dass er ein mieser Hacker ist. Würde nichts schaden, ihm die Finger zu brechen.« Jorge grinste.

»Aber passt auf«, sagte Ilian. »Der Typ hat wahrscheinlich Gäste. Ein Mann interessiert mich brennend. Er ist Ausländer, Deutscher. Ihr könnt Gewalt anwenden, aber seht zu, dass er nicht aus Versehen abkratzt. Der Kerl gehört mir. Ihr werdet mich mit ihm alleine lassen, verstanden?«

»Klar«, sagte Jorge. »Ist das alles?«

»Ihr müsst sehr vorsichtig sein«, sagte Ilian. »Wir wissen nicht, wie viele Leute in der Wohnung sind. Den Deutschen hab ich mit einer Frau gesehen. Die war bei den Mossos.«

»Eine Polizistin?«

»Genau«, sagte Ilian. »Seid also vorsichtig.«

»Alles klar.«

»Noch was«, sagte Ilian. »Achtet auf ein Samsung Galaxy mit blau schimmernder Rückseite. Das ist mein Handy. Das hat mir der Deutsche geklaut. Bringt es mir wieder. Habt ihr verstanden?«

Ilian musterte die Männer. Vicente und Jorge kannten ihn erst seit dem Einsatz gegen das Referendum. Er hatte durchblicken lassen, dass er beim Geheimdienst war. Bislang hatten sie keine Fragen gestellt. Sie waren Befehlsempfänger, und genau aus diesem Grund hatte er sie für diese Mission ausgewählt.

»Hast du nicht etwas vergessen?«, fragte Vicente.

»Oh ja«, sagte Bulgur und zog für beide je ein Tütchen mit Kokain aus der Brusttasche. »Wollt ihr das jetzt oder später?«

»Sofort«, erwiderte Vicente und griff gierig nach dem Beutel.

»Stopp!« Ilian Bulgur zog die Hand weg, sodass Vicente ins Leere griff. »Wir hatten darüber gesprochen. Ihr erinnert euch.« Er sah den beiden nacheinander scharf in die Augen.

»Sagt es!«

Jorge war der Erste, der die Fassung wiedererlangte. »Du bist verrückt«, sagte er. »Aber bitte, wie du willst, großer Kommandant!«

»Gut«, sagte Ilian Bulgur. »Jetzt du!« Er spießte Vicente förmlich mit seinem Finger auf. »Sag es!«

»Ich weiß zwar nicht, wieso es dir so wichtig ist, aber gut«, sagte dieser und flüsterte die Worte »Titan der Titanen«.

Ilian Bulgurs Lachen erschall im Inneren des Wagens. Er fühlte sich jetzt besser. Die anderen erkannten seine Autorität an. Dann reichte er den Männern das Koks.

Minuten später schlichen sie mit erhobener Waffe durch das Treppenhaus. Die Tür machte Schwierigkeiten, da sie von innen mit einer Stahlstrebe geblockt war.

Das Aufbrechen verursachte Lärm. In den Nachbarwohnungen ging Licht an.

»Schneller, schneller!« Bulgur spornte die Männer zur Eile an. Als sie die Wohnung betraten, war alles verdunkelt, niemand war zu sehen. Nur aus einem antiken Kleiderschrank fiel etwas Licht. Bulgur pfiff bewundernd und bahnte sich zwischen nach Mottenkugeln riechenden Mänteln seinen Weg. Er fand sich zu seinem Erstaunen in der Nachbarwohnung wieder. Gekachelter Boden, hohe Wände, Türen mit abblätternder Farbe. Die Vorhänge der offenen Balkontür wehten im Wind.

Sie waren geflohen. Über eine Strickleiter waren sie nach unten in den Hinterhof geklettert. Ilian Bulgur zielte auf die Schatten im Garten, die sich vom Haus wegbewegten und gab einen schallgedämpften Schuss ab, bevor er ihnen auf der Leiter nachfolgte. Mit dem Lichtkegel seiner Taschenlampe suchte er den Hof ab. Im Mondlicht plätscherte ein Brunnen. Bulgur lachte insgeheim. Der Deutsche ging wie ein Lahmer, sie mussten auf ihn warten. Er bereitete sich auf den Fangschuss vor, legte an und zielte. Was wollte die weiß gekleidete Nonne? Wie ein Nachtgespenst hatte sie sich ins Schussfeld geschoben, schien den Flüchtenden das Gartentor aufzuschließen. Bulgur ließ die Waffe sinken, zog sich wütend die Sturmhaube vom Gesicht. Hadersuchts Kopf erschien in der Tür. Für einen Moment trafen sich ihre Blicke. Dann war der Deutsche in der Dunkelheit verschwunden.

Ilian Bulgur sammelte das unterwegs verlorene Funkgerät ein und kletterte die Strickleiter wieder hoch. Jorge stand auf dem Balkon und half ihm. Er hielt triumphierend das Samsung Galaxy in die Höhe.

»Mit blau schimmernder Rückseite. Und zieh bloß die Maske drüber, die Nachbarn sind längst wach.«

06.30 UHR. GIRONA

Hadersucht fand sich im Warteraum der Policía Municipal in Girona wieder. Lucia saß neben ihm. Pedro Aranda erkundigte sich nach ihnen, nachdem sie erst eine Weile geschwiegen und sich dann auf eine gemeinsame Version der Ereignisse für die Lokalpolizei geeinigt hatten. Den Beamten gegenüber wollten sie keinerlei Vermutungen äußern, wer hinter dem nächtlichen Überfall stecken mochte. Pedro meldete den Einbruch in seine Wohnung und beschrieb Hadersucht und Lucia als seine Gäste, die zu Besuch waren. »Heute ist man nirgends mehr sicher«, hatte der Beamte gesagt, nachdem das Protokoll aufgenommen worden war.

»Wie geht's euch?«, fragte Pedro Aranda beim Verlassen der Polizeistation.

»Egal«, sagte Hadersucht. »Wichtiger ist es, wie es den Computern geht.«

»Das sind nur Werkzeuge«, sagte Aranda. »Die Daten sind an einem sicheren Ort.«

Sie verabschiedeten sich von Pedro, der Beamten die Schäden an seiner Wohnungstür zeigen wollte.

»Mir wäre lieb, wenn du nachher fährst«, sagte Lucia zu Hadersucht. »Ich bin immer noch müde. Danke, dass du mich im Arm gehalten hast. Das war wahnsinnig lieb von dir.«

»Ich weiß«, sagte Josef. »Du hast nett ausgesehen in meinem Arm.«

»Oh nein, das ist mir jetzt unangenehm«, sagte Lucia. »Hast du mich beobachtet?«

»Nur ein bisschen«, sagte Josef. »Ich bin dann auch schnell eingeschlafen.«

Das war glatt gelogen, denn es war ihm über Stunden nicht möglich gewesen, neben ihr ein Auge zuzumachen. Deswegen war er sofort aufgeschreckt, als Pedro ins Zimmer gestürmt kam, um sie zu wecken. Lucia hingegen hatte tief und fest geschlafen.

»Willst du wissen, was ich geträumt habe?«, fragte Lucia. »Wir waren in einer fremden Wohnung und sind durch einen Schrank gekrochen, dann sind wir eine Leiter runtergeklettert und standen plötzlich in einem Kloster.«

»Das ist wirklich passiert«, sagte Hadersucht.

»Wie bitte? Und vor wem sind wir geflohen? Etwa schon wieder Antonio?« Ihre Stimme bebte bei diesen Worten.

»Da muss ich passen«, sagte Hadersucht. »Pedro meinte, der Einbruch galt ihm. Es sollen drei Männer gewesen sein, ich habe beim Zurückschauen im Klosterhof nur einen gesehen und der kam mir bekannt vor.«

»Spann mich nicht auf die Folter!«

»Ilian Bulgur heißt der Mann«, sagte Hadersucht. »Einer der Männer, die uns vor einigen Tagen auf der Landstraße verfolgt haben.«

»Woher zum Teufel weißt du das?«

»Jeder hat so seine Geheimnisse.«

»Welche hab ich zum Beispiel?«

»Ein paar Narben auf deinem Bauch zeugen von Dingen, von denen ich nichts weiß.«

»Du hast mir unter mein Hemd geschaut?«, fragte Lucia. »Spinnst du?«

»Ach was, es war nur verrutscht«, sagte Josef. »Ich habe es glatt gezogen, damit dir nicht kalt wurde. War ganz schön frisch in Pedros Bude.«

»Lenk nur ab.« Sie erreichten das Hotel, in dem Lucia die

Nacht hätte verbringen wollen. Nach einem gierigen Frühstück, bestehend aus Croissant und Café con leche, ließen sie sich mit einem Taxi zu Hadersuchts Ford chauffieren.

»Wohin fahren wir?«, fragte Lucia, als sie im Wagen saßen.

»Heute ist das Autorennen in diesem Autodrome«, sagte Hadersucht.

»Wie kannst du nur so naiv sein? Der ist doch nicht so blöd und taucht in der Öffentlichkeit auf.«

»Ich bin mir hundertprozentig sicher, dass er dort sein wird.« Hadersucht klang überzeugt.

»Lass uns vorher aber meinen Wagen in Castelldefels abholen. Dann kann ich meine Jacke und die Waffe holen. Ohne die fühle ich mich nackt.«

»Einverstanden. Auf zum Autodrome.«

Regenwolken zogen über den Küstenort Sitges. Hadersucht fuhr den Ford ohne Eile. Lucia hatte während der Fahrt auf dem Beifahrersitz geschlafen. Das Gelb der Straßenlaternen sandte Lichtblitze ins Graublau des Oktobermorgens. Hadersucht bog von der Landstraße Ronda Amèrica in einen Feldweg ein. Vorbei an abgeernteten Weinfeldern rollte sein Wagen hinter dem Fiat von Lucia auf das Gelände des Autodromes von Sitges-Terramar. Hadersucht folgte dem Schild »Parkplatz«, fuhr im Schritttempo.

Ein Mädchen stiefelte ihnen entgegen. Top und Rock in schwarzem Leder, der Ausschnitt eine Spur zu offenherzig für das kühle Herbstwetter. Ein Fiesling musste für die Outfits der Hostessen zuständig gewesen sein. Lucia ließ die Seitenscheibe herunter.

»Besucher oder Investor?«

Lucia, im vorderen Auto, antwortete und deutete auf den Ford mit Josef am Steuer dahinter. »Investor. Beide.« Das Mädchen verzierte ihre Windschutzscheiben mit einem Aufkleber. Inversores. Hinter ihren Wagen rollten die Autos der Besucher Stoßstange an Stoßstange aufs Gelände. Viel zu tun für die Grid-Girls. Hadersucht passierte den Rand des 1923 erbauten Autodromes. Asphaltflecken übersäten die für das Hobby des Besitzers notdürftig befahrbar gemachte Piste, die aus einzelnen Betonplatten bestand. Wie früher bei Autobahnen in der DDR üblich, spross Unkraut zwischen den Fugen. Blickte er nach rechts, so verschwand die Rennstrecke im Wald. Vor Hadersuchts geistigem Auge fuhr ein einsamer Rennfahrer vor beinahe zweihundert Jahren die Piste entlang. Der junge Salvador Malva ahnte nicht, dass der Bürgerkrieg und Franco seinen Traum vom Grand Prix in Katalonien beenden würde. Hadersucht stellte den Ford im Schatten eines Olivenbaums ab. Daneben Bentleys, Jaguars, ein Ferrari und ein Rolls-Royce. Lucia kam herübergetrottet und schmunzelte.

»Der Parkplatz für Investoren. Besser gelegen als der für Besucher.«

Beim Gehen reckte Lucia die Arme theatralisch in die Höhe, als sei sie aus dem Winterschlaf erwacht. Damit erregte sie die Aufmerksamkeit einiger Damen mit gelifteter Gesichtshaut, die sich trotz der Morgenstunde mit Champagnergläsern zuprosteten. Lucia und Josef nickten im Vorbeigehen, als gehörten sie dazu.

»Die sind nicht faul, Josef. Die würden lieber arbeiten. Aber man lässt sie nicht. Also im Ernst. Das sind Laien-Investoren. Kaufen als Geldanlage, um dann schnell mit Gewinn zu verkaufen.«

Hadersucht staunte über Lucias Branchenwissen. »Was wollen die Tanten da mit einem Autodrome?«

»Die wollen sicher einen Golfplatz bauen. Ein paar Wohnklötze dazu, und Opa kann mit dem Kart direkt zum Abschlag fahren.«

»Jeder, wie er kann«, sagte Lucia, die dabei abfällig auf den Boden spuckte.

»Entschuldige, dass ich dich unterbreche«, sagte Josef. »Ich musste die ganze Fahrt darüber nachdenken, ob ich nicht etwas übersehen habe. Ich glaube, eben gerade ist es mir eingefallen, als du das gesagt hast.«

»Was habe ich denn gesagt?«, fragte Lucia.

»Dass sie lieber arbeiten würden«, sagte Hadersucht. »Diese Tussis.«

»Okay. Und woran hat es dich erinnert?«

»Du wirst es womöglich nicht mitbekommen haben, obgleich du auch dort warst«, sagte Hadersucht. »Aber du warst damit beschäftigt, dich von deinen Fesseln zu befreien und dir eine Leuchte als Keule zu suchen.«

»Daran kann ich mich erinnern.« Lucia lachte.

»Antonio sagte es«, raunte Hadersucht. »So etwas wie: Dabei hätte sie es gar nicht nötig gehabt.«

»Okay. Und was meinte er damit?«

»Als Dolores und ich die Spur davon aufnahmen, wohin Antonio dich verschleppt haben könnte, sprachen wir mit dem Sekretär von Salvador Malva. Du weißt schon, Malva gehört das alles hier.«

»Du meinst, dahinter steckt eine Erbsache?«

»Das könnte sein. Schau du dich ein wenig um, ich telefoniere mal.«

Hundert Meter entfernt fuhr Antonio Lobrega in einem gestohlenen Volvo auf das Gelände. Für die Grid-Girls hatte er keinen Blick. Er hoffte voller Inbrunst darauf, dass die Versteigerung einen großen Batzen Geld einbringen würde, und wollte eine letzte Runde drehen, so wie er das jahrelang gemacht hatte – allein, nur unter den wachen Augen seines Onkels. Innerlich kochte er. Was er brauchte, war ein schnelles Auto. Nicht so einen lahmen Schweden. Er sehnte sich nach dem Adrenalin, das ihn am Steuer eines Rennwagens beim Durchfahren der Steilkurve durchströmte. Heute würde sich alles entscheiden.

08.30 UHR. BARCELONA

Ortega betrachtete die Lichtbilder an der Pinnwand in seinem Büro. Sie zeigten Fotos der Leiche der Prostituierten vom 28. September. Ihr Fund am Straßenrand war kaum fünf Tage her. Ein roter Damenschuh lag daneben. Bei all den Ereignissen kam es Ortega vor, als wäre die Zeit zusammengeschrumpft.

Gestern war erneut eine junge Frau verschwunden. Ortega blickte auf eine großformatige Fotografie, die heute Morgen hereingekommen war. Ein Fotograf, der ein Fotoprojekt über Straßenprostitution gemacht hatte, hatte das Bild zu den Mossos geschickt. Er war sich absolut sicher gewesen, dass er Adriana Cortiz für sein Projekt abgelichtet hatte.

»Kein Irrtum möglich?«, fragte Ortega seinen Assistenten Eloy, der am Tisch saß und zeichnete.

»Der Fotograf hat gesagt, er könne sich genau daran erinnern, weil sie die Einzige war, die sich an dem Tag ablichten ließ«, sagte Eloy. »Sie soll nett gewesen sein. Er hat ihre E-Mail-Adresse, um ihr das Bild zu schicken.«

»Und? Hat er das auch gemacht?«, fragte Ortega.

Eloy zuckte mit den Schultern. »Habe ich ihn nicht gefragt.« Schweigend betrachtete Ortega das Foto. Es zeigte ein freundlich dreinblickendes junges Mädchen mit langen braunen Haaren, das mit den Händen in die Hüften gestemmt kokett lächelte. Sie trug eine schwarze Lederjacke über einem knallroten Kostüm, das mehr zeigte, als es verbarg. Ein Bein hatte sie in herausfordernder Pose auf einen Steinblock gestellt. Der Ort, an dem das Bild aufgenommen worden war, war der Parkplatz der Entführung, als Hintergrund diente ein Lkw.

»Adriana Cortiz, dreiundzwanzig Jahre alt. Aus Murcia. Wir haben eine Bekannte ausfindig gemacht, die auf den gleichen Lkw-Strich geht. Sie hat sie eindeutig identifiziert.«

»Sie sieht aus, als könnte sie meine Tochter sein«, sagte Ortega.

»Ich dachte, du hast keine Kinder.«

Ortega fand den Kommentar von Eloy unpassend. Aber er wandte sich wieder der Bleistiftzeichnung zu, die vor sich auf dem Tisch lag. Sie zeigte einen Grabhügel mit einem überdimensionalen Kreuz darauf.

»Ich weiß nicht, Eloy«, fing Ortega an, »wie du das machst, aber du bringst mich auf Ideen.«

»Ich bin eben Ihr wichtigster Mitarbeiter«, entgegnete Sergeant Eloy Vargas, der gerade mit spitzem Bleistift einen Namen auf das Grab zeichnete.

Nur dass Lucia um Längen besser war, dachte Ortega. Eloy würde früh genug merken, wie sich die Hierarchien verschieben, wenn die Planstelle für Lucia frei wurde. So bald wie möglich, hoffte er. »Hat die Suche nach Reifenspuren was gebracht?«

»Das Letzte, was ich von den Kollegen der Spurensicherung gehört habe, war, dass wir uns keine Illusionen machen sollen. Wenn sie was finden, melden sie sich.«

»Was gibt die Zeugenaussage des Fernfahrers her?«

»Der Mann, der die Prostituierte zum Kühlwagen geschleift hat, war schlank und mittelgroß. Helle Haut, kurzes blondes Haar. Nordeuropäischer Phänotyp. Nicht älter als vierzig.«

Ortega stieß einen anerkennenden Pfiff aus. »Gut gemacht.«

»Er hat ihn von hinten gesehen. Und nur für einen Augenblick. Er trug eine gelbe Weste, wie sie die Straßenarbeiter tragen oder die Gelbwestenbewegung.«

»Ein Straßenarbeiter, der einen Lieferwagen fährt, in dem sich was befindet?«

»Eine Kühlbox?«

»Wenn es Señor Fresco ist, dann hat er seinen Modus Operandi gegenüber den Fällen von früher abgewandelt. Er lässt sie nicht mehr im Schlachthaus erfrieren, sondern im Kühlwagen. Fresco to go. Könnte doch sein.«

»Die schicken die Frauen auf die Straße, als wäre nichts gewesen.« Eloy starrte auf seine Zeichnung.

Ortega runzelte die Stirn und sah sich die Zeichnung ebenfalls an. »Ich möchte mir nicht ausdenken, was die Frau aushalten muss. Wie viel Zeit haben wir, was glaubst du?«

»Keine Ahnung. Sein erstes Opfer wurde nie als verschwunden gemeldet. Wer weiß schon, was in so einem kranken Hirn vorgeht?«

»Genau. Und weil wir es nicht wissen, gehen wir damit an die Presse. Ruf die Redaktionen von La Vanguardia, El Periódico und die Fernsehsender an! Und besorg dir die Bilder der Mautkameras, die in der Nähe liegen. Was zum Teufel malst du da? Zeig her!« Er entriss Eloy seinen kleinen Block. Der errötete, denn er wollte nicht, dass Ortega sein Werk sah. Auf dem Grab, um das Händchen haltende Figuren im Kreis tanzten, stand in dicken Lettern ein Name: Lucia.

»Du wünschst deiner Kollegin also den Tod? Du bist ja krank!« Ortega warf den Block zurück auf den Tisch.

Eloy antwortete nicht.

11.00 UHR. AUTODROME IN SITGES

Die Morgensonne strahlte auf das Rennoval hernieder. Männer mittleren Alters schlenderten durch die Reihen der abgestellten Oldtimer, während die Frauen im schattigen Zelt dem Champagner zusprachen. Profi-Investoren erkannte Lucia daran, dass ihr Interesse mehr der Umgebung galt als den Häppchen. Eine Frauengruppe stand für Blätterteigpasteten mit glasierten Früchten und Minicroissants mit Scampi an. Die hungrige Lucia schloss auf und belauschte das absurde Gespräch. Direkt vor ihr stand eine schlanke, riesengroße Frau mit blonden Extensions, die ein hautenges Prada-Kleid mit floralen Motiven trug. Sie sprach mit einer lauten, schrillen Stimme: »Stellt euch das vor. Letzte Nacht hab ich geträumt, dass ich einen Penis habe. Unglaublich, oder?«

»Und wie hat es sich angefühlt?«, fragte eine Schwarzhaarige, die ihren Pudel auf dem Arm trug.

»Einfach umwerfend, Schätzchen. In meinem Traum hatte ich fünf Orgasmen. Ich hab mich angefasst und das fühlte sich alles total echt an.«

»Das muss ja ein langer Traum gewesen sein«, kommentierte die Schwarzhaarige.

»Im Gegenteil«, sagte die Frau im Prada-Kleid. »Es kam mir wie der Blitz!« Die Prada-Frau bemerkte Lucias Interesse. »Das da ist Kaviar, Süße. Und keine Marmelade.« Die anderen Frauen lachten.

»Spiel weiter an deinem Penis, Süße«, gab Lucia zurück.

Am Buffet hörte sie Englisch, Russisch und Arabisch. Hadersucht gesellte sich zu Lucia. »Hast du was rausgekriegt?«

»Na und ob.«

»Spann mich nicht auf die Folter!« Lucia war ungeduldig.

»Ich habe das Motiv gefunden«, sagte Hadersucht wie aus dem Nichts.

»Du weißt, warum Marisol sterben musste? Da bin ich aber neugierig.«

»Ich habe den Sekretär auf seinem Handy erreicht. Ist ziemlich eingespannt wegen dieser Versteigerung. Ich musste ihm nur eine präzise Frage stellen, um Licht in die Angelegenheit zu bringen.«

»Die Frage nach der Erbsituation. Hab ich recht?« Lucia ahnte, worauf Hadersucht hinauswollte.

»Hast du. Und rate mal, wer den ganzen Kram hier hätte bekommen sollen?«

»Sag bloß, eine junge Frau aus Castelldefels, die sich ihr Geld in Berlin als Hure verdient hat?«

»Hätte ich sie geheiratet«, begann er schwärmerisch und machte Bewegungen, als säße er hinter dem Lenker eines superschnellen Gefährts, »hätte ich hier meine Runden drehen dürfen. Im Rennauto.«

»Jetzt fang nicht an zu spinnen.«

»Mir gefällt die Vorstellung. Josef im Rennmobil.«

»Oh Mann. Hast du wenigstens auch herausbekommen, wer das Autodrome erbt, jetzt, wo die Kleine nicht mehr lebt?«

»Das hat mir der Sekretär erklärt. Steht alles in seinem Testament. Eine Erbengemeinschaft, bestehend aus Salvador Malvas eigenen drei Kindern und …« Er sah Lucia an.

»Antonio Lobrega.« Lucias Stimme klang tonlos.

»Genau. Zu gleichen Teilen.« Josef machte eine bremsende Geste und brachte seinen fiktiven Rennwagen zum Halten.

»Da kommt bestimmt ein hübsches Sümmchen zusammen«, sagte Lucia. »Hast du unseren Freund schon irgendwo gesehen? Ich kann mir vorstellen, dass er hier auftaucht.«

»Noch nicht. Aber das Rennen geht gleich los.«

»Erst nach dem Corso.« Lucia deutete auf die vor ihnen geparkten Wagen.

Um die am Rande der Rennstrecke abgestellten Oldtimer bildete sich eine Menschentraube. Ein Ford GT40 in Orange-Blau, ein Lotus 15 mit offenem Verdeck und ein Abarth 695 SS Coupé, der an die Seats der 600er-Reihe erinnerte, ließen ihre Motoren aufheulen. Hadersuchts Ford samt Beule am Kofferraum erntete in diesem exklusiven Ambiente nur geringschätzige Blicke. Anders als bei Oldtimer-Treffen in Berlin, bei denen es oft hieß: »Den hatte ich früher auch.« Den Höhepunkt des Tages, den Corso aller Wagen rund ums Oval, wollte Hadersucht im Gegensatz zu Lucia nicht verpassen. Sie trennten sich.

Die Katalanin lief dem Strom der ankommenden Besucher entgegen. Dabei traf sie erneut auf das Grid-Girl, das sie an der Zufahrt zum Gelände eingelassen hatte. Genau das hatte Lucia im Sinn gehabt. Das Mädchen saß vor Kälte schlotternd auf einem Heuballen.

»Du rauchst nicht zufällig, oder?«, fragte Lucia.

»Doch, viel zu viel, leider. Willste eine?« Sie war höchstens zwanzig. Ihre Stimme klang älter, vom Leben gezeichnet. »Willst du hier ein Haus kaufen wie die anderen?«

Lucia spürte ein Kichern in sich aufsteigen. »Dafür reicht's nicht. Ich möchte gar nicht an einer Rennstrecke wohnen.«

Das Mädchen reichte Lucia eine Zigarette und zündete sich selbst eine an. »Mir wär das egal. Das nervt hier sowieso. Ich reg mich den ganzen Tag total auf. Der eine Kerl gerade war voll unfreundlich. Ich habe den zum anderen Parkplatz geschickt. Voll das Arschloch, der Typ. Meinte ganz dreist, er gehört zur Eigentümerfamilie.«

Lucia horchte auf. »Wo ist der hin?«

»Zum öffentlichen Parkplatz da hinten«, sagte das Mädchen und nickte in eine Richtung, »der wollte seine Karre hinstellen, wo es ihm passte. Ich habe ihm damit gedroht, die Leute vom Sicherheitspersonal zu rufen. Da ist er abgerauscht.«

»Was für einen Wagen fuhr er?«

»Keine Ahnung. So 'ne große Karre. Ich habe mich gewundert, wieso der Typ von der Familie sein soll, wenn er mit 'nem holländischen Kennzeichen rumfährt.«

Dann war es ein Volvo. Antonio fuhr den gestohlenen Wagen. Lucia verabschiedete sich vom Grid-Girl, ohne aufzurauchen. Sie spurtete Richtung Parkplatz. Methodisch checkte sie die Reihen der Fahrzeuge. Ein abgelegenes, mit einer Plane abgedecktes Gebäude erregte ihre Aufmerksamkeit. Sie lugte durch einen Spalt hindurch. Ihre Augen mussten sich erst an die Dunkelheit gewöhnen. Landwirtschaftliche Maschinen und alte Werkzeuge waren hier untergebracht. Sie bückte sich, um unter einen Mähdrescher blicken zu können. Dahinter stand jemand. Sie zog ihre Dienstwaffe, pirschte sich vorsichtig an die Maschine heran und sprang mit einem Satz um die Ecke.

»Nimm die Hände hoch!«, schrie sie.

Ein Mann in Rennfahrermontur hob sofort die Arme in die Höhe und drehte sich zu ihr um. Er war genauso groß wie Antonio und ebenso schlank, aber blond und hatte halblange Haare. »Entschuldigung, ich wollte mich gerade umzuziehen für das Rennen. Die Umkleide dort hinten war voll, deswegen dachte ich …«

Lucia ließ die Waffe sinken. Die Linke hob sie zur Entschuldigung. »Sorry, ich habe mich geirrt.« Sie zog sich zurück.

»Jetzt sehe ich überall Gespenster«, sagte sie sich. Sie verließ das Gebäude mit einem unguten Gefühl. Am liebsten hätte sie sich verzogen, wäre von der Bildfläche verschwunden. Nur ein wenig Druck ablassen. Lucia sehnte sich danach, sich selbst die Klinge durch die Haut zu ziehen. Sie musste sich beherrschen. Der Stress der letzten Stunden kam wie eine Woge über sie. Für einen Moment lehnte sie sich an eine Wand, starrte an die Decke, um durchzuatmen. Sie hatte vollkommen den Besuch bei ihrer Mutter vergessen.

Lucia traute ihren Augen nicht. Dort stand er. Keine fünfzig Meter von ihr entfernt trabte Antonio provozierend langsam Richtung Rennstrecke. Sie folgte ihm zu den abgestellten Oldtimern. Vor ihren Augen entriss Antonio einem der Rennfahrer den Helm und stülpte ihn sich über. Da der Mann protestierte, bedrohte Antonio ihn mit einem Messer. Die Menschenmenge stob auseinander, wich zurück. Antonio riss die Tür eines Peugeot 106 Rallye auf und warf sich auf den Fahrersitz. Die Beifahrertür wurde aufgestoßen, ein Mann im feuerfesten Anzug hechtete heraus. Der Motor brüllte auf. Antonio steuerte den Wagen zwischen den zur Seite springenden Zuschauern hindurch auf die Rennpiste. Der von Antonio verscheuchte Fahrer sprang fluchend in einen giftgrün lackierten Porsche 911 Carrera, startete das Fahrzeug und setzte ihm nach. Lucia rannte auf ihren eigenen Wagen zu. Sie hechtete hinein, gab Vollgas.

Direkt neben Hadersucht kam der Fiat 500 zum Stehen. »Worauf wartest du?«

Josef brauchte in ihren Augen zu lange, um sich in den Sitz zu quetschen.

Lucia beschleunigte wie irre. Die Steilkurve presste sie in die Sitze. Der Porsche schloss rasch zu Antonios Peugeot auf. Die Kurve zog sich. Lucia hatte alle Mühe, nicht von der Schwerkraft über den Pistenrand getragen zu werden.

Der Porsche erreichte den Peugeot. Krachend berührten sich die Autos. Antonios Peugeot konnte mit der Geschwindigkeit des Porsche nicht mithalten. Die Gerade mit der leichten Linksbiegung durchrasten alle drei Fahrzeuge mit vollem Speed. Trotz Höchstgeschwindigkeit kam Lucia nicht an die beiden Rennwagen heran. Kurz bevor es in die zweite Steilkurve ging, startete der Porsche einen neuen Angriff. Antonio ließ sich zurückfallen, zog den Peugeot in die Fahrbahnmitte. Der Porsche traf ihn wie ein Rammbock. Antonio wich aus, raste aber auf ein riesiges, mit einem Warndreieck gekennzeichnetes Schlagloch zu. Ein brutaler Knall folgte. Der Peugeot flog Salti schlagend durch die Luft und landete auf dem Dach. Lucia bremste scharf ab, schwang sich aus dem Wagen und eilte zum Unfallort.

Der Peugeot war ein Wrack. Antonios Hand ragte aus dem zerborstenen Fenster. Um den Wagen bildete sich eine Benzinlache. Auf einen grellen Lichtblitz folgte eine Flamme, dann eine Explosion. Das Feuer schoss so hoch, dass alle zurückwichen. Als die Feuerwehr eintraf, brannte der Wagen schon zu lange, als dass für seinen Fahrer Hoffnung bestünde.

16.00 UHR. BARCELONA

Um Ortegas Fernseher gruppierten sich Uniformierte. Hadersucht nestelte nach Zigaretten. Lucia starrte wie gebannt auf den Bildschirm. Da war es, das Wahlergebnis. 2.020.144 Stimmen für die Unabhängigkeit. Über neunzig Prozent. Knapp acht Prozent dagegen, rund zwei Prozent ungültig. Wahlbeteiligung: zweiundvierzig Komma fünf Prozent. Die Spannung war mit Händen zu greifen. Wird Puigdemont die Unabhängigkeit ausrufen? Heute war der Tag der Entscheidung für Katalonien.

Es klopfte. Ortega knipste den Ton mit der Fernbedienung aus. Ein Beamter betrat mit einer Asservatenkiste den Raum, legte Geldbörse, Funkgerät und eine Glock 17 auf den Tisch. Dazu die braune Papiertüte mit dem Geld, die sich in einer Plastikhülle befand.

»Eine schöne Sammlung hast du da zusammengetragen«, sagte Ortega zu Hadersucht.

Der Beamte ließ sich den Erhalt der Gegenstände quittieren und entfernte sich. Inspektor Ortega beugte sich vor, um alles in Augenschein zu nehmen. »Darf ich?«

Hadersucht drehte die Geldbörse auf die Seite, auf der die Plakette der Falange prangte. Das Symbol der faschistischen Franco-Partei. »Ist so was nicht verboten in Spanien? Wenn du in Deutschland ein Hakenkreuz auf dem Portemonnaie hast, kriegen die dich wegen Verwendung von Kennzeichen verfassungswidriger Organisationen dran.«

»Hier wird das lockerer gesehen«, sagte Ortega. »Dieser Ilian Bulgur, dem die Geldbörse gehört. Bist du dem mal begegnet, Josef?«

Hadersucht fuhr sich durchs Haar. »Ja, leider. Meine Theorie ist, dass Bulgur und unsere Verfolger mit dem organisierten Verbrechen in Verbindung stehen.«

Ortega rutschte auf dem Stuhl hin und her, sein Blick traf Lucia. »Was meinst du dazu?«

Lucia zuckte mit den Achseln.

Ortega schürzte die Lippen. »Und warum habt ihr keine Verstärkung angefordert?«

Jemand drehte den Fernseher laut. Carles Puigdemont, Regionalpräsident Kataloniens. Brille, Anzug, Topfhaarschnitt. Absolute Mehrheit bei der Abstimmung. Ja zur Unabhängigkeit. Mit allen Konsequenzen. »Es gibt ein vor und ein nach dem ersten Oktober«, sagte Puigdemont, »vor allen Menschen akzeptiere ich das mir von den Bürgern auferlegte Mandat, auf dass Katalonien sich in einen unabhängigen Staat in Form einer Republik verwandele.«

Lucias Augen leuchteten. »Jetzt.«

»Gleichzeitig schlägt die Regierung und schlage ich mit der gleichen Feierlichkeit vor, dass die Effekte der Unabhängigkeitserklärung erst einmal aufgehoben werden, damit wir in den nächsten Wochen mit der spanischen Regierung in einen Dialog treten können. Da geht es jetzt um Deeskalation.«

Betretene Mienen machten sich bei den Anwesenden breit. Ortega wandte sich an Lucia und Josef. »Kommt mal mit. Worum es geht, erzähl ich euch unterwegs.«

Beim Hinausgehen hörten sie Stimmen und Gelächter aus dem Büro von Jesús Santos. Partystimmung. Am Plaza España wälzten sich Autokolonnen in alle Richtungen durch die Stadt. Es roch nach Abgasen.

In einer Seitenstraße der Avinguda de Parallel stoppte Ortega vor einem unscheinbaren Restaurant. Der Innenraum wirkte mit seinen neuen Möbeln steril, nur ein Tisch war besetzt. Ein junger Mann saß dort vor einer Cola light.

Inspektor Ortega hielt direkt auf ihn zu, stellte ihnen Agent Brais vor. »Das ist ein Deckname«, sagte Ortega. »Wir achten auf Anonymität.«

Der Kellner schloss ab und zog die Vorhänge zu. Brais' blaue Augen wirkten jugendlich. Die Haare waren kurz geschnitten, die Haut faltenfrei und glatt rasiert. Ein hübscher Kerl, dachte Lucia. Er kam gleich zur Sache. »Ihr seid bei euren Ermittlungen auf Spuren gestoßen, die mit einer Partei zu tun haben, richtig?«

Hadersucht nickte. »VOTO Popular. Oder so ähnlich.«

»Ich höre zu«, sagte Brais im Stile eines Mannes, der gerade Audienz gewährte. Josef Hadersucht berichtete ihm von den halb verbrannten Parteipamphleten im Kamin der Fabrik, von den Verfolgungsjagden auf der Landstraße und dem Bestechungsversuch Ilian Bulgurs. »Die Glock und den Falange-Ausweis habe ich als Andenken behalten.«

Brais bat Lucia um ihre Einschätzung. Sie berichtete, was sie aus den Gesprächen von Antonio und seinen Schergen aufgeschnappt hatte. Viel war es nicht.

»Danke für diese Erläuterungen«, sagte Brais. »Was ich höre, unterstreicht unsere Besorgnis VOTO gegenüber. Die werden aktiv.«

Brais sah zu Ortega hinüber. »Du kannst ganz offen sein«, ermunterte ihn der Inspektor. »VOTO oder VOTO Popular, die Wahl des Volkes, ganz wie ihr wollt. Meist stecken hinter den Vereinigungen, die Volksnähe suggerieren, dieselben Leute. Die Partido Popular, die populäre Partei«, er sah Hadersucht als Ausländer direkt an, »regierte das Land lange Jahre und war verstrickt in die schlimmsten Fälle von Korruption, die Spanien je gesehen hat. VOTO Popular wurde erst vor Kurzem gegründet. Hier in Barcelona. Als Gegenreaktion auf die Unabhängigkeitsbestrebungen der Katalanen. Und man hat sich alle Mühe gegeben, Leute zu rekrutieren, die dem rechten Rand angehören und die bereit sind, für Vaterland und Ehre alles zu tun. Wie, sagtest du, war der Name des Mannes in eurem Fall?«

»Antonio Lobrega.«

»Dieser Name sagt mir was. Lass mich einen Moment nachdenken.« Brais legte die Hände abschirmend vor das Gesicht, um sich zu konzentrieren. Dann fing er an, auf seinem Smartphone Fotos durchzuscrollen.

»Du hast doch nicht etwa kompromittierende Bilder auf deinem Handy? Was, wenn sie dich erwischen?«, fragte Lucia.

»Alles in der Cloud und gut verschlüsselt. Sei ganz beruhigt.«

Hadersucht musste daran denken, dass Ilian Bulgurs Handyinhalt ebenfalls irgendwo sicher verwahrt lag. Das hatte ihm Pedro hoch und heilig versichert.

»Ein Mentor«, begann Brais mit geschlossenen Augen. »Da haben wir's. Ich habe den Namen in einer Akte gesehen, die bei López auf dem Tisch lag. Hab sogar ein Foto.« Zum Beweis drehte er sein Handy in Richtung der anderen.

»Wer ist López?«, fragte Josef Hadersucht.

»López ist auf dem Papier der Chef von VOTO, aber in Wahrheit nur die Bauchpuppe der Führungsetage. Er hat die Rolle eines Aufpassers.«

»Und wer hat die Macht?« Hadersucht lief ein Schauer über den Rücken, wenn er an Ilian Bulgur dachte.

Brais sah zu Ortega hinüber. »Die Macht liegt in diesem Land seit Jahrhunderten bei den Privilegierten. Das Königshaus der Bourbonen, der Klerus und das Militär. Und die Mächtigen aus der Wirtschaft.«

»Und das macht es kompliziert«, ergänzte Ortega. »Dieser Staat im Staat, dieser Estado Profundo, verfügt über beinahe unendliche Mittel. Manche sagen, selbst Franco war eine Marionette des Estado, wenn auch eine grausame.«

»Ihr müsst vorsichtig sein«, mahnte Brais. »Diese Leute mögen euch dumpf und dämlich vorkommen, aber hinter ihnen steht die geballte Macht dieses Landes. Das haben diverse Politiker gemerkt, die sich nicht an die Spielregeln gehalten haben.«

Betretenes Schweigen.

Agent Brais trank seine Cola aus und stand auf. »Ich muss los. Fahnen schwenken für die VOTO. Wenn mich hier jemand sieht, bin ich tot.«

Sie erhoben sich zum Abschied.

»Eins noch.« Der Mann drehte sich zu ihnen um. »Dieser Lobrega war der Mentor für einen Typen, dessen Akte ich kurz einsehen konnte. Persönlichkeitsstörung und Hass auf Frauen klar erkennbar, stand da.«

»Hast du einen Namen?«, fragte Hadersucht.

»Ulv Moreno. Er nannte sich ›Der Ingenieur‹.«

Die Worte waren kaum verklungen, da erledigte Ortega die nötigen Anrufe. Eloy Vargas meldete sich Minuten später mit einer Spur. Um neun Uhr dreizehn war Ulv Moreno am Vortag mit einem Transporter durch die Mautstation auf der AP-7 gefahren und von deren Kamera gefilmt worden.

Ortega sah in die Runde. »Wir nehmen den Seat. Lucia, du fährst!«

Zwanzig Minuten später maunzte eine Katze neben Lucia Costas Fahrertür, sonst war am Zielort weit und breit kein Mensch zu sehen. Einige Minuten lang hatten Lucia, Ortega und Josef Hadersucht die Grundstücke der Nachbarschaft beobachtet. Das Einwohnermeldeamt hatte eine Wohnung im zweiten Stock eines Mietshauses sowie eine kleine Garage gegenüber mit Ulv Moreno in Zusammenhang gebracht.

»Wenn es unser Eismann ist, finden wir den Laster dadrin.« Lucia deutete auf das verschlossene Garagentor. Es schien über die notwendigen Maße zu verfügen, dass ein Transporter hindurchpasste. In der Umgebung standen ausrangierte Stadtbusse. Die Abgeschiedenheit der Lage versetzte sie in Alarmbereitschaft.

»Wenn er es ist, dann ist es eine Frage der Zeit, ob wir das Opfer noch lebend finden oder nicht«, entgegnete Ortega, der sich nervös über das Kinn strich.

»Ich kann mir nicht vorstellen, dass er selbst in der Garage ist«, sagte Lucia. »Ich befürchte, er ist woanders, und wenn wir da reinstürmen, verschwindet er auf Nimmerwiedersehen.«

»Habe ich auch schon überlegt«, antwortete der Inspektor, »in die Wohnung können wir im Verdachtsfall auch ohne Durchsuchungsbefehl rein. Ein ausreichender Grund ist die Notwendigkeit, drohende Schäden an Personen zu verhindern. Das wäre gegeben.«

»Was wollen wir machen?«, fragte Hadersucht. Jede Minute Warten war pure Zeitvergeudung. »Ich sag euch, was wir tun: Ich geh in die Garage. Ihr beobachtet weiter die Wohnung. Da könnt ihr alle Schuld auf mich schieben, wenn was schiefgeht. Einverstanden?«

»Ich weiß nicht, ich kann das nicht autorisieren. Dich als auswärtigen Kollegen würde ich da gerne raushalten«, sagte Ortega. »Ich habe meine Zweifel. Die von ganz oben warten nur auf solch einen Fehler, um uns abzusägen.«

»Ich mach's!« Hadersucht kaute wild entschlossen auf der Unterlippe, zog sich den grauen Mantel aus und ließ sich von Lucia eine Waffe zustecken sowie eine Taschenlampe.

»Ich geh mit! Fresco war immer mein Fall.« Lucia hatte die Tür geöffnet, schwang sich nach draußen.

Blaulichter kündigten das Eintreffen der Verstärkung an. Spätestens jetzt wusste Fresco Bescheid. Lucia und Josef rannten los. Die hölzernen Torflügel waren von innen verschlossen.

»Wie kriegen wir das auf?«, fragte Hadersucht.

»Geh zur Seite!« Lucia hatte ihre Dienstwaffe gezogen und zielte auf die Tür. Schüsse krachten, Holz splitterte, das verrostete Schloss zerbarst. Hadersucht zog die Flügel auseinander. Sie standen direkt vor einem weißen Kleintransporter, der die Garage komplett ausfüllte. Ein Motor brummte.

»Mein Gott, das ist eine Kühlmaschine«, schrie Lucia. »Zur Seitentür!«

Beamte in Uniform kamen angelaufen, halfen beim Öffnen. Drinnen war es kalt, eine junge Frau lag reglos auf dem Boden. Sie war angekettet.

»Oh mein Gott«, entfuhr es Hadersucht, »wir brauchen einen Krankenwagen!«

16:30 UHR, SANTA COLOMA DE GRAMENET

In der Carrer de Cristòfol Colom in Santa Coloma de Gramenet herrschte um halb fünf ein Riesentrubel. Polizeifahrzeuge. Beamte, die aus den Einsatzwagen sprangen. Männer in Schutzanzügen, Pressefotografen. Fassungslos musste der Ingenieur vom Fenster seiner Wohnung aus mitansehen, wie Beamte sich Zutritt zu seiner Garage verschafften und seine Übertragung störten. Vermessungskamera, Stativ, Monokular, alles war verloren. Er dachte an sein Opfer hinten auf der Ladefläche. Sie war seinen Videobildern zufolge in der Todeszone, bei einer Raumtemperatur von angezeigten drei Grad über dem Gefrierpunkt bewegte sie sich kaum noch. Diese Phase gefiel ihm am wenigsten, sie hatte sich aufgegeben, mit ihrem Tod abgefunden, war lethargisch geworden. Was am Bildschirm kaum Spannung versprach. Er wartete auf das Erscheinen der Eiskristalle auf ihrem Körper. Ihre Helfer würden dennoch zu spät kommen, die Prostituierte hatte auf seine letzten Zurufe kaum reagiert. Entsetzt musste er am Bildschirm mitansehen, wie die Tür des Transporters von außen geöffnet wurde, wie Menschen hineinkletterten, um die Hure zu befreien. Die Aufmerksamkeit, die ihm und seinem Werk zuteilwurde, war fast spannender als das Schauspiel an sich. Leider blieb ihm keine Zeit, länger zuzusehen.

Er besann sich auf seinen präzise ersonnenen Notfallplan. Alles war vorbereitet. Er schnappte sich den Rucksack, der das Notwendigste für die nächsten Tage enthielt, verschloss die Wohnung und verließ das Haus durch die Hintertür über den Hof. Der Ingenieur durchquerte die engen Gärten der Nachbarn und gelangte durch das Gartentor auf die Straße. In dieser Gegend legten die Leute Wert auf ihre Ruhe. Niemand störte hier den anderen. Er öffnete die Satteltasche seiner am Straßenrand abgestellten Vespa, entnahm den Helm und legte den Rucksack hinein. Als er den Roller auf die Straße schob, atmete er bewusst unaufgeregt. Das Licht der Einsatzfahrzeuge flackerte in unmittelbarer Nähe. Nicht hinsehen.

Er startete die Vespa und brauste den Berg die Carrer de Santa Eulalia hinab. Keine Sekunde zu spät, denn die Beamten kamen mit flatternden Bändern, um die Straße abzusperren. Als der Ingenieur die B-20 erreichte, wünschte er sich die Eiskanone von Mister Freeze herbei, um die Straße hinter sich in eine Rutschbahn zu verwandeln. Ruhig fuhr er den Einsatzfahrzeugen entgegen, ein gewöhnlicher Bürger, der einen Ausflug mit dem Motorroller machte. Als der Ingenieur die Rambla de Poblenou erreichte, stellte er sein Gefährt ab und betrat den Hochhausblock unweit des gleichnamigen Parks. Im sechsten Stock schloss er die Wohnung auf. Antonios Zuhause. Den Schlüssel dazu hatte er. Endlich war er in Sicherheit.

18:30 UHR, BARCELONA

Lucia sah in die Augen einer Frau, in denen das blanke Entsetzen stand. Adriana Cortiz saß, umringt von Polizisten und Helfern, tief vergraben in einer Thermodecke auf einer Liege in Sichtweite des Ortes, an dem sie unsäglich hatte leiden müssen. Sie würde ins Krankenhaus gebracht werden wegen ihrer starken Unterkühlung, aber sie lebte. Das war das Wichtigste. Unentwegt murmelte Adriana leise vor sich hin. »Por si te aburres. Falls du dich langweilst. Por si te aburres.«

Lucia erhob sich, gab das Gehörte wieder. »Was bedeutet das?«, fragte Ortega.

»Der Schauspieler«, sagte Lucia. »Liebe Welt, ich verlasse dich, weil ich mich langweile«, hat sie gesagt. Unzusammenhängend, aber irgendeine Bedeutung muss es haben.«

Ortega blickte so, als konnte er sich keinen Reim darauf machen.

»Sergeant, haben Sie ein Smartphone?«

Der Beamte nickte, zog sein Samsung aus der Tasche. Lucia Costa googelte die Stichworte auf dem Smartphone des Einsatzbeamten. »Bingo. Das Zitat stammt von einem George Sanders. Ein Schauspieler, der sich in Castelldefels mit Schlaftabletten ins Jenseits befördert hat. Wir konnten im Kühlwagen ein Röllchen sicherstellen.«

»Was hat das damit zu tun?«, fragte Hadersucht.

»Moment.« Lucia las schnell und konzentriert. »Dieser George Sanders hat in den Sechzigerjahren in der Serie Batman mitgespielt.«

»Er war einer von den Bösen. Mister Freeze. Ich kann mich erinnern.« Hadersucht lachte.

Ortega staunte. »Dios mio.«

»Es gibt ein Forum für Fans dieser Serie, mit Threads für einzelne Helden«, sagte Lucia. »Die Bösewichter Riddler, Joker und Pinguin sind ziemlich beliebt. Zu Mister Freeze gibt es nicht so viel.« Lucia scrollte weiter durch die Tiefen des Internets. »Verdammt, vom Schreibtisch aus geht das einfacher!«

»Lass uns ins Büro fahren«, insistierte Ortega.

»Warte mal! Sei doch nicht so ungeduldig.«

Ihre Recherchen ergaben, dass ein Nutzer mit Namen Warlog456 das Sanders-Zitat in einem Forum verwendete. Seine Postings legten ein starkes Interesse an der Filmfigur des Mr. Freeze nahe. »Wir wissen es jetzt, Chef. Das bestätigt, dass unser Eismann Ulv Moreno ist.«

Sie nickte.

»Gut gemacht«, sagte Ortega. »Wir sollten uns einen Durchsuchungsbefehl für seine Wohnung besorgen.«

Im Einsatzfahrzeug schwieg sie, starrte vom Beifahrersitz mit Einkaufstüten beladene Frauen auf dem Passeig de Gràcia an. Im Büro der Mossos stellte Lucia kurz ihre Tasche am Schreibtisch ab, schnappte sich eine kleine spitze Schere und trottete aufs Klo. Vor dem Spiegel unterdrückte sie das Bedürfnis, sich wehzutun. Gewöhnlich löste der Anblick ihrer verheilten Narben einen Automatismus aus. Doch Lucia zögerte diesmal. Geiselnahme, Todesangst, Rettung, all dies hatte sie in einen neuen Zustand versetzt, zu dem weiterer Schmerz nicht zu passen schien. Lucia stand da, ließ den Kopf sinken und warf die Schere in den Mülleimer. Weg damit! Hier war nicht der Ort dafür. Ein gutes Gefühl. Hoffentlich hielt es an! Auf dem Gang wich sie den Blicken der Kollegen aus. Forschte in den Datenbanken zu Ulv Moreno.

Eloy Vargas stand plötzlich an ihrem Tisch, fummelte mit einem Kugelschreiber herum. Sie fuhr erschreckt zusammen.

»Na, alles gut überstanden? Ich habe gehört, du hast einiges durchgemacht!« Er hielt die Arme verschränkt.

Im ersten Moment dachte Lucia, er wolle sie ein wenig aufmuntern, irgendetwas in seiner Stimme sagte ihr jedoch, besser auf der Hut zu sein.

»Keine Ahnung, ich werde mich bei Gelegenheit auf Folgeschäden durchchecken lassen. Warum fragst du?«

»Ach, nur so. Wie ich gehört habe, willst du ja wieder richtig bei uns einsteigen.«

Daher wehte der Wind. Lucia hatte das schroffe Verhalten Eloys ihr gegenüber bislang eher als unbedeutend abgetan. »Hast du ein Problem damit?«

»Wieso sollte ich?«

Sie witterte, dahinter könne mehr stecken. Was war es? Abneigung? Neid? »Das ist der Plan«, sagte Lucia. »Ich werde wieder ein Teil des Teams. Aber du scheinst nicht glücklich damit zu sein.«

»Nein, alles gut«, sagte Eloy. »Ich sage es nur, weil einige Beamten erwähnten, ihr seid in diese Garage reinmarschiert ohne gültigen Durchsuchungsbefehl. Und du weißt, dass das nicht geht.«

»Aber da war Gefahr im Verzug«, sagte Lucia und kochte innerlich über diesen Paragrafenreiter. »Es ging um Menschenleben.«

»Das kann eine interne Untersuchung nach sich ziehen«, sagte Eloy. »Es wäre ziemlich ärgerlich, wenn dir das deinen Einstand erschweren würde.«

»Darüber mache ich mir keine Sorgen.« Lucia fragte sich, ob sie die passenden Worte gewählt hatte. Der Typ war erst nach ihr bei den Mossos eingestiegen. Dass er verschlagen war und Miguels Arbeit nicht so unterstützte, wie sie es tat, hatte sie seit Langem gewusst.

»Du sollst sogar fremdes Eigentum zerstört haben«, sagte Eloy.

»Was willst du?«, fragte Lucia. »Mir an den Karren fahren? Hast du Angst um dein Pöstchen als Oberschleimer bei Santos?«

»Was? Spinnst du jetzt?«

»Ich hatte eigentlich gedacht, wir ziehen hier alle an einem Strang«, sagte Lucia. »Aber wie ich sehe, ist das bei dir anders.«

»Wir sind hier nicht im wilden Westen«, sagte Eloy. »Ich werde dir auf die Finger schauen. Schauen wir doch mal, wie lange du deinen Job noch behältst.«

»Es ist immer gut, wenn die Fronten geklärt sind.« Lucia stand von ihrem Drehstuhl auf, griff nach ihrer Jacke und verließ grußlos den Raum. Sie widerstand dem Drang, dem Typen die Augen auszukratzen.

19:00 UHR, BARCELONA

Ulv Moreno legte den Laptop zur Seite. TV3 zeigte in den Nachrichten den Abtransport der Leiche des Mörders von Marisol Hernández. Auf dem Bildschirm sah er seine Feinde. Inspektor Ortega von den Mossos zog eine Frau und einen Mann ins Bild, lobte deren Ermittlungen. Lucia Costa und Josef Hadersucht, die Namen wurden eingeblendet. Die Fernsehkameras standen nun live vor einem Hotel, das Moreno kannte. Da kommentierte eine höchstens zwanzigjährige sogenannte Netzreporterin aktuelle Tweets zum Fall. »So erleichtert reagiert das Netz.« Und dann: »Freut euch nicht zu früh. Fresco ist noch unterwegs.« Der Netzreporterin war die Genugtuung anzumerken, dass es weiterhin gruselige Neuigkeiten zu berichten gab.

Ulv Moreno schaltete den Fernseher aus und starrte verloren ins Leere. Armer Antonio. So ein Ende hatte sein Mentor nicht verdient. Ein Gefühl der Einsamkeit überkam ihn, wie er es lange nicht gespürt hatte. Es tat körperlich weh. Es war wie in einem Sog, der ihn unaufhörlich nach unten zog. Er gehörte nicht in diese Welt. Bei Antonio und den anderen Mitgliedern der VOTO hatte er ein Stück Heimat erlebt, das es ihm erlaubte, an der Oberfläche zu schwimmen. Er hatte sich angekommen gefühlt. Nun wurde er wieder tiefer und tiefer ins Dunkle hinuntergezogen. Seine linke Hand ballte sich zur Faust. So fest, dass sie schmerzte. Das sollten sie büßen. Er besah sich seine Hände. Mit ihnen würde er töten. Sein Blick fiel auf den mannshohen Schrank. Er zog die quietschenden Türen auf und überflog gähnend den Inhalt. Berge ungebügelter Wäsche. Nur oben nicht. Dort lagen in Dreier-reihen nebeneinander Dutzende gleicher Hemden. Nagelneu. Eingeschweißt in Plastikfolien. Ulv Moreno nahm eines dieser Hemden vom Stapel. Doch als er es genauer besah, war es kein Hemd, es war ein weißer Overall aus Baumwolle, wie man ihn für Malerarbeiten verwendete. Mit Reißverschluss und Kapuze. Die Sorgfalt war ihnen gemein.

Es war Zeit, sich von der Wohnung zu verabschieden. Sie würden bald hier sein. Er war hier nicht mehr sicher. Ulv Moreno schlüpfte in seine olivgrüne Jacke aus Nappaleder. Eine halbe Stunde darauf stieg der Ingenieur in die Metrolinie 4 in Poblenou, fuhr Richtung Innenstadt. Durch die Fernsehübertragung wusste er, wo sich dieser Hadersucht aufhielt. Denn während der Sendung war der Name des Hotels eingeblendet worden. Dieser Typ war als Erster dran. An der Station Barceloneta stieg Moreno aus. Viel Volk mit katalanischen Flaggen war unterwegs. Ein Megafon krächzte. Die Parolen interessierten ihn nicht. Er überquerte die Ramblas und durchschritt die Gassen des Raval. Wie ein Zylinder ragte es vor ihm auf. Das Hotel Barceló.

13.00 UHR. BARCELONA

Die Pressekonferenz zum Fall Marisol Hernández fand im größten Saal des Hotels Barceló statt. Die Bühne gehörte Arnau Torres, Major der Mossos, der seinen Auftritt ebenso sichtlich genoss wie der Delegierte Jesús Santos. Josef und Ortega warfen sich wissende Blicke zu. Alles wie gewohnt. Leute, die nichts oder wenig zum Erfolg der Ermittlung beigesteuert hatten, drängten sich in die erste Reihe. Zu Hadersuchts Genugtuung wollten die Journalisten bei der anschließenden Fragerunde mehr von Ortega wissen als vom Polizeichef, dem anzusehen war, dass er darüber sauer war. Arnau Torres gönnte Ortega offenbar die Bühne nicht und beendete die Konferenz vor der Zeit.

Als der Major der Mossos Ortega um ein Gespräch bat, nutzte Hadersucht die Gelegenheit, sich zu verabschieden. Vorbei am Hinweisschild für Teilnehmer eines Psychologen-Kongresses, der ebenfalls im Hotel stattfand, gelangte er zum Zeitungskiosk der Rezeption.

Der Nachtportier von dem Abend, als Josef mit Lucia hereingetorkelt war, legte die Sportzeitung beiseite. »Ich hab was gut bei Ihnen. Sie waren kürzlich mit einer Dame auf dem Zimmer.«

»Kann ich nicht bestreiten.«

Der Portier lachte ein kleines Lachen. »Bei der Buchung eines Einzelzimmers ist das nicht erlaubt.«

»Sie hat nicht bei mir übernachtet.«

Der Alte zwinkerte ihm männerbündlerisch zu. »Na, kommen Sie. Ich mache keine große Sache draus.«

Hadersucht seufzte und suchte in der Jackentasche die Geldbörse. »Wir können das aus der Welt schaffen.«

Der Alte schüttelte den Kopf. Er leckte sich die Lippen. »Wir können das anders regeln. Mein Dienst ist langweilig, ich höre gern pikante Geschichten. Erzählen Sie doch ein bisschen. Es würde mir gefallen zu erfahren, was Ihre Begleitung im Bett so alles gernhat.«

Hadersucht tippte sich an die Stirn. »Schmierige Seniorenträume! Ich möchte sofort den Geschäftsführer sprechen.«

»Bitte nicht«, barmte der Alte. »Es ist alles gut.« Der Portier wandte sich mit feuerrotem Kopf der Sportzeitschrift zu.

Hadersucht schlenderte zum Aufzug.

Durch eine Drehtür gelangte der Ingenieur unbeobachtet in den Personalbereich des Hotels. Heute würde er den Kellner geben. Treppe abwärts fand er die Umkleiden, neben einem überhitzten, nach Desinfektionsmittel riechenden Raum, in dem Waschmaschinen geräuschvoll ihre Trommeln drehten. Stapel von Bettwäsche wiesen ihm den Weg zu einem Schrank. Hier fand er zur mitgebrachten Kellnerhose die passende Oberbekleidung. Das Hemd war eine Nummer zu klein, ließ sich am Kragen aber zuknöpfen. Moreno band sich eine Fliege um, und fertig war der Luxuskellner. Die Sig Sauer P232 umwickelte er mit einer gebügelten Stoffserviette und nahm sie in die Hand wie eine delikat zu tragende Speise. Seine Zweitwaffe, ein Klappmesser, verschwand in der Hosentasche. Im Personalfahrstuhl traf er auf einen Kollegen. Rotes Hemd, schwarze Weste, Hipsterbart. Der Fahrstuhl fuhr mit einem Rucken an. Der Mann musterte ihn.

»Eines Tages gibt der Lift seinen Geist auf«, sagte er.

Der Ingenieur nickte stumm.

»Dich kenn ich gar nicht.«

Wieder ein Nicken.

»Hast es wohl eilig. Daran erkenn ich die Neuen immer.«
Der Ingenieur drückte auf die Taste mit der »12«.

»Ah, ich auch. Gleich geht der Ansturm los. Ich hasse diese
Kongresse. Die kommen nur zum Saufen und Vögeln her.«

Ulv nickte stumm. Das Plappermaul nervte. 5, 6, 7, 8.

»Ich glaube, du hast dein Namensschild vergessen, Kumpel. Hier, schau: ›Freundlichkeit hat einen Namen: Victor‹.«

»Ich bin George Sanders.«

»Echter Name oder Künstlername?«

Keine Antwort. 9, 10, 11. Ihre Blicke trafen sich im Fahrstuhlspiegel.

»Was hast du denn da unter der Serviette?«

Der Ingenieur grinste verlegen. »Utensilien zum Eisma-
chen. Für die Barkeeper oben.«

Im zwölften Stock hielt der Fahrstuhl mit einem Ruck. Ulv
ließ seinem vermeintlichen Kollegen den Vortritt. Über eine
Wendeltreppe erreichten beide die Dachterrasse. Es herrschte
ein hektisches Durcheinander.

Der langhaarige Barkeeper reichte dem Ingenieur gleich
Flaschen an. »Kannst dich nützlich machen. Das hier muss
in den Kühlschrank.«

»Moment.« Wohin mit der Knarre? Ulv ging in die Hocke,
schob die Sig Sauer hinter einen Bierkasten. Dann brachte er
das Bier zum Kühlschrank. Zwei junge Blondinen machten
Selfies. Er erkannte ihn sofort. Den Deutschen. Der Moment
war günstig. Ulv prüfte die Lage des Messers, zog es mit drei
Fingern sachte aus dem Lederschaft. Er würde ihm einen
Drink servieren. Seinen letzten.

13.10 UHR, BARCELONA

Lucia war froh gewesen, ausschlafen zu dürfen und nicht an der Pressekonferenz teilnehmen zu müssen. Am Autodrome hatte ihr der Andrang der Fernsehteams gereicht. Sie musste die Ereignisse der vergangenen Tage erst auf sich wirken lassen, alles war verdammt schnell gegangen. Dass sich Eloy Vargas als Arschloch entpuppt hatte, erschwerte ihr den Gedanken an eine Rückkehr zu den Mossos. Sie hatte mit niemandem darüber gesprochen, und sie überlegte, ob sie Ortega unterrichten sollte.

Sie musste über den derzeitigen Eismann nachdenken, von dem ihr bis dato unklar war, ob es sich um denselben handelte, den sie gejagt hatte, als sie voll bei der Truppe gewesen war. Sie klappte ihren Laptop auf und fläzte sich auf ihr Bett. Heizofen brauchte sie keinen, der Tag war warm genug. Unter die Decke gekuschelt forschte sie weiter nach der Person hinter der Maske des Fresco, des Brachlandmörders, oder wie immer er sich nennen mochte. Der Ingenieur.

Eine Namensgleichheit bei Facebook, mit einem kürzlich geänderten Profilbild. Ein Mann in Metallrüstung. Arnold Schwarzenegger, mit blauem Gesicht, Mr. Freeze. Ein Gegencheck der IP-Adresse war zwecklos. Moreno war längst getürmt. Aus seiner eigenen Wohnung, Aufenthaltsort unbekannt. Sie öffnete Instagram. Ihr Profil kam auf zweihundertneunzehn Follower. Zweiundfünfzig Fotos kündeten von besseren Tagen. Sie mit Jordi am Meer; mit Freunden auf einer Party; ein Tisch voller leckerer Tapas; Jordi streichelt ihren Babybauch, hingebungsvoller Blick. Sie unterdrückte den Reflex, das Bild zu löschen, und vergrößerte stattdessen das Babybauch-Foto. Sechsundneunzig Likes. Wann sonst sollte man liken, wenn nicht bei einem Baby? Lucia zögerte, dann gab sie den Namen Ulv Moreno bei Instagram ein. Ein Treffer. Ulv Moreno. Null Beiträge, dreiundsechzig Follower, achtundneunzig abonniert. Den Begriff Mr. Freeze versuchte sie als Nächstes. Beim Runterscrollen der etwa hundert Profile blieb sie erneut bei Arnold Schwarzenegger hängen. Volltreffer. Mr. Freeze hatte null Beiträge, aber vierhundertzwölf Abonnenten. Er selbst hatte er nur ein einziges Profil abonniert. Das von Dulcelatrina. Dessen Besitzer fotografierte Bilder von Polizeieinsätzen aus dem Fernsehen ab und fügte gehässige Kommentare bei. Das Letzte zeigte die Pressekonferenz im Hotel Barceló. »Cocksucker«, kommentierte Dulcelatrina. Darunter ein Like von Mr. Freeze. In diesem Moment wusste Lucia, dass die erste Sekunde eines Wettlaufs um Leben und Tod begonnen hatte.

Auf der Hotelterrasse starrte eine junge Frau durchs Münzfernrohr auf die Stadt. Ihr blondes Haar flatterte im Wind. Als die Zeit abgelaufen war, wandte sie sich lächelnd ab. Hadersucht trank einen Mojito. Mit Zitrone, Minze und als Cocktailkirsche dazu die Aussicht über Barcelona. Er nahm einen tiefen Schluck und sah den Möwen zu. Sie kreisten, ohne die Flügel zu bewegen. Er spürte, wie der Alkohol seine Wirkung zeigte. Eine Gruppe japanischer Touristen strömte aus dem Fahrstuhl auf die Terrasse. Einer von ihnen trug Sombrero, er lachte bellend wie ein Hund aus einer Zeichentrickserie. Ein Kellner beobachtete ihn die ganze Zeit. Als er aufstand, spürte er jemanden in seinem Rücken. Einen der Japaner. »Von mir aus, sollen sie mir doch den Platz streitig machen«, dachte er laut. Hadersucht glitt durch die auf die Terrasse strömenden Menschen und erreichte den Aufzug im letzten Moment, bevor es ihm zu voll wurde.

13.50 UHR. BARCELONA

Lucia Costa kam, das Handy zwischen Kinn und Schulter eingeklemmt, die Carrer Maria Aurèlia Capmany hinunter. Sie lief, so schnell sie konnte. An der Rambla del Raval wählte sie Hadersuchts Nummer. Anrufbeantworter. Verdammt. Das Foyer des Barceló wimmelte von Menschen. Schaulustige, Therapeuten, Heilkünstler, Presse. Die Beziehung zu Jordi hatte Lucias Skepsis gegenüber Psychologen verstärkt. Alles interpretieren, analysieren, wozu? Menschen änderten sich nur, wenn sie bereit dazu waren. Seltsam, dass sie ihn gerade jetzt vermisste. »Wie schön, Sie zu sehen.«

Der Portier trug ein lüsternes Schmunzeln im schwammigen Gesicht.

»Das ist ein Polizeieinsatz. Zimmer dreihundertvierzehn. Josef Hadersucht. Ist er oben?«

»Wir haben uns gerade noch kurz unterhalten. Was ist denn los?«

Sie eilte ohne zu antworten zum Fahrstuhl.

Hadersucht öffnete nicht auf ihr Klopfen. Sie schlug gegen die Tür. Nichts geschah. Als sie zum Lift zurücklief, sah sie einen Kellner herumstehen. Der Aufzug öffnete sich, aber der Kellner wartete weiter.

Lucia glitt in den Fahrstuhl. Die Tür schloss sich, ging wieder auf. Der Kellner drängte hinein, strich sich das Hemd glatt. Lucias iPhone vibrierte in der Jacke. Ortega. Sie zog es ans Ohr.

In diesem Augenblick legte der Kellner seinen kräftigen Arm um ihren Hals und drückte zu. Das Telefon fiel auf den

Boden. Die Aufzugtüren öffneten sich im vierzehnten Stockwerk. Ein Schrei aus dem Mund eines Asiaten, der zurückwich. Niemand stieg zu. Während sich die Tür schloss, blickte sie in Ulvs kalte Augen. Sie musste sich aus ihrer Schockstarre befreien, sich von der Umklammerung lösen. Der Ellbogenstoß in seinen Magen war nicht heftig genug, um seinen Griff zu lockern. Der Fahrstuhl fuhr an. Abwärts. Sie röchelte. Wiederholte den Stoß. Schob mit Kraft den rechten Arm nach und spürte, wie sie ihn traf. Der Druck auf ihre Kehle blieb. Sie sah sich selbst im Fahrstuhlspiegel rot anlaufen. Legte sich voll ins Gewicht seines Klammergriffs, winkelte die Beine an und ließ sich fallen. Blitzartig sprang sie wieder auf und brachte ihn so aus dem Gleichgewicht. Sie stemmte die Füße an die Tür und warf sich mit ihm gegen die splitternde Glaswand. Mit dem Hinterkopf traf sie seine Nase, die ein knackendes Geräusch verursachte. Der Boden des Lifts erbebte. Lucia stürzte unkontrolliert, er obendrauf. Sie sog gierig die Luft ein. Er hielt sie mit einem Arm unten und suchte mit der Hand nach etwas im Hosengurt. Sie strampelte beidbeinig dagegen an. Er durfte keine Gelegenheit dafür bekommen, eine Waffe zu ziehen. Sie rollte über die Schultern ein Stück nach rechts, blieb am Boden. Er zerrte an einer Pistole. Hielt sie mit der Rechten nach oben, um Lucias Fußtritten auszuweichen. Sie bekam das Telefon zu fassen. Warf es mit aller Kraft in seine Richtung. Als es ihn über dem Auge traf, schrie er vor Schmerz auf. Unter Ulv Moreno liegend umklammerte sie seine waffenführende Hand. Langsam erlahmten ihre Kräfte. Mit einer ruckartigen Bewegung rammte er ihre linke Hand gegen die Spiegelseite. Sie stieß einen wilden Schmerzensschrei aus. Als er näher kam, biss sie ihm mit letzter Kraft in die schon gebrochene Nase. So fest, wie es ihre Kiefern zuließen. Er brüllte vor Schmerz.

Glasreste rieselten herab.

Die Lifttür öffnete sich. Ungläubiges Staunen über zwei ineinander verkeilte Körper. Moreno stieß sich von Lucia weg, er glitt über blitzblank polierte Marmorfliesen. Seine durch die Luft wedelnde Pistole sorgte für Schreie, verschaffte ihm Platz. Mit zwei großen Schritten stand der Ingenieur hinter einer blonden Frau in einem roten Cocktailkleid. Er drehte ihr den Arm auf den Rücken, zerrte sie zu einer Sitzecke und fuhr sie zischend an: »Wie heißt du, du Schlampe?«

Ihre Stimme zitterte. »Leonora.«

Blut und Spucke tropften von seiner Lippe. »Hört ihr mich? Das ist Leonora. Und heute könnte der letzte Tag in ihrem Leben sein. Wenn ihr nicht macht, was ich sage!«

Draußen hielt ein Streifenwagen. Zwei Beamte stürmten mit erhobenen Waffen herein. Josef blieben nur Sekunden, Lucia, die aus dem Fahrstuhl gekrochen kam, aus dem Schussfeld zu ziehen. Durchs Spalier der zur Untätigkeit verdammten Beamten gelangten der Ingenieur und seine Geisel auf die Straße. Auf der Rambla del Raval entstieg Inspektor Ortega einem der Wagen. Lucia und Josef kauerten hinter einer Säule im Eingangsbereich. Lucia war schlohweiß im Gesicht. Ihr Haar stand wirr in alle Richtungen ab, ihre Kleidung war blutverschmiert.

Ortega kam zu ihr. »Was ist mit deiner Hand?«

»Ich glaube, die Finger sind gebrochen.«

Ortega sah ihr ins Gesicht. »Jedenfalls lebst du. Jemand kümmert sich gleich.«

»Was ist mit der Frau?«

Ortega blickte sorgenvoll hinaus auf den Platz. Menschen stoben an den Cafétischen der Rambla del Raval auseinander, als Moreno und seine Geisel sich näherten.

Moreno schritt seelenruhig voran, trotz der vielen Passanten. So als wären er und Leonora die Einzigen. »Wenn ich jetzt abdrücke, ist sie sofort hin. Geht ganz schnell«, schrie er.

»Du musst das nicht tun«, antwortete seine Geisel.

»Magst du Eis?«, fragte der Ingenieur, während sie sich Schritt für Schritt vom Hotel entfernten.

»Ja klar. Du auch?« Die Frau zitterte.

Ein Mann und eine Frau blockierten ihren Weg.

»Hör zu. Ich bin unbewaffnet. Du lässt Leonora frei und legst dann die Waffe auf den Boden. Okay?«, sagte Lucia Costa.

Ulv Moreno lachte. »Ein Schritt in meine Richtung, und sie stirbt.«

Lucia sprach ungerührt weiter: »Hör zu, Mr. Freeze. Wir haben dich. Wir haben den Transporter, die Garage, deine Wohnung. Alles, was du dir zusammengebaut hast an technischem Schnickschnack, um den festgeketteten Mädchen im Dunkeln beim Sterben zuschauen zu können. Selbst deinen Account bei Instagram hab ich gefunden.«

»Dafür krieg ich dich«, zischte der Ingenieur ihr zu.

»Okay«, sagte Lucia. »Du lässt sie frei und bekommst mich.«

Er schüttelte wild den Kopf.

»Dachte ich mir«, sagte Lucia. »Ohne deinen Mentor Antonio bist du nicht stark genug.«

Er starrte sie an. »Was weißt du von ihm?«

»Ich habe ihn sterben sehen. Kein schöner Tod. Er wird dir keine Likes mehr geben.« Sie sagte es mit einem Anflug von Schadenfreude. Sie spie es ihm entgegen.

»Du dreckige Schlampe!« Er stieß sein Opfer beiseite, richtete die Pistole auf Lucia. Die Polizistin hielt die Arme ausgebreitet. Sie war bereit, alles hinzunehmen, was da kommen sollte. Der Widerhall eines Schusses brach sich an den Häuserwänden, ein Beamter der Mossos d'Esquadra feuerte ebenfalls. Morenos Kugel traf Josef, der sich schützend vor sie geworfen hatte. Der Kopf des Ingenieurs wurde nach hinten geschleudert. Er war tot, noch ehe er den Boden berührte.

11.30 UHR. GIRONA.
EIN ANDERER TAG

Es herrschte Stille in den Gängen der Palliativabteilung des Hospital de Santa Caterina in Girona. Hier wurden die Patienten untergebracht, bei denen die Schulmedizin nichts mehr tun konnte. Behutsam wurde die Klinke einer großen grauen Tür heruntergedrückt. Aus dem Inneren des Zimmers drang das Zirpen der Vögel auf den Gang, als befände sich der Raum mitten im Wald. Lucia hörte Stimmen im Dialog. Die eine gehörte ihrer Mutter, die andere einer jüngeren Frau, sicher einer Pflegerin.

»Bitte, können Sie die Sachen da vom Stuhl nehmen«, sprach ihre Mutter in einem angespannt heiteren Tonfall, »gleich kommt meine Tochter und die mag nicht, wenn es unaufgeräumt ist.«

»Mach ich doch gerne«, antwortete die Pflegerin geduldig, »Und die Blumen habe ich schon erneuert und außerdem die Boney-M.-CD gegen den Gesang des Waldes getauscht, genau wie Sie gesagt haben.«

»Ich weiß, ich weiß, aber ich bin ganz unruhig, weil sie jeden Moment kommen sollte. Und nachher legst du mir Daddy Cool wieder rein, ja?«

»Na klar, ich lasse Sie jetzt in Ruhe und komme später wieder vorbei mit dem Mittagessen und Ihrer Morphiumspritze, damit Sie schlafen können.«

»Gut, aber halten Sie mir noch einmal den Spiegel vor, ich muss sehen, ob ich einigermaßen gut anzusehen bin.«

Lucias Mutter Elisabeth war es immer wichtig gewesen,

einen eleganten Eindruck zu hinterlassen. Da machte das Hospiz keinen Unterschied. Lucia erinnerte sich nur zu gut. Die widerstrebenden Gefühle in ihr hatten sich auf dem Weg zu diesem Besuch verstärkt, Lucia hatte sich endlich die Zeit genommen, um über vieles nachzudenken, das ihr auf der Seele lastete. Lange verdrängte Gefühle waren an die Oberfläche getreten. Töchter haben selten eine leichte Beziehung zu ihrer Mutter. Das Lösen des Falls, in dem sich Lucia so plötzlich wiedergefunden hatte, war ihr recht gekommen, um sich diesem Besuch nicht stellen zu müssen.

Einer unausweichlichen, aber so lange vor sich hergeschobenen Begegnung.

Im Angesicht des Todes, festgeschnürt an einen Plastiksoldaten, der ihr Marterpfahl hätte werden sollen, hatte sie gemerkt, dass sie einen Scheißdreck wusste über die Angst vor dem Tod. Und sie hatte gespürt, dass sie ungerecht zu ihrer Mutter gewesen war, wenn sie den Kontakt zu ihr vermied. Das würde sie ändern. Sie hatte es sich fest vorgenommen, jetzt, da der Fall aufgeklärt war.

Antonio Lobrega hatte für die Ermordung von Marisol in Berlin und ihrer Freundin Anna mit dem Leben bezahlt. Sein Tod war schmerzhaft gewesen. Ulv Moreno, der Ingenieur, der für die Entführung und den Tod von Prostituierten verantwortlich war, hätte sich beinahe an den Ermittlern gerächt. Die Mörder waren tot. Ihre Mutter hingegen lebte. Doch der Krebs war unerbittlich.

In Dingen der Schönheit war Elisabeth stets ein Vorbild für sie gewesen. So gut zurechtgemacht, perfekt gestylt, immer makellos. Pure Fassade gegenüber den Männern, was Lucia damals nicht erkennen konnte. Dass sie für ihre Mutter eine Bedrohung gewesen war, durch ihre Jugend, ihre kindliche Unbekümmertheit und ihre Unschuld, das hatte sie erst später leidvoll erfahren. Das Trauma ihrer Kindheit war es, dass die Liebe der Mutter umgeschlagen war in Neid und Hass auf etwas, für das Lucia nichts konnte. Schlicht, die Tochter zu sein. Wie ein Spiel, in dem es immer um die Gunst von Männern ging, die in Lucias Erinnerung nach Cognac rochen oder deren Zigarrenrauch sie anekelte. Für die alleinerziehende Mutter hatte damals die Entfremdung begonnen.

Lucia schob die Tür geräuschvoll auf, es war an der Zeit. Alles hatte seine Zeit, dachte sie sich, als sie den Raum betrat. Es gibt Zeit für die Liebe, Zeit für die Arbeit, Zeit zum Sterben. An die ihrer Kindheit erinnerte sie sich nur ungern. Jede Erinnerung hatte mit Elisabeth zu tun.

»Und endlich gibt es auch Zeit für deine alte Mutter«, platzte es aus Elisabeth heraus, die auf dem Bett saß und die Arme in Richtung der Tochter ausgebreitet hielt.

Lucia, die sich fragte, ob ihre Mutter Gedanken lesen konnte, trat mit langsamen Schritten ans Bett heran und umarmte sie. Die Tüte mit den Blumen und dem Marillenlikör darin ließ sie aufs Lager fallen, zuerst wurde gedrückt.

Die Krankenschwester ging leise hinaus und schloss die Tür. Die Umarmung wollte gar nicht enden, bis Lucia begann, sich daraus zu lösen.

»Du siehst ja wieder ganz normal aus. Keine Pippi Langstrumpf mehr«, platzte es aus Lucia heraus. In einer langsamen Bewegung legte Lucias Mutter den Kopf schief und zeigte ihre nicht mehr makellosen Zähne mit einem unsicheren Lachen.

»Ja, sie haben mich angemalt. Sie dachten wohl, es entspräche meinem Charakter. Sie sagten, Pippi Langstrumpf wäre wild, lebensfroh, exzentrisch.«

»Genau wie du«, beendete Lucia den Satz.

»Findest du, ich bin exzentrisch?«

»Na ja, jedenfalls hattest du gesagt, ich dürfte auf dein Grab schreiben, wie ich dich zu Lebzeiten wahrgenommen habe. Ohne irgendetwas zu beschönigen.«

»Das stimmt schon«, unterbrach Elisabeth sie, »damit meinte ich allerdings, du solltest schreiben, ich sei schön gewesen, eine tolle Mutter, fleißig, stets gut gelaunt und hilfreich.«

»Ich hatte befürchtet, dass du dich so siehst. Und außerdem warst du ja auch nie aufbrausend, immer freundlich, großzügig und mit einem offenen Ohr für alle. Hat ihre Tochter auch nie alleine gelassen oder …« Lucia legte eine Pause ein. »… zu viel getrunken. Solche Sachen, stimmt's?«

»Genau. Wie gut du mich kennst!« Für einen Augenblick trafen sich ihre Blicke, doch dann suchten beide irgendeinen Punkt im unpersönlichen Weiß der kahlen Wände, die den Raum dominierten.

Lucias Blick verdüsterte sich. Ihr fiel es schwer, das Gespräch weiterzuführen. Es erinnerte sie an harte Zeiten. Aus Angst vor diesem Wiedererleben hatte sie wenig Lust auf den Besuch gehabt. Ihre Mutter wollte bis zuletzt das Bild einer großartigen Persönlichkeit kultivieren. Sie mochte ein Loblied auf sich selbst hören, anstatt Abbitte zu leisten, wie es angebracht gewesen wäre. Um Verzeihung bitten. Eine Nachsicht, die Lucia ihr angesichts des Kommenden gewähren konnte. Für einen Moment stiegen Neid und eine lange verdrängte kindliche Wut in ihr hoch.

»Wart nur ab! Wenn du tot bist, schreib ich auf dein Grab, was ich will.«

»Na ja, auch egal. Dann krieg ich es ja eh nicht mehr mit. Übrigens habe ich in den Nachrichten gesehen, was mit dir passiert ist. Du warst in Lebensgefahr. Und was ist mit deinem Arm passiert?«

»Er ist eingegipst. Wird schon wieder.«

Lucia sah ihrer Mutter in die Augen. Die Ereignisse der vergangenen Tage interessierten sie kaum. »Nicht weiter schlimm.«

»Ich hatte für einen Moment befürchtet, du würdest diese Welt vor mir verlassen.«

Beide lachten vor Verlegenheit und weil es so nahe an der Wahrheit war. Begegnungen am Ende des Lebens waren nie frei von Schwere. Doch Lucia hatte erfahren, dass die Prognose für ihre Mutter nicht so schlecht war, dass dies ihren letzten Besuch bedeuten musste. Sie konnte durchaus einige Wochen oder gar Monate durchhalten, und Elisabeth verfügte über einen unbändigen Lebenswillen.

»Wirst du jetzt öfter kommen?«, fragte ihre Mutter, und ihre Stimme klang ernst. Vielleicht bedeutete es ihr etwas.

»Ja, werde ich. Wenn du willst«, sagte Lucia in fast dem gleichen flüsternden Tonfall. Es floss aus ihr heraus. Auch wenn ein Teil von ihr sagen wollte, dass sie sich zum Teufel scheren solle.

»Du kannst den Schlüssel zum Haus haben, dann kannst du in dein altes Zimmer und dort übernachten. So musst du nicht jedes Mal extra aus Barcelona anreisen.«

»Das ist nett.«

»Warte mal, ich hab hier was für dich.« Sie kramte in ihrer Handtasche herum, die neben ihr auf dem Bett lag. Zog ein Kistchen heraus, das sie Lucia in die Hand drückte.

»Jetzt bin ich aber neugierig.«

»Mach's auf!«

Lucia hob den Deckel der kleinen Schatulle an. Eine silberne Kette kam zum Vorschein. Sie ließ den Anhänger durch die Finger gleiten, ein Kreis mit einem Kreuz darin, einem Herz und einem Anker. Es war ein Geschenk ihres Vaters an Elisabeth gewesen, das sie oft getragen hatte, auch noch nachdem die Beziehung in die Brüche gegangen war. Lucia empfand einen Anflug von Rührung. Eine dicke Träne bildete sich in ihrem linken Auge.

»Glaube, Liebe, Hoffnung«, flüsterte Lucia.

»Glaube, Liebe, Hoffnung«, wiederholte ihre Mutter. »Ich sehe, du erinnerst dich.«

»Natürlich.«

»Es ist mein Geschenk an dich. Die Kette, die du zuletzt getragen hast, hat mir gar nicht gefallen.«

»Ach, die habe ich einem Wachmann geschenkt«, wiegelte Lucia ab, ohne ins Detail zu gehen. Sie wischte sich über die feuchten Augen. Wenigstens hat diese Kette einen Zweck erfüllt. Sie hatte es Lucia und Dolores Hernández erlaubt, unbeschadet von diesem Bordell in den Bergen Barcelonas zu entkommen. Die neue Kette von ihrer Mutter würde sie gewiss tragen. Selten hatte sie etwas mit so viel Klarheit gewusst. Ein Erbstück. Das Erste, das sie in ihrer Familie bekommen hatte.

»Hast du mit deinem Vater gesprochen?«

»Nein.«

»Wirst du mit ihm sprechen?«

»Oh, bestimmt«, sagte Lucia. Mehrmals an der Schwelle des Todes zu stehen, hatte sie in den letzten Tagen dazu veranlasst, alle Beziehungen in ihrem Leben neu zu überdenken. Sie würde in Zukunft das tun, was sie für wichtig hielt, und das Unwichtige außen vor lassen. Das Leben war zu kurz, um nicht gelebt zu werden. Welche Konsequenzen das haben würde für die Menschen in ihrem Umfeld, für ihren Ex Jordi, ihren nie präsenten Vater oder ihren Chef Miguel, das vermochte sie nicht zu sagen. Die Zeit würde es zeigen. Außerdem hatte der Deutsche, Josef Hadersucht, ihr mehr als einmal das Leben gerettet. Sie fühlte da eine schwer zu begleichende Schuld.

Was sie sicher wusste, war, dass sie ihrer Mutter die letzten Wochen oder Monate ihres Lebens so angenehm wie möglich machen wollte. Jede freie Minute ihrer Zeit würde sie ihr zur Verfügung stellen. Vielleicht würden sie ja einander näherkommen.

»Schön!«, sagte ihre Mutter.

»Was?«, fragte Lucia, die über den Kommentar irritiert war.

»Dass du da bist. Du hast mir so gefehlt. Und es tut mir leid, wenn ich nicht immer für dich da war.«

»Ist schon gut.« Dieses Mal dauerte die Umarmung wesentlich länger.

Als sie endete, saßen sie eine Weile schweigend da und hingen ihren Gedanken nach. Tränen flossen über Lucias Wangen. Es wurden immer mehr. Der Strom war kaum zu bändigen, Lucia versuchte es gar nicht erst. Wie praktisch wäre es, könnten die Tränen einen Teil ihres Leides fortschwemmen, fand sie.

»Du weinst ja, mein Kind! Brauchst du ein Taschentuch?«

»Geht schon«, antwortete Lucia und fügte hinzu, dass es an der Zeit sei zu sehen, ob Elisabeth in der Lage war, Spaghetti genauso zu essen wie Pipi Langstrumpf.

»Du meinst, ab in den Mund und dann den Rest mit einer großen Schere abschneiden?«

»Genau.«

»Au ja, das machen wir. Danach bekomme ich meine Spritze und werde schön high«, rief Elisabeth Costa heiter.

Endlich erkannte Lucia, dass sie angekommen war.

10.00 UHR. BARCELONA.
SECHS TAGE SPÄTER

Josef Hadersucht trug den rechten Arm in einer Schlinge. Die von der Kugel verursachte Verletzung hatte sich als Durchschuss erwiesen und der Gewebeschaden begann zu heilen. Eine größere Arterie war nicht betroffen. Lucia half ihm beim Koffertragen, da er sich nach der Antibiotikatherapie schwach fühlte. Josefs nach hinten gekämmtes, von grauen Strähnen durchzogenes Haar gab ihm den Anstrich eines alternden Malerfürsten. Nach Händeschütteln und Umarmungen verließ Josef Hadersucht das Krankenhaus Sant Joan de Déu in Barcelona.

Lucia Costa fuhr seinen Wagen, den eine Vertragswerkstatt der Mossos auf Vordermann gebracht hatte. Auf der Avinguda d'Esplugues fragte sie ihn nach dem Ziel, um es im Navi einzugeben.

»Cadaqués. Ich habe ein Apartment gemietet. Mit Meerblick. Da werde ich in Ruhe darüber nachdenken, was ich brauche, um hier irgendwo eine Bar zu eröffnen.« Dass ein Club mit dem vielversprechenden Namen Fiesta Privada nur einen kurzen Fußmarsch von seinem Feriendomizil entfernt lag, verschwieg er. Angeblich arbeiteten dort Kubanerinnen. »Vorher fahren wir aber in die Stadt.«

»Hast du was vor?«

»Wirst du sehen.«

Hadersucht lotste sie bis zur Ronda de Sant Pere, wo sie in der Nähe einen Parkplatz fanden und gemeinsam bis zur Hausnummer sechzig schlenderten. Tierschutzorganisation

Amics dels Animals stand auf der Tür. Er bat sie, kurz zu warten.

Keine drei Minuten später stand er mit einer Holzkiste vor ihr, in der ein kleiner weißer Pudel mit verschreckten Knopfaugen saß.

»Komm, ich nehm dir den ab«, sagte Lucia.

Ihr nächstes Ziel war die Carrer de les Carretes, Hausnummer einundfünfzig. Eine schattige Gasse, in der es nach Schwefel roch. Auf ihr Klingeln öffnete eine junge Latina in T-Shirt, Shorts und Flip-Flops die graffitiverzierte Tür. »Señorita Luisa Calderon? Ich habe hier jemanden, der nach Hause möchte.«

Auf ihren Ruf trat eine in Violett gekleidete alte Dame hinzu. Als sie den Hund sah, schlug sie die Hände über dem Kopf zusammen. »Chico. Mein Süßer, mein Süßer.« Maria Antonia herzte den Hund wie einen verlorenen Sohn. Als ihre Nachbarn zusammengelegt hatten, um ihr das Tier zu schenken, war sie glücklich gewesen. Nach langen Jahren zum ersten Mal. Bis zu dem Tag, als ein Dieb ihn mitgenommen hatte. Sie saßen fast eine Stunde am Tisch der Diva beisammen, bei Cognac und Wein. Gemeinsam sahen sie sich die Fotoalben der alten Dame an.

Unterwegs in den dunklen Gassen des Raval hakte Lucia sich bei Josef unter. Es gab ihm das Gefühl, dazuzugehören. »Ich schäme mich so, Josef.«

»Wofür?«

»Weil ich dachte, du wolltest mich abschleppen.«

»Hab ich gesagt, dass ich das nicht will?«

Sie ignorierte den Kommentar. »Ich hatte nicht gedacht, dass du dich an die Geschichte von Toni erinnern würdest. Ich weiß genau, wann ich sie dir erzählt habe. Nachts, als du so betrunken aus dem Almirall kamst. Und soweit ich mich erinnern kann, wolltest du da nur in meine Wohnung.«

»Damals hast du mich nicht gelassen.«

»Damals? Ich habe dich überhaupt nicht gelassen«, sagte sie und machte einen Gesichtsausdruck, der ihn schallend zum Lachen brachte.

Josef Hadersucht war fest entschlossen, diesen Moment in vollen Zügen zu genießen.

»Glaubst du, sie wusste es?«, fragte Lucia. »Dass sie eine Millionenerbin sein würde?«

»Marisol? Keine Ahnung.«

Lucia runzelte die Stirn. »Sie hätte kaum in dem Club in Berlin gearbeitet, wenn sie es gewusst hätte.«

Hadersucht schwieg. Er hatte lange über diese Frage nachgedacht. Marisol hatte dort so etwas wie Freiheit gesucht, aber letztlich den Tod gefunden. Das zwischen ihnen war eine Episode gewesen. Und sie hatten keine Chance bekommen, sich näher kennenzulernen. Das Leben hatte für beide etwas anderes vorgesehen.

12.00 UHR. VALLE DE LOS CAÍDOS

Der Galizier sah der letzten Luxuslimousine nach, die das Gelände des Laboratoriums für Gravimetrie und terrestrische Gezeiten in der Sierra de Guadarrama, fünfundvierzig Kilometer nordwestlich von Madrid, verließen. Gerade fuhr López mit dem Bentley vor. Er verstaute das persönliche Gepäck seines Meisters im Kofferraum. Die altersfleckige Hand griff nach dem Türrahmen, dann versank der ganze Mann in den Polstern des Fonds. Ein letztes Mal blickte der Galizier zum Kreuz auf dem Berg im Tal der Gefallenen.

López drehte sich kurz zu ihm um. »A Toxa?«

Der Galizier nickte. Nach dem Trubel der vergangenen Tage und den intensiven Diskussionen mit den anderen Teilnehmern des Estado würden ihm einige Tage im Kurbad von A Toxa, einem der ältesten und gediegensten Orte an der Atlantikküste, guttun. In seinem Kopf mischten sich Zahlen, Fakten und Meinungen zu einer Bürde, die ihm langsam zu schwer wurde. Das Referendum der Katalanen war ohne das befürchtete Blutvergießen niedergeschlagen worden, doch er ahnte, dass die Herzen der Menschen dort weiter danach streben würden, sich von Spanien loszusagen. Selbst altehrwürdige Herren, die ihre Geschäfte in Katalonien machten, waren kaum zu beruhigen, nicht einmal durch die alten Rituale. Diese aufgeplusterten Fatzken! Verweichlichte Schwächlinge, die nichts anderes tun konnten, als damit zu drohen, ihre Firma woandershin zu verlegen. Er dachte darüber nach, dass womöglich ein Großauftrag an die Telekommunikationsfirma Telefónica die Stimmung heben würde. Vierzig Millionen für eine komplette Telefonüberwachung der Bürger. Ein Deal, bei dem alle profitierten. Das konnte die Gemüter beruhigen.

Was ihm gar nicht gefiel, war die Tatsache, dass viele seiner Männer sich in Katalonien wie Idioten angestellt hatten. Allen voran Santos, den sie als Delegierten in die lokale Polizei eingeschleust hatten. Unfähig! Oder Bulgur, der Rumäne, der sich tölpelhaft hatte austricksen lassen, trotz der Ausbildung, die seine Organisation ein Vermögen gekostet hatte. Auch er ein Trottel. López hatte mit gesenktem Kopf berichtet, dass nicht mal bei den Aktionen ihrer Kampftruppe VOTO Popular alles glattgelaufen war. Sie hatten einen ihrer besten Ausbilder verloren, der sich als gemeiner Mädchenmörder entpuppt hatte. Die Presse war deswegen zahlreicher angereist, als es wegen des Referendums schon zu erwarten war. Überall loderten Brände, die es zu löschen galt. Schlimm genug, dass die momentane Regierung schwer angeschlagen war. Nur eine Frage der Zeit, bis die Partei über ihre immer weniger unter dem Deckel zu haltenden Korruptionsfälle stolperte. Ein Misstrauensvotum war unvermeidlich. Hohe Minister hatten sich persönlich bei ihm beschwert, sie fürchteten um ihre Pfründe. Es hatte ihn furchtbar in Rage versetzt. Es war nicht seine Aufgabe, die fetten Säcke zu trösten, sondern er musste ein Land regieren. Im Sinne der alten Traditionen. Das hatten alle zu respektieren. Und wenn eine Regierung fiel, dann kam eben eine andere, das war in Spanien schon immer so, und so blieb es. Und Franco bekäme noch einmal ein hübsches Staatsbegräbnis, wo die Menschen am Straßenrand mit Blumen wedeln durften. Der Galizier hasste insgeheim das Valle de los Caídos, der faschistoide Stil war ihm schlicht zu pathetisch. Auch er ging mit der Zeit.

Er ärgerte sich nicht wenig über sich selbst, was er nur zu gern für sich behielt. Den Serienmörder Señor Fresco hatte er mit eigener Hand hingerichtet, doch diese gerechte Handlung war ein Fehler gewesen. Sein Nachfolger, der Polizei unbekannt, hatte nicht lange durchgehalten, weil er sich bei einem der Polizisten rächen wollte, anstatt sich bei seinen neuen Freunden von VOTO in Sicherheit zu bringen. Ein Schwachkopf! Isoliert betrachtet war er hier von einer Horde Idioten umgeben, selbst sein Fahrer gehörte dazu. Was hätte er dafür gegeben, noch einmal von vorn anfangen zu können. Mit fähigem Personal. Sein Lebensmotto war stets, dass es für alles eine Lösung gab. Das heilige España hatte Hunderte Generationen überdauert, und die Männer des Estado waren die letzten Ritter des Kreuzes und der Würde. Was bedeutete diese kleine Niederlage angesichts des großen Sieges, der vor ihnen lag? Alles war bereit dazu. Alles. Mit diesem Gedanken sank sein weißes Haupt auf die Kissen, und er fiel in einen traumlosen Schlaf.

ENDE

ANHANG

Erläuterung zu »Estado profundo«

Die Idee eines Tiefen Staates, wie man »estado profundo« auf Deutsch übersetzen würde, findet sich nicht nur in Spanien, sondern auch in der Türkei, den USA und in diversen Verschwörungstheorien.

Was das Land Spanien betrifft, geht man in Kreisen derer, die sich intensiv mit Kultur, Geschichte und Politik des Landes auseinandergesetzt haben, davon aus, dass das Konzept einer im Hintergrund die Fäden ziehenden Elite zutrifft.

Als Argumente dafür lässt sich vielerlei ins Feld führen. Existenz und Abgeschiedenheit am Rande Europas, Festhalten an einer starren Monarchie, während in Frankreich zu Zeiten der Revolution schon die Köpfe rollten, Unabhängigkeitsbestrebungen im Baskenland, in Katalonien und neuerdings auch in anderen Regionen Spaniens wie Galizien. Nicht zu vergessen die bis heute geltenden Privilegien der Kirche und der Angehörigen des Militärs. Neueste Hinweise, die diese Theorie stützen, sind das Festhalten an den Interessen der Wirtschaftselite in Zeiten der Covid-19-Krise mit einem ausgebluteten Gesundheitssystem und Rekordzahlen an Infizierten und Toten, die Flucht des zurückgetretenen Königs Juan Pedro vor den Ermittlungen der Schweizer Justiz in die Vereinigten Arabischen Emirate sowie das Verfolgen der katalanischen Politiker und Unabhängigkeitsbefürworter durch eine gern als nicht unabhängig bezeichnete Justiz.

Das Thema der Unabhängigkeit Kataloniens wird in Deutschland im Allgemeinen kritisch gesehen. Hadersucht ist literarischer Ausdruck dieser Skepsis.

*

Zeitleiste der Ereignisse rund um das Referendum über die Unabhängigkeit Kataloniens im Jahr 2017

1975 Der spanische Diktator Francisco Franco verstirbt in einem Krankenhaus in Madrid im Kreise seiner Familie. Zum Nachfolger wird der junge Bourbone Juan Carlos ernannt und damit die Monarchie wieder restauriert. Spanien wird nach Jahren wirtschaftlicher Isolation zur Demokratie.

1978 Spanien wird in 17 autonome Gemeinschaften unterteilt, die unterschiedliche Kompetenzen haben. Laut Artikel 2 der neu gegründeten Verfassung ist das Land zusammengesetzt aus Nationalitäten und Regionen.

1981 Staatsstreich durch Angehörige der Armee unter der Führung des Obersts der Guardia Civil Antonio Tejero, vereitelt durch eine Stellungnahme des Königs zugunsten der Demokratie.

2007 Nach einer Expansionsphase platzt die Immobilienblase, die Wirtschaft gerät in eine Rezession, was die Arbeitslosenquote, besonders bei den Jugendlichen, in die Höhe schnellen lässt.

2010 Die Partido Popular (PP) ruft das spanische Verfassungsgericht an, um den neu ausgehandelten Autonomiestatut für Katalonien, der nach zähen Verhandlungen 2006 in Kraft getreten war, als verfassungswidrig zu erklären.

2011 Die Partido Popular (PP) kommt an die Regierung. Die Regierung Rajoy führt einen Austeritätskurs, um auf die gestiegenen Kreditzinsen zu reagieren.

2012 Die Regierungen der Eurozone billigen eine Banken-rettung in Spanien, die hundert Milliarden Euro kostet. Die Beziehungen zwischen dem wirtschaftsstarken Katalonien und der spanischen Zentralregierung verschlechtern sich. Der Umstand, dass Katalonien bei einem Bevölkerungsanteil von 15 Prozent fast ein Viertel des spanischen Gesamthaushaltes erwirtschaftet und jährlich große Teile der Steuereinnahmen in den Zentralhaushalt und nach Madrid abführt, verstärkt die Unzufriedenheit.

2014 Das spanische Verfassungsgericht erklärt eine Volks-befragung in Katalonien und die dieser zugrunde liegende Resolution über den Charakter des Volkes von Katalonien als ein souveränes politisches und rechtliches Subjekt für ver-fassungswidrig. Dennoch kommt es zu einer Volksbefragung, in der sich 80,76 Prozent mit einem »Ja« für die Unabhän-gigkeit aussprechen.

2015 Regionalwahlen in Katalonien. Die Partei Junts pel Sí (Zusammen für das Ja) tritt mit dem Wahlversprechen an, ein Referendum durchzuführen. Der katalanische Regionalpoli-tiker Artur Mas wird zu einer Geldstrafe verurteilt und ihm werden politische Ämter untersagt, da er sich für die Durch-führung einer Volksbefragung eingesetzt hat.

2017 Das spanische Verfassungsgericht verbietet katalani-schen Amtsträgern, den Medien sowie den Bürgermeistern von 958 Gemeinden, an der Vorbereitung der Volksabstim-mung teilzunehmen.

2017 Am Nationalfeiertag (11. September) demonstrie-ren mehrere Hunderttausend Menschen in Barcelona für die Unabhängigkeit. Der spanische Generalstaatsanwalt warnt die Bürgermeister Kataloniens. Es drohen Festnahmen, Haft-strafen und Berufsverbot. Es folgen Polizeiaktionen der spa-nischen Polizei. Die Guardia Civil und die Policia Nacional gehen mithilfe der katalanischen Mossos d'Esquadra gegen

Urnen, Stimmzettelumschläge und Abstimmungsmaterialien vor. Wahlseiten werden blockiert und 14 Personen festgenommen.

Im Ort Bigues i Riells del Fai werden 9,8 Millionen Stimmzettel beschlagnahmt. Die Mitglieder des Wahlausschusses, die zuständig wären für eine ordnungsgemäße Abwicklung des Referendums, treten zur Vermeidung von Zwangsgeldern zurück.

Die Guardia Civil, die Policia Nacional und die katalanischen Mossos d'Esquadra bekommen die Order, alle als Abstimmungsorte vorgesehenen Lokale zu schließen.

Die Datenschutzbehörde Spaniens weist in einer Mitteilung darauf hin, dass das Vermerken einer Stimmabgabe in ein Wählerverzeichnis sowie die Rückgabe der Urnen eine illegale Datenverarbeitung sei und eine Geldbuße von 300.000 Euro nach sich ziehe.

Bei einer Großdemo in Barcelona vor dem Wirtschaftsministerium werden Autos der Guardia Civil demoliert.

1. Oktober 2017 Tag des Referendums. Die Volksbefragung findet statt. Die katalanische Polizei kam der Schließung der Wahllokale nicht nach, im Gegenteil, Regionalpolizisten und Feuerwehrleute stellen sich vielerorts schützend vor die unbewaffnete Menschenmenge, um sie vor Angriffen durch die schwer bewaffneten Polizeieinheiten der Guardia Civil und der Policia Nacional zu schützen.

Es kommt zu Handgreiflichkeiten. Die Polizei setzt in Barcelona Gummigeschosse gegen Menschenketten ein.

Die Anzahl der Verletzten ist umstritten. Die katalanische Gesundheitsbehörde gab bekannt, dass 893 Personen medizinisch versorgt werden mussten. Eine Zahl, die sich auf 1066 erhöhte, darunter allerdings nur wenige Schwerverletzte, die eingeliefert werden mussten (4). Das spanische Innenministerium hingegen sprach erst von 39 verletzten Polizeibeamten, korrigierte die Zahl später auf 431 Verletzungen durch Tritte, Kratzer oder Bisse.

Nach Auskunft der Regionalregierung seien 73 Prozent der Wahltische geöffnet gewesen, die Mehrheit der Bevölkerung hätte wählen können.

Es zirkulierten in den sozialen Netzwerken Fotos und Berichte zur Polizeigewalt, die sich teilweise als Fake News entpuppten.

Kataloniens Regierungschef Carles Puigdemont gab das vorläufige Wahlergebnis bekannt. 90 Prozent der Wähler hatten für »Ja« gestimmt. Er verurteilte den Polizeieinsatz als unverantwortlich und als eine Schande für das Land. Ebenso war das Echo in den Medien.

2. Oktober Die EU-Kommission unter Jean-Claude Juncker erklärt die Auseinandersetzungen in Katalonien als innenpolitische Angelegenheit Spaniens.

10. Oktober Premierminister Puigdemont erklärt die Aussetzung der erwarteten Unabhängigkeitserklärung, um den Dialog mit Spanien zu ermöglichen.

27. Oktober Es folgt die Ausrufung einer unabhängigen Republik. Das führt zu einer Entmachtung der katalanischen Regierung und dem Verfassungsnotstand unter Artikel 155.

2018 Ministerpräsident Mariano Rajoy stürzt über eine Korruptionsaffäre, die ihn selbst schwer belastet. Erst ein Misstrauensvotum bringt die Regierung zu Fall. Mariano Rajoy zieht sich ins Privatleben zurück.

2022 Es wird publik, dass der spanische Geheimdienst hochrangige Politiker aus Katalonien mit der Pegasus-Software ausspioniert hat.

*

Index der wichtigsten Figuren in der Reihenfolge ihres Erscheinens

Marisol – dreiundzwanzigjährige Spanierin. Arbeitet bis zu ihrem tragischen Tod im Club Ooops! in Berlin

Jackie Scholl – Wirtschafterin des Ooops!

Josef Hadersucht – Kriminalkommissar

Gabriele – Josef Hadersuchts Ex-Frau

Lucia Costa – Ermittlerin der katalanischen Mossos d'Esquadra, hatte sich ins Privatleben zurückgezogen

Dirk Bassek – Kommissaranwärter

Doro Schiller – Polizeipsychologin

Kriminalrat Fellner – Polizeichef

Jesús Santos – Regierungsdelegierter

Eloy Vargas – Mossos d'Esquadra

Ulv Moreno, »Der Ingenieur«

Eric Haardt – Fallanalytiker

Anna Rivera – Freundin von Marisol

Martí Diaz – Zuhälter

Ilian Bulgur – Agent, entstammt der Securitate

Dolores Hernández – Mutter von Marisol

Manuel Lobrega – Stiefvater von Marisol

Antonio Lobrega – Bruder von Manuel Lobrega

Burkhardt – Pächter des Almirall, stammt aus dem Ruhr-gebiet

Peter Wilkenberg – Verdächtiger

Miguel Ortega – Mossos d'Esquadra. Chef von Lucia

Jaume Llorens – Kioskbesitzer

Sigrid Zambrowsky – Forensikerin

Jordi – Lucias Ex-Freund

Fresco – Mörder der Landstraße, auch: Javier

Subdirektor Martínez – höchster Chef Mossos d'Esquadra

Maria José – Mossos d'Esquadra

Jessica Lloseta – Freundin von Marisol

Sergeant Joan Garcia – Mossos d'Esquadra

Coronel Ildefonso Lerino – Guardia Civil

Dimitri, Securitate – Agent

Adriana Cortiz – Prostituierte

Pedro Aranda – Informatiker

Salvador Malva – Besitzer des Autodromes

José Mateo – Privatsekretär

Ruben Malva – kein Erbe, Geschäftsführer

Bettina Mittelacher, Klaus Püschel
Totenmoor – Ich sehe dich
Thriller
416 Seiten, 13,5 x 21 cm,
Klappenbroschur
ISBN 978-3-8392-0736-9

»Er hat die Person, die als Nächstes auf seiner Liste
steht, bereits ausspioniert. Er weiß, wo der Mann
wohnt, kennt seine Gewohnheiten. Wenn er es darauf
anlegt, kann er ihn schon morgen in seine Gewalt
bringen. Es wird ihm ein Vergnügen sein. Doch
damit ist er noch nicht am Ziel. Er will mehr. Er will
sie alle.«

Zwei Moorleichen im Hamburger Westen. Eine
Mordserie, die die Metropole erschüttert. Ein Wettlauf gegen die Zeit beginnt.

GMEINER SPANNUNG

WWW.GMEINER-VERLAG.DE
Wir machen's spannend